KB008621

code name, sweet

작전명 스위트

단글

작전명 스위트 1

초판 1쇄 인쇄 2017년 6월 23일
초판 1쇄 발행 2017년 6월 30일

지은이 백묘
발행인 오영배
기획 박성인
책임편집 심지은
디자인 권지연
제작 조하늬

펴낸 곳 (주)삼양출판사 · 단글
주소 서울시 강북구 도봉로 173
대표 전화 02-980-2112 **팩스** / 02-983-0660
편집부 전화 02-980-2116 **팩스** / 02-983-8201
블로그 blog.naver.com/dan_gul
출판등록 1999년 3월 11일 제9-00046호

ISBN 979-11-283-9179-8 (04810) / 979-11-283-9178-1 (세트)

+ 이 도서의 국립중앙도서관 출판시도서목록(CIP)은 서지정보유통지원시스템홈페이지(http://seoji.nl.go.kr)와 국가자료공동목록시스템(http://www.nl.go.kr/kolisnet)에서 이용하실 수 있습니다. (CIP제어번호: 2017013175)

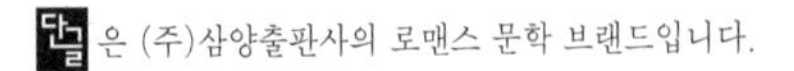

code name, sweet

작전명 스위트

1

백묘 장편소설

단글

Cafè
Cafè

차례

1장
복숭아 맛 입술

기한은 3년.

홍대 골목에 위치한 자그마한 가게 중간에 앉아, 서연은 작게 한숨을 내쉬었다.

벌써 한 달이 흘렀는데, 서연의 수중에 있는 것이라고는 낡고 허름한 건물 하나가 전부.

인테리어도 제대로 되어 있지 않은 이 가게를 어떻게 해야 '멋진'이라는 수식어를 붙일 수 있을지 감도 잡히지 않았다.

'재희한테 연락해 볼까?'

일단은 혼자의 힘으로 해 보고 싶었다. 그래야 오롯이 내 능력으로 해냈다고 말할 수 있을 테니까.

하지만 어떤 종류의 가게를 열어야 할지도 정하지 못한 상황이라, 한 달이 지난 지금 슬슬 불안해지기 시작했다.

'으으. 적어도 뭘 할지는 정해야 하는데 진짜 모르겠네.'

두 손으로 머리를 거머쥐고 고민을 하고 있을 때.

달칵—

문 열리는 소리가 들렸다.

"계십니까?"

낮고 부드러운 목소리에, 서연은 고개를 번쩍 들었다. 커다란 창문으로 들어오는 햇살에 감싸인 실루엣이 보였다. 빛을 등지고 있어서 얼굴은 잘 보이지 않지만, 훤칠한 키에 넓은 어깨, 긴 다리를 가지고 있다는 것은 알 수 있었다.

"누구……?"

"아르바이트를 구한다고 해서 찾아왔는데, 잘못 찾아왔나 보네요."

"아니요!"

서연은 벌떡 일어났다.

"맞게 찾아오셨어요. 아르바이트, 구하는 거 맞아요."

"아아, 그래요? 하지만……."

남자가 한쪽 바지 주머니에 손을 찔러 넣고 가게 안을 둘러봤다.

"운영을 하는 것처럼 보이진 않는데."

"곧! 할 거예요."

"흐응."

삐딱하게 서서 가게를 둘러보는 남자의 얼굴이 드러났다. 반듯한 이마와 짙은 눈썹, 갸름하고 긴 눈매가 차갑게 느껴지는 얼굴이었다.

날카롭고 오뚝한 코 아래에 자리 잡은 입술은 조금 얇고 붉었다.

"사기 치려는 건 아니겠지?"

남자가 은근슬쩍 말을 놨지만, 그것조차 깨닫지 못할 정도로 서연은 긴장했다.

"사, 사기라니요. 그런 거 아니에요."

"그럼 정말로 시간당 만 원을 준다고? 이런 가게에서?"

"네!"

"흐음."

남자는 의자를 서연의 앞으로 가져다 놓고, 자기 가게라도 되는 것처럼 다리를 꼬고 앉았다. 팔짱까지 끼고 느긋하게 앉아 있는 남자와 바짝 긴장해서 허리를 꼿꼿이 세운 서연. 누가 봐도 남자가 고용주이고, 서연이 아르바이트 면접을 보러 온 학생처럼 보였다.

"대체 뭘 하려는 가게인데?"

"그게…… 아직 정하질 못했어요."

한 달 간 뭔가 답이 나올 줄 알았는데, 아무것도 진행이 되지 않아서 조급한 마음에 아르바이트를 먼저 구하기로 했다. 직원이 있으면 뭐라도 정할 수 있지 않을까 싶은 마음에서였다.

"구인광고에 보면 업무내용에 운영 전반이라고 쓰여 있던데, 잘 알지도 모르는 알바에게 운영을 전부 맡기겠다는 거야?"

"꼭 그렇다기보다는, 함께 의논을 하면서 일을 해나가는 방식으로 하려고요."

"가게는? 전세야, 월세야?"

"제 거예요."

"호오."

남자의 눈이 가늘어졌다.

"금수저인가 보군. 이름은?"

"홍서연이라고 하는데……."

"나이는?"

"25살이긴 한데……."

"대학은 어딜 나왔지?"

"저기요."

이윽고 정신을 차린 서연이 한 손을 살며시 들었다. 남자가 턱을 살짝 들어 올리며 말했다.

"말해."

"저기, 뭔가 착각하고 계신 것 같은데. 제가 고용주고 그쪽이 면접을 보러 오신 입장이거든요?"

"아아. 맞다, 그렇지. 깜빡했습니다. 죄송합니다, 어린 고용주님."

무표정할 때는 상당히 차가워 보이던 인상이 미소를 짓자 놀랍도록 선량하게 변했다.

"그쪽이 너무 어려 보여서 착각했습니다. 어려 보인다는 말, 자주 듣죠? 화장을 안 해서 그런가? 고등학생 정도로만 보이는데요."

"그런 건 됐고요. 이름이 뭐예요?"

"정태민."

"나이는?"

"올해 28살."

"음……."

거기까지 묻고 나니 적당한 질문이 떠오르지 않았다. 아르바이트 면접을 보는 건 처음이었고, 이렇게 빨리 아르바이트 지원자가 찾아올 줄은 몰랐기 때문에 준비를 하지 않았다.

태민은 싱글싱글 웃으며 서연을 지켜보고 있었다. 얼마나 재미있는 질문이 나올지 기대된다는 표정이었다. 그런 줄도 모르고 끙끙 고민을 하던 서연은 이윽고 질문을 떠올렸다.

"좋아하는 음식이 뭐죠?"

"푸핫!"

태민이 웃음을 터뜨리는 바람에, 서연은 얼굴을 붉혔다.

"왜, 왜 웃어요?"

"하하하하. 어린 사장님, 뭔가 착각하고 있는 거 아닙니까? 소개팅 하는 것도 아닌데 내가 좋아하는 음식을 알아서 뭐하게요?"

"아……."

"아니면 혹시."

태민이 갑자기 벌떡 일어났다. 워낙 키가 큰 사람인지라, 일어선 것만으로도 존재감이 확연하게 드러났다. 그는 가까이 다가와 허리를 굽히고, 서연의 얼굴 앞으로 불쑥 얼굴을 들이밀었다.

그의 코끝이 서연의 코끝에 닿았다. 서연은 숨도 못 쉴 정도로 놀라, 눈만 동그랗게 떴다. 사내 얼굴이 이렇게 가까이 다가온 건 처음이라 어떤 반응을 보여야 좋을지 알 수 없었다.

그의 숨결이 코끝을 스치고 입술에 닿았다가 턱 쪽으로 내려가는 게 똑똑히 느껴졌다.

"나한테."

그의 눈이 가늘어졌다.

"개인적인 관심이라도 생겼습니까?"

나직하게 묻는 그의 음성은 지독히도 매혹적이었다.

서연은 침을 꼴깍 삼켰다. 아니라고 말해야 하는데, 고개를 저어야 하는데, 마법에 걸린 것처럼 몸이 움직이지 않았다. 바로 앞에 보이는 그의 눈동자는 검고 깊었다. 그 짙고 고혹적인 어둠에 빨려 들어갈 것만 같았다.

"어린 사장님한테 나를 주는 대가로 시간당 만 원이라면, 한동안은 해 줄 수도 있을 것 같은데요."

'나를 주는 대가'라는 말이 귀에 꽂혔다.

"정말요?"

"네, 정말요."

"뭘 할 줄 아는데요?"

"뭐든 할 수 있습니다. 특히 여자를 기쁘게 해 주는 일은 최고라고 자부할 수 있지요."

"진짜요?"

"네, 진짜요."

너무 가까이에 있어서, 태민은 서연의 눈빛이 바뀌었다는 것을 눈치채지 못했다. 서연은 눈을 빛내며 태민의 멱살을 잡았다. 서연의 적극적인 태도에, 이번에는 그가 놀라 눈을 크게 떴다. 그런 태민을 똑바로 응시하며, 서연은 말했다.

"그럼 당신을 살게요. 시간당 만 원. 그 최고의 능력으로 이 가게를, 여자들에게 가장 인기 좋은 가게로 만들어 주세요."

* * *

태민은 뚱한 표정으로 서연을 노려봤다.

하지만 서연은 태민의 표정 따위 아무래도 좋다는 듯 말했다.

"제가 직접 경영을 해 본 적은 없지만, 무언가에 꽂힌 여성들의 구매력이 굉장하다는 건 알고 있어요. 여성들이 꽂힐 만한 무언가가 필요해요. 당신이 여성들을 기쁘게 해 주는 능력이 최고라면, 당신이야말로 제가 찾던 그런 사람인 거예요."

'이 여자, 진심으로 하는 소리인가?'

태민은 '마성의 또라이'라는 말을 들을 정도로, 여자를 홀리는 재주가 있었다. 눈을 조금만 가늘게 떠도, 목소리를 조금만 낮게 깔아도, 여자들은 알아서 태민에게 안겨 왔다.

그렇게 한껏 분위기를 조성한 상황에서 '여자를 기쁘게 해 주는 일'이라고 말했는데, 그걸 다르게 해석하는 여자는 처음이었다. 순진한 척을 하는 건지, 정말로 순진한 건지 알 수가 없다.

검고 긴 곱슬머리에, 둥글고 넓은 이마, 아직 젖살이 남아 있는 분홍빛 볼과 작은 턱, 화장기 없는 얼굴. 그 때문인지 서연은 고등학생 정도로만 보였다.

'나이 25살에 건물주라. 경영을 해 본 적이 없다고 했으니 스스로 벌어서 산 건물은 아닐 테고, 돈이 좀 있는 집안에서 컸나 보군. 온실 속 화초로 자랐나?'

그렇게 볼 수밖에 없었다.

가만히 살펴보니, 서연은 그야말로 귀하게 자란 '아가씨' 같은 느낌이었다. 요새 젊은 여자들은 입지 않는 종아리까지 내려오는 H라인 회색 스커트에, 흰색 블라우스, 검은색 낮은 굽 구두는 촌스럽지만 값비싼 브랜드의 것들이었다.

"다행이에요, 이럴 때에 당신 같은 사람을 만나서."

눈을 반짝반짝 빛내며 말하는 서연에게 흥미가 동했다. 이렇게까지 '아가씨 타입'의 여자를 만나 본 건 처음이다.

맑고 말랑말랑한 것을 보면 건드리고 싶어지는 법. 서연의 찹쌀떡 같은 하얀 볼이 태민의 본능을 자극했다.

"나 같은 사람을 만나서 다행이라고요?"

태민은 다시 목소리를 깔았다. 어지간한 여자들은 단숨에 넘어올, 허스키하면서도 달콤한 음성이었다.

"네, 정말요. 혼자 힘으로 어떻게든 해 보고 싶어서 고민 중이었거든요. 좋은 인재를 뽑는 것도 능력이라면 능력인 거니까, 수많은 사람들 중에서 정태민 씨가 구인광고를 보고 찾아온 건 굉장한 일이라고 생각해요."

"그거 기쁘군요. 나도 마침 같은 생각을 하는 중이었거든요."

태민의 말에 서연이 해사한 미소를 지었다. 구김 없는 서연의 미소에는, 보는 사람의 가슴을 간질이는 무언가가 있었다. 태민은 왠지 모를 죄책감을 느끼며 서연을 향해 손을 뻗었다. 손가락 끝이 서연의 귓불에 닿기 전, 그녀가 말했다.

"우와, 그럼 우린 천생연분이네요!"

이 여자는 단어 선택이 이상하다. 태민은 살짝 인상을 찌푸렸지만 움직임을 멈추지는 않았다. 손끝이 서연의 귀에 닿았다. 서연은 움찔했지만 몸을 피하지는 않았다. 조금 놀란 듯 눈을 동그랗게 뜨고 태민을 응시했을 뿐이다.

태민은 서연과 지그시 눈을 맞추고, 엄지로 그녀의 귓불을 살며시 어루만졌다. 서연의 볼이 서서히 분홍빛으로 물들어 갔다. 토끼처럼 동그란 눈과 촉촉해 보이는 도톰한 입술이, 태민의 안에 있는 무언가를 자극했다. 무슨 말을 하고 싶은 듯 달싹거리는 입술에서 시선을 뗄 수가 없었다.

"저기, 정태민 씨."

이윽고 그녀의 목소리가 흘러나왔다.

"원래 이렇게 스킨십을 좋아하세요?"

"네, 좋아합니다."

솔직하게 대답했더니 서연이 살짝 인상을 찌푸렸다.

"아무리 남자라도 이렇게 헤프게 행동하는 건 좋지 않아요."

그렇게 말하며, 그녀는 태민의 손을 옆으로 걷어냈다. 저 할 말 제대로 못 할 줄 알았는데, 의외의 일면이었다. 그리고 그것은 태민의 호기심을 자극했다.

'그래, 그냥 끌려오기만 하면 재미없지.'

태민은 속으로 웃으며 물었다.

"알겠어요, 어린 사장님. 그럼 난 고용된 겁니까?"

"네! 내일부터 출근해 주세요."

서연은 인상을 찌푸린 적 없다는 듯, 곧바로 미소를 지었다. 태민에 대해 아는 것도 없으면서 고용을 결정하는 그녀를 보니, 이 험한 세상을 잘 살아갈 수 있을지 걱정이 되기 시작했다. 아무리 온실 속 화초로 자랐다지만, 이래서야 사기꾼을 만나 돈을 다 뜯어먹히기 십상이다.

"아, 맞다. 고용계약서 작성해야죠. 잠시만 기다리세요."

태민은 점점 더 서연을 판단할 수가 없어졌다. 면접도 제대로 보지 못하고 아르바이트를 구하는 헐렁한 사장님인 줄 알았는데, 의외의 부분에서 꼼꼼했다.

바보인지, 똑똑한지 가늠할 수가 없었다.

서연이 내민 계약서에는 아르바이트 고용 조건이 완벽하게 쓰여 있었다. 태민은 계약서를 건성으로 읽어 본 후 이름과 날짜를 적었다.

"아, 도장을 안 가지고 왔네요."

"그럼 지장이나 사인으로도 괜찮아요."

"아니, 그런 것보다는."

좋은 생각이 떠올랐다.

태민은 벌떡 일어나 그녀의 옆으로 갔다. 그녀는 놀란 토끼처럼 눈을 동그랗게 뜨고 태민을 올려다봤다. 경계심 없는 연갈색 눈동자를 응시하며, 태민은 허리를 굽혔다.

태민의 입술이 서연의 도톰한 입술을 지그시 눌렀다. 그녀의 입술은 보이는 것보다 훨씬 보드랍고 촉촉했다. 떼고 싶지 않을 정도로 부드러워서, 태민은 이 상태로 시간이 멈추는 것도 괜찮겠다는, 바보 같은 생각을 하고 말았다.

간신히 정신을 차리고 입술을 떼었을 때, 그녀는 석상처럼 굳어 있었다.

"사인 따위보다 이게 더 확실하죠."

그녀는 대꾸도 하지 못했다.

"그럼 내일 봐요, 어린 사장님."

아무 일도 없었다는 듯 경쾌한 목소리로 말한 태민은, 계약서를 팔랑팔랑 흔들며 가게를 나갔다. 멍하니 그의 뒷모습을 지켜보던 서연은 한발 늦게 두 손으로 얼굴을 감싸고 비명을 질렀다.

"꺄악! 뭐 하는 짓이에요?"

하지만 그 비명을 들어줄 사람은 아무도 없었고, 입술에 닿았던 말랑말랑한 감촉은 여전히 생생하게 남아 있었다.

첫 입맞춤은 복숭아 향이었다.

* * *

"서연아."

정신을 차렸을 때, 눈앞엔 친구인 재원이 있었다. 재원은 걱정스러운 표정으로 서연을 들여다보는 중이었다.

얘는 언제 온 걸까?

고개를 돌려보니, 창밖은 이미 어두워져 있었다.

"무슨 생각을 그렇게 해?"

재원이 물었다.

'무슨 생각? 내가…… 무슨 생각을 하고 있었지?'

멍한 기분이었다. 분명 무언가 굉장한 일이 벌어졌던 것 같은데, 뭐였는지 제대로 기억이 나지 않았다. 꿈결 속에서 벌어진 일처럼 아스라이 떠오르는 기억이 잡힐락 말락.

"아!"

기억의 끝을 붙잡은 서연은, 작게 비명을 지르며 벌떡 일어났다. 기억이 떠오르는 순간, 얼굴이 발갛게 달아올랐다. 입술에 닿았던 감촉이 생생하게 떠올라, 귓불까지 화끈거렸다.

지독히도 매혹적인 그 남자는 너무 아무렇지도 않게 키스를 해왔다. 키스라는 말을 붙이기조차 민망한 뽀뽀 수준이었지만, 그래도 서연에게는 일생일대의 사건이었다.

서연은 남자와 손 한 번 제대로 잡아 본 적도 없었다!

'사인, 그래. 사인 대신이었을 뿐이야.'

하지만 그런 식으로 사인을 하는 법은, 세상에 없다. 아무리 세상 물정 모르는 서연이라도, 그 정도는 알고 있었다.

'사인일 리가 없지! 대체 그 남자는 무슨 생각인 거지?'

그러고 보면 유독 스킨십을 좋아하는 것 같았다. 남의 귓불을 막 만지질 않나, 얼굴을 불쑥 들이밀질 않나.

하지만 흑심을 품고 하는 짓이라고 하기에, 태민의 표정은 너무도 무심했다. 그 모든 것이 일상적인 듯, 태민은 여유롭고 담담했다.

'내가 너무 깊이 생각하는 건가? 하긴. 대학 다닐 때도 유독 이성이랑 스킨십을 잘하는 애들이 있기는 했어. 하지만 그래도…….'

천천히 손을 올려, 손가락 끝으로 입술을 만졌다. 그의 입술이 닿았던 느낌이 여전히 남아 있었다. 영원히 사라지지 않을 것 같은 감촉. 무척이나 부드럽고 말랑말랑한 느낌이었다.

"너, 괜찮은 거야?"

재원의 목소리에 정신을 차렸다. 재원이 함께라는 걸 깜빡했다. 서연은 얼른 손을 내리고 어색하게 웃었다.

"하하하하. 응, 괜찮아."

"안 괜찮아 보이는데."

재원이 미심쩍다는 듯 미간을 좁혔다.

"아냐, 아냐. 정말 괜찮아. 하하하하하."

"……진짜로 안 괜찮아 보이는데. 무슨 일 있었어?"

"에이, 무슨 일은 무슨. 하루 종일 가게에만 있었는데 무슨 일이 있을 리가 있어? 하하하하."

서연 본인이 생각하기에도 어색했지만, 다행히 재원은 더 이상 캐묻지 않았다. 곱슬곱슬한 고수머리를 뒤로 쓸어 넘기며, 재원은 가게 안을 둘러봤다.

재원이 이 가게에 마지막으로 들른 게 일주일 전의 일이었다. 가게는 그때와 달라진 게 전혀 없었다.

"이제 거의 한 달 되지 않았나? 계속 이대로 놔둘 거야?"

"에이, 그럴 리가 있겠어? 안 그래도 오늘 마침 직원을 구했어."

말을 하다 보니, 또다시 입맞춤이 떠올라 얼굴이 붉어졌다. 재원에게 들킬까 봐 그녀는 황급히 고개를 숙였다.

"직원? 뭘 할지 정하지도 않았는데 직원부터 구했다고? 그쪽에선 오케이 했고? 뭐 하는 가게인지도 모르면서?"

"응. 역시 좀 이상한가?"

"이상하지, 그럼. 주제도 없는 가게에서 일하려는 직원이 어디 있어? 좀 수상한 사람인 거 아냐?"

"아냐. 나쁜 사람은 아닌 것 같았어. 내가 사람 보는 눈이 있잖아."

"네가 사람 보는 눈이 있다니. 그건 어디서 주워들은 유언비어야?"

재원이 어이없다는 표정을 지었다.

"어디 계약서 좀 보자. 이거야?"

그가 나간 후 꼼짝도 않고 있던 터라, 한 부씩 나눠 가진 계약서가 아직 테이블 위에 놓여 있었다. 재원은 서연이 말릴 새도 없이 계약서를 가져다가 읽었다.

"시간당 만 원? 요새 시간당 만 원씩 주는 알바가 어디 있어?"

"너무 적어?"

"많아!"

"……."

"아무래도 시급이 높아서 일을 하겠다고 한 것 같은데…… 나이가 28살이네. 게다가…… 정태민?"

서연은, 재원의 단정한 얼굴이 어두워지는 걸 멍하니 지켜봤다.

"28살의 정태민."

재원이 중얼거렸다.

"에이, 설마. 아니겠지."

"왜? 아는 사람이야?"

"아니, 뭐. 아는 사람 중에 같은 이름을 가진 사람이 있어서. 하지만 그 사람은 아르바이트 같은 걸 할 사람이 아니니까, 아마 아닐 거야."

재원이 고개를 절레절레 저었다. 표정을 보니, 재원은 '정태민'이라는 인물에게 좋은 감정을 품고 있지 않은 것처럼 보였다.

"아무튼 아직 뭘 할지 정하지도 않은 상황에서 직원을 구한 건 어리석은 짓이야. 내일 이 사람 오면 얘기 잘 해서 돌려보내고, 뭘 할지부터 생각해. 정 힘들면 나랑 재희가 도와줄 테니까."

"응, 고마워. 하지만 재원아. 일단은 내가 알아서 해 볼게. 그러라고 시키신 일이잖아."

서연의 고집스러운 대답에 재원이 미간을 좁혔다. 재원은 서연을 이해할 수 있으면서도, 이해할 수가 없었다. 서연의 상대들은 분명 주변 사람들의 도움을 아낌없이 받을 것이다. 어쩌면 비열한 짓을 해 댈지도 모른다. 친구에게 도움을 구하는 것조차 안 하려는 서연이, 그들과의 싸움에서 이길 수 있을지 의문이었다.

'아니, 절대 이기지 못할 거야.'

재원은 한숨을 삼켰다. 그들을 상대하기에, 서연은 너무 여리고 순진했다.

* * *

집에 들어가자마자 친구이자 룸메이트인 하준이 서류 봉투 하나를 던졌다.

"일 들어왔다. 큰 건이야."

태민은 봉투를 열어보지도 않고 도로 하준에게 던져 줬다.

"패스."

"왜? 시간 대비 괜찮은 일인데."

"재미있는 일을 하나 하게 됐거든. 당분간 일 안 받을 거다."

태민의 돈에 대한 갈망을 아는 하준이 눈을 가늘게 떴다. 하준은 태민이 돈보다 좋아하는 게 뭔지 알고 있었다.

"여자냐?"

"아가씨야."

"그럼 아가씨겠지. 유부녀 건드리는 건 범죄야, 너."

"아니, 아니. 그런 의미가 아니라…… 온실 속에서 자란 난초 같은 여자라고 해야 하나?"

"또라이 같은 놈. 적당히 해라. 너, 그러다가 진짜로 칼침 맞는다."

하준의 경고를 귓등으로 들으며, 태민은 소파에 누워 눈을 감았다. 입술 잠깐 댔다고 놀라서 얼어붙은 그녀의 모습이 떠올랐다. 토끼처럼 동그랗게 뜬 눈도, 살짝 벌어진 도톰한 입술도 생생하게 떠올라 태민을 즐겁게 만들었다.

비슷비슷한 여자들과 노는 것도 슬슬 지겨워진 참이었는데 잘됐다. 그 순진한 눈동자가 남자를 알아가며 퇴폐적으로 바뀌는 모습이 기대됐다. 남자 한 번 제대로 받아들인 적 없는 입술이, 태민을 원하며 애원하는 모습을 보고 싶었다.

태민에게 있어서 여자는 '게임'이다. 실컷 즐기다가 여자의 몸과 마음이 정태민으로 가득 찼을 때 끝나는 게임.

자극이 필요해서 구직 사이트를 뒤적거리다가 발견한 아르바이트. 그곳에서 새로운 게임을 찾았다.

*　*　*

서연이 할아버지인 홍준호 회장에게 불려간 것은, 한 달 전의 일이었다. 그날, 홍 회장의 자택에는 서연뿐 아니라, 새어머니인 미진과 이복형제인 윤성, 란희도 함께였다. 홍 회장을 기다리는 동안 김미진 여사의 독살 맞은 눈빛과 윤성의 음흉한 시선, 란희의 가시 돋친 조롱을 견뎌야 했다.

한 시간쯤 응접실에서 대기하다가 홍 회장의 방으로 불려갔다. 철옹이라고 불리는 홍 회장은, 그 별명에 맞게 서늘하고도 강렬한 눈으로 손자들을 응시했다.

"작은 가게 하나와 10억을 제공하겠다."

홍 회장이 딱딱한 목소리로 말했다.

"사업의 종류, 규모 등은 불문. 단, 재양 그룹의 이름은 사용하지 말 것."

재양 그룹은 홍 회장이 일으켜 세운, 불굴의 기업이었다.

"기한은 3년. 재량껏 키워 봐라. 내 입에서 '잘 키웠다.'라는 소리가 나오게 만든 사람에게 재양을 물려주도록 하겠다."

재양 그룹 홍준호 회장의 하나뿐인 아들 홍진탁. 그와 정실부인 사이에서 태어난 유일한 핏줄 홍서연. 그런 위치에 있기는 해도, 서연은 자신을 재양 그룹의 일원이라고 생각해 본 적이 단 한 번도 없었다. 재양 그룹에 속한 재산에 눈독을 들인 적도 없었다. 하물며 재양을 물려받다니. 그런 거대 기업은 준다고 해도 사양이다.

다만 서연은, 인정을 받고 싶었다. 나도 이곳에 존재하고 있다고, 나도 제대로 살아가고 있다고, 그들에게 각인시켜 주고 싶었다. 그래서였다. 홍 회장이 던져 준 게임에 뛰어든 이유는.

인테리어도 제대로 하지 않은 가게이지만, 서연에게는 가장 편한 곳이었다. 홍진탁 사장 저택의 별채에 머무는 서연은 이른 아침 일어나 나갈 준비를 마쳤다.

"아가씨. 벌써 나가시게요?"

1층 거실을 정리하던 가정부가 물었다.

"네, 이모. 아침은 안 먹어도 괜찮아요."

"어제도 안 드셨잖아요. 그러다가 몸 축나시겠어요."

"밖에서 잘 챙겨먹고 있어요. 이모도 대충 정리하시고 쉬세요."

안쓰러운 시선을 보내는 가정부를 뒤로하고 서둘러 별채에서 나왔다. 별채에서 대문까지 가려면, 마당을 가로질러 본채 건물을 지나가야만 했다. 뒷문이 있으면 좋겠다고 생각하며, 서연은 걸음을 빨리했다. 본채에 거주하는 누구도 마주치고 싶지 않았다.

"넌 변함없이 구질구질하구나."

서연의 바람은 이루어지지 않았다. 땅만 보며 걷던 서연은, 들려오는 목소리에 움찔하며 걸음을 멈췄다.

란희였다. 서구적인 체형의 란희는 몸매가 드러나는 분홍색 트레이닝복을 입고, 머리를 뒤로 질끈 묶고 있었다. 일어난 지 얼마 안 됐는지, 볼에는 아직 베개 자국이 남아 있었다. 하지만 어디를 가도 돌아볼 만큼 눈에 띄는 미모를 자랑하고 있었다.

"아, 언니. 본가에서 주무셨어요?"

란희는 재작년에 강남의 가장 비싼 오피스텔로 독립을 해서 나갔다. 말이 독립이지, 오피스텔도 생활비도 홍 사장이 대주고 있었다.

"왜? 난 본가에서 잘 자격이 없다고 생각해?"

란희가 날카롭게 물었다.

"아뇨, 그런 뜻이 아닌 거 아시잖아요."

"아빠가 오랜만에 가족끼리 저녁을 먹자고 하시더라고. 그래서 본가에 들렀어."

란희는 '아빠'와 '가족'을 강조했다. 어제 저녁을 함께 먹지 못한 서연에게는 '가족'의 자격이 없다는 듯이. 서연이야말로 본가에 발을 들일 자격이 없다는 듯이.

란희의 공격은 통했다. 서연은 가슴에 묵직한 통증을 느꼈지만 애써 미소를 지었다.

"네, 언니. 저 이만 나가 볼게요."

"일은 잘돼 가?"

"아뇨, 아직 아무것도."

"그래, 그럴 줄 알았어."

란희가 비릿하게 웃었다. 서연은 란희가 왜 이렇게까지 자신을 미워하는지 알 수 없었다. 서연은 그저 태어났을 뿐이었다. 아버지가 어머니를 선택한 것도, 어머니가 서연을 낳은 것도, 전부 어른들의 일이었다. 란희가 서연의 어머니를 미워할 수는 있겠지만, 서연까지 미워하는 건 부당하다고 생각했다.

하지만 이런 말을 해 봐야 통할 상대가 아니기에, 서연은 도망치듯 저택을 빠져나왔다. 택시를 타고 40분쯤 달려, 가게 앞에 도착했다.

"차 없어요?"

택시에서 내리는데 귀에 익은 음성이 들려왔다. 낮고 부드러운, 설탕물을 머금은 듯 달콤한 음성.

태민이었다. 태민은 가게 앞에 책상다리를 하고 앉아 있었다.

"일찍 왔네요."

"네. 할 일이 없어서요."

서연이 태민의 앞으로 걸어가서 섰다. 그는 앉은 자세 그대로 고개를 바짝 들어 서연을 올려다봤다.

"사장님이야말로 일찍 왔네요. 아직 뭘 할지도 모르는 가게인데, 왜 이렇게 일찍 오셨습니까? 집에 있기 싫습니까?"

서연의 마음을 읽은 듯한 그의 질문에, 서연은 어색하게 웃었다.

"아뇨. 가게 일을 생각하니까 잠이 안 와서."

"불면증?"

"그 정도는 아니고요."

"내가 팔베개해 줄까요?"

"사양할게요."

그가 싱긋 웃었다. 조각 같은 얼굴에 옅게 번지는 미소는, 봄 햇살처럼 따사로웠다. 서연은 잠시 홀린 듯 그의 얼굴을 들여다보다가 간신히 정신을 차렸다.

"문 열어야 하는데, 좀 비켜주세요."

"아아, 그래야죠."

그가 일어나 옆으로 비켰다.

"아침은 드셨습니까?"

"아직요."

"그럼."

그가 문을 열려는 서연의 손목을 붙잡았다. 그의 손이 유독 뜨거운 것도 아닌데, 잡힌 부위가 어쩐지 화끈거렸다. 소스라치게 놀라 손을 뿌리치려 했지만, 그는 생각보다 힘이 셌다. 아프지는 않지만 단단히 잡힌 손목이 신경 쓰였다.

"아침 먹으러 가죠."

그는 맛있는 브런치를 파는 가게를 안다고 했다. 그곳으로 걸어가는 내내, 그는 서연의 손목을 놔주지 않았다.

"저기요."

"네?"

"손 좀 놔주시면 안 돼요?"

"네, 안 돼요."

"왜요?"

"도망칠까 봐요."

"죄 지은 것도 없는데 왜 도망치겠어요?"

"죄 지은 게 왜 없어요? 내 가슴에 불을 질렀잖아요."

"……정태민 씨는…… 약간 정신이 이상하다는 말을 자주 듣지 않나요?"

"우와, 사장님. 의외로 냉정한 부분도 있네요. 이런 개그 싫어해요?"

"네, 징그러워요."

서연의 솔직한 감상에, 그가 소리 내서 웃었다.

"알겠습니다, 자제할게요."

브런치를 파는 카페는 아담하고 따뜻한 분위기였다. 사람이 많지 않아서 대기하지 않고 들어갈 수 있었다. 그는 메뉴판을 펼쳐 서연에게 돌려주며 말했다.

"간단하게 먹고 싶으면 A 메뉴, 배불리 먹고 싶으면 C 메뉴."

"A 메뉴요."

그는 주문을 받으러 온 종업원에게 A 메뉴를 두 개 시키고 다리를 꼬았다. 깍지 낀 두 손을 테이블 위에 올려놓은 그가 서연을 지그시 응시했다.

서연은 그의 눈을 똑바로 마주 보는 것이 힘들었다. 불현듯 어제의 일이 떠올랐기 때문이다. 코끝을 간질이던 그의 숨결, 입술에 닿았던 그의 체온. 입안이 바싹 말랐다.

뭘 봐요? 그만 봐요. 할 말 있어요?

이런 순간에 할 만한 말은 넘치도록 많았지만, 그 어떤 말도 끄집어낼 수가 없었다. 목소리는 목구멍 안에서 맴돌기만 할 뿐, 밖으로 흘러나오지 못했다.

처음 경험하는 기분이었다. 심장은 왜 이리 쿵쿵 뛰는 건지, 입안은 왜 이렇게 바싹바싹 마르는 건지, 목소리는 왜 자꾸 안으로 기어들어 가는 건지. 서연은 알 수 없었다. 너무 긴장해서 기절할 것 같다고 생각할 때쯤, 그가 입을 열었다.

"어린 사장님."

"넥?"

너무 긴장하고 있던 터라, 이상한 대답을 하고 말았다. 그가 씩 웃었고, 서연은 얼굴을 붉혔다.

"왜, 왜요?"

애써 아무렇지도 않은 척 다시 물었지만, 그는 서연의 마음을 다 안다는 듯 여유롭게 웃고 있었다. 그의 입가에 묻은 느긋한 미소가 얄미웠다.

"무슨 생각 하고 있었어요?"

"아, 저는…… 그러니까……."

어제의 입맞춤이요, 따위의 대답을 할 수는 없었다.

"가게를…… 생각했어요. 아직 어떤 가게를 할지 정하지 못했으니까요."

적당한 대답을 만들어 냈다.

"흐응, 그래요?"

그는 전혀 믿는 눈치가 아니었지만, 서연은 이대로 밀고 나가기로 했다.

"네. 정태민 씨는 아이디어 좀 없으세요?"

"흐음, 글쎄요."

거기까지 말했을 때, A 메뉴가 나왔다. 베이컨과 스크램블에그, 소시지, 빵 한 조각과 커피가 나오는 메뉴였다.

그는 커다란 접시 위에 담긴 것들을 조각조각 자르더니, 서연의 것과 바꾸어 주었다. 누군가 이런 식으로 배려를 해 준 건 처음인지라, 조금 이상한 기분이 들었다.

서연은 먹기 좋게 잘린 베이컨을 입에 넣고 오물오물 씹었다. 그는 빵을 손에 들고 한 입 베어 물었다. 호기롭게 먹는 모습이 보기 좋았다.

접시 위에 담긴 것을 다 먹을 때까지, 둘은 대화를 하지 않았다. 그런데도 서연은 이 침묵이 불편하게 느껴지지 않았다. 이상한 일이었다.

내성적인 서연은 낯선 사람과 단둘이 보내는 시간을 무척이나 버거워했다. 태민은 어제 막 알게 된 사람인 데다가, 도통 속을 알 수가 없는 사람이다. 그런데도 오래 알아 온 사람처럼 편하게 느껴진다는 게 신기했다.

계산은 태민이 했다.

"정태민 씨는 아르바이트 직원이잖아요. 전 사장이고. 제가 할게요."

지갑을 꺼내는 태민을 만류하며 말했다.

"나도 양심이 있습니다, 사장님. 일도 시작 안 했는데 밥을 얻어먹진 않아요. 점심이나 사 주세요."

태민과 서연이 동시에 카드를 내밀었다.

주인은 조금 난감해하다가 태민의 카드를 받아 들었다. 승리의 미소를 짓는 그가, 서연은 밉지 않았다.

* * *

오전의 홍대 거리는 한산했다.

나란히 서서 걷는 동안, 팔에 스치는 그의 팔이 신경 쓰였다. 그는 필요 이상으로 서연과 가까이 서서 걷고 있었다. 옆으로 좀 피했더니 그는 자연스럽게 서연의 옆으로 따라왔다. 그와 스치는 팔에 온 신경이 집중되어, 어디로 가는지도 깨닫지 못했다.

"왜 그렇게 보세요?"

그는 가까이에서 걸을 뿐 아니라, 집요하다는 생각이 들 만큼 서연을 응시하고 있었다.

"그냥, 귀여워서요."

담담히 흘러나온 대꾸에 심장이 덜컥 움직였다.

"귀엽다는 말은 처음이에요."

무슨 대답이든 해야 할 것 같아서, 아무 말이나 내뱉었다. 그가 싱긋 웃었다.

"정말요? 이렇게 귀여운데, 귀엽다는 말을 해 준 사람이 아무도 없다고요?"

"네, 없어요."

사실은 몇 번 있었다. 아니, 꽤 자주 있었다. 하지만 그에게 듣는 '귀엽다'는 말과는 느낌이 달랐다. 다른 사람들이 서연을 보며 '귀엽다'고 말하는 것이 토끼나 강아지를 보면서 말하는 것 같은 느낌이라면, 그가 말하는 '귀엽다'는.

'달착지근해.'

혀가 닿아 살살 녹는 솜사탕 같은 달콤함을 지니고 있었다.

"그런데 우리 어디 가는 거예요?"

그제야 가게로 향하는 방향이 아니라는 걸 깨달았다.

"어린 사장님은 보통 어디서 놀아요?"

그는 대답 대신 다른 걸 물어 왔다.

"글쎄요. 그냥 남들 노는 데서 놀아요."

"흐응, 그래요?"

그가 거짓말이라는 걸 안다는 듯 미소를 지었다.

사실 서연은 제대로 놀아 본 적이 없었다. 자신을 없는 취급하는 가족들에게 무언가 보여 줘야 한다는 생각에, 늘 열심히 살았다. 학생일 때는 집, 학교, 학원, 독서실을 반복했고, 대학생일 때도 마찬가지였다. TV를 볼 시간에 공부를 하고, 술을 마실 시간에 책을 읽었다.

최근에 와서야 가끔씩 재희의 아틀리에에 들러 수다를 떨기 시작했을 뿐이었다. 그렇게 살아온 게 부끄러운 적이 없었는데, 이상하게도 태민에게는 들키고 싶지 않았다. 느긋하게 즐기며 살아온 듯 보이는 그에게, 자신 역시 그리 살아온 것처럼 보이고 싶었다.

"그럼 오늘은 어린 사장님이 놀던 데서 놀아봅시다."

"네?"

"홍대에서 근사한 가게를 열려면, 사람들이 뭘 좋아하는지 파악을 해야 하잖아요. 오늘은 놀면서 이 지역 사람들이 뭘 좋아하는지 알아봐요."

틀린 말은 아니었다. 가게를 여는 지역의 시장 조사는 당연히 해야만 하는 일이었지만, 서연은 어째서인지 그가 자신을 놀리려고 이러는 걸지도 모른다는 생각이 들었다. 빙그레 웃으며 대답을 기다리는 그의 콧대를 납작하게 만들어 주고 싶었다.

'나도 제대로 놀 수 있어!'

괜한 오기가 생겼다.

"그래요. 그럼 오늘은 놀아요."

"네, 그럼 어린 사장님이 코스를 짜주세요. 할 수 있죠? 아니면 내 도움이 필요합니까?"

"필요 없어요. 제가 놀던 데서 놀면 되는 거잖아요."

"네, 맞아요. 그럼 우리 어디로 갈까요?"

그가 순진한 척 눈을 동그랗게 뜨고 물었다. 서연은 그를 가만히 응시하며 머리를 굴렸다. 보통 어디서 논다고들 했더라. 어디 간다고 했더라.

"일단."

이윽고 놀러가기 전, 친구들의 말이 떠오른 서연이 입을 열었다.

"한 잔 걸쳐야죠."

"푸훗."

그의 입술 사이로 비웃음 같은 소리가 새어 나왔다. 서연은 눈을 가늘게 뜨고 그를 노려봤다.

"왜 웃어요?"

"아니, 그냥. 이 시간부터 한 잔 걸치자고요?"

그가 검지로 하늘을 가리켰다. 아침의 태양이 찬란하게 빛나고 있었다.

"이 시간이 왜요?"

서연은 '대낮부터 술이냐?' 따위의 말을 들어 본 적도, 해 본 적도 없었다. 정말로 몰라서 되묻는 서연을 빤히 응시하던 그가 재미있다는 듯, 한쪽 눈을 찡그렸다.

그가 저도 모르게 서연의 머리를 쓰다듬었다. 생각지 못한 손길에 서연은 움찔했고, 그도 당황한 듯 손을 떼어 냈다.

"아니, 뭐. 술, 좋죠."

그가 서연의 머리를 쓰다듬던 손을 바지 주머니에 찔러 넣으며 말했다.

"그럼 어린 사장님이 자주 가는 술집으로 안내해 주세요."

오전부터 문을 여는 술집이 있을 리 만무했다. 그걸 모르는 서연은 굳게 닫힌 술집들을 보며 한숨을 삼켰다. 멋지고 능숙하게 술집으로 들어가려고 했는데 아무래도 실패를 한 것 같다.

'설마 술은 저녁에만 마시는 건가?'

그러고 보니, 친구들이 술을 마실 때는 늘 늦은 시간이었다. 낮에는 보통 카페에 가자는 말을 했던 것도 같다.

'아, 어떡하지?'

난처해하고 있는데, 그가 서연의 어깨에 살짝 손을 얹었다. 둥근 어깨를 자연스럽게 감싸는 그의 손길이 버거웠다. 그의 손이 유독 뜨거운 것도 아닌데, 닿을 때마다 그 부위에 화상을 입을 것만 같았다.

"자주 가는 곳이 문을 안 열었습니까?"

"네, 오늘 쉬는 날인가 봐요."

변명을 하며 슬쩍 그의 손을 벗어났다.

"그럼 내가 자주 가는 곳으로 갈까요?"

태민이 물었다. 서연은 사실 계획을 변경하고 싶었다. 하지만 이제 와서 다른 곳에 가자고 말하면 놀아 본 적 없다는 사실이 들통

날 것 같았다. 그가 어떤 곳에서 노는지 궁금하기도 했다.

서연이 고개를 끄덕이자, 그는 자연스럽게 서연의 손목을 잡고 걷기 시작했다.

* * *

24시간 운영하는 고깃집에 앉아, 서연은 주위를 둘러봤다. 고기 군내와 기름에 찌든 식탁, 작고 불편한 의자. 이런 가게는 처음이다.

태민은 그런 서연이 재미있다는 듯 지켜보고 있었다.

"뭐 드시겠습니까, 어린 사장님?"

태민이 물었다.

"음. 메뉴판을 먼저 봐야 할 것 같네요."

서연은 이런 가게에 능숙한 척, 턱을 살짝 올리며 도도하게 말했다. 그의 입가에 미소가 번졌다.

"메뉴판은 어린 사장님 뒤에 있어요."

태민이 검지로 서연의 뒤를 가리켰다. 서연은 뒤를 돌아봤지만 뒤엔 아무것도 없었다.

'어디에 있다는 거지?'

애써 침착하게 두리번거리는 서연에게, 그가 말했다.

"아니, 그쪽 말고요. 벽에요."

그제야 서연은 시선을 위로 올렸다. 벽에는 제공되는 메뉴와 가격이 친절하게 붙어 있었다. 바보 같아 보였을 거란 생각에 얼굴이 붉어졌다.

"이런 가게는 처음인가 봅니다?"

아니나 다를까. 그가 중얼거렸다.

"그런 건 아니에요. 깜빡했어요."

"깜빡했다라."

"정말이에요!"

놀림을 받는 기분이 들어서 살짝 목소리를 높이며 휙 돌아본 서연은, 시야에 안겨오는 그의 모습에 숨을 멈추고 말았다.

그는 손바닥에 턱을 괴고 비스듬하게 앉아 서연을 응시하고 있었다. 그의 입가에 번진 옅은 미소와 창문으로 들어오는 오전의 햇살이 부드럽게 어우러져, 숨 막힐 듯 매혹적인 그림을 그려냈다. 넓지만 위생 상태는 안 좋을 것 같은 가게가 순식간에 고급 레스토랑으로 바뀌었다. 그의 존재 하나만으로, 공기 중에 퍼진 냄새까지도 변한 듯했다.

꿀꺽—

저도 모르게 마른침을 삼키다가, 부끄러운 마음에 고개를 돌렸다. 남자의 얼굴을 보면서 침을 삼키다니.

"그럼 뭘 드시겠습니까, 자주 깜빡하시는 어린 사장님."

그가 놀리듯 물었다. 서연은 입술을 비쭉거리며 메뉴판을 훑어봤다. 삼겹살이 눈에 들어왔다. 서연은 삼겹살이라는 걸 먹어 본 적이 한 번도 없었지만, '삼겹살엔 역시 소주지!'라는 말을 들었던 기억은 있었다.

"삼겹살이요."

"삼겹살이요? 좀 전에 브런치 먹었잖아요. 또 먹을 수 있겠어요?"

"삼겹살 먹자고 여기로 데려온 거 아니에요?"

"뭐, 그건 그렇지만……."

"삼겹살로 해요."

"그럼 일단 1인분만 시킬게요."

"아뇨. 2인분. 제 몫의 1인분은 보장받고 싶어요."

서연의 음식 철학에 그가 피식 웃었다. 참 잘 웃는 남자란 생각이 들었다.

"그래요, 그럼."

"그리고 비냉도요."

또한 서연은, '삼겹살이랑 비냉을 같이 먹어야 삼겹살 좀 먹었다, 라는 말을 할 수 있는 거야.'라는 말 역시 들어보았다. 능숙한 삼겹살 섭취자처럼 보이기 위해 비냉을 추가했다. 사실 서연은 비냉이 비빔냉면의 줄임말이라는 것조차 알지 못했다.

"다 먹을 수 있겠습니까? 음식 남기는 거, 안 좋은 습관입니다."

그의 말에 서연은 빙그레 미소를 지었다.

"걱정 마세요. 저도 음식 남기는 거 싫어하니까요."

'기가 막힌 여자로군.'

이라고, 태민은 생각했다.

서연은 도대체가 종잡을 수 없는 여자였다. 저렴한 가격에 많은 양을 보장하는, 고급스럽지 않은 고깃집에 오는 건 처음인 게 분명했다. 당혹스러워하는 기색이 태민에게까지 전해졌으니까.

하지만 1인분을 보장받고 싶다고 주장하는 당돌한 모습은 새로웠고, 고기가 나온 후 진지하게 응시하는 표정은 귀여웠다. 태민이 고기를 굽는 내내, 그녀는 아주 신중하고 진지하게 고기의 익어 가는 속도와 모양을 관찰했다. 그녀는 흡사 화학실험실에서 약품을 다루는 연구자처럼 보였다. 태민을 재미있게 한 것은 그것만이 아니었다.

브런치까지 먹고 와서 제대로 못 먹을 줄 알았던 그녀는, 다 익은 삼겹살을 맛있게 먹기 시작했다. 얼마나 맛있게 먹는지, 배부른 태민까지도 젓가락을 들게 만들었다.

"맛있네요."

노릇노릇하게 구워진 삼겹살 한 점을 기름장에 찍어 입에 넣은 그녀가, 미식가처럼 도도한 표정으로 표현했다.

"정말 생각 이상으로 맛있어요. 왜 다들 그렇게 삼겹살, 삼겹살 하는지 알 것 같아요."

"……이런 가게 처음 아니라면서요?"

"아, 맞다."

"……."

"이 고깃집이 유독 맛있다는 말이었어요."

태민은 그녀가 무슨 콘셉트를 잡고 행동하는 건지 도통 알 수가 없었다. 왜 이런 데 자주 와 본 척을 하는 거지? 뭘 증명하고 싶은 거지?

"삼겹살이 이 정도니까 비냉도 맛있을 것 같아요. 그런데 비냉은 왜 안 나오는 걸까요?"

서연은 비빔냉면이 담긴 그릇을 앞에 두고 중얼거렸다.

"어린 사장님. 혹시…… 비냉이 무슨 음식의 줄임말인지 아십니까?"

"네?"

서연의 동공이 흔들렸다. 비냉이 비빔냉면의 준말이라는 걸 몰랐던 게 틀림없었다. 태민은 비집고 나오려는 미소를 간신히 참았다. 그녀의 눈동자가 슬그머니 벽면의 메뉴판으로 향했다가 다시 태민에게 돌아왔을 때, 그녀는 자신에 찬 눈빛을 하고 있었다.

"비빔냉면!"

퀴즈대회에서 마지막 문제의 답을 알아낸 도전자처럼 결단에 찬 눈으로 말하는 그녀의 모습에, 태민은 결국 웃음을 터뜨리고 말았다. 틀려서 웃는 거라고 생각했는지, 그녀의 얼굴이 붉게 물들었다. 하얀 얼굴에 번지는 복숭앗빛 홍조가 귀여웠다.

"아닌가요?"

조심스럽게 말하는 그녀의 머리를, 태민은 저도 모르게 쓰다듬을 뻔했다. 반쯤 올라간 손을 도로 아래로 내리며 대답했다.

"아뇨, 맞습니다."

태민은 냉면 그릇을 가져다가 가위로 면을 자르고 먹기 좋게 비벼서 다시 서연의 앞에 놔주었다. 서연이 젓가락을 들어 한 입 맛보고는 환하게 웃었다.

"와, 이것도 맛있네요."

"드셔 보신 거 아닙니까?"

"이 가게의 음식이 유독 맛있다는 말이었어요."

오물오물 씹는 모습이 토끼 같았다. 동물을 키우는 사람들의 생각을 이해할 수가 없었는데, 이런 기분이라면 한 번쯤 키워 볼 만도 하겠다. 그저 잘 먹는 모습을 보는 것뿐인데 시간 가는 줄을 모르겠다.

그렇게 지켜보다 보니, 어느 틈에 서연은 삼겹살 1인분과 냉면을 깨끗이 비웠다. 태민은 속으로 혀를 찼다.

'진짜 잘 먹네.'

깨작깨작 먹는 여자들을 봐 왔다. 혹은 털털함을 어필하기 위해 잘 먹는 척하는 여자들을 봐 왔다.

하지만 서연은 오물오물 천천히 전부 먹어 치우고도 모자라는지 남은 삼겹살을 응시하고 있었다.

"이것도 드실래요?"

태민이 앞쪽 불판에 놓인 고기를 서연의 쪽으로 옮겨주며 말했다.

"아뇨. 전 제 몫을 보장받고 싶은 만큼, 타인의 몫도 보장해 주고 있어요."

이 여자는 뭔 놈의 보장을 이토록 좋아하는 걸까? 법 공부를 했나? 아니면 속아서 밥을 못 먹은 적이 있나?

"난 배가 불러요, 어린 사장님. 그렇게 많이 먹진 못하거든요."

"정말요?"

"정말요."

"그럼 사양하지 않겠어요. 음식을 남기는 건 안 좋으니까."

서연은 쉴 새 없이 젓가락을 움직였다. 처음 먹어보는 삼겹살은 놀랍도록 맛있었다. 고급 레스토랑에서 먹는 스테이크에 비할 바가 아니었다. 그렇게 먹느라 '술'을 마셔야 한다는 것도 잊고 있었다.

태민의 몫까지 다 먹어 치운 후에야 술을 마시러 이 가게에 왔다는 데 생각이 미쳤다. 그의 눈치를 살폈다. 그는 아직 그 사실을 깨닫지 못한 듯했다.

'다행이다.'

서연은 안도했다. 사실 술을 잘 마시는 편이 아니었다. 기껏 해야 와인 몇 잔을 즐기는 정도였다. 태민이 모르는 척해 주는 중이라는 걸 꿈에도 모르는 서연은, 이제 다음 코스에 대해 고민하기 시작했다.

'술을 마신 후에는 클럽에 간다고 들었는데. 술집이 밤에 여는 거니까 클럽도 밤에만 열겠지? 그럼 클럽 말고 어디를 가지? 아, 인터넷으로 검색을 해 보면 되겠구나!'

현대 문물이 얼마나 발전했는지를 잠시 잊고 있었다. 서연은 젓가락을 내려놓고, 냅킨으로 우아하게 입가를 닦은 후 말했다.

"저, 잠시 화장실 좀."

휴대폰을 꼭 쥐고 화장실에 들어간 서연은, 서둘러 검색을 시작했다.

검색어는 [홍대 놀거리]

몇천 개의 검색어가 뜨는 걸 보며, 서연은 회심의 미소를 지었다.

이 정도면 실컷 놀아 본 여자처럼 보일 수 있겠다.

* * *

"어이구. 왕자님이 혼자서 식사를 하실 때도 다 있네."

학생 식당에 혼자 앉아 돈가스를 먹던 재원은, 맞은편에 앉으며 비아냥거리듯 말하는 인물을 향해 씩 웃었다.

"형, 오랜만이에요."

"왜 혼자냐?"

"저야 늘 그렇죠, 뭐."

"늘 그렇긴."

하준이 재원의 돈가스 한 조각을 손가락으로 집어 먹었다.

"학교엔 어쩐 일이세요?"

"너 보러 왔지."

"그거 설레네요."

"아르바이트 하나 할래?"

"아르바이트요?"

"일 하나가 들어왔는데 나 혼자는 힘들어서. 같이 작업하자."

IT 쪽 일이 들어온 모양이었다. 하준은 재원과 같은 과인 컴퓨터 공학을 전공한 후, 프리랜서로 일하고 있었다.

"태민이 형은요?"

하준은 보통 태민과 공동 작업을 했다. 어릴 때부터 친구라는 두 사람은, 어떻게 친한지 의문이 생길 정도로 성격이 달랐다. 무뚝뚝하고 말투가 거친 하준과 싹싹하고 잘 웃는 태민.

인기가 많은 쪽은 당연히 태민이었지만, 재원은 태민보다 하준이 편했다. 태민은 어쩐지 무슨 생각을 하는지 알 수 없어서, 불편하고 어려웠다.

"온실 속에서 자란 난초 같은 여자를 만나셨단다."

하준이 퉁명스럽게 내뱉은 대답에, 재원은 심장이 덜컥 내려앉았다. 어제 서연의 가게에 아르바이트를 지원했다던 남자가 28살의 정태민이었다. 마음에 걸리기는 했지만 우연도 이런 우연은 없을 거라며, 동명이인일 뿐일 거라고 그리 애써 생각하는 중이었다.

그런 와중에 '온실 속에서 자란 난초 같은 여자'라는 말을 들으니, 서연이 떠오를 수밖에 없었다. 난초까지는 아니지만, 온실 속에서 자란 건 확실했다. 친구들과도 어울리지 않아 세상 물정을 모르는 온실 속의 아가씨.

"어디서 만났대요?"

조심스럽게 물었다.

"모르지. 그놈이 뭐 장소 정해 놓고 여자를 만나는 것도 아니고."

심장이 불쾌하게 뛰었다. 태민의 여성 편력은 아주 잘 알고 있었다. 태민은 여자를 장난감처럼 생각했다. 오는 여자 안 막고, 가는 여자 안 붙잡는 정도라면 차라리 나았다. 태민은 올 생각 없는 여자의 마음을 뒤흔들어 놓고 훌쩍 떠나 버리는 인간이었다.

그런 태민에게 서연은 확실히 신선해 보였을 것이다. 요즘 세상에서는 찾기 힘든 타입의 여자니까.

'아니, 꼭 서연이라는 법은 없어. 온실 속에서 자란 아가씨가 서연이만은 아니잖아.'라고 생각하면서도, 손가락 끝이 차게 식었다.

"아무튼 일, 같이 할 거야, 말 거야?"

하준이 있다는 것조차 잊고 있었다.

"아, 일이요. 네, 할게요. 아, 아니요. 못 할 것 같아요."

만약 태민이 건드리려는 여자가 진짜로 서연이라면, 부업 따위를 할 시간이 없다. 서연은 이 시대 유일의 청정 구역이라는 말이 아깝지 않을, 순수한 여자였다. 그런 서연이 태민의 손에 더럽혀지는 것을 보고 있을 수는 없었다.

"형, 죄송한데 제가 할 일이 있어서요. 먼저 좀 일어나겠습니다."

재원이 얘기 중에 갑자기 일어나는데도, 하준은 불쾌한 기색이 없이 물었다.

"어, 그래. 이 돈가스 내가 먹어도 되냐?"

"네, 다 드세요."

재원은 황급히 나와 택시를 타고 홍대로 향했다. 홍 회장이 유산을 놓고 게임을 시작한 후, 서연이 매일 이른 아침부터 가게에 나와 있다는 것은 알고 있었다.

'태민이 형이 아니어야 할 텐데.'

동명이인이기를 간절히 바랐다. 태민은 늘 싱글싱글 웃지만 속을 알 수 없는 사람이었다. 상대하기 힘들다.

이윽고 택시가 가게 앞에 도착했을 때, 재원은 주먹을 꽉 쥐었다.

가게 문이 닫혀 있었다.

* * *

의기양양하게 서 있는 서연에게, 그가 물었다.

"진심입니까?"

"네, 왜요? 문제 있어요?"

"아니, 문제가 있는 건 아니지만…… 어린 사장님이 후회하지 않을까 싶어서요."

서연이 서 있는 곳은 마사지숍 앞이었다. 아까 검색한 '홍대 놀거리'에서 가장 많이 등장한 것이 마사지였다. 마사지로 피로한 근육을 풀어 주고, 더욱 활기차게 하루를 즐기는 게 좋지 않을까 싶어서 선택했다.

"후회 안 해요. 마사지 받는 거 좋아해요."

"뭐, 그렇기야 하겠죠. 좋아요, 그럼. 들어갑시다."

그가 먼저 걸음을 옮겼다. 성큼성큼 계단을 올라가는 그의 뒤를 따라 걸었다. 다리가 길어서 그런지, 뒷모습이 근사했다.

마사지숍 문을 열고 들어가자, 지루한 표정으로 앉아 있던 마사지사들이 태민을 보고는 벌떡 일어났다. 그녀들은 태민에게서 눈을 떼지 못했고, 그는 그것이 무척이나 당연한 일이라는 듯 행동했다.

"예약하셨나요?"

"아니요. 커플 마사지로 부탁드립니다."

그가 서연에게 묻지도 않고 말했다. 그제야 마사지사들은 서연의 존재를 눈치챈 듯 질투 어린 시선을 보냈다. 서연은 어색하게 웃으며 태민의 뒤에 서 있었다.

"여러 가지 코스가 있는데, 뭐로 하시겠어요?"

"여기, 120분짜리 D코스로요."

"네, 그럼 탈의실에서 옷 갈아입고 나오시면 안내해 드릴게요."

가게에서 준 분홍색 티셔츠와 반바지로 갈아입고 나왔다. 탈의실 앞에는 파란색 티셔츠와 반바지를 입은 태민이, 마사지사와 대화를 하고 있었다. 생글생글 웃으며 그를 올려다보는 마사지사의 모습에 괜히 기분이 나빠졌다.

"저, 나왔어요."

서연의 말에 마사지사가 조금 짜증 난 표정을 지었다가 말했다.

"네, 그럼 이쪽으로 오세요."

그가 서연을 돌아보며 먼저 가라는 듯 손짓했다. 마사지는 출장 마사지만 받아 본 서연이기에, 이곳의 분위기가 생소했다. 하지만 익숙한 척하며 마사지사의 뒤를 따라 걸었다.

마사지사가 커플 마사지 룸의 문을 열었을 때에야, 서연은 태민이 가게에 들어오기 전에 던진 질문의 의미를 알 수 있었다. 좁은 방에 두 개의 이부자리가 깔려 있었고, 묘하게 어두운 조명이 빛나고 있었다.

"안 들어가십니까?"

차마 들어가지 못하고 서 있던 서연은, 뒤에서 들려오는 그의 음성에 소스라치게 놀랐다.

"뭘 그렇게 놀라요?"

그가 싱긋 웃으며 물었다.

"아뇨, 그냥……."

"꼭 마사지 처음 받아 보는 분처럼 구시네. 아, 혹시 마사지 받아 본 적 없어요?"

"이, 있어요!"

집에서 출장 마사지로, 라는 말은 하지 않았다.

"그럼 얼른 들어가요."

꼴깍―

서연은 침을 삼켰다. 이제 와서 무를 수는 없었다.

'그래, 단둘이 있는 것도 아니고 마사지사도 같이 있을 거잖아. 괜찮아, 이건 그냥 마사지를 받는 장소인 거야. 내가 자꾸 이상한 생각을 하니까 이상하게 느껴지는 거야.'

하지만 이상한 생각을 할 수밖에 없었다. 어스레한 조명을 받은 그는 밖에 있을 때보다 섹시했다. 짙은 눈썹 아래로 보이는 깊은 눈에는 사람을 홀리는 마법이 담겨 있었다. 지그시 이쪽을 향하는 그의 시선과 붉은 입술이, 숨 막히도록 매혹적이었다.

'마네킹이야, 저건.'

서연은 크게 심호흡을 하며 생각했다.

'굉장히 잘 만든 마네킹일 뿐이야. 그래, 마네킹.'

그렇게 최면을 걸었더니 조금 나아졌다. 서연은 안으로 들어가 한쪽 매트 위에 누웠다. 그도 옆에 있는 매트에 눕자, 마사지사가 말했다.

"그럼 잠시만 기다려 주세요. 준비하고 오겠습니다."

탁―

마사지사가 나가며 문을 닫았다.

이럴 수가!

둘만 남았다!

*　　*　　*

서연은 베개에 얼굴을 파묻고 있었다. 숨을 쉬기 조금 힘들었지만, 고개를 돌릴 수가 없었다.

남성과 단둘이 한 공간에 누워 있다니.

이런 경험은 처음이다. 이럴 때 어떤 식으로 행동하면 좋을지, 서연은 알지 못했다. 간신히 호흡을 하고 있는데, 그가 나직한 음성으로 서연을 불렀다.

"어린 사장님."

느릿한 바리톤의 음성이 소름 끼치게 매혹적이었다. 목소리가 옷을 파고들어 와 전신을 애무하는 듯한 느낌이 들었다. 서연은 베개를 꽉 잡았다.

"그러고 있으면 숨쉬기 힘들지 않아요?"

"안 힘들어요."

베개에 코와 얼굴이 막혀서 웅얼거리는 소리가 흘러나왔다. 그의 음성에 비해 자신의 목소리가 무척이나 형편없이 느껴졌다.

"힘들어 보이는데."

부스럭거리는 소리가 들려서, 서연은 더 긴장했다.

'정태민 씨가 움직이고 있어! 뭘 하려는 거지?'

그가 딱히 서연에게 다가오는 것도 아닌데, 부스럭거리는 소리가 계속됐다. 서연은 그가 무얼 하고 있는지 궁금해서 견딜 수가 없었다. 그래서 그가 있는 쪽으로 빼꼼 고개를 돌렸다.

엎드린 채로 이쪽을 보고, 손가락으로 베개를 건드리는 그의 모습이 눈에 들어왔다. 서연이 돌아봤다는 걸 확인한 그의 눈이 가늘어졌다.

'속았다!'

서연이 돌아보게 만들려고 일부러 부스럭거린 모양이다.

"뭘 그렇게 긴장해요? 야한 생각이라도 하는 거예요?"

정곡을 찔렀다. 서연은 얼굴이 확 달아오르는 걸 느꼈다.

"그, 그런 생각 안 해요!"

"응, 알아요."

'알긴 뭘 알아?'

서연은 울고 싶어졌다. 그는 아무 생각이 없는 듯 보이는데, 자기 혼자서 이상한 상상을 하게 되는 상황이 싫었다.

지금껏 어느 남자를 봐도 이런 식으로 행동한 적이 없었다. 남자와 손을 잡거나 포옹을 하는 상상조차 해 본 적이 없었다. 그런데 이상하게도 태민과 함께 있으면, 자꾸만 자신답지 못하게 행동하게 된다.

"긴장하지 말아요, 어린 사장님."

그가 서연의 머리를 쓰다듬었다. 피할 새도 없이 닿은 그의 손길에, 서연은 숨을 멈췄다.

머리카락을 부드럽게 쓰다듬다가 안으로 파고드는 그의 손가락 끝이, 지독하게 달콤했다. 천천히 움직이는 손길이 닿는 곳은 분명 머리 위인데, 이상하게도 온몸이 저릿거렸다.

이윽고 그의 손이 떨어져 나갔다. 다행이라고 생각하면서도 아쉬웠다. 머리카락을 헤집는 그의 손길이, 그새 그리워졌다.

"이런 데서는 안 덮칠 테니까요."

'그럼 다른 데서는 덮치겠단 말이야?'라고 생각하며, 서연은 얼굴을 홱 돌려 다시 베개에 파묻었다. 바짝 긴장한 서연은 호랑이 앞에 놓인 토끼 같았다.

'지루하진 않네.'라고 생각하며, 태민은 빙그레 웃었다. 마사지사에게는 조금 늦게 들어와 달라고 말해 둔 터였다. 아마 서연은 마사지사가 유독 늦는다는 것도 모르고 있을 것이다.

칠흑처럼 검은 머리카락이 분홍색 베개 위에 흐트러져 선명한 질감을 만들어 냈다. 태민은 거기서 눈을 뗄 수가 없었다. 머리카락 한 올, 한 올이 생명을 가진 듯 빛나고 있었다.

드디어 마사지사 두 명이 방에 들어왔다. 전신을 꾹꾹 누르는 손길이 시원했다. 하지만 서연에게는 조금 아플지도 모르겠다는 생각이 들었다. 흘끗 그녀 쪽을 봤더니, 아니나 다를까 서연은 금방이라도 울 것 같은 표정으로 입술을 꽉 깨물고 있었다. 신음을 흘리지 않기 위해 노력하는 것 같았다.

그 모습이 얼마나 귀여운지, 태민은 저도 모르게 웃음을 터뜨릴 뻔했다. 간신히 웃음을 참고 고개를 돌렸다. 가슴 부근이 간질거렸다.

* * *

마사지를 받는 2시간 동안 지옥을 경험했다.

서연이 받아 본 마사지라고는 피부 마사지가 전부였다. 이렇게 온몸을 꽉꽉 누르고 꺾는 마사지는 처음이라, 강한 자극을 받아 본 적 없는 근육이 비명을 질러 댔다. 하지만 아프다는 티를 내면 우습게 보일 것 같아, 있는 힘을 다해서 참았다.

"끝났습니다. 수고하셨습니다."

라는 마사지사의 음성이 천사의 목소리처럼 들렸다. 비틀거리며 일어나 탈의실에 들어가 옷을 갈아입고 나왔을 때, 태민은 이미 나와서 계산을 끝낸 후였다.

아르바이트를 구할 때 분명히 '식비 제공'이라고 써놨는데, 오늘은 아침부터 지금까지 계속 그가 계산을 했다. 아르바이트를 구하는 사람은 가난한 고학생일 거라고 생각해 온 서연은, 그가 물 쓰듯 돈을 쓰는 이유를 알 수가 없었다.

마사지숍에서 나와 계단을 내려갈 때 어지럼증을 느꼈다. 익숙하지 않은 마사지를 받아서인지, 몸이 물에 젖은 솜처럼 묵직하고, 노곤했다. 축축이 젖은 휴지 조각이 가득 찬 것처럼 머리가 무거웠다.

문을 나서자마자 들이닥친 햇빛조차도 아찔하기만 했다. 한쪽 눈을 찡그리는 서연을, 그가 가만히 응시하다가 걱정스럽게 물었다.

"어린 사장님, 괜찮아요?"

"네, 괜찮아요."

"정말요? 힘들어 보이는데."

그의 까만 눈동자는 오롯이 서연을 향하고 있었다. 그 깊은 눈동자에 담긴 진지한 걱정이, 서연의 가슴을 술렁이게 만들었다. 그가 무슨 생각을 하고 있든, 그는 지금 서연만을 똑바로 보고 있었고, 서연의 상태만을 걱정해 주고 있었다.

처음이었다. 누군가 서연을 똑바로 보며 걱정해 주는 것은.

그래서일까. 술렁이던 가슴이 두근두근 세차게 뛰기 시작했다. 그의 손가락이 머리에 닿았을 때보다, 그의 입술이 사인 대신이라며 서연의 입술을 스쳤을 때보다, 훨씬 더 심하게 뛰었다.

당혹스러웠다. 이 두근거림을 그에게 들킬 것만 같아, 서연은 얼른 시선을 옆으로 피했다. 하지만 소용없었다. 서연의 얼굴은 이미 빨갛게 물들어 있었고, 이 찬란한 햇빛 아래에서 그것을 숨길 수 있을 리 없었다.

처음 느끼는 벅찬 감정과 민망함, 부끄러움에 서연은 울고 싶어졌다. 왜 이 남자 앞에서 유독 이상한 기분에 휩싸이는 건지 알 수가 없었다. 그리고 알 수 없다는 그 점이, 서연을 더욱 혼란 속에 밀어 넣었다.

그 순간 서연의 머릿속에는, 홍 회장의 게임도, 홍윤성과 홍란희도, 숨 막히는 집도 들어 있지 않았다. 매일 서연을 괴롭히던 고통스러운 생각들이 빠져나간 공간을, 정태민이란 남자가 가득 채우고 있었다.

그다음부터 시간을 어떻게 보냈는지 모르겠다. 아이스크림이 맛있는 카페에 가서 아이스크림을 먹었고, 홍대의 골목을 걸었던 것도 같다. 뉘엿뉘엿 지던 해가 완전히 모습을 감춘 후에야, 서연은 정신을 차렸다.

하지만 금방 다시 아찔해졌는데, 서연의 손을 그가 꼭 잡고 있었기 때문이었다. 그는 그게 당연한 일이라는 듯이 서연의 손을 잡고 걸었다. 그것은 무척이나 연인처럼 보이는 행동이기 때문에, 정신을 차린 서연은 그에게 잡힌 손을 빼기 위해 힘을 줬다.

놔주지 않을 줄 알았던 그는 의외로 쉽게 서연의 손을 놔주었다. 원하는 대로 되었는데도, 서연은 왠지 아쉽다는 생각이 들었다.

"어린 사장님. 이제 그만 돌아갈까요?"

그가 입을 열었다. 사실 이 이후로도 계획해 놓은 것들이 있기는 했다. 아까 고깃집에서 검색을 할 때, [홍대 밤놀이]로도 검색을 해 봤다.

하지만 이렇게 놀아 본 적이 없는 서연은 무척 지친 상태였고, 그의 제안이 고맙기까지 했다. 혹시라도 그의 생각이 바뀔까 봐 열심히 고개를 끄덕였더니, 그가 빙그레 미소를 지었다. 조각 같은 얼굴 전면에 번지는 그 미소가 어찌나 감개무량한지. 왠지 콧등이 찡해졌다.

"시장 조사를 한 결과는 어떻습니까?"

가게로 돌아가는 동안 그가 물었다.

'아, 맞다. 지금까지 우린 시장 조사를 한 거였지.'

새까맣게 잊고 있었다.

"시장 조사…… 결과는……."

머릿속은 온통 정태민이었다. 그의 손길, 그의 온기, 그의 눈빛. 시장 조사의 결과 따위는 생각해 보지 않았다. 하지만 그 사실을 들킬 수는 없기에, 서연은 말을 일부러 길게 끌며 머리를 굴렸다.

"홍대는 역시……."

"역시?"

"음…… 젊음의 거리?"

아까 검색 중에 눈에 들어왔던 문구가 기억나 따라 말했더니, 그가 어이없다는 듯 웃었다.

"그건 당연한 거고요."

"그리고, 음…… 홍대는……."

"홍대는?"

되묻는 그의 목소리가 얄미웠다. 그는 서연이 무슨 생각을 하는지 안다는 듯 서연의 대답을 기다리고 있었다. 멋진 대답으로 그의 콧대를 눌러 주고 싶은데, 도통 생각나는 것이 없었다.

그때였다. 구원의 목소리가 들려온 것은.

"홍서연."

가게가 있는 골목에 들어섰을 때, 낮게 가라앉은 음성이 울려 퍼졌다. 가게 앞 가로등 아래에 서 있는 인영을 보는 순간, 서연의 표정이 환해졌다.

"재원아."

재원이 성큼성큼 서연을 향해 걸어왔다.

"너, 전화를 왜 이렇게 안 받아?"

"아, 전화했었어?"

"또 가방에 넣어놨어?"

서연은 돌아다닐 때 휴대폰을 가방에 집어넣고 잊어버리는 습관이 있었다. 휴대폰을 마지막으로 본 게 아침에 고깃집에서 홍대 놀거리를 검색할 때였다.

"왜? 무슨 일 있어?"

서연의 질문에, 재원의 눈동자가 태민에게로 움직였다. 재원은 태민을 똑바로 응시하며 말했다.

"응, 있어. 무슨 일."

재원은 다정다감하고 온화한 성품이었다. 쌍둥이 누나인 재희의 예민한 성격과 짜증을 전부 받아주는 모습을, 서연은 어릴 때부터 봐 왔다.

그런 재원이 이상하게도 기분이 나빠 보였다. 이런 표정을 짓는 재원을 보는 건 처음이었다. 단지 화가 난 게 아니라 불안한 눈빛이었다.

"형이 왜 여기에 있죠?"

재원이 물었다. 처음에 서연은 재원이 누구에게 질문하는 건지 깨닫지 못했다. 재원의 눈동자가 태민에게 향해 있음에도, 재원과 태민이 아는 사이일 거라는 데까지는 생각이 미치지 않았기 때문이었다.

"글쎄. 내가 왜 여기에 있을까?"

태민이 싱긋 웃으며 되물었을 때에야, 서연은 재원과 태민이 아는 사이인 모양이라고 생각했다.

"재원아, 정태민 씨랑……."

"그러는 신재원은 왜 여기에 있지?"

태민이 서연의 말을 끊으며 재원에게 물었다.

"난."

재원이 서연의 손목을 붙잡아 강하게 끌어당겼다.

"으앗!"

낮게 비명을 지르며 휘청거리는 서연의 허리를, 재원의 팔이 단단히 휘감았다.

“얘 친구니까요. 절친이라는 말 들어보셨어요? 절친한 친구의 준말인데.”

“아아. 그 정도 준말은 알아들을 정도로 젊어. 너랑 나랑 나이 차이가 그렇게 많이 나는 건 아니잖아. 그리고 내가 여기에 있는 이유는.”

태민이 서연을 향해 손을 뻗었다. 그의 손이 서연의 손목에 닿기 직전, 재원이 차갑게 그 손을 쳐냈다. 공기가 팽팽하게 당겨졌다.

서연은 재원이 왜 이렇게 고슴도치처럼 가시를 세우는 건지 알 수 없었다. 재원과 태민 사이에 안 좋은 일이라도 있었던 걸까?

여유가 없어 보이는 재원과 달리 태민은 느긋했다. 재원에게 맞듯이 뿌리쳐진 손을 바지 주머니에 찔러 넣은 태민은 삐딱하게 서서 미소를 지었다.

“내가 여기에 있는 이유는 어린 사장님에게 고용된 직원이기 때문이야. 끝내주는 대답이지?”

뭐가 끝내주는 대답이라는 걸까?

서연은 황당했지만 끼어들 분위기가 아니었다.

‘그나저나 얘는 왜 이렇게 날 꽉 끌어안고 있는 거지? 불편해.’

재원의 품에 안기는 것도 처음 있는 일이기는 하지만, 태민의 손이 닿을 때와는 달리 심장이 두근거리는 증상은 나타나지 않았다. 그저 꽉 안겨 있어서 불편할 뿐이었기에, 벗어나기 위해 몸을 꿈틀거렸다.

“가만히 있어.”

재원이 묵직한 목소리로 명령했다. 서연은 어이가 없었다.

"야, 신재원. 네가 뭔데……."

"우리 어린 사장님한테 이래라저래라 하지 마."

이번에도 태민이 서연의 말을 끊었다. 자꾸 말을 가로채인 서연은 인상을 찌푸리고 그를 노려봤다.

'나도 입 있거든요?'라는 말이 목구멍까지 튀어나왔지만, 그런 말을 하면 안 되는 분위기였다. 여전히 공기는 팽팽했고, 재원의 기분은 나빠 보였다. 그리고 태민은 미소를 짓고는 있지만 무슨 생각을 하는지 전혀 알 수가 없었다.

"형의 어린 사장님이 아니라, 내 친구예요."

이윽고 재원이 내뱉은 대답은 허무할 정도로 어린애 같은 반항이었다. 그 말을 한 재원도 그걸 느꼈는지, 서연을 안은 팔에 힘이 들어갔다.

태민은 여전히 여유로운 미소를 짓고 있었다. 태민과 재원은 키도, 덩치도 비슷했다. 하지만 한쪽은 장난감을 사달라고 고집부리는 아이 같았고, 다른 한쪽은 그걸 지켜보는 어른 같았다.

"사람의 사회적 위치가 하나만 존재하는 건 아니지."

태민이 이어 말했다.

"너의 친구에게는 또 다른 위치가 있어. 네게 대학생, 혹은 네 부모님의 아들이라는 위치가 있듯이. 네 친구인 홍서연은 나의 사장님이고, 너는 지금 홍서연이 지닌 또 하나의 사회적 지위를 부수려고 하고 있어."

그가 담담한 어조로 하는 질책보다, 그가 자신의 이름을 기억하고 있다는 데에 초점을 맞춘 서연은 감동했다. 지금껏 어린 사장님이라고만 불러서 이름을 잊어버린 줄로만 알았기 때문이다.

"친구라는 이유로, 내 사장님이 직원 앞에서 부끄러워하게 만들지 마."

재원의 팔에서 힘이 빠졌다. 서연은 재원의 품에서 빠져나와, 그들로부터 한 걸음 떨어졌다. 두 사람 사이에 존재하는 긴장감이 서연을 숨 막히게 만들었기 때문이었다.

재원은 여전히 태민을 노려보고 있었다.

"서연아."

재원이 태민에게서 시선을 떼지 않고 말했다.

"가게에 들어가 있어. 나, 태민이 형이랑 얘기 좀 하고 올게."

* * *

서연이 가게에 들어가는 걸 확인한 후, 재원은 가만히 태민을 노려봤다. 태민을 볼 때마다 늘 생각하는 것이 하나 있다.

'이 사람한테 감정이라는 게 존재하기는 할까?'

태민과 대학교 생활을 같이 한 기간은 고작 1년이었다. 그 1년 동안, 재원은 그에 대한 무수히 많은 소문과 평가를 들었다.

태민에 대한 소문은 대체로 여자와 관련된 것이었다. 보통 여자관계가 문란한 남자는 미움을 받거나 별종 취급을 당하기 마련인데, 이상하게도 태민은 남자들에게까지 인기가 좋았다. 여학생들은 태민의 여자관계를 알면서도 그에게 매달렸고, 남학생들은 태민과 술자리를 즐기고 싶어 했다.

태민에 대한 평가는 소문보다 다양했다. 머리 좋은 놈, 뭔가 해낼 놈, 성격 좋은 놈, 유쾌한 놈.

하지만 재원은 태민이 왜 그렇게 좋은 평가를 받는 건지 알 수 없었다. 질투 때문이 아니었다. 인기라면 재원도 넘치도록 많았으니까.

그저 재원의 눈에 태민이 하는 행동과 표정은, 그 모든 것이 계산에서 비롯된 것으로만 비췄다. 웃는 것도, 인상을 찡그리는 것도, 손을 들어 올리거나 내리는 행동 전부. 무엇 하나 솔직한 감정에서 시작된 것이 아니라, 머릿속으로 생각하고 계산한 후에 진행하는 것처럼 보였다. 그래서 재원은 태민이 어렵고 불편했다.

태민이 졸업한 후에 마주칠 일이 없을 거라고 생각했는데, 이런 식으로 만나게 될 줄은 몰랐다. 이건 정말 최악이다. 다른 것도 아니고 여자 문제로 태민을 마주하게 되다니. 가장 건드리고 싶지 않은 부분이었지만, 그 여자가 서연이라면 모르는 척할 수 없었다.

상당히 오랫동안 침묵이 흘렀는데도, 태민은 입을 열지 않았다. 재원이 먼저 말을 시작하기를 기다리는 것 같았다. 재원은 크게 심호흡을 한 후, 입을 열었다.

"다시 한 번 물어볼게요, 형. 대체 무슨 생각으로 서연이한테 접근한 거죠?"

태민의 눈이 가늘어졌다. 살짝 올라가는 입꼬리를 보니, 쉽게 대답을 들을 수는 없을 것 같았다. 그리고 재원의 예상이 맞아떨어졌다.

"왜 그렇게 내 생각에 집착해? 나한테 마음이라도 있어?"

태민은 언제나처럼 가볍게 이 상황을 넘기려고 했다. 태민에게 있어서 이것은 깃털처럼 가벼운 일일지도 모르지만, 재원에게 있어서 서연의 일은 무겁고 또 무거웠다.

"있다고 하면 대답해 줄 겁니까?"

무뚝뚝하게 되묻는 재원을 보며 태민이 싱긋 웃었다.

"아니."

놀리듯 돌아오는 대답에, 재원은 발끈했다. 자신이 다혈질이라고 생각해 본 적은 없는데, 태민을 상대할 때면 가끔씩 울화통이 터진다. 재원은 심호흡을 하며 부글부글 끓는 속을 가라앉히고는, 달래는 듯한 어조로 말했다.

"아까 하준이 형을 만났어요. 작업 하나가 들어왔다더라고요. 아마 형이랑 하준이 형이랑 둘이서 그 작업을 하면, 짧으면 한 달, 길면 한 달 반 안에 끝나겠죠. 시간당 만 원을 주는 아르바이트를 하느니, 그 작업을 하는 게 더 낫지 않아요?"

"응, 않아."

이 사람은 정말! 재원은 주먹을 꽉 쥐었다.

"왜요? 형은 그런 쪽으로 계산이 빠른 사람이잖아요. 하준이 형이랑 작업하는 게 아르바이트를 하는 것보다 몇 배는 더 벌어요."

"하지만 선하준이랑 하는 일엔 여자가 없잖아."

"역시 서연이를 노리고 있는 거군요."

"노리다니. 내가 사냥꾼도 아니고. 그저 예쁜 여자랑 같이 일을 해 보고 싶을 뿐이야."

"서연이는 안 돼요."

"왜? 사실은 남자야?"

"그럴 리가 없잖습니까! 제발 장난 좀 그만치세요."

"장난치는 거 아냐. 나는 여자가 좋다고 했고, 너는 홍서연 씨는 안 된대. 그렇다면 홍서연 씨가 남자라는 말 아냐?"

재원은 진지하게 고민했다. 여기서 저 인간의 턱을 한 대 후려갈기면, 얼마나 벌금을 물게 될까?

"홍서연 씨가 남자가 아니면……."

태민이 옅은 미소를 지으며 고개를 옆으로 기울였다. 흐트러진 검은 머리카락 사이로, 그의 깊은 눈동자가 묘하게 빛났다.

"내 사랑스러운 후배님께서 홍서연 씨에게 남다른 감정을 품고 있다든가."

정곡을 찔리는 바람에, 재원의 얼굴이 확 붉어졌다. 태민의 눈이 커졌다.

"호오. 내 사랑스러운 후배는 의외로 순정남이었군. 이런 일로 얼굴이 빨개지다니. 새로운 일면을 발견했어. 아주 귀여워."

재원은 고개를 옆으로 돌리고 손등으로 얼굴을 훔쳤다.

"새로운 일면 따위는 아무래도 좋아요. 내 마음도 아무래도 좋고요. 질투 때문에 이러는 게 아닙니다. 형은 여자를 장난감으로만 생각하잖아요."

"에이, 그건 말이 너무 심해. 난 여자를 장난감으로 생각해 본 적 없어. 한 명, 한 명을 진심으로 상대하고 있어."

'진심을 담아 게임을 하는 거겠지.'라고 생각하며, 재원은 태민을 노려봤다.

"서연이는 형이 함부로 가지고 놀 만한 여자가 아닙니다. 괜한 수작 부릴 생각하지 마세요."

"함부로 가지고 놀 생각도, 괜한 수작을 부릴 생각도 없어. 나는 아르바이트를 하기로 결정했고, 내 고용주가 우연하게도 홍서연 씨가 되었을 뿐이야. 그리고 홍서연 씨는 열 살짜리 어린애가 아니야. 자기 일은 스스로 결정하고 책임질 수 있는, 근사한 성인이지. 지금 네 행동이, 홍서연 씨를 얼마나 우습게 만들지 생각해 봐."

"상관없어요."

"우리 사장님한테는 상관있을걸."

"아뇨, 서연이는……."

"어린애 취급하지 마. 우리 사장님이 얼마나 따뜻한 온실에서 자랐는지는 모르겠지만, 자기 가게를 갖기 위해 노력하는 사람이야. 그러기 위해 나라는 직원을 뽑은 거고. 너는 지금 그런 홍서연 씨의 노력을 전부 무시하고 있는 거야."

틀린 말이 아니었다. 아니, 너무도 옳으신 말씀이라 이러고 있는 것이 부끄럽기까지 했다.

"흥미가 생겼어. 가게 주제도 정하지 않고, 시간당 만 원이라는 거금을 들여가며 아르바이트를 구하는 고용주에게. 내가 이 일을 언제까지 하게 될지는 모르겠지만, 하는 동안에는 최선을 다할 생각이야. 최선을 다하는 나는, 시간당 만 원이 부끄럽지 않은 직원일 게 분명하고."

잘난 척을 하는 모습이 밉지 않은 사람은 태민밖에 없을 것이다.

잘난 척이 아니라 사실을 말하는 것뿐이니까.

"홍서연 씨가 구한 최고의 인재를 떨어뜨려 놓을 생각이야?"

최고의 인재인 건 사실이었다. 하지만 최고의 인재에게 또 다른 꿍꿍이가 있으니 문제였다. 태민은 정작 중요한 문제에 대한 대답을 회피하고 있었다. 그리고 재원이 무슨 말을 하든, 계속 이런 식으로 피할 것이다. 아니, 지금처럼 오히려 공격을 해오리라.

"알겠어요, 형."

잠깐 침묵이 흐르는 동안, 재원은 생각을 정리했다.

"형은 분명 서연이한테 큰 힘이 되겠죠. 인정합니다."

순순히 말하는 재원의 모습에, 태민이 눈을 가늘게 떴다.

"힘껏 서연이를 도와주세요. 그럼 가게로 가죠. 서연이가 기다리겠네요."

서연은 가게에 우두커니 앉아 있었다.

가게 문이 열리자 반색을 하는 모습이, 귀를 쫑긋 세운 토끼 같았다. 어릴 때부터 봐왔지만 질리지 않는 귀여움이라고 생각하며, 재원은 말했다.

"서연아. 나도 이 가게에서 아르바이트 할래."

* * *

삼자대면이라는 건, 이런 상황을 두고 하는 말일까?

두 남자를 앞에 두고 앉아, 서연은 생각했다. 왜인지 모르겠지만 일생일대의 사안을 앞에 둔 사람처럼 진지한 표정의 재원과 재미있다는 듯 싱글싱글 웃는 태민.

두 남자가 대체 무슨 대화를 나누고 들어온 건지는 모르겠지만, 분위기가 심상치 않았다.

"너, 학교는?"

"졸업반이라서 시간 많아."

"졸업반이 가장 바쁠 때 아닌가?"

태민이 중얼거렸다. 하지만 재원은 그 말을 무시하기로 한 듯 말을 이었다.

"아무리 생각해도 네가 가게를 운영하려는데 모르는 척할 수는 없어. 시작 단계만이라도 도와줄게."

"하지만 아직 정해진 게 없어서, 아르바이트는 한 명으로도 충분한데."

"아르바이트비는 안 줘도 돼."

"에이, 그래도 네가 시간 내서 하는 건데 그럴 순 없지."

"그럼 시간당 천 원이라도 챙겨주든가."

"그건 근로법 위반이야."

라고, 태민이 끼어들었지만 이번에도 재원은 무시했다.

"얼마를 줘도 상관없어. 당분간은 나도 이 가게에 붙어 있을 거야."

"응, 그건 고마운데……."

서연은 도움이 필요한 상황이었다. 정태민이라는 직원을 구하기는 했지만, 단둘이 있으면 이상한 기분이 들어서 곤란했다. 그럴 때에 재원이 함께해 준다면, 묘하게 술렁이는 가슴도 가라앉으리라고 생각했다.

하지만 재원과 태민은 그리 좋은 사이가 아닌 듯 보였다. 이 두 사람을 함께 일하도록 하는 게 과연 옳은 선택일까?

고민을 하다가 태민과 눈이 마주쳤다. 깊이를 짐작하기 힘든 검은 눈동자가, 서연을 지그시 응시하고 있었다. 그저 눈이 마주친 것뿐인데도 심장이 반응했다. 순식간에 공기가 변해, 태민과 단둘이 있는 듯한 기분을 느꼈다.

서연은 황급히 시선을 떼고 재원에게 말했다.

"응. 그럼 부탁 좀 할게, 재원아."

순간 재원의 얼굴에 안도의 표정이 흘러나왔다. 안도해야 할 것은 이쪽인데, 왜 재원이 안도를 하는지 모르겠다.

흘긋 태민의 표정을 살폈더니, 무슨 생각을 하는지 심각하게 바닥을 내려다보고 있었다. 가게의 종류도 정하지 않은 상황에서 아르바이트생만 늘리는 상황을 한심하게 여기는 건가 싶어서 걱정이 됐다. 재원을 고용하겠다고는 했지만, 이 가게의 전력이 될 수 있는 사람은 태민이었다. 재원은 아직 대학생이니까 학교와 가게를 병행해야 한다.

"한 가지 분명하게 짚고 넘어갈 게 있어."

이윽고 태민이 입을 열었다. 그답지 않게 진지한 목소리였다. 서연은 물론, 재원까지 긴장하는 게 느껴졌다.

"나는 어제 자로 사장님이랑 계약을 했어. 그럼 내가 선배인 거지?"

생각지도 못한 지적에, 재원이 황당하다는 표정을 지었다. 서연은 자신도 재원과 같은 표정일 거라고 확신했다.

"단 하루를 먼저 일했더라도 선배는 선배. 나는 이 부분을 정확하게 짚고 넘어가길 바라."

"그런 말 안 해도 형이라고 부르고 있잖습니까?"

"아니, 사석에서야 형이라고 할 수 있지만 공석에서는 또 다르지. 꼬박꼬박 선배님이라고 불러, 신재원 군."

재원이 인상을 찌푸렸다.

하여간 이 인간은.

하지만 벌써부터 분란을 일으키고 싶지 않아, 재원은 순순히 고개를 끄덕였다. 태민의 얼굴에 흡족한 미소가 떠올라서 울컥 짜증이 났지만 꾹 내리눌렀다.

그러나.

"그런데 신재원 군. 30분 후에 소프트웨어 종합설계 수업 있지 않아? 그 교수님, 출석 중요하게 여기는데."

이어진 태민의 말에, 재원은 벌떡 일어나 반항기 소년 같은 말을 외치고 말았다.

"아, 좀! 내 인생에 신경 꺼요!"

* * *

"그럼 오늘 근무 시간은 오전 7시부터 오후 10시까지로 체크해 둘게요."

수첩을 꺼내면서 말하는 서연을, 태민이 지그시 응시했다. 펜 끝이 가늘게 떨리는 이유는, 그의 시선이 느껴졌기 때문이었다. 그를 올려다보고 있는 것도 아닌데, 그의 시선은 마치 질감을 가진 듯 강하게 전해졌다.

이상하게도 그의 시선을 받으면, 홀딱 벗겨진 느낌이 들었다. 심장이 쿵, 쿵, 쿵…….

"뭘 하는 거야?"

그의 낮은 음성에 정신을 차렸다.

"시간 체크를 하고 있는데요."

"아니, 어린 사장님 말고."

고개를 들었더니, 그의 눈앞을 가린 커다랗고 고운 손이 보였다. 재원의 손이었다. 재원은 손으로 그의 눈앞을 막고 있었다. 서연을 못 보게 하려는 듯이.

'쟤가 대체 왜 저러지?'

황당했지만 한편으로는 고맙기도 했다. 안 그래도 그의 시선 때문에 이상한 기분에 빠지려고 했기 때문이다. 재원을 고용하기를 잘했다.

"오랜 시간 노동한 선배님의 안구가 혹시나 건조하지 않을까 걱정돼서, 습기 체크를 하고 있습니다."

재원이 말했다. 태민의 입꼬리가 우아한 곡선을 그리며 위로 올라갔다.

"그거 참 고맙기는 한데, 내 안구는 문제없어. 아주 촉촉하거든."

이 두 남자는 친한 건지, 사이가 나쁜 건지 알 수가 없다. 가게에서 나오자마자 태민이 물었다.

“데려다드릴까요, 어린 사장님?”

“일 끝난 후부터는 사적인 사이죠, 형. 서연이는 제가 데려다줄 겁니다. 친구니까요.”

대답은 재원이 대신했다. 재원이 사이에 있으니까 참 편하기는 하다. 말할 시간도 주지 않고. 재원의 공격적인 대꾸에도, 그의 느긋한 표정은 변하지 않았다.

“알겠어. 그럼 내일 봐. 아, 재원이 넌 학교 수업도 열심히 하고. 자꾸 학교 빠지면 엄마한테 이를 거야.”

“……얼른 가 버리세요, 형.”

그는 씩 웃으며 손을 휘휘 저어 인사하고는 돌아섰다. 멀어지는 그의 모습이 골목을 꺾어 사라진 후에야 재원이 말했다.

“우리도 그만 가자.”

“응.”

택시를 잡아타고 가는 동안 대화가 없었던 이유는, 재원이 무언가를 곰곰이 생각하고 있었기 때문이었다. 하고 싶은 말이 있는데 어떻게 정리를 해야 할지 고민하는 것 같았다.

서연은 고개를 돌려 차창 밖을 응시했다. 이제는 익숙해진 밤거리의 풍경을 보는 내내, 머릿속에서 태민의 모습이 사라지지 않았다.

오늘 하루, 그와 보낸 시간이 꿈결처럼 희미하게 느껴지기도, 바로 방금 전의 일처럼 생생하게 느껴지기도 했다.

그의 체온, 향기, 손길과 눈빛. 그 모든 것이 서연의 머릿속을 어지러이 헝클어뜨렸다.

서연은 태민이 어떤 사람인지 도통 짐작할 수가 없었다. 한없이 가벼운 듯 보이면서도, 때로는 묵직한 눈빛을 보내온다.

“태민이 형을 어떻게 생각해?”

서연의 생각을 읽은 것처럼 들려오는 질문에, 서연은 어깨를 움츠렸다.

“글쎄. 그냥…… 나쁜 사람은 아닌 것 같아. 그런데 너랑은 어떻게 아는 사이야? 대학 선배인 거야?”

“응, 대학 선배.”

“안 친해?”

“응, 안 친해.”

“친해 보이던데.”

“농담으로라도 그런 말 하지 마. 정말로 안 친해.”

하지만 가게에서 두 남자는 서연을 완전히 배제하고 자기들끼리 티격태격 행복해 보였다. 서연은 자기 가게인데도 불청객이 된 듯한 기분을 느꼈었다.

“그리고 서연아. 그 형, 가까이 해서 좋을 거 없는 사람이야. 아르바이트를 하겠다고 한 것도 분명 다른 꿍꿍이가 있을 거야.”

“다른 꿍꿍이? 하지만 이 가게, 아직 시작도 안 했는데. 등쳐 먹을 것도 없어.”

“아니, 그런 쪽이 아니라.”

마침 택시가 집 앞에 도착했다. 재원이 돈을 지불하고 택시에서 내렸다.

“그 형, 여자관계가 복잡해.”

“아, 그래?”

서연은 당황했다. 태민을 보면 가슴이 술렁거렸고, 그 사실을 누구에게도 들키고 싶지 않았다. 하지만 어스레한 불빛 아래에서 서연을 향한 재원의 눈동자는, 서연이 태민과 함께일 때 어떤 기분을 느끼는지 알고 있다고 말하는 것 같았다. 서연은 저도 모르게 시선을 옆으로 피했다.

“직원의 사생활은 중요한 게 아니잖아.”

“그래, 하지만 그 직원의 목적이 사장님을 꾀는 데 있다면?”

“그런 거…… 아닐 거야.”

자신의 대답에 자신이 없었다.

“굳이 그 형을 써야 하는 건 아니잖아. 시간당 만 원이면 일하고 싶어 하는 사람들 많아. 그중에 능력 있는 사람도 있을 거고.”

재원이 달래듯 말했다.

서연에게 오늘 태민과의 시간은 긴장되지만 감미로웠다. 단지 사장과 직원의 시장 조사라고 하기엔 너무도 달콤했다.

그렇다면 비틀거리는 나를 걱정하던 그 눈빛도 거짓이었던 걸까? 오롯이 나만을 향했던 눈동자에 담긴 것을 진심이라 여긴 건, 내 착각이었던 걸까?

그렇게 생각하고 싶지 않았다.

“나는 정태민 씨가 좋아.”

서연은 고집스럽게 말했다. 재원의 눈동자가 흔들렸지만 서연은 못 본 척 말을 이었다.

"내가 앞으로 운영할 가게의 취지에도 맞을 거라고 판단했어. 그래서 고용한 거고."

"서연아."

"걱정해 주는 건 고마워. 하지만 내 가게야. 직원 한 명, 한 명. 인테리어 하나, 하나. 내가 판단하고 결정할 거야. 네가 들은, 그 사람에 대한 소문 같은 것들은 아무래도 좋아. 그의 사생활도 신경 안 써. 내가 원하는 건, 내 가게를 위해 열심히 일해 줄 사람이야. 그리고 정태민 씨는 오늘 아주 이른 시간부터 가게에 나왔어. 그러니까 나는 정태민 씨를 믿어볼래."

불만스러워 보이는 재원을 두고 집으로 들어갔다.

넓은 마당을 가로질러 별채로 향했다. 본가에 아직 불이 켜져 있어서 발소리를 죽였다. 누구와도 마주치고 싶지 않았다. 태민과 함께 있을 때와는 다른 느낌으로 가슴이 술렁거렸다.

—여자관계가 복잡해.

태민의 사생활은 서연이 신경 쓸 문제가 아니었다. 재원에게도 그리 말했지만 사실은 신경이 쓰였다. 그 눈빛도, 미소도, 손길도, 온기도. 그리고 그 입맞춤도. 아무 여자에게나 향하는 것이었을까?

'아니, 이런 생각을 하고 있는 게 이상해. 내가 정태민 씨한테 특별한 여자여야 할 이유가 없잖아. 사장과 직원의 관계인데, 어차피. 이제 두 번 만난 사이이기도 하고.'

고개를 휘휘 저으며 떨쳐내려 했지만, 생각의 방향이 자꾸만 그쪽으로 향하는 걸 막을 수는 없었다.

별채에 들어가 옷을 벗고 샤워를 하고 나올 때까지도, 헝클어진 생각을 정리할 수가 없었다. 신경이 쓰였다가, 신경 쓸 이유가 없다고 반박하기의 반복이었다. 생전 처음 경험하는 혼란에 당황스러워 잠자리에 들 생각도 하지 못하고 있을 때.

딩동—

별채의 초인종이 울렸다.

시간은 밤 12시.

찾아올 사람이 없기에 의아하게 생각하며 현관문을 연 서연은, 방문객의 모습을 확인하고서는 숨을 멈췄다. 아버지인 홍진탁 사장이었다.

'이런 시간에 어쩐 일이시지?'

홍 사장은 차가운 눈으로 서연을 내려다보고 있었다. 그 무기질의 눈동자는 익숙했지만 여전히 불편했다. 홍 사장이 아무리 서연에게 애정이 없다 하더라도 아버지는 아버지. 그럼에도 서연은 홍진탁이라는 사람이 불편해서 견딜 수가 없었다.

"이야기 좀 하자."

홍 사장은 서연이 들어오라는 말을 하지 않았는데도 멋대로 안으로 들어왔다. 1층 거실에는 1인용 소파 두 개가 ㄱ자 방향으로 하나씩 놓여 있었다. 홍 사장이 그중 하나에 앉았고, 서연이 남은 하나에 앉았다.

"회장님께서."

홍 사장은 자신의 아버지를 아버지라고 부르는 일이 없었다. 그건 아마도 과거에 홍 회장이 홍 사장에게 한 짓 때문일 것이다. 서연은 그 이야기를 귀에 못이 박히도록 들었다.

"재미있는 게임을 시작하셨다지?"

그 이야기 때문이구나.

서연은 그제야 홍 사장의 방문 목적을 알 수 있었다. 허리를 꼿꼿이 펴고 두 손을 허벅지 위에 가지런히 올려놓았다. 그녀는 고개를 숙이지 않으려고 노력하며 홍 사장을 응시했다.

'흔들리면 안 돼.'

속으로 다짐했다.

'아버지가 무슨 말을 하든, 겁먹은 표정을 지으면 안 돼. 흔들림 없이 똑바로, 아버지를 응시하는 거야.'

"손을 떼라."

홍 사장이 강압적인 어조로 말하고는, 서연의 반응을 지켜봤다. 서연은 흔들림 없는 눈으로 홍 사장을 응시했다. 서연이 표정을 겉으로 드러내지 않았는데도, 홍 사장은 그녀가 어떤 기분인지 안다는 듯 비릿한 미소를 지었다.

"물론 아무 대가 없이 요구하는 건 아냐. 너도 네 앞날에 대해 생각이 많겠지."

"……."

"회장님이 주신 10억은 사용하지 말고 잘 가지고 있도록 해. 거기에 내가 개인적으로 상가 건물 두 채를 얹어주마. 임대 수입만으로 월 몇 천은 들어올 거다. 그 정도면 평생 부족함 없이 살 수 있을 테지."

홍 회장의 제안을 들었을 때부터, 홍 사장이 이런 말을 해오리라고 예상하고 있었다. 곧바로 이야기를 꺼낼 줄 알았는데 한 달이나 여유를 줬으니, 홍 사장으로서는 나름의 배려를 한 것일지도 모른다.

'아니, 배려가 아냐. 내가 아무것도 못 하리라는 것을 깨닫도록 시간을 둔 거겠지. 우왕좌왕하다가 포기하고 싶어질 때쯤에 말해야 여러 가지로 더 쉬울 테니까.'

홍 회장의 제안을 받았을 때로부터 한 달이 지났고, 서연은 아직 사업 아이템도 정하지 못했다. 지금 제안을 하면 서연이 미끼를 덥석 물 거라고 생각한 것이 분명했다.

서연은 곧바로 대답하지 않았다. 고민하는 모습을 보이지 않으면, 홍 사장은 서연의 각오를 가볍게 생각할 것이다. 묵직한 침묵에 숨이 막혔고, 홍 사장의 냉정한 눈빛에 피부가 따끔거렸지만 참았다.

얼마간의 시간이 흐른 후에야, 서연은 입을 열었다.

"아버지, 저는 그만둘 생각이 없어요."

홍 사장의 한쪽 눈썹이 꿈틀 움직였다.

"저는 해볼 수 있는 만큼 해볼 생각이에요."

"사업이라는 게 생각처럼 간단한 것이 아니라는 건 알고 있겠지?"

"네, 알아요."

"너는 그동안 일 한 번 해본 적 없이, 집에서 주는 돈으로 살아왔지. 화초처럼, 내가 주는 돈을 양분 삼아 살아온 거야."

"네, 맞아요."

"화초가 화분 밖에 나가면 어떻게 되는지 알고나 하는 말이냐?"

"말라 죽겠죠."

"그래."

"혹은 그 땅에 뿌리를 내리고 아득바득 살아남거나."

홍 사장의 눈썹이 다시 꿈틀 움직였다. 서연은 고개를 똑바로 들고 홍 사장과 눈을 맞췄다.

"아버지 말씀대로, 저는 제 앞날에 대해 생각이 많아요. 하지만 지금 제 머릿속을 가득 채운 건, 앞으로 제가 운영할 가게에 대한 생각뿐이에요. 저는 제 가게를 만들 거고, 그걸 멋지게 성공시킬 거예요."

"꿈을 꾸는구나."

"꿈이 나쁜가요?"

"나쁘진 않지. 하지만 그게 무너지는 순간, 너는 현실을 깨닫고 무너지게 될 거야."

"혹은 현실을 깨닫고 더욱더 아득바득 살아남겠죠."

"……."

"아버지가 절 걱정하시는 건 알아요."

사실은 알지 못했다. 홍 사장이 서연을 걱정할 리 없었다. 하지만 서연은 그렇게 말했다. 아무것도 모르는 바보인 척.

"하지만 아버지, 한 번만 저를 지켜봐 주세요. 전 잘해낼 수 있어요."

"가게를 실패하고 빚더미에 앉아도, 내가 해결해 주지는 않을 거다. 네가 화분을 벗어나겠다고 했으니, 더는 물을 주지도 않을 거고. 나중에 가서 후회한다고 해도, 내가 네 미래를 책임져 줄 일은 없을 거야."

"네, 아버지."

홍 사장은 고집스럽게 대답하는 서연을 지그시 노려보다가 일어났다.

"자라."

"네, 안녕히 주무세요."

서연의 인사를 뒤로하고 별채에서 나온 홍 사장은 인상을 찡그렸다. 서연의 반응은 홍 사장의 예상과 달랐다. 당연히 감사해하며, 혹은 두려워하며 받아들일 줄 알았는데.

'화초인 줄 알았는데 독초였나? 아니, 그럴 리 없지.'

홍 사장은 잠깐이나마 든 바보 같은 생각에 피식 웃었다. 사랑하지도 않는 여자와의 사이에서 태어난 서연을 부족함 없이 키운 이유는, 아무것도 모르는 난초처럼 곱게 키워 원하는 곳에 장식하기 위함이었다.

서연은 제 어미를 닮아 외모만큼은 출중했다. 후에 사업에 도움이 될 만한 집안을 찾아 연을 맺어주는 역할로 알맞다. 어디에 시집을 보낸다 해도 고분고분 따를, 순종적인 아이인 줄 알았는데 의외의 고집이 있어서 놀랐다.

서연이 무언가를 해낼 거라고 생각해서 이런 제안을 한 건 아니었다. 다만 홍 회장의 의도가 의심스러웠다. 갑자기 이런 게임을 시작한 데에는 분명 이유가 있을 거라고 생각했다.

'노친네가 무슨 생각인지 모르겠군. 노망이 났나?'

소식을 전해 듣고 한 달 동안 고민을 해 봤지만 답이 나오지 않았다.

어차피 재양 그룹 이사진의 대부분이 홍 사장의 편이었다. 홍 회장은 곧 물러날 것이고, 재양 그룹은 홍 사장의 손에 들어온다. 그런 상황에서 재양 그룹을 두고 손자들에게 게임을 시키다니.

어차피 홍 사장의 것이 될 재양 그룹이지만, 그래도 홍 회장의 의도를 아주 무시할 수는 없었다.

아무리 늙었어도 호랑이는 호랑이.

홍 회장이 무언가를 꾸미고 있는 것 같아서 속이 불편했다.

'하지만 아버지. 나도 이제는 옛날처럼 힘없는 새끼 호랑이가 아닙니다. 당신의 뜻대로 굴러가지는 않을 거예요.'

* * *

바람이 많이 불었다.

택시에서 내린 서연은 나풀거리는 치맛자락을 가볍게 정돈하며 고개를 들었다. 가게 앞에 책상다리로 앉아 있는 태민이 보였다. 청바지에 회색 맨투맨 티셔츠가 그와 아주 잘 어울렸다. 그의 허벅지 위에는 책이 펼쳐져 있었다.

눈이 마주치자 그가 싱긋 웃으며 책을 덮었다. 언뜻 보인 표지를 보니, 해외 원서인 것 같았다. 소설책일까? 궁금해하며 가게 쪽으로 걸어갔다.

"오늘도 일찍 왔네요, 사장님."

"저보다는 정태민 씨가 더 일찍 온 것 같은데요. 의외로 부지런하시네요."

"그건 겉보기엔 게을러 보인다는 말씀?"

"부지런해 보이지는 않아요."

"무슨 일 있었어요?"

"네?"

"표정이 안 좋아 보여서요."

그의 지적에 황급히 고개를 숙였다. 표정이 안 좋아 보인다니. 어제 홍 사장의 방문 때문에 기분이 안 좋은 건 사실이었다. 하지만 그게 얼굴에 드러날 줄은 몰랐다.

"아뇨, 기분 좋아요."

"사장님은 거짓말을 되게 못 하시는군요. 연습 좀 하시는 게 좋겠어요."

"거짓말을 연습까지 해야 하는 건가요?"

"뭐든 잘하면 좋잖아요."

가게 문을 열면서, 열쇠를 하나 복사해야겠다고 생각했다. 그가 매일 이렇게 일찍 나온다면, 그에게 열쇠를 하나 맡기는 게 좋을 것 같다.

"아침 아직 안 먹었죠?"

가게 안으로 들어가는 서연의 뒤를 따르며, 그가 물었다.

"먹었어요."

사실은 먹지 않았다. 하지만 어제처럼 그와 데이트 같은 것을 하고 싶지 않았기 때문에 거짓말을 했다.

"거짓말 진짜 못하시네."

그가 중얼거리는 말에 인상을 찌푸리고 그를 올려다봤다. 그는 여전히 매력적인 미소를 짓고 있었다.

아차 싶었다. 또 그와 단둘이다.

창문으로 들어오는 봄 햇살은 지독히도 찬란했고, 그 찬란한 빛은 그의 미소를 몇 배는 더 아름다워 보이게 만들었다. 그의 검은 머리카락 아래로 보이는 깊은 눈동자와 오뚝한 코 아래에 자리 잡은 붉은 입술이 색정적이었다.

황급히 시선을 옆으로 피했다. 그와 눈이 마주치면 자꾸만 이상한 생각을 하게 된다. 색정적이라니.

"그거 알아요, 사장님?"

"뭐, 뭘요?"

목소리가 갈라졌다.

"사장님은."

그의 손이 서연의 뺨에 닿았다. 그의 손바닥은 따뜻하고 부드러웠다. 그저 볼에 닿은 것뿐인데, 전신의 근육이 긴장했다.

콩닥. 콩닥.

심장 박동에 알싸하고도 달콤한 통증이 더해졌다.

"거짓말을 하면."

그의 엄지가 서연의 도톰한 입술에 닿았다. 서연은 저도 모르게 주먹을 꽉 쥐었다. 입술에 닿은 그의 체온이 화상을 입을 듯 뜨거웠다.

"입술이 비쭉 튀어나와요."

그가 엄지로 서연의 입술을 쓸었다.

"그래서 거짓말이라는 걸 알죠."

기분이 너무나 이상했다. 무언가 가슴 안에 꽉 차오르면서, 괜히 콧등이 시큰거렸다. 격동적이지만 우아하게 번지는 감정의 물결을, 서연은 어떻게 가다듬어야 좋을지 알 수 없었다.

그러는 동안에도 그의 손가락은 서연의 입술을 매만지고 있었다. 감촉이 더해질수록, 체온이 진해질수록, 서연의 가슴은 점점 부풀어만 갔다. 간신히 고개를 돌려 그의 손길을 피했다.

"함부로 만지지 말아 주세요."

"알겠어요. 앞으로는 허락 받고 만질게요."

"그런 뜻이 아니라!"

왜 이렇게 말을 못 알아듣는담.

발끈하며 다시 그를 올려다본 서연은, 그의 입가에 가득 퍼진 미소를 보고 숨을 삼켰다. 때때로 그의 미소는 서연의 심장을 콱 움켜쥐었는데, 지금이 바로 그랬다.

"오늘은 제대로 일해야겠어요."

서연은 말을 돌리며 가게 안쪽의 의자로 걸어갔다. 전에 그를 면접 볼 때 앉았던 의자였다. 그도 따라와서 의자를 가져다가 서연의 옆에 앉았다. 필요 이상으로 가까이 붙어서 앉은 그가 신경 쓰였다.

"왜 옆에 앉아요? 저쪽에 앉으세요."

맞은편을 가리키며 말했다.

"분부대로 합지요."

그가 장난스럽게 대꾸하며 의자를 가지고 테이블 맞은편으로 갔다. 맞은편에 앉은 그는 테이블에 팔꿈치를 괴더니, 손바닥에 턱을 얹어놓고 서연을 지그시 응시했다.

"너무 그렇게 빤히 쳐다보지 마세요."

그의 시선을 견디기 힘들어서 말했더니, 그가 난처하다는 듯 웃었다.

"그렇다고 허공을 보면서 대화를 할 수는 없잖아요."

옳은 말씀이다.

"만지는 건 허락 받아야 하더라도, 예쁜 얼굴 보는 건 좀 마음대로 합시다. 정말 무서운 사장님이시라니까."

그가 덧붙인 말에, 괜히 심장이 콩닥거렸다. 장난기 어린 그의 말투가 싫지 않았다.

그는 휴대폰을 꺼내 테이블 위에 놓고, 메모장을 불러왔다.

"일단 우리가 정해야 할 것이 가게 아이템이죠?"

'우리'라는 단어가 듣기 좋았다.

"네, 맞아요. 생각나는 아이템 좀 있어요?"

그의 강한 시선을 무시하려고 애쓰며 물었다.

"글쎄요. 이 부분은 우선 어린 사장님의 생각을 들어 봐야 할 것 같아요. 왜 가게를 하려고 하는지, 어떤 가게를 만들고 싶은 건지, 사장님 취향은 뭔지. 그런 걸 아무것도 모르는 상태에서는 말할 수 있는 게 없습니다."

가게를 하려고 하는 이유.

말해도 되는지 알 수 없었다.

홍 회장은 '재양 그룹'의 이름을 사용하지 말라고 했다. 그러니까 재양 그룹과 얽힌 후계자 싸움에 대해서는 말하지 않는 게 좋겠다고 판단했다.

"가게를 하고 싶은 이유는…… 나는 아마도 증명하고 싶은 것 같아요."

"증명?"

"홍서연이라는 사람이 이곳에 있다는 걸, 증명하고 싶어요."

생각지 못한 대답이었나 보다. 그가 살짝 미간을 좁혔다.

"나도 무언가 할 수 있다는 거. 나도 잘하는 게 있다는 거. 그리고 여기서 살아 숨 쉬고 있다는 거. 그걸 증명하고 싶어요."

그러고 싶었다.

없는 존재로 취급하는 가족들과 함께 지내다 보니, 서연은 정말로 자신의 존재에 대해 의문을 품게 되었다.

나, 정말로 살아 있는 거 맞니? 저 사람들 눈에 보이는 거 맞니?

눈에 보이는 사람이고 싶었다. 신경 쓰이는 사람, 거슬리는 사람, 무엇이든 좋았다. 그들이 서연의 존재를 똑똑히 받아들여주었으면 했다.

"사장님이 살아서 숨 쉬고 있다는 걸, 사람들이 몰라줍니까?"

"알아주었으면 하는 사람들이 있는데, 그 사람들이 몰라주더라고요. 그래서 그 사람들에게 알려주고 싶어요."

"그래요."

고맙게도 그는 '그 사람들'이 누구냐고 묻지 않았다. 그런 질문을 받았으면 곤란할 뻔했다. 내 가족들이 날 몰라줘요, 라는 말을 할 수는 없으니까.

"그리고 내가 만들고 싶은 가게는."

"그거 참."

서연의 말을 끊고 그가 자리에서 일어났다. 무엇을 하려나 싶어 눈을 동그랗게 뜨고 그를 올려다봤다. 그는 의자를 끌어와 다시 서연의 옆에 앉았다.

여기 앉지 말아요, 라는 말을 할 수가 없었다. 그의 표정이 몹시도 진지했기 때문이었다. 그는 가만히 서연을 응시했고, 서연은 그의 눈동자에 비친 자신의 모습이 민망해 고개를 숙였다. 아니, 숙이려 했다.

그가 엄지와 검지로 서연의 턱을 고정시켰다. 그의 숨결이, 서연의 코끝에 닿았다. 그만큼이나 그의 얼굴이 가까운 곳에 있었다. 세차게 고개를 돌리면, 한 손으로 그의 손목을 쳐내면, 혹은 벌떡 일어나면, 이 숨 막히는 긴장감에서 벗어날 수 있을 것이다. 그것을 아는데도 몸이 움직이지 않았다.

그의 검고 깊은 눈동자는, 상대를 사로잡는 마력이 있었다. 그의 시선 안에 갇히면, 그가 원하지 않는 행동을 할 수가 없게 되었다. 꼼짝도 못 하고 그를 응시하는 서연의 귀에, 그의 나직한 음성이 들려왔다.

"이상하네요. 난 사장님의 숨결이 똑똑히 느껴지는데."

그 말에 숨을 멈췄다. 서연이 숨을 쉬지 않는다는 걸 눈치챈 듯, 그의 눈이 가늘어졌다.

"이렇게 잘 알겠는데, 왜 그 사람들은 모를까요?"

그의 얼굴이 더 가까워졌다. 이제는 그의 숨결뿐 아니라, 그의 체온까지도 느껴질 만큼 가까운 거리였다.

서연은 당장이라도 그의 가슴팍을 밀쳐내고 도망치고 싶은 한편, 계속 이대로 그의 눈동자 안에 안주하고 싶다는, 모순된 감정을 느꼈다.

숨을 참고 있었더니 고통스러워졌다. 하지만 숨결이 그에게 닿을까 두려워, 숨을 쉴 수가 없었다. 그렇게 황망히 주먹을 꽉 쥐었을 때, 그의 입술이…….

닿았다.

입술과 입술이 겹쳐졌다.

지난번, 사인 대신이랍시고 입맞춤을 했을 때와는 또 다른 느낌이었다. 따뜻하고 부드러운 입술이 서연의 입술을 지그시 누르다가 살짝 벌어졌다. 벌어진 틈으로 나온 그의 숨이 서연의 입술을 더듬었고, 그 순간 서연은 참았던 숨을 터뜨리고 말았다.

흘러나온 숨을 그가 삼켰다. 민망함을 느낄 새도 없었다. 그의 숨결이 안으로 들어와 서연의 입안을 더듬었다.

처음으로 타인에게 허락된 처녀지 안에서, 그는 느릿하고 여유롭게 움직였다. 얽히고 섞여 감싸이는 느낌이 말도 못 하게 색정적이고 달콤했다.

동그랗게 뜨여 있던 서연의 눈이 서서히 감겼다. 아무것도 보이지 않자, 입술의 느낌이 더욱 강해졌다. 온몸의 신경이 입술로 집중된 것 같은데, 달콤한 저림은 전신에 느껴졌다. 심장이 너무 뛰어서 기절할 것만 같다고 생각할 때쯤, 그의 입술이 떨어져 나갔다.

서연은 천천히 눈꺼풀을 들어 올렸다. 그의 눈동자가 잠깐 흔들리는 듯하다가 제자리에 고정되었다.

"숨을."

그의 목소리가 쉬어 있었다. 그는 흠흠, 목을 가다듬은 후 다시 입을 열었다.

"숨을 안 쉬는 것 같아서요."

"아……."

"이제 숨 쉴 수 있죠?"

"아……."

"걱정 마요, 사장님. 그 사람들은 몰라도, 나는 사장님이 숨 쉬고 있다는 걸 아주 잘 알고 있으니까."

이럴 땐 뭐라고 말해야 하는 걸까?

고마워요, 라고 말하기에는 상황이 좀 그랬다. 사귀지도 않는 사이에 키스를 당했는데, 고맙다는 말을 하는 건 이상하다.

그렇다고 왜 키스했냐며 화를 낼 수도 없었다. 그와의 키스는 달콤하고 황홀했다. 싫지 않았다. 아니, 또 하고 싶을 만큼 좋았다.

갑작스러운 키스였지만 이쪽도 즐겼으니, 화를 내는 건 부당하다. 이런 경우는 처음이라(물론 키스도 처음이지만) 어떻게 대응해야 좋을지 알 수 없었다. 게다가 키스를 멈춘 지금도 심장은 터질 듯 뛰어서 괴롭기까지 했다.

"그럼 전 잠시 나갔다가 오겠습니다. 아침을 안 먹어서."

정작 그는 아무렇지도 않아 보였다.

—그 형, 여자관계가 복잡해.

재원에게 들었던 말이 떠올랐다.

여자관계가 복잡하다면, 이런 키스쯤은 그에게 아무것도 아닌 일이리라.

욱신—

달콤한 호수에 작은 파문이 일어났다. 서연은 가게 밖으로 나가는 그의 뒷모습을 응시하며, 가슴 위에 손을 얹었다. 첫 키스의 황홀함 속에 고요히 번지는 아픔의 이유를, 서연은 알고 있었다. 세상물정 모르고 사랑 한 번 해 보지 못했다고 해서, 그 이유를 모를 만큼 바보는 아니었다.

그리고 이 감정이 단순히 키스 때문만은 아니라는 것 또한 알고 있었다. 그를 알게 된 지 얼마 되지 않았지만, 그는 따뜻한 사람이었고 서연을 똑바로 봐주는 사람이었다. 그를 향한 타인의 평가는 아무래도 좋았다.

서연이 평가한 그는, 상대를 진심으로 걱정해 주는 다정한 사람.

그래서이리라.

25년 동안 줄곧 안에만 머물러 있던 이 심장이, 그에게로 향하게 된 이유는.

* * *

가게 밖으로 나와 골목을 걸었다. 여유롭게 걸으려 했지만 걸음이 점점 빨라졌다. 거의 도망치듯 골목을 벗어나자마자 걸음을 멈춘 태민은, 벽에 기대어 미끄러지듯 주르륵 주저앉았다.

'내가 미쳤지.'

키스를 할 생각은 없었다. 온실 속에서 조심조심 자란 화초 같은 아가씨니까, 느긋하게 천천히 갈 생각이었다.

지금껏 많은 여자들을 만났지만 충동적으로 키스를 한 건 처음이었다. 꽃물이 든 것 같은 도톰한 입술이 무척이나 달콤해 보여서, 저도 모르게 입을 맞추고 말았다. 그저 입만 맞춘 정도라면 다행인데, 맛을 보고 싶었다.

한 번 맛을 보았더니 달콤해서 멈추지를 못했다. 아니, 키스를 하는 순간에는 멈춰야 한다는 생각조차 없었다.

조금 더. 조금 더.

그 달콤함을 맛보아야 한다는 생각만 가득했을 뿐.

'대체 왜!'

그녀가 지금껏 만나온 여자들과 다르다는 건 인정한다. 하지만 깜짝 놀랄 만큼 다른 건 아니었다. 태민이 흘린 미소에, 손길에 끌려오고 있다는 것을 태민도 알 수 있었다. 사내의 손길과 다정함에 취해 마음을 여는 다른 여자들과 다를 바가 없었다.

그런데 그 입술은 왜 그리도 달콤했던 걸까.

얼굴을 가까이 가져갔을 때부터 숨을 꾹 참고 있던 그녀의 모습을 떠올리자 가슴 한편이 간질간질해졌다.

"여기서 뭐하세요?"

퉁명스러운 목소리가 들려왔다. 태민은 쭈그리고 앉은 채로 고개를 들었다. 재원이 불만스러운 표정으로 서 있었다. 태민은 세 살 어린 이 후배가 참으로 귀여웠다. 정작 저쪽은 이쪽이 마음에 안 드는 것 같지만.

"휴식."

"서연이는요?"

"가게."

"무슨 짓 한 건 아니죠?"

"글쎄."

"했어요?"

"맞춰 봐."

씩 웃는 태민을, 재원은 가만히 노려보다가 걸음을 옮겼다. 태민도 일어나서 재원을 따랐다.

"학교 안 가?"

"공강입니다. 그리고 내 인생에 신경 끄시라고 했죠?"

"어떻게 신경을 꺼? 사랑스러운 후배의 일인데. 앞날이 창창한 후배가 여자에 푹 빠져서 출석일 부족으로 학사 경고라도 받으면, 내 가슴이 찢어……."

덥석—

재원이 태민의 멱살을 잡았다. 항상 순하고 차분한 재원의 눈동자에 노기가 깃드는 것을, 태민은 즐거운 마음으로 관찰했다.

"그렇게 가볍게 말하지 말아요, 형. 형한테 서연이는 장난감에 불과하겠지만, 나는 중학교 때부터 서연이 옆에 있었어요. 학점 따위보다 서연이가 더 소중하고, 형만 아니었으면 내가 이런 짓을 하고 있지도 않을 거예요. 그렇게 걱정이 되면 형이 이걸 관두지 그래요?"

한참 후배의 버릇없는 행동에도 태민은 불쾌한 표정을 짓지 않았다. 여전히 느긋한 그의 표정이, 재원은 싫었다. 싸움도 하지 않았는데, 그에게 지는 기분이었다.

"그렇게 소중하면."

태민이 재원의 손목을 가볍게 잡아 떼어내며 말했다.

"고백을 하지 그래? 고백을 하고 어린 사장님의 마음을 얻어서, 내가 비집고 들어갈 틈이 없게 만들면 되잖아."

"……."

"중학교 때부터 품어온 그 대단한 마음을 고백하지 못하는 건, 자존심 때문인가, 두려움 때문인가? 아마도 무섭기 때문이겠지. 지금껏 우정이랍시고 그녀의 옆에 있었는데, 고백을 하게 되면 그것조차 할 수 없게 될지도 모르니까. 그렇다면."

태민이 싱긋 웃었다.

"너와 내가 다른 게 뭐지? 너 역시 빤한 속셈을 여기에 품고."

태민이 검지로 재원의 가슴을 꾹꾹 찔렀다.

"홍서연 씨 옆에 있는 건 마찬가지 아냐?"

"나는 진심이에요."

"진심? 그게 뭔데? 지금 이 순간의 감정을 말하는 거라면, 나도 지금은 홍서연 씨 한 명한테 집중하고 있어. 너도 지금은 홍서연 씨에게 몰입하겠지만, 그게 얼마나 갈 것 같아? 1년? 2년?"

"나는 중학교 때부터……!"

"아니, 홍서연 씨가 네 마음을 받아준다고 가정했을 때 말이야.

홍서연 씨의 입술이 네 것이 되고, 그 몸이 오롯이 네게 안겼을 때부터. 과연 네 마음이 언제까지 '진심'으로 남아 있을까? 지금이야 네가 갖지 못한 환상의 것이니 갖고 싶어 안달이 나 있겠지. 하지만 그걸 손에 넣고 나면? 그 간절함이 계속될까?"

"계속될 겁니다."

재원이 고집스럽게 말했다.

"내 마음은 변하지 않아요."

태민이 웃었다.

"아니, 변해. 영원한 건 없거든. 신기루는 신기루이기에 아름다운 거야. 신기루가 현실이 되는 순간, 부식되기 시작하고 결국은 산산이 부서지게 되어 있어. 마음도, 진심도 그런 거야."

태민은 늘 여유로운 사람이었다. 하지만 지금 태민의 눈동자에는 지금껏 본 적 없는 서늘함이 깃들어 있다. 재원은 자신이 무슨 말을 해도 그를 설득시킬 수 없으리라는 것을 깨달았다.

태민은 그의 게임을 그만두지 않을 것이다. 그렇다면 재원은 그 게임의 결과가 '실패'이도록 노력하는 수밖에 없다.

태민에게 말한 대로, 학점 따위는 중요하지 않았다.

15살의 봄.

흩날리는 벚꽃에 감싸여 미소 짓는 서연을 본 이후로, 재원의 삶은 오롯이 그녀에게로 향해 있었고, 그녀를 위해 움직였으니까.

* * *

"홍대에서 할 만한 가게라면 옷 가게, 커피숍, 음식점, 마사지숍, 술집이 있어요. 어느 종류든 과포화 상태이고, 지금 이 가게 입지 자체가 좋은 편은 아니에요. 통행인이 많지 않은 곳이라서, 일부러 찾아올 만한 아이템이 필요해요."

재원과 태민을 마주 보고 앉은 서연은, 혼자 있는 동안 정리한 것을 이야기했다. 얼굴에 닿는 태민의 시선이 거슬렸지만, 지금은 그런 것을 신경 쓸 때가 아니었다.

"요새 테마 카페가 유행이더군요. 데이트 장소로 각광받고 있죠. 룸카페라고 해서, 커플들이 게임이나 영화를 즐길 수 있는 가게도 많아졌고. 그럼 결론은 커플들을 공략해야 한다는 건가?"

태민이 말했다.

"커플 공략……. 그러고 보니, 커플들을 위한 장소가 많긴 해요."

"아무래도 커플이 돈을 많이 쓰니까요."

"그렇다면 우리는 방향을 바꿔서 솔로를 위한 가게를 여는 게 어떨까요?"

서연의 말에 태민이 피식 웃었다.

"힘들걸요. 솔로들은 특별한 경우가 아닌 이상 지갑을 열지 않아요. 우리나라는 특히 혼자 뭘 하는 걸 무서워하죠. 남들 시선 때문에 혼자 밥도 못 먹는 사람들이 많아요."

"그래도 요샌 혼자 뭔가 하는 사람들이 많아지긴 했어요. 식당도 1인 메뉴를 만들어 내고 있잖아요."

"그렇긴 하지만, 가게를 성공시키려면 적은 쪽보다 많은 쪽을 공략해야 하는 게 기본이야. 혼자 뭘 하는 사람들은 많지 않아."

"그건 그렇죠. 게다가 혼자 온 사람들은 돈이 되지도 않을 거고."

"그렇지. 혼자 먹을 땐 그다지 많이 먹질 않거든. 딱 배만 채우는 정도지."

태민과 재원의 대화를 듣던 서연의 머리에 한 가지 아이템이 떠올랐다. 지금껏 먹구름 속을 걷는 기분이었는데, 여러 사람과 대화를 하는 동안 먹구름 사이로 햇살이 비치기 시작했다.

서연은 눈을 감고 그 햇살을 본격적으로 끄집어내기 위해 구상을 시작했다. 먹구름이 서서히 걷혀가고, 하나의 그림이 그려졌다. 처음에는 희미하기만 했던 그림이 조금씩 또렷하게 상을 맺었다.

다시 눈을 떴을 때, 서연의 입가에는 미소가 감돌고 있었다. 손님층에 대한 이야기를 하느라 여념이 없는 태민과 재원에게, 서연이 말했다.

"혼자 와도 둘이서 노는 카페를 만들어요, 우리."

혼자 와도 둘이서 노는 카페.

혼자 들어온 손님의 앞좌석에, 종업원은 이제 막 도착한 친구처럼 앉는다. "미안, 미안. 많이 기다렸지?" 따위의 말을 하면서.

오랜 친구처럼, 혹은 연인처럼, 종업원은 손님과 대화를 나누고 장난을 치고 혹은 고민을 들어주기도 한다.

"그건 결국 호스트바 아냐?"

서연의 설명을 들은 재원이 살짝 인상을 찌푸리며 말했다.

"그러게, 결국 호스트바 같네."

태민이 재원의 말에 동의하듯 고개를 끄덕였다.

"아뇨, 호스트바랑은 다른 느낌으로요. 좀 더 건전하게."

"건전해질 수가 있나? 가령 여자 손님이 온다고 했을 때, 남자 종업원이 상대를 하겠죠. 그럼 그건 결국 호스트가 손님을 접대하는 거랑 마찬가지잖습니까? 다른 게 뭘까요?"

"술을 안 팔 거예요. 그리고…… 꼭 혼자서 와야만 하는 건 아니고요. 그냥 일반 손님들도 받을 거예요. 평범한 카페이지만, 어떤 사람들에게는 평범하지 않은, 그런 카페요."

서연은 열심히 설명했다. 머릿속에 그려진 그림을 똑바로 전하고 싶었다. 호스트바와는 다른 느낌이었다. 좀 더 달콤하고 반짝거리는 빛으로 가득한, 그런 분위기.

하지만 그것을 언어로 표현하기가 힘들었다. 그래서 서연은 다시 눈을 감고 생각을 정리했다. 그러는 동안 두 남자는 서연의 얼굴을 빤히 응시하고 있었다.

"햇빛이 반짝거리는 날, 누군가와 놀고 싶은데 친구가 없는 거예요. 눈치 안 보고 이런저런 대화를 나누고 싶은데, 그럴 만한 친구가 없는 거죠."

서연은 눈을 감은 채로 말했다.

"그런 날 문득 카페에 찾아와 앉았을 때, 친근하게 마주 앉는 사람이 있어요. 그 사람은 나를 향해 환하게 웃으며 인사를 하죠. 오랜만이야. 요새 별일 없어? 잘 지내고 있는 거지?"

서연은 천천히 눈을 뜨고, 두 남자를 마주 봤다.

"응, 진짜 오랜만이야. 별일은 없는데 조금 우울해."

"왜 우울한데?"

태민이 호응하듯 물었다.

굳이 부탁하지 않아도 서연의 생각을 읽은 듯 행동해 주는 그에게 고마움을 느끼며, 서연은 대답했다.

"잘 모르겠어. 날씨가 진짜 좋은데 같이 놀러갈 사람이 없어서 그런가 봐."

"그럼 너도 슬슬 연애해야지."

"그러기엔 좀 바빠서. 할 일이 많거든."

"할 일이 많다고 인생을 못 즐기면 안 되잖아. 다 먹고살자고 하는 짓인데. 일단 맛있는 거나 먹자. 커피 마실래?"

태민이 테이블 위로, 메뉴판을 건네주듯 손을 뻗었다. 서연은 그 손을 잡고 싶다고 생각하며 말했다.

"이렇게요. 이렇게 대화할 수 있는, 그런 가게를 만들고 싶어요."

"흐음."

"들어올 때는 외로웠어도, 나갈 때는 조금쯤 그 마음이 채워지는 가게요. 한 번 더 와서 대화하고 싶은 가게, 앉아서 머무는 것이 즐거운 가게. 지치고 외로운 삶에, 아주 잠깐이라도 즐거움을 줄 수 있는 가게."

"지방에서 올라와 자취하는 사람들이 자주 애용하겠군요. 잘됐을 경우의 이야기지만."

"잘될 거예요."

서연이 단호하게 말했다.

"잘될 거예요, 분명히. 다만 두 분이 말씀하신 대로 호스트바 같은 느낌으로 흘러가지 않으려면 규칙들이 있어야겠죠. 좀 더 세부적인 구상도 해야 할 것 같고요. 종업원을 손님 숫자만큼 고용할 수는 없으니까요. 그리고 수익도 확실하게 있어야 하고요."

또박또박 말하는 서연의 모습에, 태민은 감탄했다. 처음에 '혼자서 와도 둘이서 노는 카페'라는 말을 했을 때만 해도, 온실 속에서 자란 아가씨답게 꿈을 꾸고 있다고만 생각했다.

하지만 서연은 그 이외의 것들도 제대로 생각하고 있었다. 꿈꾸는 듯 황홀한 눈빛 속에 자리 잡은 현실적인 냉철함이 마음에 들었다.

역시 재미있는 아가씨다.

"혼자서 와도 둘이서 노는 카페. 달콤한 기분이 되어 돌아갈 수 있는 카페. 이걸 주제로, 내일 각자 의견을 모아 봤으면 좋겠어요. 오늘은 이만 마무리할게요."

* * *

"집에 데려다줄게."

태민이 가게를 떠난 후에도 남아 있던 재원이 말했다.

"아냐, 나 잠깐 갈 데가 있어서."

"그래? 어디?"

"그냥 좀."

"그래, 그럼. 내일 봐."

"재원아."

"응?"

"도와줘서 고마워."

“별말씀을.”

재원이 씩 웃어주고는 가게를 나갔다. 혼자 남은 서연은 의자 등받이에 등을 기댔다. 갈 곳이 있는 건 아니었다. 다만 이 시간부터 집에 들어가고 싶지 않았다. 그 넓은 저택이, 서연에게는 감옥처럼 느껴졌다.

김 여사와 윤성, 란희의 독기 서린 눈빛, 홍 사장의 냉랭한 눈빛, 그리고 고용인들의 동정 가득한 눈빛.

눈빛, 눈빛, 눈빛.

그 집만 들어가면 그것들이 사슬이 되어 서연의 몸을 옭아맸다. 서연은 가볍게 고개를 저어 집에 대한 생각을 털어냈다.

무엇을 할지 정했다. 아직 스케치 단계이니, 거기에 색을 입혀야 한다. 최대한 사랑스럽게, 달콤하게, 반짝반짝 빛나게.

‘종업원 수를 최대한 줄이려면 회원제 운영을 하는 편이 나을 거야. 너무 많지도, 적지도 않은 수를 유지하면 종업원을 많이 늘리지 않아도 되겠지. 종업원은 남녀 비율이 비슷하게, 이왕이면 남의 기분을 잘 파악하는 사람들로. 정태민 씨처럼.’

일 생각만 하려고 했는데, 생각이 자연스럽게 태민에게로 흘러갔다. 그를 떠올리자마자, 그와 키스를 했던 감촉이 생생하게 스며 올랐다. 입술에 닿았던, 그 촉촉하고 부드러운 살결. 살짝 눌리던 느낌과 벌어지던 느낌, 그리고 입 안으로 들어온 혀의 감촉까지도.

마치 지금 벌어지는 일처럼 느껴져, 서연은 꿀꺽 침을 삼켰다. 키스를 하고 있을 때처럼 심장이 콩닥콩닥 뛰기 시작했다.

‘왜 키스를 한 걸까?’

처음에야 사인 대신이라고 할 수 있겠지만, 이번에는 정말 키스를 할 이유가 없었다.

—숨을 안 쉬는 것 같아서요.

그는 그렇게 말했지만, 단지 그 이유 때문만은 아닐 것이다.

아무리 스킨십이 자유로운 사람이라도, 키스는 다른 의미를 가지고 있을 것이다. 타액과 타액이 섞이는 일인데, 아무나와 할 수 있을 리 없다. 묘한 기대감과 설렘이 가슴을 가득 채웠다. '그도 나랑 같은 마음일 거야.'라고 확신할 수는 없지만, 희망이 생기는 것까지 막을 수는 없었다.

그가 처음 이 가게에 들어오던 순간, 마치 자기가 고용주라도 되는 것처럼 서연에 대해 꼬치꼬치 캐묻던 순간, 사인 대신이라며 입을 맞추던 순간, 함께 브런치를 먹고 마사지를 받던 순간.

오래되지 않았는데도 마치 오래전 일처럼 느껴지는 순간순간들이 떠올라 기분이 좋아졌다. 구름 위에 두둥실 떠 있는 것 같았다. 그를 생각하는 순간에는 '집'도, '가족'도 비집고 들어올 틈이 없었다. 정태민이라는 사람의 외모, 행동, 목소리가 머릿속을 가득 채워 다른 생각으로 우울할 겨를이 없었다.

'이런 게 사랑에 빠진다는 거구나.'

사랑을 해 본 적이 한 번도 없었다. 그렇다고 해서 사랑을 꿈꾼 적이 한 번도 없는 건 아니었다. 서연도 여느 여자들과 마찬가지로 늘 사랑을 상상해 왔다.

서연의 상상 속의 사랑은, 아주 잘 아는 사람과 아주 오랜 시간에 걸쳐 추억을 쌓고 감정을 공유한 끝에 생겨나는 것이었다. 상대의 취향과 성격과 생각을 잘 알게 되었을 때에 비로소 생겨나는 감정. 그런 것인 줄로만 알았다.

하지만 아니었다. 현실의 사랑은, 상대가 어떤 사람이든, 어떤 성격이든, 어떤 취향이든, 상관하지 않고 저도 모르게 생겨나는 감정이었다. 자각할 새도 없이 불쑥 나타나 자리 잡는 감정. 설령 상대가 몹쓸 사람이란 소문을 들었더라도 상관없이 심장을 움직이게 만드는 감정.

서연은 옅은 미소를 지으며 책상에 엎드렸다.

가슴이 간질간질했다.

* * *

태민은 홍대 번화가에 있는 커다란 커피 전문점에 들어가, 아메리카노를 한 잔 시켜 창가 자리로 향했다. 커다란 창문으로 보이는 거리는, 서연의 가게 골목이 시작되는 거리였다. 그 길을 물끄러미 응시하며 커피를 마시다가 인상을 찌푸렸다.

'내가 뭘 하고 있는 거지? 이건 스토커 같잖아.'

그 골목에서 서연이 나오기를 기다리고 있었다는 걸 깨닫고는 울컥 짜증이 치밀었다. 창문에서 시선을 떼고 의자에 비스듬히 앉았다. 이쪽을 흘끗흘끗 쳐다보는 여자들의 시선이 느껴졌다. 이런 시선은 질릴 정도로 익숙하다.

태민은 마침 눈이 마주친 여자를 향해 빙그레 미소를 지었다. 미소를 받은 여자는 깜짝 놀란 듯 시선을 피했다가 다시 태민을 향해 조심스러운 시선을 보내왔다. 자기에게 관심이 있다고 생각한 듯 기대에 찬 눈빛, 볼에 떠오른 홍조.

'나에 대해 뭘 안다고.'

태민은 속으로 비웃으며 시선을 돌렸다. 그렇게 향한 곳이 하필이면 서연의 가게로 향한 골목 쪽이었다.

'제길.'

왜 자꾸 그쪽으로 시선이 가는 건지 모르겠다. 이건 마치 서연의 모습이 나타나기를 기대라도 하는 것 같지 않은가.

―혼자 와도 둘이서 노는 카페를 만들어요, 우리.

그 말을 하던 서연의 표정이 떠올랐다. 옅은 미소가 감도는 자그마한 얼굴이 깜짝 놀랄 만큼 귀여웠다. 긴 속눈썹 아래에 위치한 연갈색 눈동자가 어찌나 반짝반짝 빛나던지, 하마터면 보석이라고 착각할 뻔했다. 생각이 거기까지 닿자, 태민은 조소를 머금었다.

'보석이라니…….'

하지만 정말로 보석 같았다. 그것 이외에 달리 표현할 말이 없다.

'오늘 진짜 이상하네.'

오전에 그녀에게 키스를 한 것도 그렇고, 그녀가 유독 반짝거리는 듯 보이는 것도 그렇고. 오늘은 아무래도 이상한 날이다. 호르몬이 잘못된 건지도 모르겠다.

늘 새로운 것을 찾아 헤맸다. 물려받은 피 때문일까. 태민은 자극이 필요했다.

프로그래머로서 버는 돈이 심심치 않게 많은데도 항상 구직 사이트를 뒤적이는 것은, 프로그램만 하는 건 지겹기 때문이었다. 잠깐이라도 다른 일을 해야 숨통이 트였다.

그래, 이건 항상 자극을 필요로 하는 그 여자에게서 물려받은 피 때문이리라.

그런 생각을 하고 있는데 휴대폰이 울렸다. 액정에 [김수연—전철]이라는 이름이 떴다. 전철에서 만난 김수연이라는 뜻이다.

태민은 여자를 만나는 곳이 다양한 데다가, 동명이인인 여자들도 많아서 특기사항을 이름 옆에 적어 두곤 했다. 수연은 꽤 오랫동안 지속적으로 만나온 여자였다. 수연도 자유연애주의자라서 태민을 구속하려고 하지 않았다. 가끔 만나서 시간을 때우기 괜찮았다.

"응, 수연아."

[오빠, 어디? 바빠?]

"홍대."

[아, 진짜? 나도 근처인데 만날까?]

태민은 시간을 확인했다. 슬슬 점심을 먹을 시간이었다.

"그래, 점심이나 먹자. 어디야?"

[신촌.]

"그래, 거기로 갈게."

전화를 끊고 미련이 남은 사람처럼 다시 한 번 골목 쪽으로 시선을 돌렸다가, 짜증스럽게 자리에서 일어났다. 짝사랑하는 여자를 기다리는 남자도 아니고, 뭐 하는 짓인지 모르겠다. 태민은 도망치듯 커피 전문점에서 나왔다. 다시는 이 가게에 안 오겠다고 생각하면서.

수연은 진청 스키니에 흰색 브이넥 셔츠, 큼직한 연청 재킷을 입고 있었다. 늘씬한 키에 긴 곱슬머리를 휘날리는 그녀는 모델처럼 멋스러웠다. 태민을 발견한 수연이 선글라스를 벗으며 손을 흔들었다.

"오빠, 여기야."

거긴 줄 알아, 라고 생각하며 태민은 수연에게 다가갔다. 태민이 옆에 오자마자 수연이 보란 듯이 팔짱을 끼었다. 팔뚝에 수연의 풍만한 가슴이 지그시 눌려왔다.

"오늘 은행 쉬는 날이야?"

"아니, 월차 냈어. 그저께 월급 받았거든. 내가 점심 사 줄게."

"그래."

"영광인 줄 알아. 나한테 밥 얻어먹을 수 있는 남자는 오빠밖에 없으니까."

"응, 진짜 영광이네."

태민은 원래 여자를 만나면 돈을 잘 쓰지 않았다. 대체로 여자들이 먼저 돈을 내려고 했으니까. 하지만 그 사실을 굳이 수연에게 알려주지 않았다. 특별한 여자라고 착각하게 놔두는 것도 나쁘지 않다.

'그러고 보니 수연, 서연. 이름이 비슷하군.'

이라는 생각을 하다가, 얼굴을 찌푸리고 말았다.

지금 왜 그런 생각을 하고 있는 건데!

"왜 그래? 뭐 안 좋은 일 있어?"

태민의 표정을 읽은 듯 수연이 물었다. 태민은 애써 미소를 지었다.

"아니, 봄 햇살이 눈부셔서."

"아, 진짜 날씨 좋긴 해. 황사가 심하다던데 그렇게 보이진 않지?"

"응."

"벚꽃이 한창이더라. 꽃놀이도 가야 하는데."

"그러게."

건성으로 대꾸를 하며 이탈리안 음식점으로 들어갔다. 여기서 유명하다는 리조또를 시켰고, 나온 음식을 입에 넣었다. 맛있다고는 하지만 뭐가 맛있는지 모르겠다. 미각에 뭔가 문제가 있는 건지, 태민은 남들이 맛있다고 하는 음식을 먹으면서도 맛있다고 느껴 본 적이 없었다.

지금까지 살면서 '아, 맛있어!'라고 감탄할 만한 음식이 있기는 했던가?

"오빠, 밥 먹고 영화 보러 갈래?"

"영화?"

"응, 이번에 재미있는 거 개봉했거든. 로맨스인데, 유머러스하고 재미있대. 평 좋더라."

"흐음."

평소에 영화 보는 걸 즐기지는 않지만, 만나는 여자가 보러 가자고 하면 보는 편이었다. 하지만 지금 태민은, 다른 생각을 하고 있었다.

'어린 사장님도 영화 보는 걸 좋아하려나?'

약간은 고지식해 보이는 서연이, 유머러스하고 재미있는 로맨스 영화를 보면서 어떤 표정을 지을지 궁금했다.

개그를 보면 웃기도 하는 여자일까? 아니면 뭐가 웃긴지 모른다는 표정을 지을까?

"영화는 패스. 다른 약속이 있어서."

"뭐야, 그럼 밥만 먹고 헤어지는 거야? 내가 밥도 사는데?"

"그게 문제가 된다면 내 밥값은 내가 낼게."

"아니, 그런 건 아니고……."

말이 나온 김에 지갑을 꺼내려고 했더니, 수연이 황급히 만류했다.

"아냐, 오빠. 진짜로 괜찮아. 이번에 월급 받으면 내가 맛있는 거 사주고 싶었어."

"난 밥만 먹고 갈 거야."

"응, 알겠어. 다음에 만나면 되지, 뭐."

수연이 아쉬운 기색이 역력한 표정으로 중얼거렸다.

'이 여자도 슬슬 끊어내야겠군.'

이라고 생각하며, 태민은 음식을 마저 먹었다.

가게 앞에서 수연과 헤어지자마자, 태민은 휴대폰을 꺼냈다. 전화번호부에서 서연의 이름을 찾아냈다.

[홍서연]

그렇게만 저장되어 있었다. 어디서 만났는지, 뭘 하다가 만났는지에 대한 정보는 전혀 없이.

왜 이름만 저장했을까?

이름 세 글자만 적어놓는 경우는 대상이 남자일 때였다. 여자 이름 중에 특기 사항이 따로 적히지 않은 이름은 없었다.

'뭐, 기억하기 쉬워서겠지. 사장님이니까.'

대수롭지 않게 생각하며 통화 버튼을 눌렀다가, 연결음이 울리기 전 서둘러 종료 버튼을 눌렀다. 퍼뜩 자신이 무엇을 하고 있는지 깨달았기 때문이다.

'내가 뭔 짓을 하는 거야, 지금?'

가볍게 즐길 수 있는 여자를 일부러 보내고 서연에게 전화를 걸어 데이트 신청을 하려고 했다니.

여자를 장난감으로 생각한다고는 해도, 일단은 만나고 있는 여자에게 집중을 하는 편이었다. 이런 식으로 만나다 말고 다른 여자에게 연락을 하는 경우는 드물었다.

'아니, 드물기는 해도 아주 없는 일은 아니었어.'

하지만 그건 아주 특수한 경우였다. 예를 들자면, 경찰까지 개입될 시비에 휘말린 상황에서 변호사인 여자에게 전화를 거는 것 같은.

액정에 뜬 [홍서연]이라는 이름이 저주의 주문이라도 되는 듯, 태민은 가만히 그 이름을 노려봤다. 그렇게 노려보면, 자신의 원인 모를 행동에 대한 답이 나오리라는 듯이.

하지만 아무리 기다려도 답은 나오지 않았고, 태민은 결국 통화 버튼을 눌렀다.

* * *

엎드려 있다가 깜빡 잠이 들었나 보다. 휴대폰 진동에 잠에서 깼다. 누구에게서 걸려온 전화인지 확인도 하지 않고 전화를 받았다.

"여보세요."

잠긴 목소리라서 흠흠, 목을 가다듬었다.

[자고 있었어요?]

생각지도 못한 그의 음성이 들려와, 서연은 벌떡 일어났다.

"아, 아니요!"

이번에는 목소리가 너무 컸다. 휴대폰 너머로 그가 낮게 웃는 소리가 들려왔다. 듣기 좋았다.

[뭐해요?]

"음…… 생각이요."

[내 생각?]

딱 걸렸다!

"아, 아니요. 가게 생각이요."

[에이, 그거 서운하네요. 내 생각 좀 해 주시지.]

"제가 정태민 씨 생각을 왜 해요?"

[난 지금 어린 사장님 생각을 하고 있었거든요.]

농담일 거라고 생각하면서도 심장이 두근거리는 건 막을 수가 없었다. 달큰하게 번지는 감각에 침을 꼴깍 삼켰다. 휴대폰을 쥔 손에 힘이 들어갔다.

[보고 싶은 영화가 있는데, 사장님이랑 같이 보고 싶어요. 여기 신촌인데, 올래요?]

"네, 갈래요!"

일말의 망설임도 없이 큰 목소리로 대답하고 말았다. 왜 자꾸 몸에 힘이 들어가는 건지 모르겠다.

바보처럼 굴지 마, 라고 생각하며 서연은 두 눈을 질끈 감았다. 그러면 지금까지의 바보 같은 행동이 사라지기라도 한다는 듯이.

[아이고, 우리 사장님은 씩씩하기도 하셔라. 그렇게 크게 대답 안 해도 다 들려요.]

"그, 그렇겠죠?"

[신촌 메가박스 앞에서 기다릴게요. 혼자 올 수 있겠어요?]

"당연하죠!"

또 그의 낮은 웃음소리가 울렸다. 서연은 그 소리를 평생 들어도 질리지 않을 거라고 생각했다.

[기다릴게요. 이따 봐요.]

기다릴게요.

그 말이 이렇게나 달콤한 말인지 처음 알았다.

서연은 띠로롱, 끊긴 휴대폰에 대고 속삭였다.

"네, 금방 갈게요."

*　*　*

그는 눈에 띄었다. 하지만 그가 눈에 띄지 않더라도, 서연은 그가 어디에 있든 찾아낼 수 있을 거라고 생각했다.

서연을 본 그가 환하게 미소를 지었다. 햇살을 끌어모은 것 같은 미소에, 서연은 퐁당 빠진 기분을 느꼈다.

태민이 서연을 향해 성큼성큼 걸어왔다. 그저 이쪽으로 다가오는 것뿐인데도, 그가 가까워짐에 따라 심장이 뛰는 속도도 빨라졌다.

"영화 보는 거 좋아해요?"

그가 자연스럽게 서연의 어깨를 감싸며 물었다. 서연은 그의 손에서 빠져나올까 하다가 관뒀다. 어깨에 닿은 그의 체온이 싫지 않았다.

"네, 좋아해요."

"의외네, 잘 안 보러 다닐 줄 알았는데."

"보통 집에서 봐요."

별채에는 서연이 꾸며놓은 영화감상실이 따로 있었다.

"어떤 장르? 로맨스 좋아해요?"

"네, 좋아해요."

"잘됐다. 오늘 보려는 것도 로맨스거든요. 영화, 곧 시작해요."

그가 걸음을 서둘렀다.

"표는……."

"샀어요, 사장님 기다리는 동안 할 일 없어서."

그가 대수롭지 않다는 듯 말했다. 그와 함께 있으면 그가 늘 돈을 쓰는 것 같다. 서연은 아르바이트 직원인 그가 자꾸 돈을 써서 마음이 불편했다.

서연이 무슨 생각을 하는지 안다는 듯, 그가 덧붙였다.

"저녁은 사장님이 사 줘요."

"네, 그럴게요."

상영관으로 올라가는 동안, 그를 향하는 시선들을 느꼈다. 훤칠하고 근사한 그를 흘끗흘끗 쳐다보는 눈길들이, 그는 익숙한 듯했다.

문득 유리에 비친 그와 자신의 모습에, 서연은 조금 부끄러워졌다. TV에 나오는 사람처럼 근사하게 차려 입은 그에 비해, 서연의 차림새는 촌스럽기 그지없었다.

지금까지 옷차림에 대해 생각해 본 적이 없는데 신경이 쓰이기 시작했다. 종아리까지 내려오는 잿빛 원피스가 이렇게나 멋없는 옷이었다니. 작게 한숨을 내쉬는 서연의 귀에, 그의 나직한 음성이 들려왔다.

"괜찮아요, 예뻐요."

2장
넌 나의 취향

심장이 콩닥거려서 영화에 집중하기가 힘들었다.

어둡고 넓은 그 공간에 태민과 단둘이 있는 것 같았다.

커다란 화면을 가득 채운 영상과 크게 울리는 배우들의 목소리는 그저 배경일 뿐. 옆에 앉은 태민의 작은 움직임, 작은 숨소리에 온신경이 집중되었다.

간신히 앞으로 고정시킨 눈동자가 자꾸 그에게로 향하려고 했다. 그가 어떤 표정으로 영화를 보고 있는지 확인하고 싶었다. 아니, 그냥 그의 얼굴을 보고 싶었다.

자꾸만 돌아가려는 시선을 열심히 붙드는 까닭은, 혹시라도 그와 눈이 마주칠까 걱정이 되어서였다. 그의 얼굴을 몰래 훔쳐보는 모습을 들키고 싶지 않았다.

—괜찮아요, 예뻐요.

상영관에 들어오기 전, 그가 속삭인 말이 귓가에서 떠나지 않았다. 고개를 들었을 때 보인 그의 다정한 눈빛과 봄빛 같은 미소도 눈앞에 아른거렸다.

영화의 상영 시간은 총 135분. 그 시간이 무척이나 더디게 흘러가는 것 같으면서도 짧게 느껴졌다. 그와 함께하는 시간은 늘 모순된 감각을 가져다준다. 길지만 짧게, 좋지만 싫게, 감격스럽지만 슬프게. 이유를 알 수 없는 여러 가지 감정들이, 순백과도 같은 서연의 가슴을 수놓았다.

영화가 끝나고 상영관을 벗어나는 것이 아쉬우면서도 한편으로는 좋았다. 이제는 그의 얼굴을 마음 놓고 볼 수 있다.

"영화 어땠어요?"

불을 켰어도 조금 어두운 상영관의 계단을 조심조심 내려가는데, 그가 자연스럽게 서연의 손을 붙잡아 주며 물었다. 그의 손은 서연의 손이 쏙 들어갈 만큼 컸다.

"재미있었어요."

내용이 하나도 기억나지 않지만 그렇게 말했다.

"그게 다예요?"

"음, 웃기기도 했고."

"그래요? 난 의외로 안 웃겼는데."

"아아."

"우리는 개그 코드가 좀 다른가 봐요."

"아뇨, 저도 사실 좀……."

"별로였어요?"

뭐라고 대답해야 할지 알 수가 없었다. 그가 일부러 불러내서 돈까지 쓰며 보여 준 영화인데, 별로라고 말하면 안 되는 것 아닐까?

제대로 감상하고 별로였다고 말하는 거라면 모를까, 제대로 보지도 못했는데 악평을 늘어놓을 수는 없는 일이었다. 남의 속도 모르고 꼬치꼬치 캐묻는 그가 원망스러웠다.

상영관을 벗어나 환한 불빛 아래로 나왔다. 그는 여전히 서연의 손을 꽉 붙잡고 있었고, 서연은 그가 손에서 힘을 빼지 않아 좋았다.

"태민 오빠."

낯선 여자의 목소리가 그의 이름을 불렀다. 맞은편에, 한 여자가 친구인 듯 보이는 여성과 함께 서 있었다. 진청 스키니에 흰 셔츠를 멋스럽게 입은 여자는, 어이없다는 표정을 짓고 있었다.

"아아, 수연아. 너도 영화 봤어?"

그가 친근한 목소리로 물었다. 친한 사이인가 보다.

태민처럼 근사한 남자에게 여자인 친구가 없을 리 없었다. 아니, 특별히 근사하지 않더라도 이성인 친구는 누구나 하나쯤 가지고 있다. 서연도 그러니까.

그런데 이상하게도 가슴이 따끔거렸다. 그가 서연에게 말하듯 다정한 음성으로, 낯선 여자와 대화하는 모습을 보는 것이 싫었다. 게다가 그 상대가 늘씬하고 센스 있게 입은 여자라면 더 그랬다.

저도 모르게 손에 힘이 들어갔다. 그걸 느낀 듯, 그도 서연의 손을 잡은 손에 힘을 줬다. 그제야 퍼뜩 정신을 차리고, 서연은 표정을 갈무리했다. 질투처럼 흉한 감정은 없다. 그러나 지금 이 감정이 무엇이든, 겉으로 드러낼 수는 없었다.

"영화를 보긴 봤는데……."

수연의 시선이 서연에게로 향했다. 수연의 눈가에 짜증과 경멸, 조소가 스치고 지나갔다.

"약속이라는 게 그 여자랑 있었던 거야?"

곱지 않은 말투에, 서연은 긴장했다.

"응."

그가 가볍게 대꾸했다.

"뭐야, 진짜야?"

"응, 진짜."

"그런 촌스러운 여자랑 같이 있으려고, 날 두고 가 버렸다고?"

"에이, 내가 언제 널 두고 갔어? 난 약속이 있다고 충분히 설명했던 걸로 기억하는데."

"말도 안 돼. 그 여자, 뭔데? 오빠 취향이 그럴 리는 없고. 혹시 사촌이라든가, 그런 거야?"

수연의 무례한 태도에, 서연은 당황했다. 서연이 앞에 있는데도 마치 없는 사람 취급을 하며 말하는 그녀의 행동을 믿을 수가 없었다.

서연의 손을 잡고 있던 그의 손에서 힘이 빠졌다. 절망도 잠시, 그의 손이 서연의 어깨를 감싸 품으로 끌어당겼다. 다정한 연인처럼 보듬어 안는 모습에, 수연의 눈이 휘둥그레졌다.

"내 취향이야."

태민이 빙그레 웃으며 말했다.

"사촌이라든가, 그런 게 아니라 내 취향의 여자야."

그의 음성은 반박하지 못할 정도로 단호했다. 수연은 경악에 찬 눈으로 그를 한 번, 서연을 한 번 쳐다보다가 고개를 휘휘 저었다.

"이건 또 무슨 장난이야? 그런 게 오빠 취향일 리가 없잖아. 모델 같은 여자가 좋다면서? 그 여자는 어디를 봐도 모델이 아니잖아. 아, 주부 모델 같은 건가?"

"무례하게 굴지 마, 김수연. 나, 슬슬 짜증 나려고 한다."

그의 음성이 한 톤 낮아졌지만, 수연은 눈치채지 못했다.

"아니, 오빠. 아무리 생각해도 내가 자존심이 상해서 그래. 밥도 사주고 영화 한 편 같이 보자고 했는데, 그런 여자 만나려고 날 두고 갔다는 게 진짜 어이가 없어서. 그 여자, 돈 많아?"

돈 많다. 그래서 서연은 뜨끔했다.

"돈은 나도 많아."

그가 말했다. 그가 돈이 많을 줄은 꿈에도 생각하지 못했기 때문에, 서연은 크게 뜬 눈으로 그를 올려다보다가 깜짝 놀랐다. 긴 속눈썹 아래로 보이는 그의 눈동자가 몹시도 차가웠기 때문이다.

그는 서연이 한 번도 본 적 없는 서늘한 눈으로 수연을 노려보고 있었다.

"김수연, 너 재미없다."

"뭐?"

"너, 이제 재미없어졌다고."

그의 음성은 낮고 단조로웠다. 하지만 그 말을 들은 수연의 표정은 그렇게 단순하지 않았다. 크게 뜨인 눈에 당혹감과 긴장, 그리고 후회가 깃들었다.

"아니, 저기. 오빠."

"이제 그만 보자."

"오빠, 내가 실수했어. 이건 질투하는 게 아니라, 정말로 궁금해서…… 그렇잖아, 아무리 봐도 오빠 취향의 여자는 아니니까……! 아무튼 사과할게. 이제 이런 일 없을 거야."

도도하게 보이는 수연이 순식간에 태도를 바꿔 태민에게 매달리는 모습을, 서연은 놀라운 기분으로 지켜봤다.

"이런 일 없겠지. 보지 않을 테니까."

그는 차갑게 말하고는, 서연의 어깨를 감싼 손에 힘을 줬다.

"가요, 우리."

"아, 네."

그의 걸음에 맞춰, 서연도 발을 옮겼다.

"오빠, 잠깐만."

수연이 태민의 팔을 붙잡았지만, 그는 차갑게 뿌리쳤다.

"질척거리지 마, 기분 나쁘니까."

매달리는 여자를 뿌리치는 남자.

처음 보는 광경이었다. 놀란 심장은, 영화관 건물에서 벗어난 후에도 두근두근 뛰고 있었다.

처음 본 그의 냉정한 눈빛이 잊히지 않았다. 수연은 처음 보는 사람이었고 무례하게 행동하기까지 했지만, 서연은 그녀가 안쓰러웠다. 그건 아마도 그가 언젠가는 서연에게도 그리 차갑게 행동할지 모른다는 예감 때문일 것이다. 서연은 그의 눈빛이, 말투가 그토록 싸늘하게 변하는 것을 보고 싶지 않았다.

신촌 메가박스 건너편의 골목에 접어들었을 때쯤엔 마음이 진정되었다. 그는 여전히 서연의 어깨를 감싸고 있었고, 그의 눈빛은 평소처럼 온화했다.

—내 취향의 여자야.

마음이 가라앉자 문득 아까 그가 했던 말이 떠올랐다. 그는 수연을 똑바로 응시하면서 분명한 목소리로 말했다.

세련되게 차려 입은 수연의 앞에서, 그는 촌스러운 서연을 부끄러워하지 않았다. 오히려 '내 여자'라는 듯 당당하게, 자신의 품으로 끌어당겼다.

"진심, 이었어요?"

만약 서연이 연애 경험이 조금 더 있었더라면, 남자들에 대해 조금 더 잘 알았더라면, 이런 질문을 하지 않았을지도 모르겠다.

하지만 서연은 처음이었고, 잘 몰랐기에, 묻고 말았다.

"뭐가요?"

"아까, 그 말."

"아까 그 말?"

"그 여자 분한테…… 제가 취향이라고 했던 말이요."

"아아, 그거요. 그냥 한 말입니다. 개가 짜증 나게 해서."

대수롭지 않은 일이었다는 듯 들려오는 대답에, 살포시 고개를 내밀었던 기대감이 처참하게 꺾였다. 가슴에 무언가 뾰족한 것이 쿡 찌르고 들어오는 통증이 느껴졌다. 서연은 침을 꼴깍 삼켰다.

만약 서연에게 경험이 많았더라면, 이쯤에서 말을 멈췄을 것이다. 하지만 서연은 경험이 없었다.

"나는 진심인 줄 알았어요."

"흐응. 아, 저 옷 예쁘다. 사장님이랑 잘 어울릴 것 같아요."

그가 주제를 바꾸려는 듯 말을 돌렸다. 하지만 서연은 계속해서 말했다.

"지금까지 나한테 스킨십도 자주 하고, 키스……도 했잖아요. 예쁘다고도 해 주고. 그거 다 진심이 아니었던 거예요?"

"하아."

그가 깊은 한숨을 내쉬더니 걸음을 멈췄다. 그리고 서연의 어깨를 감싸고 있던 손을 내렸다. 그는 조금 찌푸린 표정으로 서연을 마주 봤다.

"네. 그냥 한 말이고, 그냥 한 행동입니다. 나는 진심이네, 뭐네. 그런 거 잘 모르겠어요. 그 순간에 기분 좋았으면 된 거 아닙니까?"

"……나는."

"사장님도 싫지 않으니까 피하지 않은 거잖아요."

"물론 싫지 않았어요. 좋았어요. 하지만 그 좋았던 마음은, 진심이었어요."

"그래요, 나도 그 순간에는……."

"좋아해요."

그의 짜증스러운 목소리를 끊으며, 서연이 말했다. 서연은 그를 똑바로 올려다봤다. 그의 눈빛이 냉정하게 변할까 봐 두려웠다. 하지만 이런 마음을 말할 때에는 눈을 피해선 안 될 것 같았다. 자꾸만 옆으로 도망치려는 눈동자를 그에게 고정시키고, 서연은 다시 한 번 말했다.

"좋아해요, 그 순간이 아니라 지금도. 나는 진심이에요."

"하."

그가 기가 막힌다는 듯 헛웃음을 내뱉었다. 그의 미소는 더 이상 따사롭지 않았다. 그는 차가운 조소를 지으며, 서연을 향해 경멸의 시선을 던졌다.

그것이 고드름처럼 서연의 심장에 박혔다. 수십 개의 고드름이 박혀 심장이 찢기는 듯한 통증이 일어났다. 그래도 서연은 눈을 피하지 않았다.

"진심? 고작 이 정도로?"

그가 턱을 살짝 들어 올렸다.

"그렇게 쉬운 여자였습니까? 좀 더 어려울 줄 알았는데."

"쉬운 게 아니에요. 그저 빠른 것뿐이고, 그렇다고 해서 쉽진 않아요. 느린 것이 반드시 어려워서 그런 게 아닌 것처럼."

"됐습니다, 그런 건. 난 그냥……."

"거기까지만 해요."

서연이 말을 끊었다. 그가 무슨 말을 할지 짐작이 됐다. 그는 아마도 수연에게 했듯이 서연에게도 말할 것이다.

재미없어요, 사장님. 이제 볼일 없겠어요.

혹은, 또 다른 말을 할지도 모르겠다.

사장님은 그저 나한테 장난감일 뿐이었어요. 이제 질렸으니까 버릴래요.

어느 쪽이든 듣고 싶지 않았다.

"나는 사랑을 해 본 적도 없었고, 실연을 당해 본 적도 없었어요. 그래서 이런 상황에서 어떻게 해야 할지 모르겠어요. 하지만 우리 관계를 최악으로 만들 만한 말은 듣고 싶지 않아요. 그러니까 하지 마세요."

"우리한테 관계랄 게 있습니까?"

"사장과 직원 관계잖아요."

"아……."

표정 없이 서늘했던 그의 얼굴에 처음으로 표정이 생겼다. 그는 놀란 듯 눈을 크게 떴다.

서연은 주먹을 꽉 쥐었다. 사실은 울고 싶은데, 울면 안 되는 상황이라는 걸 알고 있었다. 지금 울면 그와의 관계가 최악으로 끝날 것이다. 그러기는 싫었다.

"공과 사는 명확하게 구분했으면 좋겠어요. 난 이제부터 정태민 씨에게 사랑 타령을 하지 않을게요. 그러니까 정태민 씨도 내가 오해할 만한 행동을 하지 말아 주세요. 나를 만지지도 말고, 키스를 하지도 말아 주세요. 그러면 나는 사장으로, 정태민 씨는 직원으로 남을 수 있어요."

잘했어, 홍서연.

빠르게 말을 끝낸 서연은, 속으로 자신을 다독였다. 하마터면 울 뻔했지만 울지 않고 말을 끝냈다. 마지막에 목소리가 조금 떨리기는 했지만, 그는 눈치채지 못했으리라.

그러니까 잘했다.

그의 눈이 가늘어졌다.

"이런, 이런. 그런 시스템이에요? 그럴 줄 알았으면 그냥 진심이라고 할걸."

그의 눈에서 냉정함이 사라졌고, 그의 말투에 장난기가 돌아왔다. 아쉽다는 듯 중얼거리는 그를 보며, 서연은 아프면서도 안도했다.

"이제는 안 속아요."

그가 평소대로 돌아와서 다행이다. 하지만 울고 싶은 기분은 여전했다.

"이제 그만 가 볼게요. 데려다주지 않아도 돼요. 뭘 해도, 이제는 속지 않을 거니까."

얼른 집에 가서 울어야지.

* * *

"삼 일. 딱 삼 일 걸렸다."

일을 하는 하준의 방에 드러누워 빈둥거리던 태민이 중얼거렸다.

"뭐가?"

하준이 뒤도 돌아보지 않고 물었다.

"온실 속 화초를 꺾는 데 걸린 시간."

"흐응."

"이렇게 쉬울 줄은 몰랐네. 재미없어."

"그러든가 말든가. 시끄러우니까 나가."

"너는 친구가 심심하다는데 할 말이 그것밖에 없냐?"

하준이 의자를 빙글 돌려 태민을 지그시 노려보다가 방문을 가리켰다. 더 건드리면 발광을 할 테니 나가는 게 좋겠다고 생각하며, 태민은 순순히 방에서 나왔다.

거실에 누워 눈을 감았다.

—좋아해요.

서연이 생각보다 쉽게 이끌려온다는 건 알고 있었다. 이쯤에서 좋아한다는 말이 나올 것 같다고도 예상했다.

하지만 그렇게 똑바로 눈을 맞추고 고백을 해 올 줄은 꿈에도 몰랐다. 그녀의 연갈색 눈동자는 무슨 짓을 해도 흔들리지 않을 듯, 태민에게 고정되어 있었다. 흔들리지 않는 그 눈동자가 어찌나 맑고 깊은지, 태민은 저도 모르게 '나도요.'라는 소리를 지껄일 뻔했다.

그래서 좋은 말로 거절해도 될 것을, 짜증스럽게 반응하고 말았다. 더 놀란 건 그다음이었다.

그녀는 놀랍도록 솔직했고, 어이가 없을 정도로 공과 사의 경계를 뚜렷하게 구분 지었다.

—사장과 직원 관계잖아요.

그 대답을 들었을 때는, 무표정을 유지할 수가 없었다.

"두 번 다시 보지 말자는 말을 들을 줄 알았는데. 아니면 울면서 매달리거나. 화를 내거나."

예상 범위에서 벗어난 그 반응이 태민을 감탄시키는 한편 당황하게 만들었다. 사실 태민은 서연이 꺾이는 순간, 그 일을 그만둘 작정이었다.

"이래서야 그만둘 수도 없겠군."

그녀는 울 것 같았다. 눈물이 그렁그렁 고인 주제에, 사장답게 사무적으로 말하려고 노력하는 그녀를 매정하게 내칠 수가 없었다.

"기분이."

돌아서는 그녀의 뒷모습이 뇌리에 콱 박혔다. 금방이라도 허물어질 듯 위태롭지만 꼿꼿하게 서서 걷던 뒷모습.

"진짜."

태민은 팔뚝을 이마에 얹고 눈을 감았다.

"더럽네."

* * *

택시를 타고 집으로 가는 내내, 목구멍으로 올라오는 슬픔의 덩

어리를 어떻게 갈무리해야 좋을지 알 수 없었다.

울 일이 아냐. 울 이유가 없어.

세뇌를 하듯 그렇게 생각하는데도 자꾸 울컥, 울컥, 울음이 치밀어 올랐다. 가슴에 일어나는 통증이 당혹스러울 정도로 아팠다.

어머니가 돌아가셨을 때, 그 직후 아버지가 김 여사와 재혼을 했을 때, 김 여사의 자식들이 서연을 심술궂게 괴롭힐 때. 슬프기는 했지만 이런 식의 아픔을 동반하지는 않았다. 이러다가 죽지 않을까 싶을 만큼 아픈 이유를, 서연은 도통 알 수가 없었다.

택시에서 내렸을 때는 오후 3시를 막 넘긴 시간이었다. 이른 시간에 집에 들어가는 것을 피했는데, 그조차 깨닫지 못할 정도로 슬픔에 잠겨 있었다.

대문을 열고 들어간 서연은 마당에서 들려오는 나직한 대화 소리에 걸음을 멈췄다. 두 남자가 마당에 마주 보고 서서 심각한 표정으로 대화를 나누고 있었다.

한 명은 서연의 이복 오빠인 윤성이었고, 다른 한 명은 윤성의 또래로 처음 보는 얼굴이었다. 서연을 발견한 윤성의 얼굴에 짓궂은 미소가 떠올랐다.

"우리 막내, 오늘은 일찍 들어오네."

서연은 꾸벅 고개를 숙였다. 윤성을 상대할 기분이 아니었다. 서연은 파충류처럼 차가운 윤성의 눈빛이 싫었다. 표정을 보이고 싶지 않아 고개를 숙인 채로 지나가려는데, 윤성이 불러 세웠다.

"막내, 버르장머리가 너무 없네. 여기 내 친구 있는 거 안 보여? 인사는 제대로 해야지."

그 말에 서연은 다시 걸음을 멈추고 고개를 들었다.

"최민기 검사, 내 친구야. 이쪽은 우리 집 막내 홍서연."

윤성이 중간에서 소개를 하자, 민기가 싹싹한 미소를 지으며 고개를 숙였다.

"안녕하세요, 서연 씨. 말씀 많이 들었습니다."

무슨 말씀을 들었다는 건지는 모르겠지만, 좋은 말씀은 아닐 거라고 생각하며 서연도 고개를 숙였다.

"안녕하세요."

"앞으로 잘 부탁드립니다."

뭘 잘 부탁한다는 건지는 모르겠지만, 앞으로 볼일 없었으면 좋겠다고 생각하며 서연은 대답했다.

"네, 저도요."

이제 자리를 떠도 되는 걸까?

어색한 긴장감이 감돌았다. 윤성은 한집에 살던 때도, 독립을 해서 나간 후에도 서연과 편한 사이인 적이 없었다. 아니, 서연은 윤성이 끔찍이도 싫었고, 윤성의 지인들 역시 싫었다.

"같이 차 한잔할래?"

윤성이 물었다. 서연은 팔뚝에 소름이 돋는 걸 느끼며 황급히 고개를 저었다.

"죄송해요, 오빠. 저 지금 할 일이 있어서."

"무슨 할 일? 아, 가게?"

"네, 그거요."

"잘되고 있어?"

"네, 그냥요."

"뭘 그렇게 경계하고 그래? 혼자 힘들 텐데 도움이 필요하면 언제든 말해. 우리 막내, 나 아니면 누가 도와주겠어?"

"감사해요. 저, 그럼 들어가 볼게요."

서연은 애써 미소를 지은 후 휙 돌아섰다. 그리고 윤성이 잡을까 두려워 걸음을 빨리했다.

서연의 모습이 사라진 후, 윤성이 민기에게 물었다.

"어때? 예쁘장하지?"

"얼굴은 괜찮은데 차림새가 영 시원찮다. 요샌 40대 아줌마들도 저렇게는 안 입잖아."

"애가 패션 센스가 없긴 해. 몇 번 말을 해 봤는데 여전하더라."

"뭐, 옷차림이야 내가 바꿔 주면 되는 거니까. 성격 조신할 것 같고, 나쁘지 않아."

고개를 끄덕거리며 만족스러워하는 민기를 보며, 윤성은 속으로 조소를 날렸다.

'나쁘지 않긴. 돼지 주제에 저 정도면 차고 넘치는 거지.'

중, 고등학교 때부터 날씬한 적이 한 번도 없었던 민기는, 여자와 제대로 교제를 해 본 경험도 적었다. 민기가 성인이 된 후 접근하는 여자들은, 대부분 민기의 배경을 보고 접근하는 여자들이었다.

"아무튼 한 번 만나보긴 할게. 조만간 자리 만들어줘."

자기가 뭐라도 되는 듯 거만하게 말하는 민기의 태도에 짜증이 났지만, 윤성은 씩 웃으며 민기의 어깨를 툭툭 두드렸다.

"그래, 잘해봐라. 우리 막내, 정말 괜찮은 애니까."

* * *

별채에 들어오자마자 문을 세게 닫고 제대로 문단속을 했다. 혹시라도 윤성이 멋대로 들어올까 걱정이 되어서였다.

"아가씨, 오늘은 일찍 들어오셨네요."

거실을 청소하던 가정부가 놀란 눈으로 서연을 쳐다봤다.

"네, 일이 좀 일찍 끝나서요."

서연은 서둘러 2층에 있는 방에 들어가 문을 잠갔다. 지금은 누구도 상대하고 싶지 않다.

태민을 처음 만난 후 오늘까지, 서연은 현실의 어둠을 잊고 지냈다. 정태민이라는 사람이 머릿속을 꽉 채워서, 현실의 무게를 느낄 새가 없었다.

그래서였나 보다. 그 짧은 시간, 태민을 사랑하게 되었던 이유는. 현실의 무게를, 어둠을 잊게 만들어 주는 사람이라서.

침대 끝에 쭈그리고 앉아 무릎 사이에 얼굴을 묻었다.

"일을 해야 돼."

중얼거렸지만 일할 기분이 들지 않았다.

"가게를 어떻게 할지 구상해야 돼. 내일 만났을 때 제대로 된 사장처럼 행동해야 하니까."

하지만 생각의 방향이 태민에게 고정되어, 다른 쪽으로 움직일 생각을 하지 않았다.

그와의 키스, 접촉, 그리고 마지막 순간의 냉정한 눈빛.

많지도 않은 추억인데 넘실넘실 범람해 전신을 적셨다.

얼마나 그러고 있었을까. 가방 속에 넣어 둔 휴대폰이 진동했다. 혹시나 태민일까 싶어 서둘러 휴대폰을 꺼냈다. 액정에 뜬 이름은 그가 아니었다.

[신재희]

이름을 보자 가슴이 따뜻해졌다.

"재희야."

[뭐해?]

"그냥 집에 있어."

[가게로 와. 밥 먹자.]

"아니, 난……."

[얼른 와. 치즈 떡볶이 시켜놓을게.]

전화가 끊겼다. 서연은 작게 한숨을 내쉬었다. 누군가를 만날 기분이 아니었다. 재희가 좋지만, 지금은 그녀를 만나도 웃을 수가 없을 것 같았다. 아니, 어쩌면 간신히 참고 있던 눈물이 터져 버릴지도 모르겠다.

하지만 재희는 치즈 떡볶이를 시켜놓을 것이고, 혼자서는 그걸 다 먹지 못할 것이다. 서연은 어쩔 수 없이 미적미적 일어나 방에서 나왔다.

가정부는 본채로 돌아갔는지 보이지 않았다.

현관문 앞에 서서 잠시 귀를 기울였다. 윤성과 민기를 마주치고 싶지 않았기 때문이다.

마당은 조용했다. 서연은 조심스럽게 현관문을 열고 밖으로 나왔다.

재희의 가게는 서연의 가게와 같은 홍대에 있었지만, 거리상으로는 상당히 떨어져 있었다. 패션 디자이너인 재희는 본인이 직접 디자인, 제작한 옷만 가게에 진열해 두었고, 가격이 꽤 비싼 편이라 손님이 많지는 않았다.

하지만 꾸준히 방문하는 고객들이 있고, 자금이 넉넉해서 취미 삼아 가게를 운영하고 있었다. 서연이 들어갔을 때는 손님이 아무도 없었고, 떡볶이의 매콤한 냄새가 가게 안을 가득 채우고 있었다.

"옷에 냄새 배겠다."

"괜찮아, 금방 빠지니까. 앉아."

재희가 간이의자를 밀어주며 말했다. 치즈가 듬뿍 들어간 떡볶이는, 역시 재희 혼자 먹기엔 많은 양이었다.

"가게는 어때? 잘되고 있어?"

"응, 그냥…… 뭘 할지 대충 구상만 해 뒀어."

"이제 슬슬 오픈해야 하는 거 아냐? 홍란희랑 홍윤성은 이미 오픈해서 운영 중이던데."

"응, 그런 것 같더라."

"야, 이거 네 일이거든? 왜 이렇게 의욕이 없니?"

"나…… 실연당했어, 재희야."

"켁…… 콜록, 콜록……!"

떡볶이를 입에 넣고 씹던 재희가 사레가 들렸는지 새된 기침을 했다. 서연은 재희의 등을 두드려줬다. 이윽고 기침을 멈춘 재희가 눈을 동그랗게 뜨고 서연을 쳐다봤다.

"뭐라고?"

"실연당했다고."

"너, 실연이 무슨 뜻인 줄 알아?"

서연은 고개를 끄덕였다.

"무슨 뜻인데?"

"연애에 실패했다는 뜻."

"그래, 뜻을 알긴 아네. 그런데 아직도 실연당했다고 주장할 셈이야?"

"사랑에 빠져서 고백을 했는데, 차였어."

"하하하하하."

재희가 크게 웃었다.

"홍서연도 이런 농담을 할 줄 아는구만. 우리 서연이, 다 컸네."

"농담 아냐. 진짜야."

"적당히 해. 아무리 재미있는 농담이라도 여러 번 반복하면 구려져."

"아르바이트를 구했거든. 공고를 올리자마자 이튿날 찾아온 사람이야. 이름은 정태민."

서연은 천천히, 그와 함께한 3일 간에 대해 설명했다. 재원에게는 말하지 못한, 그와의 입맞춤과 키스에 대해서도 말했다. 서연이 농담하는 게 아니라는 걸 깨달은 재희는, 떡볶이를 먹던 손을 멈추고 가만히 서연의 이야기에 집중했다.

"불러."

얘기가 끝났을 때, 재희가 말했다.

"응?"

"그놈, 부르라고. 번호 있지?"

"번호는 있지만 부르는 건 좀."

"불러. 못 부르겠으면 나한테 번호 줘. 내가 아주 씹어먹어 줄라니까."

이렇게 씹어 먹겠다는 듯이, 재희가 떡볶이 하나를 입에 넣고 우적우적 씹었다.

"그리고 너도 아주 씹어줄 거야."

재희가 젓가락 끝으로 서연을 가리키며 말했다.

"나는 왜?"

"그럼 안 씹어주게 생겼어? 넌 좀 혼나야 돼. 그런 빤한 수작에나 걸려들고. 아무리 남자 경험이 없다지만 너무 빤하잖아, 그 수작은."

"빤해?"

"빤하지! 상대가 듣고 싶은 말을 해 주면서 은근슬쩍 스킨십을 하고, 처음 봤는데 키스를 하고. 빤하다못해 아주 내장까지 들여다 보일 지경이다."

"내장……."

재희는 언제 만나도 표현이 과격하다.

"아무리 경험이 없어도 그렇지, 그런 빤한 수작에 걸려드는 너도 참 너다. 그게 안 보이든?"

"하, 하지만 나를……."

"너를 뭐?"

"나를 똑바로 봐줬어."

서연의 말에 재희가 기가 막힌다는 표정을 지었다.

"나도 널 똑바로 보거든?"

"넌 여자잖아. 내가 사랑에 빠지면 곤란하지 않겠어?"

"나야, 그렇지. 그럼 재원이는? 재원이도 항상 널 똑바로 보잖아."

"하하하하. 재원이는 친구잖아."

웃음을 터뜨리며, 말도 안 되는 소리 말라는 듯 말하는 서연의 모습에 재희는 속으로 혀를 찼다.

'어이구, 내 동생. 넌 진짜 서연이 안중에도 없구나.'

같은 날 1시간 나중에 태어난 쌍둥이 동생의 마음은, 오래전부터 알고 있었다. 그렇게 감추고만 있다가 다른 남자가 홀랑 채 갈 거라고 놀려댔는데, 그게 실제로 일어나고 말았다. 물론 그 '다른 남자'는 서연을 채갈 생각은 없는 듯하지만.

서연은 눈썹을 늘어뜨리고 떡볶이 떡을 꾹꾹 찌르고 있었다. 같은 여자가 봐도 깨물어 주고 싶을 만큼 귀엽다. 토끼 같은 눈과 발그레한 볼, 붉고 도톰한 입술. 패션 센스는 엉망이지만 얼굴만큼은 완벽했다.

"고작 3일이야."

재희는 말했다.

"고작 3일 만난 사람한테 흔들릴 수는 있어. 이성이 유독 잘해 주면 끌리고 설레고, 그런 마음 누구나 생겨. 보통 사람들은 그걸 사랑이라고 하지 않아. 그냥 호감이라고 하지. 넌 정태민이란 놈한테 호감을 느낀 거고, 그런 감정이 처음이라서 사랑이라고 착각한 것뿐이야."

"정말 그렇게 생각해? 이게 사랑이 아니라고?"

"응."

"하지만……."

"그 사람 없으면 죽을 것 같아?"

"아니, 그건 아냐. 하지만 재희야. 너도 지금껏 누군가를 사귀면서 사랑한다고 했잖아. 그래도 그 남자 없다고 죽을 것 같진 않았잖아."

정곡을 찌르는 말에 재희는 잠시 말문이 막혔다. 이 순진한 친구는 맹한 듯 보이지만, 가끔 이렇게 예리할 때가 있다. 남들 의견에 따라가는 듯 보여도, 자기 고집을 꺾지 않아야 할 때는 꺾지 않는다. 그래서 재희는 서연이 좋았다.

"그 사람이 없다고 죽진 않을 거야. 하지만 그 사람을 사랑하게 됐어. 그 사람은 받아주지 않았고, 나는 실연을 당해서 굉장히 슬퍼. 이제 이 사랑을 없애려고 노력해야겠지만, 아마 꽤 오랫동안 이런 기분일 거라고 생각해. 그래서 무서워."

서연은 떡 하나를 입에 넣고 오물오물 씹었다. 매운 건지, 슬픈 건지, 하아, 한숨을 터뜨린 서연이 애써 미소를 지었다.

"그래도 언젠가는 괜찮아지겠지?"

괜찮아질 거야, 라고 말해 주고 싶었다. 하지만 재희는 그렇게 쉬운 일이 아닐 거란, 불길한 예감이 들었다.

첫사랑의 파도는 쉬이 잠잠해지지 않는다. 게다가 서연의 마음은 쉽게 움직이는 마음이 아니었다.

만약 그리 쉬운 마음이었더라면, 애초에 재원에게 사랑을 느꼈을 것이다. 재원은 옆에서 지켜보는 게 안쓰러울 정도로 서연에게 잘해 줬으니까.

'대체 어떤 놈이기에, 재원이한테도 흔들리지 않은 서연이 마음을 가져간 거지?'

정태민이란 남자가 몹시 궁금해졌다.

"지금 이 상태로는 괜찮아지지 않을 거야. 그놈, 그냥 잘라. 같이 일하다 보면 없던 마음도 생기게 되어 있어. 그런데 그 마음이 있는 상태에서, 그놈이랑 같이 일하다 보면 마음이 더 커질지도 몰라."

재희가 솔직하게 말했다. 서연은 곧바로 대답하지 않고 다시 떡볶이를 먹었다. 한참 그렇게 떡볶이만 먹던 서연이 이윽고 고개를 저었다.

"그건 안 돼. 나는 그 사람이랑 같이 일하고 싶어."

"야, 야."

"아니, 아니. 좋아하는 마음 때문이 아냐. 그 사람은 잘해낼 거야."

"너, 그놈에 대해 아는 거 별로 없잖아. 왜 그렇게 확신해?"

서연의 입가에 미소가 떠올랐다.

"아르바이트 시간을 알려주지 않았는데, 아주 일찍부터 출근했거든. 나보다 먼저."

"야, 고작 그 정도로?"

"고작 그 정도일지도 모르겠지만, 나는 그게 책임감으로 보였어.

그 가게를 자기 것처럼 여기겠다는 책임감."

*　*　*

홍진탁 사장 가(家)의 저녁 식사 자리는 화기애애했다.

홍진탁, 김미진, 홍윤성, 홍란희.

그 자리에 서연이 함께한 적은 거의 없었다. 서연의 앞에서는 무표정한 홍 사장도 이 자리에서만큼은 온화한 미소를 짓고 있었다.

"민기 아시죠? 최민기 검사."

윤성이 입을 열었다.

"최 판사 아들 말이냐?"

"네, 걔요. 오늘 걔한테 서연이를 소개시켜 줬어요. 마음에 들어 하더라고요."

"흐음."

"그 계집애한테 뭐 하러 검사를 소개시켜 주니? 그 애 수준에 판검사가 어울릴 것 같아?"

김 여사가 끼어들었다. 윤성이 사람 좋은 미소를 지었다.

"에이, 엄마. 그렇게 생각할 것만은 아니죠. 그래도 서연이는 재양 사람이잖아요. 어디서 굴러먹다 온 놈팡이랑 연분이라도 나면 욕먹는 건 우리예요. 어머니가 후처로 들어와서 전처 딸인 서연이를 괴롭히다가 아무 남자한테나 떠넘겼다고들 수군거릴걸요."

틀린 말은 아니었다.

"그래서 최 검사는 홍서연이 마음에 든대?"

란희가 물었다.

"그런가 봐. 서연이 쪽은 어떤지 모르겠지만, 숙맥이니까 조금만 잘해 주면 홀딱 빠지지 않겠어? 정 안 되면 강압적인 방법이라도 사용하라고 하면 될 거고. 서연이가 뭘 어쩔 수 있을 것 같진 않지만, 그래도 의외의 변수가 될 수도 있으니까 떼어 내려면 빨리 떼어 내는 게 나아. 할아버지가 출가외인에게 재산을 물려주시진 않겠지."

"그 계집애가 뭘 어쩔 수 있겠어? 듣자 하니 사업 콘셉트도 못 잡은 것 같던데."

란희가 비웃듯이 말하자 윤성이 입술을 비틀어 올리며 중얼거렸다.

"그래도 모를 일이지. 난 위험 요소는 다 제거해 버리고 싶어."

* * *

내가 원하는 대로 감정이 흐르는 방향을 바꿀 수 있다면 얼마나 좋을까.

가게 앞에 도착한 서연은 작게 한숨을 내쉬었다. 그가 먼저 가게 앞에 나와 있었던 건 고작 며칠이었다. 그것이 습관이라든가 일상이라고는 말할 수 없을 만큼 짧은 기간.

그런데 왜일까. 아무도 없는 가게 앞을 보니 가슴이 공허했다.

그가 했던 모든 행동은 진심이 아니다. 어젯밤 내내 그것을 생각했다. 받아들이려고 노력했다. 그런 건 아무것도 아니라고. 원래부터 낯선 타인이었고 그렇게 돌아갔을 뿐이라고. 그의 온기가 없는 삶을 잘 살아왔고, 다시 그리되었을 뿐이라고. 세뇌를 시키듯 그렇게 되뇌었다.

하지만 가게 문 앞이 텅 빈 것을 보며 가슴이 싸하게 식는 건 어쩔 도리가 없었다. 이 마음의 행방을, 내가 원하는 대로 지정할 수 있다면 참으로 좋을 텐데.

잘칵— 잘칵—

가게 문을 열고 안으로 들어갔다. 커다란 창문을 전부 열었다. 창문으로 들어오는 아침 햇살은, 내 마음도 모르고 반짝반짝 밝았다.

서연은 잠시 창가에 두 손을 짚고 서서 밖을 내다 봤다. 이른 홍대의 거리는 한산해서, 조금은 쓸쓸한 느낌이 들었다. 전에는 이 거리를 봐도 아무 생각이 없었는데, 이제는 이 거리와 이 마음이 비슷한 것 같아서 쓴웃음이 나왔다.

'괜찮아. 괜찮을 거야.'

어젯밤.

재희가 헤어지기 전에 서연의 양어깨를 꽉 붙잡고 했던 말을 떠올렸다.

—그놈 손해야. 지금 이 상황은 전부 그놈 손해야. 너는 이렇게나 순수하고 솔직하게 그놈을 사랑하고 있잖아. 그런데 그놈은 그걸 잃었어. 이 세상에서 가장 예쁘게 사랑해 줄 여자를 잃었어. 하지만 넌 잃은 거, 아무것도 없어. 망할 놈을 얻지 못했을 뿐, 잃은 건 없어.

그래, 난 잃은 거 없어.

그렇게 생각하고 싶었다. 하지만 잘되지 않았다. 가슴이 따끔따끔 아프고, 뱃속이 거북한 느낌은 사라지지 않았다. 아마도 한동안 이럴 것이라고, 서연은 생각했다.

그렇게 멍하니 생각에 빠져 있는데, 얼굴 하나가 불쑥 서연의 얼굴 앞으로 다가왔다.

"꺄앗!"

생각지도 못한 상황에 작은 비명을 지르며 뒤로 물러났다. 그가 창 밖에 있었다. 허리를 굽히고 서연과 눈높이를 맞췄던 그가, 그 자세로 싱긋 웃었다.

"뭐해요, 그렇게 넋을 놓고?"

다행이다, 라는 생각이 들었다. 이제는 그가 웃어 주지 않을 줄 알았다. 어제 보였던 그 냉정한 눈빛을, 앞으로도 봐야 할 거라고 생각했다. 하지만 그는 지금까지처럼 은은한 미소를 머금고 있었다.

"아뇨, 그냥…… 바람이 시원해서요."

"오늘 저녁에 비 온대요."

"아아."

그가 허리를 똑바로 펴고 턱짓을 했다.

"나와요."

"왜요?"

"아침 안 먹었잖아요. 아침 먹으러 가요."

어제 아무 일도 없었다는 듯 자연스러운 말투였기에, 서연은 저도 모르게 '네.'라고 대답할 뻔했다. 간신히 정신을 차리고 눈에 힘을 줬다. 그가 왜 그러냐는 듯 고개를 옆으로 기울였다. 머리의 움직임을 따라 살짝 흔들리며 흘러내리는 그의 새까만 머리카락을, 서연은 만지고 싶었다. 저 부드럽고 윤기 나는 머리카락을 쓰다듬으면 어떤 느낌일까.

'아니, 관둬!'

서연은 휘휘 고개를 저었고, 그런 서연의 모습에 그의 눈이 커졌다.

"왜 그래요?"

그가 앞에 있다는 걸 깜빡했다. 서연의 얼굴이 붉어졌다.

"아뇨, 그냥. 싫어요."

"뭐가요?"

"아침 같이 먹는 거요."

"아아, 그래요, 그럼."

그가 어깨를 으쓱하며 몸을 돌리려 했다.

"그리고요."

그가 움직임을 멈췄다. 빤히 응시하는 그의 까만 눈동자가 아름다웠다. 이런 순간에도 그의 눈동자를 예쁘다고 생각하게 되는 게 싫었다.

"앞으로는 이런 거 안 했으면 좋겠어요."

"이런 거라니?"

"같이 아침을 먹자거나, 이러는 거요."

그가 미간을 좁혔다.

"어제 일 때문에 그래요?"

"네. 제가 오해할 만한 행동은 하지 말아 달라고 했잖아요. 정태민 씨도 그러겠다고 했고요."

"아침을 먹자는 게 왜 오해할 만한 행동이에요? 밥 정도는 같이 먹을 수 있잖아요."

"아뇨, 전 안 그래요. 단둘이 밥 먹는 건, 저한테는 오해할 만한 행동이에요."

서연이 단호하게 말했다. 그는 성가시다는 듯 한 손으로 앞머리를 쓸어 넘겼다. 반듯하고 예쁜 이마가 잠깐 드러났다가 다시 흘러내리는 머리카락에 덮였다.

"사장님, 은근 고지식하시네. 요새 사람들답지 않게."

"제가 요새 사람들 같아야만 할 이유가 있나요? 고지식한 게 그렇게 나쁜 일인가요?"

태민은 말문이 막혔다. 요새 사람 같아야만 할 이유 따위, 당연히 없다. 고지식한 게 나쁜 것도 아니다.

당황스러웠다. 서연이 이렇게까지 단호하게 나올 줄은 몰랐기 때문이다.

수줍음 많고 소심한 아가씨라고 생각했는데. 어제 아무리 그렇게 말했어도 태민의 한마디에 흔들릴 줄 알았는데.

"저는 이렇게 살아왔고 이게 나쁘다고 생각하지 않아요. 남한테 피해를 주지 않는 이상, 이대로도 괜찮지 않나요?"

화가 난 목소리는 아니었다. 차분하고 담담했다. 두 손을 앞으로 모아 쥐고, 태민을 똑바로 올려다보며 말하는 그녀가 어째서인지 눈부셨다. 그래서 태민은 그녀를 똑바로 볼 수가 없었다. 시선을 옆으로 돌리자 그녀가 말했다.

"가서 아침 드시고 오세요. 아르바이트 시작 시간은 9시부터니까요."

태민이 창문 앞을 떠난 후, 서연은 깊은 숨을 내뱉으며 그 자리에 쭈그리고 앉았다.

'화가 난 것처럼 보이지는 않았겠지?'

조금 걱정스러웠다. 하지만 후회하진 않는다. 선을 그어야 했다. 그와 필요 이상으로 가까워지면, 이 마음은 거침없이 그에게로 향할 것이다. 아무리 안 된다고 절규를 해도, 마음이 가는 길을 막을 수는 없을 게 분명했다.

그러고 있는데 휴대폰이 울렸다. 재원이었다. 액정에 뜬 이름이 가슴의 술렁임을 가라앉혔다. [신재원]이라는 세 글자에 안정이 찾아와서 다행이었다. 위험한 순간에 브레이크를 걸어 줄 사람이 있다는 건, 안심이 되는 일이었다.

"응, 재원아."

[잘 잤어?]

재원의 음성은 늘 그렇듯 다정했다. 그 다정함이 유독 크게 느껴지는 이유는, 그와 대화를 한 후이기 때문이리라.

—그러죠. 시간 맞춰 돌아오겠습니다, 사장님.

아침을 먹으러 다녀오라는 말에 대한 그의 대답은 차가웠다. 목소리에 서린 냉기가 눈에 보일 정도로.

"응, 잘 잤어. 넌?"

[나야 뭐, 늘 잘 자지. 다른 게 아니라, 나 오늘 오전에 발표가 있어서 수업을 빠질 수가 없을 것 같아. 12시쯤에 갈 것 같은데 미안하다.]

"아냐, 뭐가 미안해. 괜찮아. 수업 잘 받고 와."

[응, 그런데…… 태민이 형은 왔어?]

"오긴 왔는데 아침 먹으러 갔어."

[혼자?]

"응. 아직 시간 전이니까."

[아아, 그래. 그럼 최대한 빨리 끝내고 갈게. 이따 봐.]

큰일이다, 라고 생각했다. 아무렇지도 않게 대답을 하고 전화를 끊었지만, 벌써부터 긴장이 되기 시작했다.

9시부터 12시까지, 태민과 단둘이 시간을 보내야 한다.

* * *

표정이 굳어 있다는 것을 느꼈다. 태민은 접시를 물끄러미 노려봤다. 스크램블드에그는 보슬보슬했고, 베이컨은 알맞게 구워져 있었다. 원두를 갓 볶아 내린 커피에서는 고소하고 좋은 향기가 났다. 완벽한 아침을 앞에 두었지만 표정이 풀리지 않았다.

'왜지?'

이유를 알 수 없었다. 서연이 예상치 못한 반응을 보이기는 했지만, 그것이 기분 나쁠 이유는 없었다. 오히려 칭찬 받을 일이다. 되지도 않는 일에 매달려 질척거리지 않으니까. 그런데 왜 이렇게 기분이 안 좋을까.

며칠 전, 이 가게에 왔을 때. 맞은편에는 그녀가 앉아 있었다. 오물오물 식사를 하는 모습이 토끼 같아서, 보는 내내 지루하지 않았다.

'나는 왜 지금도 그녀를 생각하고 있는 거지?'

제 마음인데도 이 마음의 흐름을 도무지 종잡을 수가 없다.

—좋아해요.

태민을 똑바로 응시하던 연갈색 눈동자가 선명하게 떠올랐다. 감히 쳐다보기 미안할 정도로 맑은 눈동자였다.

'그만해.'

자신을 타일렀다.

'자꾸 생각해서 어쩌자는 거야? 키스 한두 번에 끌려오는 여자일 뿐이야. 다른 여자들이랑 다를 게 없어. 얼마 지나고 나면 변할 마음, 변할 눈빛이야.'

태민은 포크를 들었지만 먹을 생각이 들지 않아 포크로 스크램블드에그를 뒤적거렸다.

"저기요."

누군가 옆에 다가온 것을 깨닫지도 못할 만큼, 스크램블드에그를 해체하는 데 집중하고 있었다. 고개를 돌려 옆을 봤더니 연분홍색 얇은 니트를 입은, 단발의 여자가 수줍은 표정으로 서 있었다. 태민은 습관적으로 미소를 지었다.

"네, 무슨 일이시죠?"

"여기 자주 오시나 봐요."

"네, 좋아하는 곳이거든요."

"저도 여기 자주 오는데, 가끔 뵀었어요."

"아아, 그러시군요."

여자가 어떤 말을 할지 예상했다. 태민은 늘 그랬듯 여자의 외모를 체크했다.

외모 중상.

몸매 상.

패션 센스 상.

이 정도면 나쁘지 않다.

"정말 제 스타일이셔서요. 제가 원래 이런 거 정말 안 하는데……. 아, 어떡하지?"

여자가 두 손으로 얼굴을 감싸고 고개를 옆으로 돌렸다.

'이런 짓을 하는 건 처음이야.'라는 걸 온몸으로 내보이려는 동시에 귀여워 보이기 위한 행동이라는 걸, 태민은 알고 있지만 모르는 척했다.

"번호 좀 알 수 있을까요? 가끔 연락하고 싶어서요."

이윽고 여자가 목적을 말했다. 태민의 사전에 '튕김'은 없었다.

"그래요. 여기 번호 찍어 주세요."

태민이 휴대폰을 내밀자 여자는 기쁨을 감추지 못하고 서둘러 번호를 찍었다. 통화 버튼을 눌러, 자신의 휴대폰에서 태민의 번호를 저장한 여자가 물었다.

"저, 성함이 어떻게 되세요?"

"정태민. 그쪽은요?"

"김시영이요."

[김시영—브런치]

늘 하던 대로 이름을 저장하고는 말했다.

"그럼 다음에 연락해요."

"네, 꼭 할게요."

일행에게로 돌아가는 시영의 뒷모습을 보며, 태민은 피식 웃었다.

"땄어? 번호? 웬일이야. 좋겠다."

시영과 일행이 떠드는 소리가 들려왔다. 목소리를 낮춘다고 낮췄겠지만, 가게가 좁았기 때문에 소리가 잘 들렸다.

"진짜 잘생겼지? 번호 이렇게 쉽게 줄지는 몰랐는데."

"자주 따여 봤겠지. 이름이 뭐래?"

"정태민. 이름도 멋있어."

여자들의 대화에서 신경을 끄고 다시 포크를 들었다. 시영이 휴대폰에 번호를 저장할 때, 그녀의 왼손 약지에 남아 있는 반지 자국을 발견했다.

반지를 뺀 지 얼마 안 된 자국.

왼손 약지에, 자국이 날 정도로 끼는 반지라면 커플링밖에 없다.

헤어진 지 얼마 안 됐거나, 태민에게 번호를 따기 위해 뺀 것이리라.

역시 사람의 마음은 이리도 쉽다. 아주 작은 외부의 자극만으로도 갈대처럼 휙휙 변한다.

사랑이란 잠깐의 스치는 열렬한 감정, 그뿐이다. 어제 서연이 보여 줬던 그 맑은 눈동자도 조만간 다른 남자에게로 향하리라. 언제 태민에게 향했냐는 듯이 빠르게.

태민은 포크를 움직여 다 식은 스크램블드에그를 먹었다. 맛없었다.

* * *

아침을 먹고 돌아온 태민은 상냥한 미소를 짓고 있었다. 하지만 서연은 그 미소가 조금도 따스하지 않다고 느꼈다.

왜일까. 그는 웃고 있는데도 냉랭하게 느껴졌다. 어제 서연을 거절했을 때보다 훨씬 더 차가운 공기가 그를 둘러싸고 있었다.

회의용으로 정한 테이블에, 둘은 마주 보고 앉았다. 침묵이 무거워서 어깨가 아플 지경이었다. 무슨 말이든 해야 하는데, 그의 차가움이 신경 쓰여서 다른 생각을 할 수가 없었다.

"우리, 회의해야죠."

그가 입을 열었다.

"네, 그렇죠. 재원이는 늦는대요."

"흐응, 그래요? 그럼 일단 우리 둘이 해야겠네요."

어제는 그의 입에서 나오는 '우리'라는 단어가 참으로 듣기 좋았다. 하지만 이제는 아니다. 그가 말을 할 때마다 그의 음성이 바늘처럼 날카롭게 서연의 심장을 콕콕 찔렀다. 아프다.

"생각 좀 해 봤어요?"

서연의 질문에 그가 테이블에 팔꿈치를 대고 손에 턱을 괬다. 그는 그 자세로 서연을 지그시 응시했는데, 그 눈빛이 어찌나 요염한지.

서연은 가만히 그의 시선을 받고 있기 힘들어 벌떡 일어났다.

"우, 우리 우선. 차라도 한 잔 마시면서 얘기할까요?"

"차가 있어요?"

"네, 티백이긴 하지만."

서연은 찬장이 있는 곳으로 향했다. 찬장 문을 열고 까치발로 티백이 담긴 상자를 꺼내려고 하는데, 등 뒤로 그의 체온이 느껴졌다.

어느새 뒤로 다가온 그가 찬장으로 손을 뻗고 있었다. 아직 그의 몸이 닿지는 않았지만, 서연이 조금만 잘못 움직이면 닿을 만큼 가까운 거리였다. 서연은 손을 뻗던 자세 그대로 멈춰 숨도 쉬지 못했다. 그 잠깐의 시간이 영원처럼 길게 늘어졌다.

그가 티백 상자를 꺼내 서연에게 건넸다.

"뭘 그렇게 긴장해요?"

놀리는 듯한 말투였다.

"긴장 안 했어요."

"그래요? 난 또 사장님이 뭔가 기대하는 줄 알았는데. 예를 들자면 내가 뒤에서 백허그를 해 준다든가, 그런 거."

"전혀 기대 안 했어요."

"그래요, 그럼."

그가 어깨를 으쓱하며 커피포트를 들었다.

"내가 할게요."

그와 가까이에 있고 싶지 않았다. 그에게서는 옅은 향기가 났다. 아마도 어느 향수의 향일 텐데, 그것이 서연을 아찔하게 만들었다.

향기를 맡을 때마다 그와 처음 만났을 때가, 입맞춤을 했을 때가, 함께 아침을 먹고 마사지를 받았을 때가. 그때가 자꾸 떠올라 가슴이 술렁거렸다. 냄새가 추억을 자극한다는 걸 처음 알았다.

"어린 사장님이 움직이는데 알바 따위가 가만히 앉아서 접대를 받을 순 없죠. 가서 앉아 있어요. 내가 준비할 테니까."

"여기는 내 가게예요."

"나는 사장님의 직원이고요. 직원은 부려 먹으라고 있는 거예요."

"난 같이 일하는 사장이 되고 싶어요."

"아이고, 우리 어린 사장님은 고집이 세기도 하셔라. 알겠어요, 그럼 거기서 노래라도 불러 봐요."

"노래는 갑자기 왜요?"

"같이 일하고 싶다면서요. 노래를 부르면 내가 리듬에 맞춰 차를 타 드리죠."

이 남자는 정말. 서연의 황당하다는 표정에 그가 장난스러운 미소를 지었다.

"얼른 불러 봐요. 설마 음치예요?"

"음치 아니에요."

"아, 맞다. 놀 만큼 놀아 본 여자라고 했죠. 그럼 노래도, 춤도 대단하겠네. 어디 한번 봅시다. 잘 놀아 본 여자의 노래와 춤."

그의 요구가 너무 당당해서 하마터면 노래와 춤을 선보일 뻔했다. 가까스로 정신을 차리고 그를 노려봤다.

"내가 잘 논다고 해서 직장에서까지 노는 건 아니에요."

"흐응, 그래요? 그거 참 아쉽네요. 사장님이 노래하는 거 들어보고 싶었는데."

"이런 장난, 안 치기로 했잖아요."

"장난을 치지 않겠다고 약속한 적은 없는데요. 단둘이 밥 먹는 거, 그걸 안 하기로 한 거 아니었어요?"

"이런 것도 싫어요. 나는 오해해요."

절박한 목소리가 흘러나오고 말았다. 이렇게까지 절박하게 말할 생각은 없었는데. 서연 자신이 더 당황해서 한 손으로 입을 막았다.

순간 그의 눈동자가 일렁, 흔들렸다. 그는 시선을 옆으로 돌리고 인상을 찌푸렸다가 곧 고개를 저었다. 다시 서연을 돌아본 그는 냉랭한 눈빛으로 돌아가 있었다.

"그렇다면 그건 어린 사장님의 문제가 되는 거겠죠. 이건 내 성격이에요. 나는 장난이 많고, 직장이라고 해서 그걸 꾹꾹 억누를 생각 없어요. 이 성격을 받아들이지 못하겠다면 잘라요. 그러고 나서 다시 직원을 구하면 되겠네요. 이번에는 진지한 사람으로."

가슴이 따끔거렸다. 아파서 신음이 흘러나올 것 같았지만 꿀꺽 삼켰다.

"안 자를 거예요."

간신히 대답했다.

"그럼 이 성격을 받아들여요. 이런 성격에 일일이 휘둘리는 건, 어린 사장님한테도 좋지 않아요. 이번 기회에 마음을 단단히 하는 연습을 하는 것도 괜찮겠네요."

그가 농담으로 한 말인지는 모르겠지만, 반박할 수는 없었다. 그의 말이 옳았다. 그의 장난은 과하지 않았고, 굳이 그 성격을 억눌러야 할 필요도 없었다.

이건 서연의 문제였다. 그를 사랑하기에, 그의 말 한마디에, 그의 장난 하나에 휘둘리는 것뿐이다. 그 책임을 태민에게 떠넘겨서는 안 된다.

"알겠어요. 내가 과하게 반응해서 미안해요. 정태민 씨가 좋아서 뭘 해도 흔들리나 봐요. 이제 안 그러도록 노력할게요."

서연의 솔직한 사과에 태민은 눈을 크게 떴다. 어제 그렇게 매몰차게 거절했는데 좋아한다는 말을 이렇게 아무렇지도 않게 다시 꺼내다니. 아니, 그것보단.

'깜짝이야.'

놀랐다. 좋아서 뭘 해도 흔들린다는 말에 심장이 덜컥 내려앉았다. 이건 아마도 서연에게는 두 번 다시 좋아한다는 말이 나오지 않을 거라고 믿고 있었던 탓이리라. 이 덜컥거림에 다른 이유 따위는 없다.

"그럼 계속 차 탑니다?"

당혹스러움을 감추기 위해 티백을 흔들며 말했더니, 서연이 고개를 끄덕거렸다. 태민은 커피포트에 물을 담으며 다시 말했다.

"그럼 이제 노래나 불러 봐요."

또 장난을 친다고 생각했는지 서연이 눈에 힘을 주고 입을 꾹 다물었다.

'하나도 안 무서워, 이 여자야.'라고, 태민은 생각했다. 화가 난 표정이 이토록 안 무서운 여자도 없을 것이다. 부풀린 볼이 사랑스러워서, 콱 깨물어 주고 싶어졌다.

툭—

방금 한 생각에 놀라 커피포트를 떨어뜨리고 말았다.

'사랑스럽다니. 말도 안 돼. 내가 미쳤나?'

"괜찮아요?"

커피포트가 싱크대 안으로 떨어지며 담겨 있던 물 몇 방울이 태민의 옷에 튀었다. 서연이 걱정스러운 듯 다가오는 모습에, 태민은 저도 모르게 뒤로 한 걸음 물러섰다.

그리고 당황했다.

'내가 여자를 피하다니. 여자가 먼저 다가오는데 뒷걸음질을 치다니.'

오는 여자는 안 막고 안 가려는 여자는 밀어낸다는 모토로 살아왔다. 여자 쪽에서 먼저 스킨십을 하려고 다가오면 언제든 오케이. 필요 이상으로 스킨십을 하려고 들면 아웃.

서연이 필요 이상으로 스킨십을 하려고 달려드는 것도 아닌데 뒷걸음질을 치고 말았다. 몸 어딘가에 문제가 생긴 게 분명하다. 아니면 뇌에 이상이 생긴 걸지도 모르겠다.

"안 괜찮아요. 사장님이 노래를 안 불러 주니까 손에 힘이 안 들어가잖아요. 걱정되면 거기 서서 응원가라도 불러 보세요."

다시 커피포트에 물을 담으며 말했다. 서연은 팔짱을 끼고 태민을 노려보다가 다짐한 듯,

"알겠어요. 그렇게 원한다면 불러 드리죠."

라고 말했다. 자꾸 노래 타령을 하니 오기가 생겼나 보다. 두 손을 배 앞에서 가지런히 모은 서연이 흠흠 목을 가다듬는 모습에 웃음이 나왔다. 한껏 자세를 취한 서연의 입술이 벌어졌다. 그리고.

"넓고 넓은 바닷가에 오막살이 집 한 채. 고기 잡는 아버지와 철모르는 딸 있네."

클레멘타인을 부르기 시작했다.

동요를 부를 줄은 몰랐다. 게다가 두 손을 맞잡고 동요를 부르는 모습이 서연과 너무도 잘 어울렸다.

"아하하하하하."

그래서 웃음을 터뜨리고 말았다. 서연의 볼이 붉어졌다.

"왜, 왜 웃어요?"

"아뇨, 그냥. 사장님이랑 너무 잘 어울려서……. 하하하하하. 끊어서 미안해요. 계속 불러 줘요."

"안 부를래요."

"진짜 미안해요. 듣고 싶어요. 안 웃을게요. 계속 불러 주세요."

"웃고 있잖아요."

"안 웃어요, 이제."

"아뇨, 웃고 있어요. 엄청."

그녀가 태민의 얼굴을 가리켰다. 태민은 고개를 옆으로 돌렸다.

가게 구석에 달린 거울에 태민의 얼굴이 비쳤다. 그녀의 말대로 태민은 웃고 있었다. '만면에 미소가 가득하다.'라는 말이 어울릴 정도였다.

이런 식으로 웃는 자신의 얼굴은 처음이었다. 제 얼굴인데도 낯설어서, 태민은 가만히 거울을 응시했다.

'왜 나는 이렇게 웃고 있는 거지?'

이유를 알 수가 없었다.

"자기가 부르라고 해 놓고 그렇게 웃는 경우가 어디 있어요? 앞으로 정태민 씨 앞에서는 절대로 노래 안 부를 거예요."

서연이 투덜거리며 홱 돌아섰다. 태민은 저도 모르게 손을 뻗어 그녀의 손목을 붙잡았다. 그녀가 놀란 눈으로 돌아봤을 때에야, 자신의 행동을 깨닫고는 손에서 힘을 뺐다.

"아, 미안해요. 만지면 안 되는 건데."

그녀는 태민이 진심으로 사과하는 건지 파악하려는 듯 빤히 응시하다가 고개를 끄덕였다.

"난 그냥 직원 부려 먹는 사장이 될게요. 차나 얼른 타다 주세요. 저기 앉아서 기다릴 테니까."

그녀가 의자에 가서 앉는 소리를 들은 후에야, 태민은 다시 차를 준비할 수 있었다. 커피포트의 전원을 켜고 찻잔에 티백을 하나씩 넣었다. 그러고 나서도 어째서인지 뒤를 돌아볼 수가 없었다.

그래서 태민은 커피포트의 물이 다 끓을 때까지, 눈싸움을 하듯 그것을 노려보며 생각했다.

'분명해. 몸에 이상이 생긴 거야.'

*　　*　　*

찻잔을 하나씩 앞에 두고 마주 앉았다. 홍차 향기가 긴장을 풀어 주었다.

"가게에 대해 생각을 해 봤습니다."

그가 가방에서 스프링 노트와 노트북을 꺼내며 말했다. 까만 표지의 스프링 노트. 펼치자 무언가 빼곡하게 적혀 있었다. 많은 고민을 한 것처럼 보이는 흔적에, 서연은 감탄했다. 그가 책임감 있는 사람일 거라고는 생각했지만 이 정도로 열심히 준비를 해 올 줄은 몰랐다.

서연도 서둘러 가지고 온 노트를 꺼냈다.

"우선 혼자서 와서 둘이 노는 카페. 이 주제에 대한 생각은 변함이 없는 거죠?"

"네, 그걸로 가고 싶어요."

"그렇다면 윤락업소로 보이지 않게 하는 게 가장 큰 문제인데……. 이 부분을 체계적으로 구상해야 할 것 같군요."

"주류 판매는 금지할 거예요. 술을 마시면 아무래도 좀……."

거기까지 말하고 서연은 입을 다물었다. 좋지 않은 기억이 하나 떠올랐다. 후각이 마비될 정도로 강한 술 냄새와 기분 나쁜 눈빛, 그리고…….

"사장님?"

손목을 톡톡 두드리는 느낌에 정신을 차렸다. 그가 걱정스러운 눈으로 서연을 보고 있었다.

"괜찮아요?"

그의 음성이 불쾌하게 뛰는 심장 위에 내려앉았다. 서연은 시선을 아래로 내렸다.

울고 싶었다. 왜 이 남자는 이토록 다정한 눈빛과 상냥한 음성을 가지고 있는 걸까. 좀 더 무심한 눈빛이면, 좀 더 거친 목소리면, 이토록 마음이 가지 않을 텐데.

"아, 잠깐 생각 좀 하느라고요. 아무튼 주류 판매는 하지 않을 거예요. 술은 이성을 마비시키니까."

술렁이는 마음을 감추기 위해 말이 빨라졌다. 그는 잠시 서연을 지켜보다가 노트북을 켜고 서연이 말하는 것을 적기 시작했다.

그제야 서연도 시선을 들어, 일을 하는 그를 볼 수가 있었다. 노트북을 보며 무언가를 쓰는 그의 모습이 멋졌다.

이런 식으로 일을 하는 사람을 본 게 처음은 아니다. 재원도 컴퓨터 앞에서 이렇게 일을 한다. 타닥타닥 키보드를 두드리며 전문적으로.

하지만 태민은 특별했다. 그가 무얼 하든, 어떤 표정을 짓든, 어떤 행동을 하든. 수많은 사람들이 하는 평범한 행위일지라도, 서연에게는 그가 하는 모든 것이 특별하게만 보였다. 특별히 근사하고, 특별히 섹시하고, 특별히 전문적으로 보였다. 그는 특별한 사람이니까.

"그만 좀 봐요."

노트북을 응시한 채 그가 말했다.

"얼굴 닳겠네."

너무 빤히 보고 있었나 보다. 서연은 얼굴을 붉히며 시선을 거뒀다.

"미안해요."

"아니, 미안할 건 없고요. 아무튼 주류 판매는 안 한다, 이거죠. 그리고요?"

"신체적 접촉은 손까지만."

"손이라."

"손을 잡고 악수를 하는 정도까지는 괜찮을 것 같아요. 그건 일상적인 행동이니까요."

"흐응, 그래요?"

그가 무슨 생각을 하는지 은밀한 미소를 짓더니, 서연 쪽으로 손을 뻗었다. 그의 손가락 끝이 서연의 손등에 닿았다. 깜짝 놀라 움츠리는 서연을 보며 그가 눈을 가늘게 떴다. 그의 손가락이 서연의 손등을 느릿하게 문질렀다. 아주 작은 부분이 접촉한 것뿐인데, 달콤한 전율이 전신으로 퍼졌다.

서연은 마른침을 꼴깍 삼키며 손을 빼냈다.

"왜, 왜 이러세요?"

"손을 접촉하는 건 괜찮다면서요? 그런데 사장님은 별로 안 괜찮아 보이는군요."

"그거야…… 나한테 정태민 씨는 이런 짓을 해도 괜찮은 사람이 아니니까요."

"이런 짓이 뭔데요? 그저 일상적인 행동을 했을 뿐인데."

"누가 악수를 이런 식으로 해요?"

"손 만지는 게 오케이가 되면, 사람들이 악수만 할 것 같아요?"

"보통은 그러지 않을까요?"

"그건 난 보통이 아니라는 말씀?"

"네, 정태민 씨는 좀……."

"좀, 뭐요?"

"아무튼요. 스킨십은 손까지만. 물론 안 한다면 더 좋고요."

"그럼 최대한 안 하되, 악수까지는 허용. 이렇게 할까요?"

"네. 그리고 연락처를 주고받거나 밖에서 따로 만나는 것도 금지."

"2차를 금지한다는 말이군요. 하지만 종업원이랑 손님이 서로 마음에 들어서 연인이 되는 경우에는요?"

"그 종업원을 잘라야죠."

"이야, 냉정하시네."

"공과 사는 구분해야 하니까요."

그렇게 몇 가지 규칙을 정했다. 의논을 하다 보니 시간이 빠르게 흘러갔다.

"배고프지 않아요?"

그가 허리를 펴며 말했다. 1시가 조금 넘은 시간이었다.

'재원이가 12시쯤에 온다고 했는데.'

의아하게 생각하는데 기다렸다는 듯 재원에게서 전화가 걸려 왔다.

[서연아, 진짜 미안한데. 나 오늘 못 갈 것 같아.]

"아, 그래?"

[응, 학교에 갑자기 일이 생겨서. 진짜 미안하다.]

"아냐, 괜찮아. 학교가 우선이잖아."

[늦게라도 갈 수 있으면 갈게. 혹시 무슨 일 있으면 연락하고.]

"응, 그럴게."

가게 오픈도 안 했는데 무슨 일이랄 게 있을까 싶었다. 하지만 전화를 끊고 고개를 드는 순간, 이게 바로 '무슨 일'이 아닐까라는 생각이 들었다.

손에 턱을 괴고 나른한 눈빛으로 이쪽을 응시하는 태민의 모습에 심장이 덜컥 내려앉았다. 회의에 집중을 하느라 잠시 잊고 있었는데, 태민과 '단둘'이라는 것이야말로 세상에서 가장 큰일이었다.

"재원이, 못 온답니까?"

그가 은근한 음성으로 물었다.

"학교에…… 일이 생겼대요."

최대한 동요를 드러내지 않으려고 노력하며 말했다. 그의 눈이 가늘어졌다.

"그래요? 그럼 오늘은 우리 둘만 있네요."

"아, 음. 그러게요."

두 손으로 휴대폰을 잡고 꼼질거렸다. 태민은 그런 서연을 빤히 응시하다가 일어났다.

"그럼 어린 사장님. 난 점심 먹고 오겠습니다."

"네?"

"점심이요. 나랑 둘이 밥 먹는 건 싫다면서요."

"아……."

"사장님도 꼭 챙겨 먹어요. 1시간 후에 돌아오겠습니다."

잡을 새도 없이, 그는 훌쩍 가게를 떠났다. 서운함을 느낄 이유는 없었다. 오히려 고마워해야 할 일이었다.

하지만 어째서인지 아쉽다고 생각하며, 서연은 작게 한숨을 내뱉었다.

*　　*　　*

재희는 한창 피규어를 조립하는 중이었다. 밥 먹는 것도 잊고 미간에 힘을 준 채, 성실하고 차분하게. 아주 작은 스티커를 정확한 위치에 붙이기 위해 집중하고 있는데 휴대폰이 진동했다.

보통 피규어를 조립할 때는 무음으로 해 두는데, 오늘은 깜빡하고 말았다. 핀셋으로 잡고 있던 스티커가 삐긋, 옆으로 엇나갔다. 소스라치게 놀라 스티커를 살며시 떼어 내며 휴대폰을 노려봤다.

재원에게서 걸려 온 전화였다. 동생에게서 걸려 온 전화는 무시해 주는 것이 인지상정.

재희는 드르르 진동하는 휴대폰을 무시하고 다시 스티커 붙이기에 몰입했다. 한 번 끊겼던 휴대폰이 다시 울리고, 또다시 울렸다.

"에이 씨."

결국 포기하고 핀셋을 내려놨다.

"뭐야!"

[넌 전화를 뭐 이런 식으로 받냐?]

"아니, 사람이 몇 번 전화를 안 받으면, 중요한 일이 있나 보구나, 나중에 걸든가 평생 안 걸어야지, 하고 생각하지 않아, 보통?"

[나중에 걸 생각은 하겠지만 평생 안 걸 생각은 안 하지, 보통. 그리고 너한테 중요한 일이라 봐야 피규어 조립하는 것밖에 더 있어?]

"내가 뭐 하루 종일 피규어만 조립하는 줄 알아? 난 가게 오너야, 오너. 할 일이 얼마나 많은데!"

[그런 건 됐고. 너 어차피 할 일 없으니까 서연이네 가게 좀 가 봐.]

"야, 내 말 안 듣냐? 나 가게 오너라고."

[오늘 갔어야 했는데, 교수님이랑 면담할 일이 생겨서 못 가게 됐어. 네가 좀 가 봤으면 좋겠다.]

"다시 한 번 말하지만, 난 가게 오너라고. 그리고 서연이도 앞으로 가게 오너가 될 사람이야. 어린애가 아닌데 일일이……."

[정태민이란 사람이 있어.]

재희는 입을 다물었다. 재원의 입에서 '정태민'의 이름이 나올 줄은 몰랐다. 설마 이 녀석도 서연이 태민을 사랑하게 되었다는 걸, 하지만 거절당했다는 걸 알고 있는 걸까?

[우리 학교 선배였었는데. 나쁜 사람 아냐. 그런데 여자관계가 복잡해. 서연이랑 둘만 놔두고 싶지 않아. 서연이는…… 그런 쪽으로 순진하잖아.]

"너네 학교 선배라고?"

어제 서연이 그런 이야기까지는 하지 않았다. 절로 한숨이 나왔다.

재원의 사랑은 너무도 일방통행이었다. 서연이 태민에 대한 이야기를 하면서도 '재원의 선배'라는 정보는 쏙 빼놓을 정도로.

안쓰러운 동생 녀석.

이러니저러니 해도 핏줄인지라, 이왕이면 재원의 사랑이 열매를 맺기를 바랐는데. 이래서야 가능성이 전혀 보이질 않는다.

[응, 잘 아는 선배야. 그래서 불안하고. 부탁 좀 할게.]

재원의 목소리가 전에 없이 간절했다. 하나뿐인 쌍둥이 동생이 안쓰러웠다.

하지만 그건 그거, 이건 이거. 남의 사랑에 끼어들고 싶진 않았다.

"알잖아. 그런 부탁 안 들어주는 거. 네가 알아서 하셔. 난 아주 바쁜 오너니까."

[아, 신재희!]

"끊는다."

전화를 뚝 끊어 버리고 다시 피규어를 만드는 데 집중했다. 몇 번 더 전화가 걸려 왔지만 받지 않았더니, 재원도 포기를 한 듯 더 이상 전화를 걸지 않았다.

피규어를 다 만들고 손님 두어 명을 상대하다 보니 시간이 빠르게 흘러갔다. 옷 두 벌을 산 손님을 보내고 나서 시계를 봤더니, 오후 5시쯤 되었다. 보통 8, 9시에 가게 문을 닫지만.

'어쩔까나.'

신경이 쓰였다. 어제 사랑에 대해 이야기를 하던 서연의 표정이 떠올랐다. 젖은 눈과 홍조 띤 볼, 그리고 떨리는 목소리.

정태민이라는 남자가 어떤 사람인지 궁금했다. 재원은 어지간해서는 타인을 나쁘게 말하지 않는 녀석이었다. 그런 재원이 여자관계가 복잡하다는 말을 하게 만든 남자가 어떤 인물인지 확인하고 싶었다.

*　*　*

재희가 찾아온 것은 서연이 집에 갈 준비를 하고 있을 때였다. 인테리어와 홈페이지, 직원과 손님 간의 규칙 등. 가게 운영에 대한 전반적인 사항을 결정했고, 내일 재원이 오면 다시 한 번 의견을 나누며 점검하기로 했다.

딸랑—

그때, 노크도 없이 가게 문이 열리며 재희가 안으로 들어왔다. 재희는 오늘도 멋진 차림새였다. 흰색 티셔츠에 루즈핏 검정 가죽점퍼, 그리고 짧은 청반바지와 종아리까지 오는 검은 부츠. 어깨에 멘 숄더백은 재희가 직접 만든 것이었다. 흘러내린 짧은 단발을 뒤로 쓸어 넘기며, 재희가 서연에게 다가왔다.

"서연, 끝났어?"

"응, 어쩐 일이야? 가게는?"

"배도 고프고 해서 일찍 접었어. 같이 저녁 먹고 들어가자."

"응."

"그런데."

재희의 고양이 같은 눈이 태민에게로 향했다. 태민은 다리를 꼬고 앉아 재희를 지켜보고 있었다. 그를 본 재희의 눈이 가늘어지며, 요염한 미소를 만들어 냈다.

"누구야?"

"아, 이쪽은 정태민 씨야. 앞으로 우리 가게에서 일할 직원. 정태민 씨. 이쪽은……."

"신재희예요."

재희가 서연의 말을 끊으며 그에게 다가가 손을 내밀었다. 태민은 옅은 미소를 지으며 일어나 재희의 손을 잡았다.

"정태민입니다."

재희는 고개를 들어 그를 가만히 응시했다. 그 역시 재희를 오랫동안 내려다봤다.

"굉장히 근사하게 생기셨네요."

재희가 달콤한 목소리로 칭찬했다.

"재희 씨도요. 옷이 참 잘 어울리는데요."

"저보다 연상?"

"어린 사장님과 그쪽이 동갑이라면 내가 연상일 겁니다."

"그럼 말 편하게 하세요. 앞으로 자주 볼 것 같은데."

"그럴까? 그럼 너도 그렇게 해. 말 편하게 하고."

"응, 오빠. 연락처, 알려 줄 수 있어?"

"아아, 그래. 네 번호 알려 주면 너한테 걸게."

그런 대화를 하는 동안, 둘은 손을 꽉 잡고 있었다. 이 손을 놓으면 안 된다는 듯이, 이 장소에 서연이 있다는 걸 잊었다는 듯이.

태민은 흘긋 서연 쪽을 돌아봤지만, 서연은 생글생글 미소를 짓고 있었다. 자기 친구인 재희가 어떤 행동을 하든, 1프로의 의심도 하지 않는다는 눈빛이었다.

태민은 재희의 번호를 [신재희—홍서연 친구]라고 저장했다.

"종종 연락해도 돼?"

재희가 물었다.

"응, 언제든지."

"밤에 할지도 모르는데? 귀찮게 할 수도 있고."

"얼마든지."

태민이 빙그레 웃으며 재희의 머리를 쓰다듬었다.

"난 올빼미족라서 밤에 연락하는 게 더 편하거든."

"나랑 통하네. 나도 올빼미족인데. 우리, 자주 만나."

"그래. 말 나온 김에 같이 저녁 먹을래?"

"아아, 그럴까? 아니다, 오늘 말고 다음에 봐. 연락할게."

"그래, 그럼. 어린 사장님, 나 먼저 가 볼게요."

태민이 서연을 돌아보며 말했다. 서연은 고개를 살짝 숙여 인사했고, 태민은 가게를 빠져나왔다. 흘긋 뒤를 돌아보니, 커다란 창문으로 서연과 재희의 모습이 보였다. 재희는 가방을 테이블 위에 내려놓으며 서연에게 뭐라고 말하고 있었다.

'신재희. 신재원.'

어디서 들어 본 이름이고, 어디서 본 듯한 얼굴이다 싶었는데 재원과 관련이 있는 것 같다. 그러고 보니 재원에게 쌍둥이 누나가 있다는 얘기를 들었던 것도 같다.

'많이 닮은 건 아니지만 비슷한 분위기가 있긴 있네. 유전자의 힘

은 대단해.'

재희의 첫인상은 나쁘지 않았다. 키가 작은데도 옷을 굉장히 잘 입어서 몸매의 장점을 잘 살렸다. 게다가 도전적인 눈빛과 유혹적인 미소도 상당히 매력적이었다.

'어린 사장님은 참 괜찮은 친구들을 가지고 있군.'

전철역을 향해 느릿하게 걸어갔다. 이제 막 6시가 되었는데도 거리에는 사람이 많았다. 아무래도 학생이 많은 지역이라, 퇴근 시간 전부터 붐비나 보다.

'학생들을 공략할 아이템도 생각을 해 봐야겠네.'

자연스럽게 가게 일로 생각이 돌아갔다. 오늘 회의를 하는 내내, 서연에게서 눈을 뗄 수가 없었다. 처음에는 태민과 둘이라는 것 때문에 긴장을 하는 것처럼 보였지만, 그건 아주 잠깐일 뿐. 일 얘기로 들어가면, 서연은 눈을 반짝반짝 빛내며 거기에 몰입했다.

그 모습이 아주 보기 좋았다.

—인테리어는 원목 느낌을 살리고 싶어요. 숲에 들어와서 쉬는 분위기로요.

서연이 그런 말을 할 때, 태민의 머릿속에는 숲 속 연못에 발을 담그고 찰방찰방 물을 튀기는 서연의 모습이 그려졌었다. 하늘하늘한 흰 원피스를 입고 나무 사이에 앉아 있는 서연의 모습을 상상하다가, 퍼뜩 정신을 차렸다.

'아, 왜 이러지?'

아까야 가게에 서연과 마주 보고 앉아 있었으니 그런 상상을 할 만도 하지만, 지금은 가게 밖이다. 서연과의 시간은 끝났다. 이제 서연을 떠올릴 필요도 없고, 이유도 없다.

그런데 왜 또 그녀의 모습을 그려 내고 있는 걸까. 그것도 한 번도 보지 못한, 아마 앞으로도 보지 못할 모습 따위를.

숲 속에서 흰 원피스를 입고 있는 홍서연이라니. 한 번 보고 싶긴 하다고 생각하다가 인상을 찌푸렸다.

'나 진짜 왜 이래?'

왈칵 짜증이 났다. 그때 바지 속에 넣어 둔 휴대폰이 울렸다. 어쩌면 서연일지도 모른다고 생각하며 휴대폰을 꺼냈다.

[홍란희—재앙]

액정에 뜬 이름을 본 태민의 입가에 서늘한 미소가 떠올랐다. 서연을 생각할 때의 온화한 눈빛은 사라지고, 차가운 감정이 태민의 눈동자를 채웠다.

일단 한 번은 안 받았다. 예상대로 곧바로 다시 전화가 걸려 왔다. 이번에는 받았다.

"네."

[오빠, 나야.]

"응, 어쩐 일이야?"

[목소리 좀 들을까 해서 전화했지. 요새 연락도 없고.]

"아아, 좀 바빴어."

[일 때문에? 아니면 여자 때문에?]

"당연히 일 때문이지. 내가 여자가 어디 있어? 너밖에 없는 거 알잖아."

[거짓말은 참 잘해요. 그런 거짓말은 순진한 여자들한테나 써먹어. 난 거기 넘어가 줄 생각 없으니까.]

"흐응, 그거 아쉬운데. 내 마음을 몰라주다니."

[뭐, 기분은 나쁘지 않으니까 계속 해도 용서해 줄게. 아, 요새 가게 좀 안정돼서 시간이 생겼어. 올래? 내가 양주 쏠게.]

"오늘은 패스. 일이 있거든."

[바쁜 척은. 너무 튕기면 매력 없는 거 알지?]

"내가 왜 튕기겠어? 진짜로 바빠서 그래. 다음에 꼭 갈게."

[알겠어, 그럼. 들어가.]

란희는 태민의 대답을 듣지도 않고 전화를 끊었다. 태민은 싸늘하게 웃으며 휴대폰을 주머니에 넣었다. 대략 이맘때쯤 전화가 올 거라고 예상했는데, 역시나 홍란희는 태민의 예상을 벗어나지 않았다.

제아무리 재양의 손녀라고 해도 결국은 여자인 것이다. 조금만 잘해 주면 이리저리 휘둘리는 그렇고 그런 여자.

골목을 천천히 걸어가다가 큰길로 접어드는 시점에서 뒤를 돌아봤다. 저 멀리 시연의 가세가 보였다. 아직 간판이 없지만, 이렇게 돌아봤을 때 간판이 보이는 모습을 상상해 보았다.

이 골목 대부분의 간판들이 까만색 바탕에 흰 글씨, 혹은 흰 바탕에 까만 글씨이니, 조금 다른 느낌의 간판을 다는 것도 좋을 것 같다. 눈에 확 들어오는, 독특하면서도 편안한 분위기의 간판.

방금 전까지 홍란희에 대한 생각을 하고 있었는데, 순식간에 가게 생각으로 돌아갔다는 사실을, 태민은 깨닫지 못한 채로 골목을 벗어났다.

전철역에 도착해 카드를 찍고 들어가 전철에 오른 후에야 깨달았다. 걸어오는 내내, 오늘 서연과 함께한 시간을 회상하고 있었음을.

* * *

"오늘 종일 정태민 씨랑 같이 있었던 거야?"

재희가 테이블에 엉덩이를 걸치며 물었다.

"응."

"키도 크고 잘생겼더라. 웃는 얼굴도 근사하고."

"그렇지?"

"여자들이 좋아할 만도 해."

"응, 맞아."

서연이 열심히 고개를 끄덕이며 동의했다. 재희는 의심을 전혀 하지 않는 서연을 물끄러미 응시하다가 물었다.

"너 말이야. 만약 내가 정태민 씨한테 관심이 생겼다면 어떻게 할래?"

"응?"

"그러니까…… 만약 나도 그 사람이 좋아졌다면 어쩔래?"

그제야 서연의 눈이 커졌다. 서연은 당혹감을 감추지 못했다. 그녀의 토끼 같은 눈이 이리저리 흔들리다가, 이윽고 재희에게 고정이 되었다.

"그건…… 내가 어쩔 수 있는 일이 아니라고 생각해."

"그래?"

"응. 누군가를 좋아하게 되는 건 어떻게 할 수 있는 일이 아니잖아. 게다가 내가 정태민 씨의 여자 친구인 것도 아니고."

"그럼 내가 정태민 씨랑 가까이 지내도 화 안 낼 거야?"

"아마 조금…… 이상한 기분이 들 거야. 하지만 너한테 화를 내진 않을 거야. 이건 화낼 일이 아니잖아. 나는 정태민 씨가 좋지만, 그보다 네가 더 소중한걸."

"그래? 알겠어, 그럼."

"으응."

"저녁은 먹었어?"

"아직 안 먹었는데…… 별로 생각이 없어."

"왜? 내가 정태민 씨한테 관심 보이는 게 기분 나빠서?"

재희가 서연을 빤히 응시하며 물었다.

"기분이 나쁜 건 아니야. 하지만 저녁을 먹고 싶진 않아."

"그게 기분 나쁜 거지, 뭐."

"아냐, 그런 거. 내일은 괜찮아질 거야. 내일 저녁 같이 먹지."

"정태민 씨도 같이?"

"아……."

가슴이 따끔따끔 아파 왔다. 재희가 왜 이러는 걸까?

재희에게 말한 대로, 재희가 그를 좋아하는 건 서연이 어쩔 수 있는 일이 아니었다. 그것 때문에 재희가 미워지는 일도 없을 것이다.

하지만 지금 당장은 이 기분을 갈무리하기가 힘들었다. 재희라면 이 정도는 이해해 줄 거라고 생각했는데.

"재희야, 나는…… 정태민 씨한테 거절을 당했어. 일은 함께하지만, 개인적인 시간을 함께하기에는 아직 이 마음이 정리가 되지 않았어. 만약 정태민 씨와의 시간이 필요한 거라면, 두 사람이 따로 만나는 게 좋을 것 같아."

"그래, 알겠어. 그럼 우리 저녁은 내일 말고 모레 같이 먹자. 내일은, 나, 정태민 씨 만나고 싶어."

"응, 알겠어. 그만 갈까?"

"그래."

재희가 가방을 들었다. 함께 가게를 나와 문을 잠그고 큰길로 향했다.

"데려다줄까?"

재희에게는 차가 있었다.

"아니, 괜찮아. 택시 타고 갈게."

"서연아."

"응?"

"우리 사이, 문제없는 거지?"

걱정스럽게 묻는 재희의 모습에 서연은 애써 미소를 지었다.

"응, 당연하지. 나중에 봐."

재희와 헤어져 택시를 잡았다. 택시에 타서 문을 닫으며 문득 창밖을 봤더니, 저 멀리 재희가 서서 휴대폰에 무언가를 적고 있었다. 아마도 이 택시의 번호판을 적고 있는 것이리라. 늘 그랬으니까.

재희는 그런 친구였다. 마치 애인처럼, 혹은 가족처럼 서연을 챙기는 친구.

'그러니까 괜찮아.'

질투할 것도, 미워할 것도, 원망할 것도 없었다. 어쩌다 보니 같은 남자에게 호감을 느낀 것뿐이다. 정태민은 매력이 넘치는 남자니까, 재희의 마음도 그에게로 향하게 된 것뿐이다.

'그래, 재희가 나 몰래 정태민 씨를 만나는 것보다 낫잖아. 적어도 나한테 솔직하게 말해 줬으니까. 그러니까 괜찮아.'

* * *

역에서 내려 걷고 있는데 문자가 왔다. 태민은 휴대폰을 꺼냈다. 의외의 인물에게서 온 문자였다.

[내일 저녁에 같이 식사할래?]

재희였다. 아까 가게에서 태민에게 보내던 재희의 눈빛이 떠올랐다.

'생각보다 빠른데?'

이렇게 빨리 연락을 해 올 줄은 몰랐지만 우선 답변을 보냈다.

[어린 사장님도 같이?]

[아니, 우리 둘이.]

[콜.]

[불금이니까 불태울 각오하고 나와.]

[알겠어. 내일 봐.]

답장을 보내자마자 또 다른 여자에게서 문자가 왔다. 오늘 저녁에 시간이 있느냐는 문자에 '없다'라고 답했다.

사실 저녁 시간은 비어 있었다. 하지만 다른 여자를 만나 저녁을 먹을 기분이 들지 않았다. 딱히 기분이 나쁜 것도 아닌데, 누군가를 만나고 싶지 않았다.

그런 것보다는 집에 들어가서 하고 싶은 일이 있었다. 전철에서 내렸을 때부터 그걸 할 생각으로 머릿속이 가득 차 있었다.

'얼른 가서 인테리어 업자를 구해야지.'

*　*　*

서연은 집에 도착하자마자 재희에게 문자를 보냈다.

[재희야, 나 잘 도착했어.]

[응, 다행이다. 푹 쉬어.]

휴대폰을 침대 위에 던져두고 옷을 평상복으로 갈아입었다. 전신 거울에 비친 자신의 모습을 물끄러미 응시했다.

지금까지는 외모에 불만을 가진 적이 없었다. 이성에게 관심이 없으니 자신의 외모를 관찰하고 불만스럽게 생각할 이유가 없었다.

하지만 지금은 자꾸 거울을 보게 된다. 저번에 영화관에서 마주친 그의 여자. 그리고 친구인 재희. 둘 다 세련된 차림에 얼굴도 예뻤다. 화장도 잘해서, 안 그래도 예쁜 얼굴이 더욱 돋보였다. 아마도 그와는 그런 여자들이 어울릴 것이다.

'그에 비해 나는…….'

화장기 없는 얼굴과 촌스러운 차림새. 그의 옆에 아무리 가까이 서 있어도 동행으로는 보이지 않는 모양새였다.

'아니, 이런 게 문제가 아냐.'

서연이 고백을 했을 때 그의 냉랭한 눈빛을 똑똑히 기억한다. 그는 영화관에서 마주친, 수연이란 여자에게도 그런 눈빛을 보냈다. 단지 세련됨이나 촌스러움에 대한 문제가 아니었다.

'나는 어차피 거절을 당했어. 이제 와서 예쁘게 화장을 하고 근사한 옷을 입어도, 그의 마음은 마찬가지일 거야. 게다가 공적인 사이가 되도록 노력하겠다고 한 건 나잖아. 이런 생각은 그만해야 돼.'

오늘 하루 종일, 그는 열심히 일했다. 가게에 대해 서연보다 더 많은 것을 생각해 왔고, 회의를 하는 내내 장난치지 않고 집중했다. 세세한 부분까지도 꼼꼼하게 살피고 지적하고 수정했다. 그렇게 일을 열심히 하는 직원을 구하기는 힘들 것이다.

어차피 그에게 닿지도 않을 마음 때문에 정태민이라는 직원을 포기할 수는 없었다.

'선을 그어야 돼. 조금 더 분명하게. 그의 장난, 그의 접촉을 웃어넘길 수 있도록 선을 그어야 돼.'

그렇게 다짐을 하고 거울 앞을 벗어나 욕실로 향했다.

샤워를 하고 나와 책장을 뒤적거리고 있을 때였다.

딩동—

별채의 초인종이 울렸다.

'누구지? 또 아버지인가?'

직원을 뽑았다는 게 알려져서 그만두라고 하려고 찾아왔는지도 모르겠다. 아버지를 만날 기분은 아니지만 무시할 수는 없었다. 어쨌든 이 별채에서 살 수 있는 건 전부 아버지 덕분이니까.

딩동—

채근하듯 또다시 초인종이 울렸다. 방에서 나와 내려가려는데, 이번에는.

쾅—! 쾅—!

거칠게 현관문을 두드렸다. 서연은 손잡이를 돌리려던 손을 멈추고 가만히 귀를 기울였다. 홍 사장은 이런 식으로 문을 두드리지 않는다. 찾아온 건 다른 사람이었다.

"서연아. 문 안 열래? 오빠야."

밖에서 들려오는 목소리에, 온몸에 소름이 돋았다. 윤성이었다. 술을 마신 듯 혀가 꼬인 말투.

"안에 있는 거 알아. 얼른 문 열어. 안 자잖아."

달래는 듯한 말투였지만 몸이 부들부들 떨리는 걸 막을 수가 없었다. 윤성은 현관문 밖에, 서연은 방 안에 있었다. 둘 사이에는 거실이라는 공간이 존재하는데도, 서연은 윤성을 마주보고 있는 느낌이 들었다.

"야, 홍서연!"

서연에게서 반응이 없자 윤성의 목소리가 높아졌다.

"빨리 문 열어!"

쾅—! 쾅—! 쾅—!

집 안을 소란스럽게 만들고 싶지 않았다. 집안사람들의 시선을 받는 게 싫었다. 하지만 술 마신 윤성을 상대하는 건, 그보다 더 싫었다. 온몸이 와들와들 떨렸다.

몇 년 전의 일을, 서연은 똑똑히 기억하고 있었다. 다 잊은 척, 별일 아니었던 척했지만, 사실은 아주 선명하게 새겨져 있었다. 술에 취해 찾아온 윤성, 지독한 술 냄새와 번들거리는 눈빛, 어깨를 더듬던 손길.

꿀꺽—

마른침을 삼키며 방문 손잡이를 놔두고 침대로 뛰어 들어갔다.

쾅—!

"홍서연! 문 열어!"

윤성의 목소리가 커졌다. 소란을 피우는데도 말리는 사람들이 아무도 없었다. 홍 사장이 집에 없는 모양이다. 고용인들은 윤성의 눈치를 보기에 말릴 생각을 하지 못하는 게 틀림없었다. 아들이 무슨 행동을 하든 신경 쓰지 않는 김 여사는 말할 것도 없고.

현관문의 위쪽은 불투명한 유리로 되어 있었고, 별채의 사방에 창문이 있었다. 윤성이 마음만 먹으면 언제든 별채 안으로 침입할 수 있었다.

그럴 때는 어떻게 해야 하는 걸까? 경찰을 부를 수는 없다. 안 그래도 이 집에 설 곳이 없는데, 이런 문제로 경찰까지 부른다면 더 지독한 상황을 겪을 게 분명하다.

"홍서연! 할 얘기가 있으니까 문 열어! 안 자는 거 다 알아!"

쾅—! 쾅—!

서연은 이불을 뒤집어썼다. 손가락 끝이 차게 식었다. 아니, 온몸의 피가 차갑게 식어 부들부들 떨렸다. 이불로 귀를 막았지만 윤성이 부르는 소리와 문을 두드리는 소리는 계속해서 들렸다.

그때, 드르르르르, 무언가 이불 안에서 진동하는 바람에 작게 비명을 질렀다. 휴대폰이었다.

[신재원]

액정에 뜬 이름에 왈칵 눈물을 쏟을 뻔했다. 그 이름을 보는 순간, 과거의 찐득거리는 기억에서 벗어나 현실로 돌아왔다. 재원이란 이름이 전해 주는 안도감에 숨을 쉴 수 있었다. 전화를 받았다.

[서연아, 지금 가게야? 나 이제야 일이 끝났어.]

재원의 부드럽고 다정한 음성에, 싸늘하게 식었던 피가 온기를 되찾았다.

"아니, 지금 집이야."

이불을 뒤집어쓰고 있긴 하지만 혹시라도 소리가 새어 나갈까 싶어 작은 목소리로 말했다.

[무슨 일 있어?]

"아니, 아무 일 없어."

[아무 일 없는 목소리가 아닌데. 어? 이거 무슨 소리야?]

통화를 하는 와중에도 윤성은 계속해서 문을 두드리고 있었다. 서연은 휴대폰을 잡은 손에 힘을 줬다.

"윤성이 오빠가…… 술을 마셨나 봐."

재원은 '그 일'에 대해 아는 몇 안 되는 사람 중 하나였다.

[기다려. 금방 갈게.]

"아니, 괜찮아. 어차피 조금 있으면 그만둘 거야."

[난 안 괜찮아. 문 잘 잠그고 있어.]

전화가 끊겼다. 재원이 오기까지의 시간이 영원처럼 길게 느껴졌다. 윤성은 오늘따라 작정을 한 듯 계속 문을 두드렸다. 이윽고 문 두드리는 소리가 멈췄다.

그제야 서연은 침대에서 내려와 방문에 귀를 가져갔다. 윤성이 누군가와 대화를 하는 소리가 들렸고, 딩동, 초인종 누르는 소리가 들렸다. 서연은 조심스럽게 방문을 열었다.

"서연아, 나야."

재원의 목소리에 다리에서 힘이 빠졌다. 안도감에 주저앉을 뻔했지만 간신히 버티고 아래로 내려가 현관문 앞에 섰다.

"형은 그만 들어가시죠."

"싫은데? 여기 내 집이야. 네가 뭔데 오라 가라야?"

윤성이 아직 현관문 밖에 있었다.

"정확하게 말하자면 홍 사장님의 집이죠."

"이 쉐끼가 말 재미있게 하네? 오냐오냐해 줬더니 기어올라도 될 것 같아 보였어? 엉?"

윤성의 말투가 거칠어졌다. 이러다가 주먹다짐이 일어날 것 같아, 서연은 벌컥 문을 열었다. 예상대로 윤성이 재원의 멱살을 잡고 있었다.

두 남자가 동시에 서연을 돌아봤다. 재원은 걱정스럽게, 윤성은 조롱하듯. 윤성의 눈동자가 서연을 아래위로 훑었다.

서연은 현관문 손잡이를 꽉 쥐었다. 윤성에게는 약한 모습을 보이고 싶지 않았다. 홍 사장에게 그런 것처럼.

"들어와, 재원아."

"뭐야, 남자 끌어들여서 단둘이 뭐하게? 이제 집까지 남자를 끌어들여? 엉?"

윤성이 천박하게 말하며 재원의 멱살을 놔주었다.

"오빠, 많이 취하신 것 같은데 그만 들어가서 쉬세요."

"왜? 나 보내고 뭐하게? 마음이 급해? 나한테는 문 안 열어 주고, 이놈은 오자마자 열어 주고. 뭘 기대하는 거야?"

"들어가세요, 문 닫을게요."

"지 엄마랑 똑같다니까."

"……."

문을 닫았다. 윤성이 욕설을 중얼거리며 별채에서 멀어졌다.

"무서웠지?"

재원이 물었다. 서연은 주먹을 꽉 쥐고 애써 표정을 정리했다.

"이제 괜찮아. 와 줘서 고마워, 재원아."

"당연히 와야지. 1시간 정도만 있다가 갈게. 그러면 저 사람도 잠들 테니까."

"응, 정말 고마워."

둘은 소파에 나란히 앉았다. 재원은 걱정스러운 마음으로 서연을 돌아봤다. 하얗게 질린 그녀의 얼굴을 보니 가슴이 아릿했다. 이런 일이 있으면 무섭다고 울 법도 한데, 서연은 그러지 않았다.

재원의 앞에서도, 재희의 앞에서도, 어떻게든 울음을 참고 애써 미소를 짓곤 했다. 괜찮아 보이고 싶어 한다는 것을 알기에, 재원도 재희도 모르는 척해 주었다. 정말로 괜찮다는 듯, 아무렇지도 않다는 듯 그녀를 대했다.

하지만 이런 때에는 모르는 척하기가 힘들다. 그녀는 금방이라도 바스러질 유리 인형처럼 위태로웠다. 그녀의 어깨를 감싸 주고 싶어서 움찔거리는 손을, 힘겹게 내리눌렀다. 한 번 만지면 더 만지고 싶어지고, 어쩌면 더 큰 욕심이 생길지도 모른다.

함부로 서연을 건드릴 수는 없었다. 그것도 이렇게 밀폐된 공간에 단둘이 있을 때는. 서연이 재원을 들여보내 준 것은 재원을 믿기 때문이었다. 그 신뢰를 저버리고 싶진 않았다.

'그런 식의 신뢰를 받는 게 좋은 일인지는 모르겠지만.'

쓴웃음이 흘러나왔다.

"뭣 좀 먹을래?"

이제 좀 진정이 되었는지, 서연이 재원을 돌아보며 물었다. 샤워를 하고 나온 지 얼마 안 되는 서연에게서는 좋은 향기가 났다. 아찔함을 느끼며, 재원은 조금 옆으로 떨어져 앉았다.

"아니, 괜찮아. 오늘 일은 어땠어? 형이 이상한 짓 안 했어?"

"응, 괜찮았어. 가게 일에 대해서 회의했어."

"오늘 갔어야 했는데. 구상 좀 됐어?"

"응, 생각보다 훨씬. 정태민 씨, 일 잘하더라."

"그 형이 능력이 있긴 하지."

서연은 오늘 결정한 내용들을 재원에게 전해 줬다. 태민에게 질 수는 없기에, 재원은 열심히 그 내용을 들었다.

"내일은 오전부터 갈 수 있을 거야. 나도 오늘 들은 걸 바탕으로 생각하고 나갈게."

"응."

"시간 늦었다. 그만 가야겠어."

사실은 가고 싶지 않았다. 서연과 함께라면 아무것도 하지 않아도 시간이 빨리 흘러갔다. 밤새도록 함께 있고 싶지만, 그랬다가는 간신히 억누른 충동이 폭발할지도 몰라 불안했다.

"여러 가지로 고마워, 재원아."

배웅을 위해 현관문으로 따라 나온 서연이 재원을 올려다보며 말했다. 동그스름한 이마 옆으로 흘러내린 머리카락과 살짝 아래로 처진 눈썹, 토끼 같은 눈과 끝이 동그스름한 코, 그리고…….

재원은 황급히 시선을 옆으로 돌렸다. 도톰하고 촉촉한 입술을 보는 순간 몹쓸 짓을 할 뻔했다.

이거 진짜 위험하다. 전보다 더 충동을 참기 힘든 이유는, 아마도 마음의 여유가 없어졌기 때문이리라. 태민의 등장으로 초조해져서 자꾸만 이런 기분이 드는 게 분명했다. 초조함 때문에 마음을 서두르고 싶지 않았다.

"나는 항상 네 편이야. 항상 네 생각뿐이고. 그러니까 도움이 필요하거나 그럴 땐 언제든지 얘기해. 다른 사람 말고, 나한테."

서두르긴 싫지만 돌려서 표현하고 말았다.

나는 네 생각만 해. 내 머릿속엔 너밖에 없어. 네가 나만을 필요로 해 줬으면 좋겠어. 너에게 쓸모 있는 남자이고 싶어.

"응, 너도 힘든 일 있을 땐 나한테 말해. 내가 최선을 다해서 도와줄게."

하지만 환하게 웃으며 대답하는 서연의 얼굴에, 사내를 향한 감정은 조금도 담겨 있지 않았다. 늘 그렇듯, 소중한 친구를 향한 감정뿐이었다.

*　　*　　*

태민은 씻고 나오자마자 노트북을 켰다.

검색어 [숲 속 인테리어].

아늑한 느낌의 인테리어들을 검색하다가 이번에는 그냥 인테리어를 검색했다. 나라별, 시대별, 색깔별 인테리어들을, 눈이 아플 정도로 확인했다. 각 나라의 카페와 식당의 인테리어들도 보고 또 봤다.

그러다가 문득 아는 여자 중에 인테리어 쪽에서 일하는 사람이 있었다는 게 떠올랐다.

'좀 싸게 해 줄 수 있겠지. 어린 사장님은 인테리어 비용은 아끼지 않고 싶다고 했지만, 최대한 투자 비용을 아껴야 돼. 게다가…… 그 여자가 상당히 유명한 것 같았는데.'

이왕이면 아는 사람에게 하는 편이 나을 것 같았다. 시간을 들여 의논을 하며 꾸밀 수 있으니까.

노트북에 인테리어 창을 띄워 둔 채, 휴대폰으로 전화번호를 검색하고 있는데 하준이 돌아왔다. 목욕탕에라도 다녀오는 길인지 목욕 바구니를 들고 있었다. 하준은 일이 안 풀릴 때 목욕탕에 가서 몸을 담그고 오는 버릇이 있었다.

"뭐 하냐? 드디어 이사 가게?"

"안 가. 네 옆에 붙어 있을 거야. 쫓아낼 생각하지 마."

"칫. 그럼 왜 인테리어를 검색해서 내 가슴을 설레게 만들어?"

"아아, 가게 인테리어 때문에."

"가게? 뭔 가게?"

"나 아르바이트 중이잖아."

"아가씨라는 여자 사장이 있는 가게? 그거 아직도 해?"

"응."

"그 여자, 넘어왔다며?"

"아아, 그랬지."

"그런데 왜 계속하는데?"

"그러게."

"그것도 엄청 열심히 한다? 여자 안 만나러 가고 집에서까지 일하고."

"그러네."

하준의 지적에 정신을 차렸다.

"나는 왜 열심히 하는 거지? 이런다고 돈을 더 주는 것도 아닌데."

"애초에 돈이 부족해서 아르바이트를 시작한 것도 아니잖아. 이런 거 할 시간에 홍란희한테나 잘하는 건 어때? 알게 된 지 세 달이 넘었는데, 두 번밖에 만난 적 없지 않나?"

"아아, 홍란희. 걘 좀 더 내버려 둬도 돼. 슬슬 몸 닳기 시작한 것 같으니까."

"그러다가 마음이 훌쩍 떠나는 경우도 있어. 얼굴 예쁘지, 몸매

좋지, 돈 많지. 그런 여자한테 들러붙는 남자, 한둘이 아닐 거고, 네 놈 정도로 얼굴 잘생긴 놈들도 넘치도록 많을 거다. 그 여자가 굳이 너한테 목맬 필요가 없잖아."

"나한테 목맬 필요는 없지만, 목매는 게 꼭 이유가 있어서 매는 건 아니잖아. 지금은 놔두는 게 나아."

태민의 얼굴에 떠오른 서늘한 미소에, 하준이 오만상을 찌푸렸다.

"난 네놈의 그 자신만만한 태도가 마음에 안 들어."

"질투 나? 너만 바라봤으면 좋겠냐?"

"어, 그래. 나만 바라보고 나랑만 일하고 나한테 그 재능을 싹 다 넘겨주고 죽어 버렸으면 좋겠다, 진심."

"아이고, 열렬하셔라. 사랑받는다는 게 이렇게 오싹한 느낌이었군."

"하여간 홍란희랑 어렵게 연 튼 거니까, 괜히 여유 부리다가 놓치지 마."

"하준이 너, 은근히 적극적이다? 처음엔 반대했잖아."

"그거야 그렇지만…… 뭐, 생각해 보니 오히려 네 계획대로 해서 성공하면, 너도 털어 버릴 수 있지 않을까 싶더라고."

태민이 미간을 좁혔다.

"난 털 거 없어."

"그러시겠지."

하준은 어깨를 으쓱하고 방으로 들어갔다.

휴대폰의 전화번호부에는 천 개가 넘는 번호가 등록되어 있었다. 태민은 기계적으로 전화번호부를 검색하며 란희를 떠올렸다. 계란형의 얼굴, 잘 다듬은 눈썹과 쌍꺼풀이 진한 눈, 고집스러워 보이는 입술.

그날 란희는 몸매가 드러나는 와인색 원피스를 입고 있었다. 재벌가의 여인답지 않게 아주 적극적으로 다가와서, 그녀의 배경을 잘못 알았나 당황했던 기억이 났다. 관심을 노골적으로 내보이던 란희는, 태민의 마음을 얻을 수 있을 거란 강한 확신을 가진 것처럼 보였다. 아마도 남자와의 관계에서 실패해 본 경험이 없는 것이리라.

그런 여자는 조금 내버려 두는 편이 나았다.

뭐였더라. 인기 많은 남자가 유독 자신에게 관심을 보이지 않는 여자에게 빠져드는, 그런 스토리가 있다.

그건 여자 쪽도 마찬가지다. 언제나 남자들에게 여왕처럼 떠받들어진 란희는 태민 또한 그렇게 될 것이라고 생각하겠지만, 태민은 그녀의 바람대로 움직여 줄 생각이 없었다. 끌려오는 쪽도, 휘둘리는 쪽도, 홍란희여야만 했다.

거기까지 생각했을 때, 휴대폰을 검색하던 태민의 손가락이 멈췄다.

찾았다, 인테리어 업자.

* * *

택시가 가게 골목에 들어섰을 때부터, 서연은 어쩐지 불안한 느낌이 들었다. 결제를 끝내고 택시에서 내려 돌아섰을 때, 그 불안함의 이유를 알 수 있었다.

골목에 주차된 자동차 때문이었다. 이런 곳에 적당히 세워 두기에는 너무 비싼, 검은색 고급 승용차. 눈에 익은 승용차였다. 서연이 주춤하는 사이에, 기다렸다는 듯이 승용차 운전석의 문이 열렸다. 그리고 윤성이 내렸다.

꿀꺽—

겁에 질린 모습을 보이고 싶지 않은데, 어젯밤의 일이 떠올라 저도 모르게 뒷걸음질을 치고 말았다. 윤성은 먹잇감을 앞에 둔 포식자처럼 냉랭한 미소를 머금으며 서연을 향해 걸어왔다.

'괜찮아. 지금 윤성이 오빠는 술을 마시지 않았어. 게다가 여기는 바깥이니까, 무슨 일이 생겼을 땐 소리를 지르면 돼.'

그렇게 생각하자 긴장이 조금 풀렸다. 서연은 허리를 곧게 펴고 윤성이 다가오기를 기다렸다. 앞에 멈춘 윤성이 서연을 위아래로 훑어봤다.

"너 말이야. 옷이 이런 것밖에 없냐?"

오늘 서연은 회색 투피스 차림이었다. 치마는 종아리 중간까지 오는 H라인 스커트, 안에는 주황색 블라우스를 입고, 그 위에 치마와 세트인 회색 재킷을 걸쳤다. 거기에 흰색 스타킹을 신고 검은색 굽 낮은 구두를 신었는데, 누가 봐도 80년대의 스타일이었다.

하지만 서연은 윤성의 지적에 충격을 받았다.

'최선을 다해서 꾸미고 나온 건데!'

"설마 최선을 다해서 꾸미고 나온 건 아니겠지?"

윤성이 서연의 생각을 읽은 듯 중얼거렸다. 서연은 애써 미소를 지었다.

“제가 이런 옷밖에 없어서요. 옷을 볼 줄도 모르고.”

“흐음. 학교 헛 다녔군.”

“하하하.”

“오빠가 옷 사 줄까?”

“네?”

“너한테 어울릴 만한 옷 몇 벌쯤, 오빠가 사 줄 수도 있어. 지금까지 동생한테 잘해 준 것도 없는데 오빠 노릇이나 할 겸.”

“아뇨, 괜찮아요.”

윤성과 쇼핑을 하느니 촌스럽게 사는 편이 나았다. 서연이 너무 딱 잘라 거절을 하자 기분이 상했는지 윤성의 표정이 차갑게 굳었다. 성큼 가까워진 윤성이 서연의 가느다란 손목을 거칠게 잡았다.

하마터면 비명을 지를 뻔했다. 하지만 비명을 지르는 게 윤성을 더 즐겁게 하리라는 것을 알기에, 서연은 꿀꺽 삼키고 윤성을 올려다봤다.

“너, 내가 무섭냐?”

윤성이 비릿한 미소를 지으며 물었다.

당연히 무섭지, 무섭지 않을 리가 없잖아. 무서워 죽겠어. 당신은 아버지랑 가장 많이 닮은 사람이야. 그게 정말 무서워.

목구멍 안에서 맴도는 말을 억누르고 고개를 저었다.

“제가 오빠를 왜 무서워하겠어요?”

“그런데 왜 피해?”

"피하다니요. 그런 적 없어요."

"어젯밤에도 문 안 열어 줬잖아. 그 새끼는 열어 줬으면서."

"그건 오빠가 많이 취하신 것 같아서……."

"그래도 문 정도는 열어 줄 수 있었잖아, 안 그래? 내가 너한테 무슨 짓이라도 할 것 같았어? 엉?"

"아뇨, 그런 건 아니고……."

"신재원은 집에 들여보내 주고, 나한테는 문도 안 열어 주고. 신재원, 그 새끼랑 둘이 뭐했어? 늦은 시간까지 안 가는 것 같던데."

윤성의 말에 오싹 소름이 끼쳤다. 늦은 시간까지 안 갔다는 걸 어떻게 아는 걸까? 역시 지켜보고 있었던 걸까?

윤성이 자기 방 창문으로 별채의 움직임을 지켜봤다고 생각하자 등골이 서늘해졌다. 차가운 파충류가 발목을 기어오르는 느낌이었다.

"좋든? 그 새끼랑 뒹구는 거."

"그게 무슨 말씀이세요. 그런 거 아니에요, 정말. 어제 재원이가 온 건 일 때문이었어요. 그 얘기만 하다가 갔어요."

"거짓말하지 마. 누굴 속여? 사내놈이랑 그 시간에 같이 있으면서 하는 짓이야 빤하지."

거기까지 말했을 때였다. 누군가 둘 사이에 끼어든 것은.

단단하고 넓은 어깨가, 버겁도록 가까웠던 윤성과 서연의 얼굴 사이로 들어왔다. 그러면서 동시에 윤성에게 잡혀 있던 손목을 자연스럽게 빼내 쥐었다. 얼굴을 확인하지 않아도 그가 누군지 알 수 있다는 사실에 가슴 아팠다. 그에게서 나는 옅은 향기만으로도, 서연은 그가 태민이라는 걸 알 수 있었다.

태민이 서연의 손목을 잡은 채, 자신의 등 뒤로 서연을 밀었다. 서연은 그렇게 윤성에게서 떨어질 수 있었다. 그의 등에 가려져 윤성을 볼 수는 없지만, 짜증 가득한 표정이리라고 예상했다.

윤성도 작은 키가 아닌데 태민의 키가 더 커서, 서연은 윤성과 자신 사이에 거대한 벽이 놓인 듯했다. 그녀는 순간 알 수 없는 안도감을 느꼈다.

"넌 뭐야?"

윤성이 퉁상스레 물었다. 태민은 대답하는 대신 뒤로 돌아섰다.

"들어가시죠, 어린 사장님."

윤성을 철저히 무시하기로 결정한 모양이다.

"무시해? 날?"

윤성이 중얼거렸다. 태민은 신경 쓰지 않는 듯 서연의 손목을 잡아끌었지만, 서연은 꼼짝도 할 수가 없었다.

윤성이 무슨 짓을 할 수 있는지, 태민은 모른다. 모르니까 이런 행동을 할 수 있는 것이다. 서연을 향한 윤성의 패악질은, 어찌 되었든 가족이라는 이유로 적당한 선을 넘지는 않았다. 하지만 태민이 그 대상이 된다면, 윤성은 상상하기 힘든 방법으로 태민을 괴롭힐 것이 분명했다.

서연이 따라오지 않자 태민이 왜 그러냐는 듯 서연을 돌아봤다. 그를 똑바로 볼 수가 없어서 고개를 숙였다. 태민은 작게 한숨을 쉬고는 입가에 근사한 미소를 띠었다. 그리고 윤성에게 말했다.

"무시라니요. 그럴 리가 있겠습니까. 그저 사장님과 의논할 것이 있어서 서두르다가 미처 못 봤을 뿐입니다. 기분이 상하셨다면 죄송합니다."

태민은 비아냥거리는 기색 없이 정중했다. 아마도 서연의 입장을 생각해서일 것이다. 서연은 그에게 감사했다.

"사장님?"

윤성이 한풀 누그러진 목소리로 되물었다.

"네, 여기 직원이거든요."

태민이 가게를 가리키며 말했다. 윤성이 어이가 없다는 듯 웃었다.

"오픈도 안 했는데 직원 먼저 구했나 보지? 아니면 남자를 구한 건가?"

"……."

"사내놈이랑 어울리는 것까지 막을 수는 없지만, 그래도 적당히 해. 그 몸뚱이, 달리 쓸 데가 있어서 집안에 두는 거니까. 그건 너도 알겠지?"

태민의 앞에서 이런 소리를 들어야 한다는 게 창피했다. 윤성이 더 낯은 말을 하기 전에, 서연은 고개를 끄덕였다.

"일단 나도 일이 있어서 먼저 가겠는데, 오늘 저녁에는 문 열어라. 할 말 있으니까."

윤성이 떠난 후 서연은 황급히 가게 앞으로 가서 열쇠를 꺼내 들었다. 자물쇠를 열려는데 손이 떨려서 자꾸만 실패를 했다.

"내가 할게요."

그가 조심스럽게 서연의 손에 쥔 열쇠를 가져갔다.

잘칵— 잘칵—
문을 여는 동안 가만히 옆에 서 있다가 말했다.
"도와줘서 고마워요."
"도와준 적 없어요. 의논할 게 있어서 서두른 것뿐이지."
"뭐가 됐든요."
달칵—
문이 열렸다. 둘은 안으로 들어갔다. 그가 가게의 전등을 켜며 물었다.
"그 남자, 뭡니까?"
"오빠예요."
"오빠? 친오빠?"
이복 오빠라는 개인사까지 자세하게 말할 이유는 없기에, 서연은 고개를 끄덕였다.
"네."
"진짜예요? 친오빠라고요?"
"네."
"무슨 친오빠가 그런 식으로 말을 해요? 원래 저래요?"
황당하다는 듯한 질문에 서연은 쓴웃음을 지었다.
저것보다 더해요. 저건 약과예요.
그에게 말하고 싶었다.
오빠뿐이 아니에요. 언니도, 새어머니도, 심지어 친아버지까지. 원래 저래요. 저것보다 더 심해요.
그런 말을 하며 그에게 매달리고 싶었다.

하지만 그래서는 안 된다. 그는 아마도 진지하게 들어 주고 다정하게 안아 줄 것이다. 그러면 이 가슴도 술렁술렁 흔들리다가 정태민이라는 사람으로 젖어 들리라. 그러다가 어느새 그 없이는 뛸 수 없는 심장이 되리라.

"그냥요. 오늘 뭔가 안 좋은 일이 있었나 봐요."

서연의 대답에 그가 인상을 찌푸렸다.

"어제오늘의 일이 아닌 것 같은데요. 사장님은 저런 태도에 익숙해 보였고, 오빠라는 사람도 그게 당연한 듯 보였어요. 게다가 동생한테…… 그런 식으로 말하는 건 아니잖아요. 남자를 끌어들인다는 둥, 몸뚱이가 어떻다는 둥. 누가 가족한테 그런 말을 해요?"

"그러게요. 그냥…… 오빠가 옷을 사 주겠다고 했는데 내가 너무 딱 잘라 거절해서 기분이 상했나 봐요. 오빠가 좀 다혈질이라서……."

"그런 문제가 아니라니까요!"

그가 답답한 듯 서연의 손목을 잡았다.

"어린 사장님이 집에 있기 싫어하는 거, 저런 이유 때문입니까? 오빠만이 아닌 거죠? 사장님을 그런 식으로 대하는 거."

그가 정곡을 찔렀다. 서연은 아랫입술을 깨물고 시선을 옆으로 피했다.

"아뇨, 그런 이유 아니에요."

"아니라고만 하지 말고요. 가족들이 사장님한테 못되게 굴어요? 다들 저런 식으로 못된 말 해요? 그래서 집에 있기……."

"정태민 씨."

서연은 그의 말을 끊고 그를 올려다보며 크게 숨을 들이마셨다. 그는 진심으로 서연을 걱정하는 것처럼 보였다.

"정태민 씨가 신경 쓸 일 아니에요."

그가 충격을 받은 듯 눈을 크게 떴다.

"뭐라고요?"

"도와준 거 정말 고마워요. 걱정해 주는 것도 감사해요. 하지만 이건 정태민 씨가 신경 쓸 일 아니에요. 내가 알아서 할 수 있어요."

"알아서 못 하잖아요. 그 손 뿌리치지도 못하고, 붙잡혀서 듣기 싫은 말 실컷 듣고만 있었잖아요."

"괜찮아요, 그런 건. 익숙해요. 그런 게 나한테 상처를 입히지는 못해요."

"그런 것에 익숙해진다는 게 이상한 거잖아요. 그런 것에는 상처를 받는 게 정상이에요."

"그럼 난 정상이 아닌가 보죠."

"그 집에서 나오지 그래요, 사장님. 그런 대우를 받으면서 굳이 붙어 있어야 할 필요가 있습니까? 사장님은 성인이니까 집을 나온다고 붙잡을 사람 아무도 없어요. 독립을 하는 게 무서울지도 모르겠지만, 도와줄게요."

"왜요?"

"네?"

"왜 정태민 씨가 내 독립을 도와줘요?"

"그거야……."

"정태민 씨는 그냥 내 가게의 직원일 뿐이잖아요. 그런데 왜 내 상황과 독립까지 신경 쓰는 거예요? 그러지 않아도 돼요, 정태민 씨."

"걱정이 돼서 그래요."

"그럼 그냥 걱정만 하세요. 그 걱정을 드러내면 나는 휘둘려요. 휘둘리기 싫어요. 우리 그냥 공적인 사이잖아요."

그에게 잡힌 손을 빼내려 했다. 하지만 그는 놔주지 않았다.

"그냥 공적인 사이여도 걱정쯤은 해 줄 수 있어요. 도와주려고 애쓸 수도 있고요."

"난 안 그래요."

"왜 그렇게 촌스럽게 굴어요?"

순간 서연은 태민의 말에 발끈했다. 태민이 도와준 것은 정말로 고마웠다. 하지만 그뿐이다. 그 이상의 친절은 이 가슴을 어수선하게 만들 뿐이다. 좋아한다는 고백을 그렇게 차게 밀어냈으면서, 왜 자꾸 이러는 걸까? 서연은 그를 노려봤다.

"그래요, 나 촌스러워요. 생각도 촌스럽고 차림새도 촌스럽고 외모도 촌스러워요. 난 촌스러운 여자예요. 그러니까 정태민 씨는 정태민 씨처럼 세련된 생각과 외모를 가지고 있는 여자들한테나 친절하게 대하세요. 나한테까지 그러지 않아도 되니까."

"사장님이 뭔가 오해한 모양인데, 사장님 생각과 옷차림은 촌스러울지 몰라도 사장님 얼굴은……."

거기까지 말한 태민은 입을 다물었다.

'내가 지금 뭘 하는 거지?'

하마터면 '아주 예뻐요.'라고 말할 뻔했다. 할 필요가 없는 말이었다. 지금 대화의 주제는 서연의 외모가 아니니까.

늘 이성적이었다. 차갑다는 말을 들을 정도로 감정의 변화가 크지 않았고, 그 사실을 태민 또한 알고 있었다. 하지만 지금 태민의 감정과 이성은 혼란스럽게 움직이고 있었다. 거대한 해일에 당한 해안 도시처럼 어수선했다.

아까 골목에 도착한 건, 서연의 오빠라는 사람이 재원에 대한 이야기를 하고 있을 때였다.

—신재원은 집에 들여보내 주고, 나한테는 문도 안 열어 주고. 신재원, 그 새끼랑 둘이 뭐했어? 늦은 시간까지 안 가는 것 같던데.

그 말이 화살처럼 가슴에 박혔다. 그건 정말 큰 문제가 아니다. 재원과 서연은 친구이고 성인이니까 서로의 집에 오가는 게 대단한 문제는 아니었다.

그런데 그 말이 자꾸만 울컥울컥 감정을 밀어 올렸다. 서연의 오빠가 그녀를 대하는 행동, 지독한 말들. 그런 것들도 짜증이 나 죽겠는데, 재원에 대한 이야기가 스티로폼 조각처럼 들러붙었다.

성가시다. 아니, 기분이 아주 더럽다. 그녀의 고백을 차가운 말로 밀어냈을 때와 비슷한 느낌이었다.

서연은 여전히 고개를 바짝 들고 태민을 노려보고 있었다. 그 모습이 온몸의 털을 곤두세운 토끼처럼 보였다. 이런 와중에도 그녀가 귀엽다는 생각이 들어서 더욱 혼란스러웠다.

화가 난 듯 꾹 다문 붉은 입술. 거기에 입을 맞추고 싶었다. 아마도 달콤한 맛이 날 것이다. 처음 입 맞췄을 때 그랬던 것처럼.

딸랑—

가게 문이 열리는 소리에 소스라치게 놀라, 잡고 있던 서연의 손을 놔주었다. 그리고 자신의 행동에 더 놀랐다. 누군가 본다고 해서 당황할 행동을 하고 있지도 않았는데, 왜 이렇게 놀란 건지 알 수 없었다.

"저 왔습니다."

들어온 사람은 재원이었다. 재원은 가게 안의 이상한 분위기를 눈치챈 듯 걸음을 멈췄다.

"분위기가 왜 이래요?"

"분위기가 왜? 아주 좋은데."

"그래요? 좀 어두운 것 같은데."

"전구 수명이 다했나 보지."

"흐응."

재원은 고개를 들어 천장을 살폈다. 형광등은 아주 번쩍번쩍 빛나고 있었다.

"실력 좋은 인테리어 업자를 구했어요. 오늘 오전 중에 와서 가게를 살펴보고 의논을 하기로 했거든요. 슬슬 올 시간이 됐으니까 데리고 오겠습니다."

재원이 뭐라 하기 전에, 태민이 서연을 돌아보며 말했다. 서연이 고개를 끄덕이는 것을 확인하고, 태민은 가게에서 나왔다.

항상 고요한 호수의 수면처럼 잔잔했던 감정이 폭풍 중의 바다처럼 거칠게 흔들리는 원인을 알 수가 없었다. 이 감정의 동요를 누구에게도 보이고 싶지 않아서, 인테리어 업자와의 약속 시간까지 1시간이 넘게 남았지만 도망치듯 가게를 나오고 말았다.

'제길.'

짜증이 났다. 역시나 원인을 알 수 없는 짜증이었다.

*　　*　　*

'내가 너무 심했던 걸까?'

서연은 홍차를 타며 생각했다.

'정태민 씨는 날 걱정해서 그런 건데 너무 밀어낸 걸까? 하지만…… 그러지 않으면 안기고 싶어질 것 같았어.'

서연을 보는 태민의 눈에는 순도 100프로의 걱정이 가득 담겨 있었다. 서연을 향한 걱정이 넘치도록 따뜻하고 달콤해서, 그에게 안기고 싶었다. 그를 꼭 끌어안고 그의 가슴에 얼굴을 묻고, 힘들어요, 외로워요, 그런 말을 하게 될 것 같았다.

그러면 그는 분명 머리를 쓰다듬으며, 괜찮아요, 라고 말해 줄 텐데. 그가 쓰다듬어 주는 손길은 굉장히 감미롭고 좋을 텐데.

그걸 알기에 더더욱 밀어낼 수밖에 없었다. 그렇게 선을 긋지 않으면, 그를 향한 이 마음이 멈출 줄을 모르고 부풀어 언젠가는 처참하게 터지고 말 테니까.

"서연아. 어제 내가 집에 가고 나서는 괜찮았어?"

재원의 음성에 서연은 퍼뜩 망상에서 벗어났다.

"응, 괜찮았어. 그런데 아까 가게 앞으로 찾아왔었어."

"뭐?"

재원이 벌떡 일어나 서연에게 다가왔다.

"정태민 씨가 도와줬어."

"아, 그래?"

"응. 도와주긴 했는데 내가 못되게 굴었어."

"그건 괜찮아. 그 형한테는 더 못되게 굴어도 돼."

재원이 쌈박하게 말했다.

"하지만……."

"괜찮아, 괜찮아. 네가 못되게 굴어 봤자지."

"내가 무슨 짓을 했는지도 모르잖아."

"뭐, 태민이 형이 너무 간섭해서 간섭하지 마라, 그런 거 아냐?"

서연이 눈을 동그랗게 뜨고 재원을 올려다봤다.

"어떻게 알았어?"

"빤하지, 뭐."

재원이 한 걸음 뒤로 물러섰다. 서연이 이런 식으로 깜짝 놀란 표정을 지으면 너무 귀여워서 만지고 싶어진다.

"그 형은 원래……."

자기가 노리는 여자한테는 과할 정도로 친절하니까, 라는 말을 할까 하다가 관뒀다. 재원은 태민이 없는 곳에서 너무 심하게 그를 매도하고 싶진 않았다. 여자 문제만 아니면 나쁜 사람이 아니니까.

"그 형이 원래 오지랖이 심하거든."

"아, 그래?"

"응. 그러니까 그 정도로는 말해도 돼. 어차피 그런 일에 상처 받지도 않아."

"그렇구나."

재원은 서연의 어두운 표정이 마음에 걸렸다. 단지 윤성 때문인 것 같지는 않았다.

설마 우려하던 일이 벌어진 걸까?

심장이 내려앉았다. 재원은 주먹을 꽉 쥐었다가 펴고는 조심스럽게 입을 열었다.

"저기, 서연아. 너 혹시……."

'태민이 형이랑 뭔가 있어?'라는 질문을 하고 싶은데, 그다음 말이 이어지지 않았다. 들려올 대답이 두려웠기 때문이다.

서연은 고개를 바짝 들고 재원의 말을 기다리고 있었다. 재원은 흠흠 목을 가다듬고 고개를 옆으로 돌렸다.

"아냐, 아무것도."

"왜? 무슨 말인데?"

서연이 괜찮으니 말해 보라는 듯 귀여운 미소를 지었다.

"아니, 그게…… 혹시 너, 태민이 형한테……."

거기까지 말하고 다시 입을 다물었다. 하지만 서연은 그 뒤에 올 질문을 예상한 듯 눈썹 끝을 축 늘어뜨렸다. 입가에 묻어 있던 미소가 사라졌다.

"응, 재원아. 네가 주의를 줬는데 어쩔 수 없었어."

심장이 덜컥, 묘한 소리를 내며 떨어졌다.

"나 정태민 씨를 좋아하게 됐어."

"아……."

"하지만! 괜찮아, 이제. 정신 차리고 접을 거야, 이 마음. 고백했다가 아주 대차게 차였거든."

"아……."

"지금은 조금 아픈데, 곧 더 많이 괜찮아질 거라고 생각해."

그렇게 말하며 서연은 다시 미소를 지었다.

가슴에 저릿한 통증이 번졌다. 내가 지금 사랑한다 말하면 서연은 과연 어떤 표정을 지을까? 가득 찬 사랑을 털어놓고 싶었다. 하지만 서연을 난처하게 만들고 싶진 않았다. 그녀의 경계심 없는 미소가 곤란하다는 듯 변하는 것을 보기 싫었다.

재원은 한숨을 뱉어 냈다. 한숨과 함께 통증도 떨어져 나가기를 바랐지만, 가슴은 여전히 욱신, 욱신 아팠다. 이런 기분, 정말 싫다. 이 아픔이 상당히 오랫동안 지속되리라는 불길한 예감이 들었다.

*　　*　　*

태민은 다리를 꼬고 앉아 멍하니 창밖을 응시했다. 이제 곧 실내 인테리어 전문가인 현영이 도착할 시간이다. 현영은 2년 전에 반년 정도 만나다가 헤어진 사이였다.

—우리 진지하게 만나 보지 않을래?

쿨한 줄 알았던 현영이 그런 제안을 해 왔을 때, 태민은 싸늘하게 대꾸했다.

—너, 재미없는 여자였구나? 진지하게든 가볍게든, 이젠 만나고 싶지 않아.

표독스럽게 쏘아붙일 줄 알았는데, 현영은 그저 태민을 가만히 응시하다가 소리 없이 눈물을 흘렸었다. 물론 그 눈물을 닦아 줄 생각 따위는 없었고, 태민은 그대로 돌아섰다.

그게 현영과의 마지막이었다. 어제 현영에게 전화를 걸었을 때, 현영은 아무 일 없었다는 듯한 어조로 전화를 받았다.

—웬일이야?

—가게 오픈을 하게 됐는데 실내 인테리어를 도와줄 만한 사람이 필요해. 네가 생각나더라.

—영광이네, 아직까지 날 기억하고 있다니. 어느 가게인데?

—커피숍.

—알겠어. 일단 내일 만나.

담백하게 약속을 잡고 전화를 끊었다. 간만에 만나는 현영이 어떻게 변했을지, 그런 건 궁금하지 않았다.

태민이 궁금한 건, 이 호수 같은 마음을 뒤흔드는 폭풍의 정체였다. 그리고 지금 서연이 뭘 하고 있을지가 무엇보다도 궁금했다.

'재원이랑 둘이 있겠지.'

지금까지 재원의 존재는 신경도 쓰지 않았다. 아니, 애초에 신경을 쓸 이유가 없었다. 서연과 태민은 아무 관계도 아니니까.

설령 무슨 관계가 있다 해도, 태민은 자기가 만나는 여자가 다른 남자를 만난다고 해서 신경을 써 본 적이 없었다. 그런데 왜 이리도 마음이 소란스러운 걸까.

"뭔 생각을 그렇게 해?"

문득 앞에서 들려오는 목소리에 상념에서 벗어났다. 언제 왔는지, 현영이 맞은편 자리에 앉아 메뉴판을 보고 있었다.

"그냥 좀."

"차 한잔할 시간은 있는 거지?"

"응, 얼마든지."

"여기 카페라떼 한 잔이요."

현영이 종업원을 불러 주문을 하고 다리를 꼬았다. 긴 머리를 뒤로 질끈 묶고, 흰 블라우스에 검은 정장 바지를 입은 그녀는 전과 달라진 점이 거의 없었다.

"그래서, 커피숍 오너가 된 거야?"

현영은 과거 얘기 따위는 하고 싶지 않다는 듯 곧장 본론으로 들어갔다. 원하던 바였다.

"아니. 커피숍에서 아르바이트 중."

"넌 여전히 쓸데없는 짓에 시간을 낭비하나 보네."

"시간 낭비라니. 젊을 때 많은 걸 경험해 보려는 진취적인 생각을 하고 있을 뿐이야."

"커피숍 오너가 여자지? 그 여자 꼬시려고 그러는 거 아냐?"

"아냐, 그런 거."

거짓말은 아니다. 꼬시려고 했고, 꼬셨고, 이미 끝난 일이 되었다. 하지만 태민은 여전히 이 일을 하고 있고, 스스로도 그 이유를 도통 알 수가 없었다.

"흐음."

현영이 고개를 옆으로 기울였다.

"그 여자한테 빠졌니?"

"뭐?"

"커피숍 오너."

"뭐래."

피식 웃으며 머그컵을 들었다. 미지근하게 식은 아메리카노를 한 모금 마시는 동안, 현영은 태민을 빤히 응시했다.

"너랑 헤어지고 나서 한참이 지난 후에야 깨달은 게 하나 있어. 넌 부서져 있어."

현영이 말했다.

"그리고 네 주변에 있는 사람들까지 부수려고 해. 참 못된 사람이야."

"그래, 난 못된 사람이지."

"못됐는데도 매력적이라서, 사람들은 자기가 부서지는지도 모르고 네 옆에 있으려고 하는 거겠지. 불에 뛰어드는 불나방처럼. 난 내 날개가 타기 전에 널 떠나서 다행이었다고 생각해. 그런 식으로 생각하면, 그때 그렇게 날 밀어낸 너한테 고맙다고 해야 하나?"

"감사 인사는 됐어."

태민이 어깨를 으쓱하며 말하자, 현영이 웃었다.
"짜증나는 남자야, 정말."

* * *

태민이 데려온 인테리어 전문가의 이름은 최현영이라고 했다.
"어머, 귀여운 직원들이네."
현영은 가게에 들어오자마자 재원과 서연을 보며 말했다.
"이쪽만 직원. 이쪽은 어린 사장님."
태민이 펼친 손으로 재원과 서연을 한 번씩 가리키며 말했다.
"아항. 최현영이에요, 잘 부탁해요."
현영이 생글생글 웃으며 말했다. 서연은 인테리어 전문가가 태민과 아는 사이일 줄은 알았지만 이렇게 예쁜 사람인 줄은 몰랐다. 전문적인 분위기가 물씬 풍기는 멋진 분위기의 여성인 데다가, 그와 가까운 사이처럼 보여서 신경이 쓰였다.
다행히 현영은 필요 이상으로 태민과 친한 척하지는 않았고, 가게를 둘러보며 여러 가지를 체크하고 사진을 찍었다.
"숲 속 분위기라고 했죠?"
체크를 끝낸 그녀가 서연을 돌아보며 물었다.
"네, 아늑한 분위기였으면 좋겠어요."
"그럼 전체적으로 원목을 사용해야 할 텐데, 비용이 조금 올라갈 거예요. 합판을 사용하면 가격은 저렴하지만 좀 싼 티가 나서 권하고 싶진 않아요."

"네, 원목으로 해 주세요. 비용은 얼마가 들든 상관없어요."

서연의 말에 현영이 눈을 가늘게 떴다.

"그러면 안 돼요, 사장님. 나야 태민이랑 아는 사이라서 사장님을 속일 생각은 없지만, 보통 그런 식으로 말하면 속여 먹는다고요."

"아……."

"장사를 할 때 너무 순진하게 굴면 얕보여요. 정신 바짝 차려요."

"네, 조언 감사해요."

"일단 3D로 디자인을 짜서 보여 드릴게요. 마음에 드는 게 있으면 골라서, 거기서부터 세밀한 부분을 수정해 가는 걸로 하죠. 월요일까지 초안을 메일로 보낼게요."

현영이 돌아간 후, 셋은 테이블에 둘러앉아 가게의 전반적인 운영 계획에 대해 의논했다. 오픈은 한 달 후로 정하고, 오픈하기 2주 전부터 직원을 모집하기로 했다.

"일단 가게 홈페이지는 내가 만들게요."

태민이 말하기 전 재원이 선수를 쳤다.

"형이 안 도와줘도 되겠어?"

태민이 옅은 미소를 지으며 묻자 재원이 오만상을 찌푸렸다.

"제발 저한테 말할 때 그렇게 은근한 목소리 좀 내지 마세요."

"설레?"

"네, 너무 설레서 심장이 터지겠네요. 아무튼 홈페이지는 내가 만들 거예요. 도와주지 않아도 되고요."

"까칠하기가 고슴도치 같군."

"그러는 형은 능글맞기가 너구리 같네요."

"난 너구리를 좋아해. 너구리는 밥 먹을 때 물에 씻어 먹잖아. 기가 막히게 귀엽지. 앗! 설마 너, 날 그렇게 귀엽다고 생각하고 있던 거였냐? 그러면 곤란한데."

"곤란할 거 전혀 없습니다. 귀엽다는 생각은 세상이 뒤바뀌어도 안 하니까요."

티격태격하는 두 사람을 보며, 서연은 정말로 두 사람의 사이가 좋은 건지 나쁜 건지 알 수 없어졌다. 둘은 아무리 봐도 사랑싸움을 하는 걸로만 보였다. 태민과 거리낌 없이 대화를 주고받는 재원이 부럽다고 생각하며, 서연은 입을 열었다.

"우선적으로 바리스타를 구해야 할 것 같은데……."

"아, 그건 내가 하죠."

태민이 가볍게 손을 들었다. 재원이 그 손을 잡아 아래로 내리며 말했다.

"형, 바리스타는 아무나 하는 게 아니거든요."

"난 아무나가 아니잖아."

"그렇게 은근한 목소리 좀 내지 말라고요."

"바리스타 자격증이 있어."

태민의 말에 재원과 서연의 눈이 커졌다.

"정말요?"

"응, 요새 세상에 바리스타 자격증 하나쯤은 다 갖고 있잖아."

"대체 형이 살고 있는 요새 세상은 어떤 세상입니까? 보통은 그렇지 않거든요."

"하하하. 나중에 먹고 살 길 못 찾으면 커피숍이라도 하나 차리려고 따 뒀지. 이런 식으로 쓰게 될 줄은 몰랐지만."

"참 야무지시네요."

서연은 순수하게 감탄했다. 태민의 눈이 가늘어졌다.

"야무지다는 말은 처음 들어보네요. 재미있군요."

"오버하지 말아요, 형. 하나도 재미없으니까."

재원이 툴툴거렸다.

충격이다. 서연 스스로도 개그 센스가 없다는 건 알았지만, 저리도 확실하게 재미없다고 말하다니.

서연의 표정을 본 태민이 재원의 옆구리를 쿡 찔렀다.

"야, 아무리 그래도 사장님 듣는 데서 재미없다고 하는 건 좀 그렇잖아."

"어? 헉! 아냐, 서연아. 그런 뜻이 아니었어. 넌 재미있어! 그저 야무지다는 말이 재미없……. 아니, 아니. 이게 아니라…… 그러니까 재미있어! 나는 살면서 야무지다는 말처럼 웃기는 소리는 처음 들어 봐!"

눈에 띄게 당황하며 변명하는 재원의 모습에 웃음이 나왔다. 서연이 재원을 보며 키득키득 웃자, 이번에는 태민의 표정이 굳었다. 태민은 재원을 한 번 노려보고는 무뚝뚝하게 말했다.

"이제 서빙을 구하는 게 문제인데. 외모, 성격, 말발, 지식수준을 전부 고려해서 뽑는 게 좋겠습니다. 초반에는 얼마나 방문할지 모르니까 3명 정도가 적당할 것 같군요. 신재원 포함해서 4명."

"네, 그렇게 해요."

"계약서는 확실하게 작성을 해야 하고요. 가게가 특수한 만큼 계약서를 꼼꼼하게 준비하는 게 좋을 것 같습니다. 아는 변호사가 있으니 법률적인 자문을 구해서 계약서 초안을 만들어 보도록 하죠. 나중에 사장님이 보시고 수정할 부분이 있으면 말해 주세요."

미리 다 생각해 둔 것처럼 술술 말하는 태민을, 서연은 가만히 응시했다. 노트에 회의 내용을 적던 그가 고개도 들지 않고 말했다.

"왜 그렇게 보세요?"

"아, 고마워서요."

"뭐가요?"

"이렇게 가게 일에 열심히 집중해 주시는 거요. 정태민 씨 아니었으면 오픈이 더 늦어졌을 거예요."

"……직원이니까요."

"네, 정태민 씨는 저의 특별한 직원이에요."

서연이 아무렇지도 않게 한 말에, 펜을 움직이던 태민의 손이 멈칫했다. 곧바로 다시 움직여서 서연은 보지 못했지만, 재원은 그 광경을 똑똑히 목격했다.

'뭐지?'

태민은 특별한 직원이라는 말 따위에 동요할 성격이 아니었다. 특별한 직원이라는 말은 고사하고, 특별한 남자야, 최고의 사랑이야, 따위의 말을 듣더라도 눈썹 하나 꿈틀하지 않을 것이다.

'에이, 내가 잘못 봤겠지.'

"거참 영광이네요."

태민이 대수롭잖다는 듯 중얼거렸다.

'그래, 역시 내가 잘못 본 거야. 태민이 형이 그런 말에 놀랄 리 없잖아.'

재원은 자신의 과한 생각을 속으로 비웃으며 시간을 확인했다. 어느새 퇴근 시간인 6시가 되어 가고 있었다.

딸랑—

가게 문이 열리는 소리에, 세 사람 모두 문 쪽으로 고개를 돌렸다.

재희였다. 재희는 흰 크롭탑 셔츠에 검은색 옆트임 H라인 스커트를 입고, 검은색 킬힐을 신고 있었다.

"어, 재희야. 너, 가게는?"

재원이 물었다.

"닫았어. 불금이잖아."

재희가 걸어 들어오며 말했다.

또각또각.

허리를 꼿꼿이 세우고 들어온 재희는, 태민의 옆에서 멈췄다. 재희가 태민의 어깨에 가볍게 손을 얹는 모습에, 재원의 표정이 딱딱하게 굳었다. 믿을 수 없다는 듯 눈을 크게 뜨는 재원을 무시하고, 재희가 허리를 살며시 굽혔다. 재희의 머리카락이 태민의 볼을 스쳤다.

"끝났어?"

"글쎄."

태민이 빙그레 웃으며 서연을 돌아봤다. 서연은 재희가 들어오는 순간부터, 허벅지 위에 올려 둔 손을 꽉 쥐고 있었다. 핏기가 빠져나갈 만큼 세게 쥐고 있어서 손톱이 손바닥을 파고드는데도, 아픔을 느끼지 못했다.

"사장님, 이제 퇴근해도 되죠?"

아니요, 라고 말하고 싶었다. 싫어요, 퇴근하지 말아요, 재희랑 둘이 나가지 마세요. 하고 싶은 말이 입 안을 맴돌았다. 간신히 참고 고개를 끄덕였다.

"네, 주말 잘 보내세요."

"사장님도요."

태민이 일어났다. 그제야 재희가 서연을 돌아봤다.

"가 볼게, 나중에 봐."

"응, 재희야. 주말 잘 보내."

"야, 신재희."

굳은 채로 상황을 지켜보던 재원이 벌떡 일어나 재희의 손목을 잡았다.

"너, 뭐야?"

재원의 눈동자가 혼란스럽게 흔들리고 있었다. 재희는 고개를 들어 자신의 쌍둥이 동생을 가만히 응시하다가, 요염한 미소를 지으며 재원의 손을 뿌리쳤다.

"오늘 집에 안 들어갈지도 몰라. 먼저 자."

"야, 잠깐만."

"누나한테 매달리는 남동생, 매력 없어."

"아니, 그런 게 아니라……. 야, 잠깐 얘기 좀 해."

"싫어."

"싫어도 해야겠어. 잠깐 이리로……."

재원이 다시 재희의 손목을 잡고 끌어당기려는데, 가만히 서서 지켜보던 태민이 나섰다. 태민은 심판처럼 재희의 손목과 재원의 손목을 잡아 떼어 냈다.

"사랑하는 후배여. 아무리 누나가 좋아도, 이제는 누나한테서 독립해야지. 성인이잖아."

"형은 끼어들지 마요."

"끼어들고 싶지는 않지만……."

태민이 재희의 어깨를 감쌌다.

"나와의 스케줄이 있는 여자라서 어쩔 수 없어. 방해하지 마."

"형, 그 손 치워요."

재원이 으르렁거리며 말했지만 태민은 무시했다. 재희도 무시했다. 그렇게 두 사람은 두 사람을 남기고 가게에서 나가 버렸다.

딸랑—

문이 여닫히는 소리가 들린 후의 공간에는 무거운 침묵만이 남았다.

"아, 저기."

간신히 정신을 차린 재원이 입을 열었다.

"어, 그러니까."

재원은 난처하다는 듯 손가락으로 코끝을 긁적거렸다. 서연은 표정을 갈무리해야 한다고 생각했다. 하지만 쉽지 않았다.

그때 재원이 서연의 손목을 잡아 살며시 들어 올렸다. 서연이 깜짝 놀라 올려다봤더니 재원도 깜짝 놀라 서연의 손목을 놔주었다.

"아, 미안. 주먹을 너무 꽉 쥐고 있는 것 같아서."

그제야 손톱이 손바닥을 파고든 아픔을 자각했다. 손을 펴고 가만히 내려다봤다. 손바닥에는 손톱자국이 진하게 남아 있었다. 손바닥의 자국이 흐릿하게 사라지는 것처럼, 이 가슴의 아픔도 사라지면 좋을 텐데.

눈썹을 늘어뜨리고 한숨을 내쉬는 서연을 보며, 재원이 말했다.

"서연아, 우리도…… 우리도 불금을 즐기러 나갈까?"

* * *

금요일 저녁 홍대 거리는 붐볐다. 버스킹을 하는 사람들과 그 주위에 몰려든 사람들, 그리고 거리를 오가는 사람들.

"서울에 있는 사람들이 다 홍대로 온 것 같아."

태민의 팔뚝을 살짝 잡고 걸으며, 재희가 말했다.

"그러게."

"저쪽 골목으로 들어가면 좀 조용해질 텐데. 특별히 가고 싶은 데가 있는 거 아니면 저기로 갈까?"

"그래."

둘은 골목으로 걸어갔다. 재희의 말대로 안으로 좀 들어가자 한산해졌다.

"뭐 먹을까?"

태민이 물었다.

"음. 파스타도 먹고 싶고, 부대찌개도 먹고 싶어."

"그럼 둘 다 먹을까?"

"어떻게 둘 다 먹어?"

"파스타를 하나 사 들고 부대찌개 가게에 가서, 사장님께 양해를 구하고 반찬 삼아 먹으면 되지."

태민이 빙그레 웃으며 말했다. 재희는 태민을 빤히 응시하다가 눈을 가늘게 떴다.

"오빠 친절하구나. 생긴 것답지 않게."

"무슨 그런 섭섭한 말씀을. 생긴 것도 친절해 보이지 않아?"

"아니, 생긴 건 별로."

재희가 어깨를 으쓱하며 가게 하나를 가리켰다. 파스타를 파는 가게였다.

"저기 가자. 파스타가 더 당겨."

"그래, 그럼."

재희는 파스타를, 태민은 리조또를 시켰다. 먹는 동안 둘 사이에는 대화가 끊이지 않았다. 좋은 분위기에서 저녁을 다 먹어 갈 때쯤 태민이 말했다.

"한잔할래?"

"어디서?"

"아는 곳이 있어. 조용하고 사람도 별로 없는 곳."

"나, 오늘 집에 안 들어갈 거야."

재희의 말에 태민의 눈이 가늘어졌다.

"도발적인걸?"

"여자라고 꼭 수동적일 필요는 없잖아? 난 오빠가 마음에 들어.

오빤 정말 내 타입이거든."

재희가 손을 뻗어, 테이블 위에 있는 태민의 팔 위에 살며시 얹었다. 태민은 그런 재희의 손을 가만히 내려다보다가 말했다.

"그럼 술 한잔하고 어디로든 이동하자."

"응, 좋아."

가게에서 나와 태민이 아는 술집을 향해 걸음을 옮겼다. 홍대의 번화한 거리에서 상당히 떨어진 곳에 있는 바였다. 그곳을 향해 걸어가다가 태민이 문득 웃음을 흘렸다.

"왜 웃어?"

"아니, 아무것도 아니야."

"이상한 사람일세."

"너무 평범한 것보다는 살짝 이상한 게 좋지 않아?"

"재원이한테 들었는데, 별명이 또라이라며? 살짝 이상한 사람한테는 또라이라는 별명, 안 붙이지 않아?"

"에이, 그냥 또라이가 아니잖아. 마성의 또라이라고. 마또라고 불러 줘."

"이거나 저거나. 그 별명에 상당히 만족하나 보지?"

"마성이 있다는데 싫어할 이유는 없지. 아, 여기야. 여기 제일 위층."

태민이 높은 건물을 가리켰다.

"아, 나 여기 전에 한 번 와 본 적 있어. 조용하고 분위기 괜찮더라."

"그렇지?"

"자주 와?"

"가끔."

"여자랑만?"

"질투 나?"

"응, 조금."

엘리베이터를 타고 올라가 바가 있는 층에서 내렸다. 엘리베이터에서 내리자마자 맞은편에 있는 바였다. 어둑한 조명과 은은하게 흐르는 재즈 음악, 그리고 모던한 인테리어.

창가에는 빈자리가 없어서 안쪽으로 들어갔다. 1인용 소파가 둥근 테이블을 사이에 두고 마주 보고 있는 2인석이었다.

"우선은 가볍게 칵테일로 시작할까?"

태민이 메뉴판을 재희 쪽으로 돌려서 보여 주며 말했다.

"술 잘 마셔?"

"그럭저럭. 넌?"

"나도 뭐 그냥. 그럼 우리 이걸로 시작하자."

재희가 가리킨 것은 발렌타인 17년산이었다. 태민이 피식 웃었다.

"왜, 싫어?"

재희의 질문에 태민이 고개를 저었다.

"아니, 좋아."

술과 마른안주를 시켰다. 투명한 잔에 호박색 액체를 찰랑찰랑 따랐다. 술잔을 기울이며 재희가 물었다.

"오빠는 여자 많지?"

"솔직한 대답을 원해, 아니면 기분 좋은 대답을 원해?"

"음, 솔직한 대답."

"여자는 많지."

"이상형은?"

"이상형이라……. 글쎄, 그런 건 생각을 해 본 적이 없는데."

"오는 여자는 다 받아 주는 편?"

"내가 보기에 나쁘지 않다면."

"가장 오래 사귄 기간은?"

"없어."

"응?"

"여자랑 사귀어 본 적은 없어."

생각지도 못한 대답에 재희의 눈이 커졌고, 그걸 본 태민의 눈은 가늘어졌다. 그는 재희의 반응이 재미있는 것 같았다.

"뭘 그렇게 놀라?"

"오빠가 거짓말을 하니까 불쾌해하는 거야. 솔직하게 대답해 주기로 했잖아."

재희가 얼른 표정을 뾰로통하게 바꾸고 말했다.

"솔직하게 대답한 건데."

"거짓말. 오빠 나이가…… 음……."

"28살."

"그래, 28살. 그런데 28년 동안 사귀어 본 여자가 한 명도 없다고? 주위에 여자는 그렇게 많은데?"

"응, 한 명도 없어. 연인이라는 건 단 한 명에게 특별한 사람이 되는 거잖아. 단 한 명에게만 특별해지기엔, 내가 너무 아깝지 않아?"

"하?"

"오는 여자는 안 막아. 하지만 내 옆에 온 여자가 특별한 관계를 요구하면, 그때는 끝이야."

"왜?"

"글쎄. 그 이유까지 말해야 하나?"

"……그렇긴 하지만."

"너도 그냥 나랑 가볍게 즐기려고 하는 거 아냐?"

"아냐."

재희가 도발적으로 태민을 응시했다.

"난 오빠랑 좀 더 긴밀한 관계가 되고 싶어. 나는 오빠가 정말 마음에 들어. 그래서 내가 오빠를 보는 것처럼, 오빠도 나만 봐 줬으면 좋겠다고 생각하고 있어."

재희의 말에 태민이 옅은 미소를 지었다. 그 미소는 무어라 표현할 수 없을 만큼 온화하고 다정해서, 재희는 당황했다. 이 남자가 왜 이런 미소를 짓는 걸까? 지금까지는 계속 가식적인 미소만 짓더니.

"어린 사장님은 참 좋은 친구를 가지고 있네."

"뭐?"

"친구를 보면 그 사람을 알 수 있다고 하지. 재원이도 그렇고, 너도 그렇고 참…… 귀엽다, 정말."

재희의 얼굴이 빨개졌다.

"갑자기 무슨 소리를 하는 건지 모르겠네. 여기서 재원이가 왜 나와?"

"나는 여자가 많아. 여자가 많다는 건, 여자를 잘 안다는 거고. 여자를 잘 안다는 건, 나한테 푹 빠진 여자의 눈빛이 어떤지도 안다는 거지."

"……."

"아마 너도 남자를 모르진 않겠지. 날 보는 순간 위험한 남자라는 걸 알았을 거고, 어린 사장님이랑 떨어뜨려 놔야 한다고 생각했을 거야. 어린 사장님 성격에, 친구가 좋아하는 남자를 건드릴 리 없다고 판단했을 거고."

태민은 이런 이야기를 하면서도 여전히 미소를 짓고 있었다. 이 모든 것이 재미있다는 듯.

"충격이야. 나랑 단둘이 있으면서도 그저 친구랑 떨어뜨려 놓을 생각으로 가득 차 있는 여자가 있다니. 나도 아직 덜 됐네. 마성의 칭호를 얻을 자격이 없어."

"짜증 나. 오빤 정말 짜증 나는 인간이야."

재희가 투덜거렸다.

"응, 안 그래도 오늘 낮에 같은 말을 들었어. 난 마성의 또라이가 아니라 짜증 나는 또라이인가?"

"알면서 왜 속는 척한 거야?"

"재미있을 것 같아서. 그리고…… 그러는 편이 어린 사장님에게도 좋을 것 같고."

이건 예상치 못한 대답이었다. 어떻게든 여자의 마음을 끌어당겨, 손에 쥐고 흔드는 걸 좋아한다고 생각했는데.

재희는 술잔의 입구를 손가락으로 문지르며 태민을 가만히 응시했다.

"그러는 넌 왜 어린 사장님한테 미움 받을지도 모르는 이런 짓까지 한 거야? 이렇게까지 하지 않아도 내가 어린 사장님을 받아 줄 일은 없는데."

"서연이가 다치는 걸 보고 싶지 않아서."

"어린 사장님은 정말로 온실 속의 화초로구만."

"아니, 서연이는 온실 속의 화초가 아니야. 오히려…… 아니, 됐다. 오빠한테 서연이 사정까지 얘기할 필요는 없겠지. 아무튼 이것 때문에 서연이의 미움을 받아도, 그건 어쩔 수 없어. 이성 문제에 끼고 싶진 않았지만 나는 걔 마음이 다치는 꼴, 역시 못 보겠어."

"어린 사장님을 꼬시기 위해 내 마성을 뿌려 댈 생각 없어, 이젠."

"서연이는 순진해서 오빠가 조금만 잘해 줘도 휘둘릴 거야."

"그래, 그건 그렇지. 어린 사장님은 순진하지."

중얼거리는 태민의 입가에 또다시 옅은 미소가 번졌다. 좀 전과는 다른 느낌의 미소였다. 은은하고 감미로운, 그래서 어두운데도 반짝반짝 빛나는 것 같은 미소.

* * *

"저기, 재원아. 이건 좀 아닌 것 같아."

재원과 저녁을 먹고 거리를 걷다가 태민과 재희를 발견했다. 서연은 모르는 척하려고 했지만 재원이 갑자기 서연의 손목을 잡으며 말했다.

“우리, 미행하자.”

그러더니 서연이 대답할 새도 없이 그들의 뒤를 따라가기 시작했다. 두 사람이 무엇을 할지 궁금하긴 했지만, 뒤를 밟고 싶은 생각은 없었다. 친밀하게 붙어서 걸어가는 둘의 뒷모습을 보는 게 가슴 아팠다. 호기심보다는 아픔을 피하고 싶은 생각이 더 컸다. 하지만 재원의 힘을 이길 수는 없었다.

태민과 재희는 어느 높은 건물로 들어갔다.

“아마 저 위에 있는 바에 갔을 거야. 재희가 저기 가끔 가거든.”

재원이 엘리베이터를 누르며 말했다. 하지만 서연은 가게까지 따라가는 건 정말로 아닌 것 같아서, 이건 아니라는 말을 꺼냈다. 벌써 20분째, 둘은 1층에서 실랑이를 하는 중이었다.

“이건 두 사람의 일이잖아. 우리가 훔쳐본 거 알면 기분 나쁠 거야.”

“훔쳐보는 게 아니라 재희를 지키기 위해서야.”

“정태민 씨가 괴물도 아닌데 지키긴 뭘 지켜?”

“괴물이야. 안 반하는 여자가 없어. 나쁜 사람이라는 걸 알면서도 반한다니까.”

“그렇구나.”

“아, 미안. 널 비난하려고 한 말은 아니야. 그런 의미가 아니라…….”

“아냐, 괜찮아. 나도 아는걸, 내가 바보 같다는 거. 하지만 좋아하는 마음은 어쩔 수 없더라. 그 사람이 어떤 사람이든, 흘러가게 된 마음은 내가 원하는 대로 멈출 수 있는 게 아니더라."

왜일까.

재원의 표정이 무척 슬퍼 보였다. 말을 잘못했나 싶어 되짚어 보았지만 딱히 잘못된 말을 한 건 없는 것 같았다. 그렇다면 재희가 걱정되어서일까.

이러니저러니 해도 재원이 재희를 많이 아낀다는 걸 알고 있었다. 남동생 입장에서 누나가 어떤 남자를 만나든 걱정이 되는 건 당연하겠지.

'지금껏 재원이는 늘 나를 도와줬으니까……. 이번에는 재원이가 원하는 대로 해 주는 게 좋겠지? 절대로 두 사람을 감시하려고 그러는 게 아냐, 절대!'

마음을 다잡았다.

"알겠어, 재원아. 우리 들어가 보자. 대신에 두 사람을 방해하거나 끼어들진 않을 거지?"

"응, 그럴게."

엘리베이터를 탔다. 건물은 번쩍거리지만 엘리베이터의 성능은 그리 좋지 않았다. 올라가는 내내 덜컥거려서 금방이라도 멈추거나 떨어질 것 같았다.

층수가 바뀌는 것을 무심히 응시하던 서연은 재원의 얼굴이 하얗게 질린 것을 보고는 눈을 동그랗게 떴다.

"재원아, 괜찮아?"

"어? 응. 하하하하, 이 엘리베이터 엄청 흔들린다."

"그런가?"

서연은 고개를 갸우뚱하며 통통 발을 굴렀다.

"으앗! 가만히 있어. 그러다가 떨어진다."

당황하는 재원의 모습에 웃음이 나왔다. 그러고 보니 재원은 이런 걸 무서워했다. 어릴 때 재희가 가족들끼리 놀이공원을 다녀온 후, 재원이 무서운 걸 못 탄다며 한참 놀린 적이 있었다.

"우, 웃지 마. 이 엘리베이터는 정말로 위험하다고."

재원이 얼굴을 붉히며 말했다.

"응, 맞아. 위험한 것 같아."

"아니, 그렇다고 너무 그렇게 엄마 같은 말투로 말하는 것도 좀 그런데."

덜컹—

바가 있는 15층에서 엘리베이터가 요란한 소리를 내며 멈췄다.

"윽!"

재원이 벽의 손잡이를 꽉 잡으며 신음을 삼켰다.

"바가 15층에 있어서 다행이다. 63빌딩이었으면, 너 기절할 뻔했어."

"아니, 그 정도로 무서워하진 않거든."

둘은 툭탁거리며 엘리베이터에서 내렸다. 바로 맞은편에 바의 입구가 있었다.

* * *

태민은 가게 안으로 들어오는 커플을, 미소 띤 얼굴로 지켜봤다.

서연과 재원이었다. 두리번거리는 둘의 모습을 보다가 모르는 척 시선을 돌렸다. 아까 거리에서 두 사람을 발견했을 때, 미행을 당할 거라는 생각은 했었다.

그런데 이렇게 바까지 따라오다니. 들킬 거라는 생각이 전혀 없는 걸까?

'잘 어울리는 커플이군.'

토끼처럼 귀여운 외모의 서연과 강아지처럼 다정한 인상의 재원. 솜사탕 같은 사랑을 할 것 같은, 달콤한 분위기의 커플이었다. 둘이 함께 다니면 부러움에 한 번쯤은 돌아볼 것이다.

순간 가슴에 따끔한 아픔이 일어났다. 태민은 콧등을 찡그렸다.

'뭐지?'

잘 어울리는 커플을 보았을 때, 태민이 하는 생각은 딱 두 개였다.

첫 번째. 좋아 보이는군.

두 번째. 하지만 그 좋은 것도 조만간 끝날 거야.

이런 식의 불쾌한 아픔을 느낀 적은 없었다.

"아무튼 그러니까, 괜히 순진한 애 건드리지 마. 조금 잘해 주는 것도 안 돼."

재희의 목소리에 상념에서 벗어났다. 재희가 있다는 걸 깜빡하고 있었다. 재희는 고양이 같은 눈을 날카롭게 빛내며 태민을 노려보고 있었다. 체구는 작지만 천군만마를 등에 업은 듯 당당한 재희가, 태민은 싫지 않았다.

"가게를 그만두면 더 좋고. 재원이 얘기 들어 보니까, 오빠 능력 좋다더라. 굳이 아르바이트 안 해도 되는 거 아냐?"
"그렇긴 하지."
"이 일을 그만두지 않는다는 것부터가, 서연이한테 흑심을 품고 있다고 생각돼, 나는. 서연이야, 오빠가 책임감이 있는 사람이라 그렇다고 했지만."
"어린 사장님이 그렇게 말했어?"
"뭐야, 왜 그렇게 기쁜 표정을 지어? 기분 나쁘게."
재희가 오만상을 찌푸렸다. 태민은 자신의 얼굴을 한 손으로 가렸다.
'내가 기쁜 표정을 짓는다고?'
나한테 푹 빠진 여자가 내 칭찬을 하는 건 당연한 일이었다. 새삼 기뻐할 일도 아니다.
그런데 왜?
"아무튼 오늘은 밤새 오빠 붙잡고 앉아서 내 흔적을 잔뜩 묻힐 거야. 오빠가 나한테 푹 빠졌다는 걸 알면, 서연이도 오빠 때문에 휘둘리진 않겠지."
"만약 어린 사장님이 널 미워하면? 넌 어린 사장님을 믿고 있는 것 같지만, 남자 문제가 걸리면 여자는 어떻게 변할지 몰라. 게다가 지금 넌, 어린 사장님이 먼저 반한 남자를 빼앗은 못된 계집애일 뿐이야."
"상관없어, 그래도. 걔가 아파하느니, 차라리 날 미워하는 게 나아."
"그래?"

“그래.”

“흐음.”

태민은 술병을 들어 잔에 따랐다. 넘치기 직전까지 따른 후 조심스럽게 잔을 든 태민이 중얼거렸다.

“난 안 그래.”

“응?”

“난 어린 사장님이 좋은 친구를 미워하는 거 보고 싶지 않아.”

“그게 무슨…… 으앗!”

태민의 잔에 담겨 있던 호박색 액체가 재희의 머리 위로 주르륵 쏟아졌다. 반쯤 몸을 일으켜 자신의 머리에 술을 쏟아부은 태민을, 재희는 노려봤다.

이 남자, 대체 무슨 생각으로 이러는 거지?

3장
내 머리를 가득 채운 너

"이게 무슨 짓이야?"

재희가 벌떡 일어나며 외쳤다. 그와 동시에 재희의 앞을 막아서는 여자가 있었다.

서연이었다. 서연이 이곳에 와 있는지 몰랐던 재희는, 당혹감에 다시 소파에 주저앉았다.

"지금 이게 무슨 짓이에요?"

"재희야, 괜찮아?"

재원이 입고 있던 남방을 벗어 재희의 머리를 닦아 주며 물었다.

"뭐야, 신재원. 너도 있었어?"

"지금 그게 문제가 아니잖아."

태민은 이 모든 상황을 예상했다는 듯 느긋하게 앉아 있었다.

'설마…… 이럴 줄 알고 일부러 그런 건가? 하지만 왜……?'

재희는 태민의 행동을 이해할 수가 없었다. 오는 여자 안 막지만, 특별한 관계가 되고 싶어 하는 여자는 싫다고 했다. 하지만 태민은 술을 쏟아붓기 전 분명히 말했다.

—난 어린 사장님이 좋은 친구를 미워하는 거 보고 싶지 않아.

보통 가볍게 즐기기 위한 여자의 우정을 그렇게까지 신경 써 주는 남자는 없다. 게다가 재희는 태민을 서연의 곁에 있으면 안 될 나쁜 놈으로 몰아붙이기까지 했다.

그런데 왜 이렇게까지 신경을 써 주는 걸까?

속사정을 알지 못하는 서연은 충격을 받은 표정으로, 태민을 노려보고 있었다.

"왜 이런 짓을 해요?"

서연이 떨리는 목소리로 물었다. 태민이 고개를 옆으로 기울이더니 빙그레 웃었다.

"짜증이 나서요."

"뭐라고요?"

"짜증이 나더라고요. 자꾸 나한테 사장님을 건드리지 말라는 둥, 상처 주지 말라는 둥, 그러는 게."

서연이 재희를 돌아봤다.

"재희야, 그랬어?"

"그러긴 했는데 그게……."

"아무리 그래도 그렇지."

서연이 다시 태민을 노려봤다.

"좋게 말로 할 수도 있었던 거잖아요. 꼭 이런 식으로 술을 부었어야 했어요?"

"난 나쁜 놈이라서요. 알잖아요, 나쁜 놈인 거."

"아니요. 정태민 씨가 나쁜 놈인지는 아직 잘 모르겠어요."

서연의 대답에 태민의 눈이 커졌다. 재희는 그것을 똑똑히 목격했다.

"하지만 미워하게 될 것 같아요. 싫어할 거예요."

이어지는 서연의 말에 태민의 눈가가 미세하게 실룩거렸고, 그 모습 또한 재희는 볼 수 있었다.

"갈게요. 가자, 재희야."

서연이 먼저 휙 돌아서서 가게를 나갔다. 재희도 일어나서 서연을 따라가려다가 뒤를 돌아봤다.

태민은 여전히 은은한 미소를 짓고 있었는데, 그것은 더 이상 반짝반짝 빛나지 않았다. 그렇다고 가식적인 미소도 아니었다. 그 미소는 마치 모래바람 같았다. 수분이라고는 전혀 존재하지 않는 황량한 모래바람.

* * *

"미안해, 재희야."

큰길을 향해 걸어가며 서연이 말했다. 재희는 당황했다. 사과를 할 사람은 서연이 아니라 자신이었다.

"내가 괜히 정태민 씨한테 휘둘려서, 너한테까지 이런 짓을 하게 만들었어."

"아니, 서연아. 그런 거 아냐."

"나, 되게 불안해 보이나 봐. 너도, 재원이도 정말 많이 걱정해 주네."

"서연아……."

"그래도 정태민 씨는 나쁜 사람 아냐. 처음엔 놀랐지만 지금 생각해 보면 아마도…… 내가 거기에 있는 걸 알고 그런 짓을 한 걸 거야. 나 보라고."

서연은 재희가 생각한 것보다 훨씬 더 정태민이라는 사람에 대해 잘 파악하고 있었다.

"내 감정이 너도, 재원이도, 거기에 정태민 씨까지도 걱정스럽게 만든다면, 내가 미워할게. 정태민 씨를 미워하고 싫어하려고 노력할게."

"아니, 미워하지는 말고 그냥 거리를 두는 정도로……."

"그건 못 해."

서연이 걸음을 멈추고 재희를 돌아봤다.

"사랑하게 됐거든. 그래서 이게 아무것도 아닌 감정이 될 수는 없어. 사랑하든가, 미워하든가, 둘 중 하나야. 그 사람에 대한 감정이 중간이 되려면, 아마도 아주 오랜 시간이 걸릴 거야. 그러니까 지금은 그냥 미워할게. 그러니까 너희들은……."

서연이 크게 심호흡했다.

"너희들은 정태민 씨 미워하지 마."

"야, 넌 이런 상황에서도……."

"쓸쓸해 보였어. 정태민 씨를 미워하는 사람들이 많아지는 거, 나는 싫어. 아무 잘못도 없는데 미움 받는 건, 정말 슬픈 일이잖아."

재희는 그 말에 대꾸를 할 수가 없었다. 아무 잘못도 없는데 미움을 받는다는 기분을 누구보다도 잘 아는 사람이 서연일 터였다. 이 착하고 순수한 친구는, 자기가 느끼는 그 고독을 태민만큼은 느끼지 않기를 바라는 것이리라.

"그럼 갈게."

서연이 마침 앞에 멈춘 택시에 올랐다.

택시가 멀어진 후, 재원이 손바닥으로 재희의 머리를 꾹 눌렀다.

"넌 왜 쓸데없는 짓을 해서 서연이가 마음 쓰게 만드냐?"

"야, 네가 먼저 도와 달라고 했거든? 네놈이 제대로 못 하니까 내가 나서는 거 아냐!"

"그래도 이런 방법은 아니지. 아까 서연이, 정말 충격 받은 것 같았어. 네가 태민이 형한테 관심 있는 것처럼 굴었을 때."

"어쩔 수 없었어. 난 그 인간이랑 서연이를 떨어뜨려야 한다는 생각뿐이었으니까."

"날 위해 그렇게까지 나서 주는 건 고맙지만……."

"널 위해 나서는 거 아니거든? 서연이를 위해서 나선 거지."

"넌 하나뿐인 동생한테 너무 매몰찬 거 아니냐?"

"질척거리지 마. 매달리는 남자 매력 없어."

재희가 손을 들어 택시를 세우려 하다가 실패했다. 저 앞쪽에 있던 커플이 가로챈 것이다.

"에이 씨, 짜증 나게."

"넌 그 성질머리 좀 죽여야 돼."

"야, 정태민 그 사람, 나쁜 사람은 아닌 것 같던데."

재희가 택시를 세우려고 노력하며 말했다. 하지만 금요일 밤 홍대 앞에서 택시를 잡기란 하늘의 별을 따는 것만큼 힘들었다.

"응, 그 형 나쁜 사람 아냐. 오히려 좋은 사람이야. 다만 여자를 좀 심하게 좋아할 뿐이지."

"여자를 좋아한다고? 아니, 그 사람은 여자를 좋아한다기보다는 오히려 싫어하는 것처럼 보이던데. 어, 택시 왔다."

재희가 택시 뒷좌석에 타자마자 문을 탁 닫았다. 재원이 문을 열려고 하기에, 재희는 얼른 문을 잠갔다. 재원이 차창을 톡톡 두드렸다.

"문 열어."

재희는 창문을 내리고 말했다.

"나 술 마셔서 운전 못 해. 넌 술 안 마셨잖아. 내 차 끌고 와."

"야, 신재희."

"간다."

어이없어 하는 재원을 버려두고 택시가 출발했다. 조용한 택시 안에서 재희는 생각에 잠겼다. 서연이 뱉는 말 한마디, 한마디에 변하던 태민의 표정.

재희와 둘이 있을 때, 태민의 표정은 바뀌지 않았다. 처음부터 끝까지, 가식적인 미소. 그 미소가 변한 것은, 서연이 등장하면서부터였다.

어린 사장님에 대해 말하며 다른 분위기의 미소를 지었고, 그 어린 사장님을 앞에 두었을 때는 서연의 말 한마디 한마디에 다른 표정을 지었다.

'그 사람, 정말로 서연이한테 아무 관심 없는 거 맞아?'

* * *

서연은 욕조에 가득 찰 정도로 물을 받고 목욕 소금을 듬뿍 부었다. 기분 전환에는 반신욕이 최고다. 따뜻한 물에 몸을 담그고 눈을 감았다.

'괜찮아. 할 수 있어.'

태민을 미워할 자신이 없었다. 하지만 이제는 정말로 거리를 둬야만 할 때였다. 이 마음 때문에 친구에게도, 태민에게도 폐를 끼쳤다. 누군가에게 폐가 되는 마음을 계속 가지고 있을 수는 없다. 적어도 잘 감춰야 한다. 태민도, 친구들도 눈치채지 못할 만큼.

'정태민 씨랑 단둘이 있을 때, 또릿또릿하게 행동하면 돼. 날 만져도 두근거리지 않는 척하고.'

태민의 팔을 잡고 걷던 재희의 모습을 떠올렸다.

'그래, 스킨십. 그거 아무나와 다 할 수 있는 거잖아. 손이나 팔을 스치는 건 대단한 일도 아냐. 그런 건 재희처럼 아무렇지도 않게 받아넘길 수 있어.'

손등을 스치는 그의 손가락과 입술에 닿은 그의 체온이 떠올랐다. 그저 생각하는 것만으로도 얼굴이 발갛게 물들어, 서연은 황급히 고개를 휘저었다.

"아니야, 할 수 있어!"

각오를 다지기 위해 구호처럼 외쳤다.

똑똑—

"아가씨, 괜찮으세요?"

욕실 밖에서 가정부가 걱정스러운 듯 물었다. 가정부가 아직 별채에 있다는 걸 깜빡했다.

"아, 네에. 괜찮아요."

창피한 마음에 욕조 깊이 몸을 담그며 대답했다.

"더 시키실 일 없으면 전 이만 가 볼게요."

"네, 이모. 내일 봐요."

가정부가 별채를 나가는 소리가 들렸다. 서연은 크게 심호흡을 한 후, 다시 한 번 외쳤다.

"괜찮아, 할 수 있어!"

*　　*　　*

태민에게 전화가 걸려 온 건, 일요일 정오 무렵이었다. 소파에 앉아 차를 마시며 느긋하게 책을 읽고 있는데, 옆에 놔둔 휴대폰이 울렸다.

재원이나 재희일 거라고 생각하며 무심히 휴대폰을 들었다가, 액정에 뜬 이름을 확인하고 툭, 휴대폰을 떨어뜨렸다.

[정태민]

어제 하루 종일 그에 대한 마음을 잘 정리했다고 생각했는데, 이름을 보는 순간 심장이 콱 죄어 왔다. 그저 이름을 보았을 뿐인데 이런 기분이 들다니. 어제 하루 종일 했던 노력이 한순간에 와르르 무너졌다.

'어떡하지?'

전화를 받아 그의 목소리를 듣고 싶은 마음과 피하고 싶은 마음이 공존했다.

하지만 언제까지고 피할 수는 없는 노릇. 서연은 용기를 내서 전화를 받았다.

"네, 홍서연입니다."

일부러 딱딱하게 말했다.

[아, 사장님. 자고 있었어요?]

그의 질문에 당황했다. 내 목소리, 자다가 깬 것처럼 이상한 걸까?

수화기 부분을 막고 흠흠 목을 가다듬은 후, 한껏 예쁘게 꾸민 목소리로 대답했다.

"아뇨. 무슨 일 있으세요?"

[하하하하.]

"왜, 왜 웃으세요?"

[아, 목소리가 웃겨서요.]

웃기다니! 최대한 우아하게 낸 목소리인데. 서연은 얼굴을 붉히며 평소대로 말했다.

"무슨 일인데요?"

[아, 현영이가 메일 보냈는데 확인했어요?]

현영이가 누구더라? 잠시 고민하다가 금요일에 가게에 방문한 실내 인테리어 전문가라는 걸 떠올렸다.

'현영이…….'

그가 그렇게 거침없이 이름을 불러 주는 것이 부러웠다.

'나도 내 이름을 불러 주면 좋을 텐데. 서연아, 라고.'

그런 생각을 하다가 퍼뜩 정신을 차리고 고개를 붕붕 휘저었다.

'아냐, 이제 이런 생각 안 하기로 했잖아!'

[저기, 사장님? 전화 통화 중인 거 맞죠?]

대답이 한동안 들려오지 않자 태민이 물었다.

"아, 네. 메일, 확인하느라고요."

그렇게 말한 후 황급히 컴퓨터가 있는 2층으로 달려갔다.

우당탕—!

서두르는 바람에 계단에 발이 걸려 넘어지고 말았다. 하지만 넘어지는 순간에도 휴대폰을 꽉 쥔 손에서는 힘을 빼지 않았다.

"아악!"

정강이를 정확하게 계단 끝에 부딪쳤다. 이루 말할 수 없는 고통이 찾아와 저도 모르게 비명을 질렀다.

[사장님? 괜찮아요? 무슨 일이에요?]

그가 걱정스러운 듯 물었다.

"그게…… 으……."

'망상에 빠져 있었던 걸 들키고 싶지 않아서 서둘러 메일을 확인하려고 달려가다가 계단에 부딪쳤어요.'라는 말을 할 수는 없기에, 휴대폰을 잡고 신음만 흘렸다.

[어디에요? 어디 아픈 거 아니에요? 지금 갈까요?]

그가 다급히 물었다.

"아뇨, 아뇨. 저…… 괜찮아요. 그게…… 바퀴벌레가……."

[바퀴벌레요?]

"네, 깜짝 놀라서. 아하하하하."

바퀴벌레로 그의 주의를 돌리며, 아픔을 참고 2층으로 올라갔다. 컴퓨터를 부팅하는 동안 정강이의 통증이 가라앉았다.

[정말 괜찮은 거 맞아요?]

그는 불안한 것 같았다. 아니, 이건 착각이다. 그가 내 일에 이렇게까지 불안해할 리 없다.

"네, 정말로 괜찮아요. 아, 메일 확인했어요. 이게 초안인가요?"

현영이 보낸 메일에는 압축 파일이 첨부되어 있었다. 서둘러 압축을 풀었다. 여러 장의 그림 파일이 나왔다.

[네. 파일 열었어요?]

"네. 지금 보고 있어요."

[현영이가 초안 확인하고, 수정할 부분들 정리해서 알려 달라더라고요. 오늘 중으로 해서 보내면 내일 다시 가게 방문해서 정확하게 견적 뽑고, 이번 주 중으로 시공 들어갈 거래요.]

그림을 한 장, 한 장 확인했다.

"계산대가 이쪽에 있는 걸 저쪽으로 옮기는 게 좋을 것 같아요."

[저쪽이라면?]

"왼쪽 앞."

[왼쪽 앞이라…… 음, 가게 문에서 왼쪽을 말하는 거예요?]

인테리어 초안을 보며 수정하고 싶은 부분들에 대해 의견을 나누었다. 하지만 아무래도 통화로 얘기를 하다 보니, 막히는 부분이 많았다. 한 시간째 집중해서 통화를 했지만 진행이 더뎠고, 태민도 그렇게 생각했는지 작게 한숨을 내쉬었다.

[사장님, 아무래도 이거 만나서 얘기해야 할 것 같은데요.]

"마, 만나서요?"

[네, 불편해요?]

당연히 불편하죠! 금요일에 그런 일이 있었는데!

술렁거리는 서연과 달리, 그는 금요일의 일을 전부 잊은 듯 평온한 목소리였다. 서연은 그에게 들리지 않도록 심호흡을 했다.

일 때문에 만나는 거다. 데이트가 아니라. 그 역시 마찬가지이리라.

'주변에 예쁜 여자가 그렇게 많은데, 나한테 딴 마음을 품었을 리도 없잖아. 손을 만지고 은근한 목소리를 내고, 그런 건 그냥 그 사람의 습관일 뿐이야. 앞으로 같이 일하려면 익숙해져야 돼. 계속 피할 수는 없어.'

서연은 마음을 다잡았다.

"네, 좋아요. 만나서 얘기해요."

* * *

샤워를 하고 나와 청바지를 입고 흰 셔츠를 입었다. 거울 앞에서 머리를 다듬는 동안, 태민은 흥얼거리고 있었다. 거실 구석에 누워 휴대폰 게임을 하던 하준이 중얼거렸다.

"너, 되게 즐거워 보인다? 뭐 좋은 일 있냐?"

태민의 콧노래가 뚝 끊겼다.

"어?"

"즐거워 보인다고."

"내가?"

"그럼 여기 너 말고 다른 사람이 있냐?"

태민은 당황했다. 즐거워 보인다니. 콧노래가 흘러나오는 것도, 입가에 묻은 미소도 자각하지 못하고 있었다. 그저 얼른 나가 서연을 볼 생각뿐이었다. 오늘은 또 어떤 차림새로 자신을 즐겁게 해 줄지 기대하고 있었다.

태민이 다가갈 때마다 바짝 긴장하는 표정과 말투, 옅은 비누 향기. 동그란 눈과 맑은 눈동자, 당황하면 홍조를 띠는 볼. 그런 것들에 대해 생각하고 있었다.

그래서 더 당혹스러웠다. 머릿속이 홍서연이라는 여자로 꽉 차 있었다. 홍서연이 흘러넘쳐, 그녀만 생각하고 있다는 것조차 깨닫지 못할 정도로 가득.

* * *

3층짜리 브랜드 커피숍은 조광이 좋아서, 커다란 창문으로 오후의 햇살이 쏟아져 들어오고 있었다.

3층 창가에 자리를 잡고 앉았다. 책을 읽거나 공부를 하는 사람들이 드문드문 앉아 있었다. 태민은 자리에 앉자마자 노트북을 꺼냈다.

"점심은 먹었어요?"

그가 물었다.

"네, 먹었……."

꼬르륵—

"어요."

꼬르륵 소리를 감추기 위해 서연은 황급히 대답했다. 그의 입가에 은은한 미소가 맺혔다.

"잠깐 기다려요."

내려갔다가 올라온 그는 샌드위치와 샐러드를 들고 있었다.

"베이컨 샌드위치인데 괜찮아요?"

부드럽게 묻는 그의 모습에 심장이 지끈 아파 왔다. 전에는 이 모습을 보면 두근두근했었는데, 이제는 그저 따끔따끔 아플 뿐이다.

"네, 좋아해요. 정태민 씨는 안 드세요?"

"난 점심 먹고 왔거든요."

"아아."

"이럴 때는 뭐 먹었어요, 하고 물어봐야 대화가 진행이 되는 거예요. 아, 이건 꼬시려고 하는 말 아닙니다."

그가 덧붙인 말에 서연은 피식 웃었다.

"알아요."

순간 태민의 눈이 커졌다가 가늘어졌다. 그는 잠시 시선을 옆으로 돌렸다가 고개를 가볍게 젓고는 다시 서연을 돌아봤다.

"먹으면서 얘기할까요? 아니면 다 먹을 때까지 기다릴까요?"

"먹으면서 얘기해요, 정태민 씨만 괜찮다면."

"나야 괜찮죠."

태민이 노트북 화면을 둘 다 볼 수 있는 위치로 돌리고 창을 띄웠다. 통화로 할 때는 수월하지 않았던 초안 수정을 쉽게 할 수 있었다.

자료를 보며 서연이 수정하길 원하는 부분을 이야기하면, 태민은 노트북을 자기 쪽으로 돌려 서연이 말하는 대로 수정한 후 다시 보여 주었다.

능숙하게 노트북을 조작하는 그의 모습이 새삼스레 멋졌다. 그는 노트북으로 작업을 할 때면 미간을 살짝 좁혔다. 미간에 생긴 내 천(川)자의 주름을 손가락으로 콕 눌러 보고 싶었다. 그러면 그는 어떤 표정을 지을까?

'아니, 이런 생각을 하면 안 된다고!'

서연은 곧장 머릿속에 든 생각을 털어 냈다.

"좌석마다 속이 비치는 커튼을 치는 건 어떨까요? 밀폐된 공간은 아니지만, 외부와 단절된 느낌은 받을 수 있도록."

그가 제안했다.

"좋을 것 같아요. 아, 그리고 저 하나 하고 싶은 게 있는데."

"응, 뭔데요?"

"점을 보는 기계……."

어린애처럼 생각하지 않을까 싶어서 목소리가 작아졌다. 그가 노트북에서 눈을 떼고 서연을 응시했다.

"점을 보는 기계?"

"네, 그런 거 있잖아요. 손금을 보거나 자기 생년월일 입력시키면 원하는 부분에 대해서 점을 봐주는 기계요."

"아, 운세를 봐주는?"

"네, 그런 거."

"잠시만요. 찾아볼게요."

그는 우습게 여기지 않았다. 진지한 표정으로 검색을 하는 그의 모습을 황홀한 기분으로 지켜봤다. 누군가 내 이야기를 진지하게 경청해 준다는 건 참으로 즐거운 일이다.

"이런 것들이 있는데."

그가 노트북 화면을 서연 쪽으로 돌리며 말했다.

"가게 콘셉트에는 좀 안 맞을 것 같아요. 모양들이 좀……."

"그러네요."

서연이 실망스러운 표정을 지었다. 태민은 그런 서연을 가만히 보다가 말했다.

"제가 만들어 보죠."

"네?"

"프로그램을 짜서 넣으면 되는 거니까, 프로그램 쪽은 내가 어떻게든 해 볼게요. 거기에 가게 콘셉트와 맞는 케이스를 뒤집어씌우면 되는 거니까. 그쪽으로 아는 사람이랑 얘기를 해서 하나 만들어

보죠."

"아, 그렇게까지 애쓰시지 않아도 되는데."

"이왕 하는 거 완벽하게 사장님 취향으로 만들어야 일을 하는 재미도 있지 않겠어요?"

무슨 말을 해야 할지 알 수 없었다. 그저께 그렇게 밉다고, 싫다고 말했는데도 그는 서연의 소원을 들어주기 위해 노력하고 있었다.

"……고마워요."

입술을 달싹거리며 밸듯이 말했다.

"별말씀을. 난 사장님의 최고의 직원이라면서요."

"아뇨, 특별한 직원이라고 했는데."

"아, 맞다. 그랬지. 그래요, 특별한 직원. 그러면 스페셜하게 일해줘야, 사장님의 기대를 충족시켜 줄 수 있지 않겠어요?"

어디까지가 진담이고 어디까지가 농담인지는 알 수 없지만 기뻤다.

마지막 마무리까지 한 후, 그가 현영에게 파일을 메일로 보냈다.

"그러고 보니 정태민 씨는 컴퓨터공학을 전공했죠?"

"네, 컴공. 사장님은요?"

"아, 전 부끄럽지만…… 패션디자인 전공이에요."

"네?"

그가 잘못 들은 것 같다는 듯 눈을 크게 떴다.

"그러니까…… 패션디자인학과를 나왔어요."

그는 잠시 굳어 있다가, 곧 웃음을 터뜨렸다.

"하하하하하하."

어찌나 유쾌하게 웃는지, 화가 나지도 않았다. 얼굴을 붉히고 그를 노려봤다. 하지만 그는 이 세상에서 가장 재미있는 농담을 들은 사람처럼 웃음을 멈추지 못했다.

"정말…… 부끄러울 만하겠네요. 아, 간만에 재미있었다."

이윽고 웃음을 멈춘 그가 말했다.

"사람 앞에 두고 너무 웃는 거 아니에요?"

"하지만 정말 웃겼어요. 방금 건 내 인생에서 다섯 손가락 안에 드는 개그였습니다."

그의 말에 서연이 입술을 비쭉거렸다. 그는 그런 서연의 입술을 빤히 보다가 시선을 옆으로 돌렸다.

"그럼 사장님이 옷을 그렇게 입고 다니는 건, 일부러 그러는 겁니까?"

"왜 일부러 이렇게 입겠어요?"

"그거야 안 그래도 예쁜데 옷까지 잘 입으면 날파리들이 꼬일 수 있으니까요."

그가 담담하게 말했다. 딱히 은근한 목소리로 말한 게 아니라서 더욱 진심처럼 들려오는 말이었다.

생각지도 못한 그의 말에, 서연은 얼굴을 붉혔다. 그의 말 한마디에 휘둘리는 모습을 보이고 싶지 않은데, 예기치 못한 공격이 심장을 움켜쥐었다.

홍조 띤 서연을 본 태민도, 공연히 쑥스러워졌다. 마음에 있던 말을 거르지 않고 한 것뿐인데, 서연이 이렇게까지 수줍어할 줄은 몰랐다. 그 순수한 반응이 심장을 자극해서, 어쩐지 그녀의 얼굴을 똑바로 볼 수가 없었다.

둘 사이에 달콤한 침묵이 흘렀다. 이윽고 정신을 차린 서연이 말했다.

"아, 아무리 그래도요. 아무리 그런 말 해 줘도 난 정태민 씨 미워요."

태민의 입가에 미소가 번졌다.

"네, 네. 알겠습니다. 사장님이 날 미워한다는 것쯤은 잘 기억하고 있어요. 저녁 같이 먹을래요?"

"아……."

서연은 잠시 머뭇거리다가 고개를 젓고는, 도도한 척 말했다.

"아뇨. 미운 사람이랑은 저녁 먹기 싫어요. 오늘 회의는 이걸로 마치죠. 먼저 일어나 볼게요."

벌떡 일어나 도망치듯 나가는 서연의 뒷모습에서, 태민은 시선을 뗄 수가 없었다.

그녀는 알까?

여전히 목덜미와 귓불이 빨갛다는 걸. 예쁘다는 그 한마디 칭찬으로 물든 얼굴이, 도망치는 이 순간까지도 여전하다는 걸. 그 뒷모습이 깡총깡총 도망치는 토끼 같다는 걸.

서연의 모습이 보이지 않게 된 후에도, 태민은 한동안 그녀가 걸어간 자취에 시선을 두고 있었다. 그러다가 한숨을 내쉬며 테이블에 엎드렸다.

"하아. 저 여잔 뭔데 저렇게 귀여운 거야?"

*　*　*

이왕 외출을 한 김에 누군가를 만나 함께 저녁을 먹고 들어올 수도 있었다. 하지만 그럴 생각이 들지 않았다. 왜인지 가슴이 알 수 없는 것들로 채워져 거북했다.

태민은 집으로 돌아와 회색 추리닝 바지와 흰 셔츠로 갈아입었다. 주방에 가서 라면을 끓였다. 라면 두 봉지에 계란 두 개, 그리고 참치 캔 하나.

"야, 라면 끓였는데 먹을래?"

하준의 방을 향해 외쳤다.

"어, 금방 나갈게."

하준의 대답이 들려왔다. 두 사람이 먹을 상차림을 한 후에 앉아서 먼저 먹기 시작했다. 그릇에 담은 라면을 두 입 정도 먹었을 때, 하준이 방에서 나왔다. 일이 바쁜지 피곤한 기색이 역력했다.

"신나서 나가더니 왜 이렇게 일찍 들어왔냐? 오늘 안 들어올 줄 알았더니."

하준이 하품을 하며 물었다.

"하준아."

"왜 이름을 부르고 야단이야? 징그럽게."

"토끼가 말이야."

"토끼?"

느닷없는 토끼 발언에 하준이 이상하다는 듯 태민을 쳐다봤다.

하지만 태민은 시선을 라면 담긴 냄비에 고정시킨 채였다.

"키우면 귀엽겠지? 당근도 먹을 거고."

"뭐, 귀엽겠지. 당근도 먹을 테고. 그런데 토끼가 당근만 먹나?"

"토끼가 당근을 오물오물 먹으면 콱 깨물어 주고 싶은 기분이 들겠지?"

"뭐, 그렇기야 하겠지."

"귀여워서 막 만져 주고, 안아 주고……. 토끼를 볼 때마다 막, 우와, 이건 진짜 왜 이렇게 귀여워, 이런 생각이 들겠지?"

갈수록 이상해지는 질문에 하준이 오만상을 찡그렸다.

"뭐야, 너, 갑자기. 토끼라도 키우게?"

"아니, 그런 건 아니고. 그냥 좀……."

서연의 모습이 떠올랐다. 귓불까지 붉게 물들이고 도망치듯 떠나는 뒷모습이 무척이나 귀여워, 하마터면 달려가 끌어안을 뻔했다. 자그마한 그녀를 끌어안고 보들보들할 것 같은 머리카락에 얼굴을 묻고 싶다는 망상을 했다.

집에 돌아와 옷을 갈아입고, 라면을 끓이고, 먹는 이 순간에도 그 망상에서 벗어날 수가 없었다. 도무지 이해할 수 없는 일이, 태민의 머릿속에서 벌어지고 있었다.

대체 이게 무슨 일이지?

* * *

월요일 아침. 현영은 일찍부터 일어나 나갈 준비를 했다.

'어제 만나자고 해 볼 걸 그랬나?'

오랜만에 만난 태민은 변한 것이 하나도 없었다. 잊었다고 생각했는데, 다시 만나니 가슴 안에 사르르 그때의 달콤함이 녹아들었다. 그의 다정한 말투나 미소가 누구에게나 그렇다는 것을 알면서도, 혹시나 하는 기대감을 멈출 수가 없었다.

전에 만났을 때는 어렸다. 어리기 때문에 진지한 관계를 거부했을지도 모른다. 하지만 지금은 태민도 나이가 있으니, 사람과의 관계를 전처럼 가볍게만 생각하지는 않으리라는 생각이 들었다. 정장을 입었다가 벗고 이번에는 캐주얼한 옷을 꺼냈다.

'걔가 어떤 스타일을 좋아하더라.'

예전에 태민은 현영이 뭘 입든 예쁘다고 말해 주었다.

'원피스를 입을까?'

봄 분위기가 물씬 풍기는 분홍색 원피스를 꺼냈다.

'아니, 일하러 가는데 이런 차림은 오버야.'

결국은 처음의 정장을 다시 입었다.

'하아, 내가 뭐 하는 짓이라니.'

거울에 비치는 현영의 얼굴은 잔뜩 들떠 보였다. 한숨이 절로 나왔다.

며칠 전 태민에게 연락이 왔을 때는 깜짝 놀랐다. 번호를 지워 버렸지만 기억은 하고 있었다. 액정에 뜨는 번호를 보고 꿈일 거라고 생각했다. 태민이 먼저 전화를 걸 리는 없으니까.

—네가 생각나더라.

태민은 그렇게 말했다.

—가게 오픈을 하게 됐는데 실내 인테리어를 도와줄 만한 사람이 필요해. 네가 생각나더라.

정확하게는 이렇게 말했다. 하지만 현영의 뇌는 멋대로 움직여, '네가 생각나더라.'라는 말만 기억으로 남겼다.

태민을 원하는 수많은 여자들 중에 현영을 생각해 주었다는 것이, 현영은 기쁘고 설렜다. 필요 이상으로 들뜨지 않으려고 노력했지만, 살금살금 기어 나오는 기대감을 억누르기는 힘들었다.

가게 앞에 도착한 현영은 들어가기 전에 창문으로 안을 들여다봤다. 거리를 걷다가 문득 고개를 돌려 가게를 봤을 때 어떤 느낌일지 확인하기 위해서였다.

태민이 보였다. 의자에 다리를 꼬고 비스듬히 앉아 있었다. 그렇게 앉아 있는 모습마저도 모델처럼 근사하다고 생각하다가, 그가 미소를 짓고 있다는 걸 깨달았다.

태민의 입가에 묻은 미소는, 심장이 쿵 내려앉을 만큼 달콤하고 즐거워 보였다. 2년 전, 그를 만나는 반년 간, 저런 식으로 웃는 걸 본 적은 한 번도 없었다.

'뭐가 저렇게 좋은 거지?'

의아하게 생각하다가, 태민의 시선이 한 방향에 고정되어 움직이지 않는다는 것을 깨달았다. 현영이 서 있는 곳에서는 태민이 보고 있는 게 정확하게 보이지 않았다. 그래서 조금 더 앞으로 걸어갔다.

이번에는 보였다. 홍서연이라고 했던가. 우스울 정도로 촌스러운 옷을 입고 있었던 가게의 사장.

오늘도 서연의 차림새는 촌스러웠다. 무릎까지 내려오는 와인색 치마와 주황색 블라우스. 값비싼 브랜드의 옷을, 저토록 모양 없이 입는 것도 능력이었다.

저 차림새가 웃겨서 웃는 걸까, 라는 생각을 하다가 고개를 저었다. 그런 웃음이 아니라는 걸, 여자의 감으로 알 수 있었다.

태민의 눈동자는, 구석에서 차를 타는 서연의 뒷모습을 좇고 있었다. 아주 즐겁고 행복하다는 듯. 그저 지켜보는 것만으로도 시간이 흘러가는 줄 모르겠다는 듯. 그렇게 달콤하게.

'말도 안 돼!'

하마터면 현영은 비명을 지를 뻔했다.

'말도 안 돼, 내가 잘못 본 거겠지.'

잘못 본 게 아니었다. 세상에 어떤 남자가 저리도 꿀 떨어지는 눈빛으로 여자를 바라볼까.

심장이 콱 조여 왔다. 아픔이 아닌 모멸감 때문이었다. 내가 무슨 짓을 해도 넘어오지 않았던 남자가 저런 여자에게 꽂히다니. 믿고 싶지 않았다. 현영은 주먹을 꽉 쥐었다.

—너, 재미없는 여자였구나? 진지하게든 가볍게든, 이젠 만나고 싶지 않아.

태민과 마지막으로 만났을 때가 어제의 일처럼 생생했다. 진지하게 만나지 않겠느냐는 제안을 하기 전날 밤, 어떻게 말해야 집착하지 않는 것처럼 보일지 밤을 새서 고민을 했다.

그러다가 조심스럽게 건넨 말에, 태민은 생각해 볼 것도 없다는 듯 싸늘하게 대꾸했다. 재미없다고, 이제 만나고 싶지 않다고.

그랬던 남자가 이제는 한 여자에게 푹 빠져서 달콤한 눈빛을 보내고 있다. 꼴 뵈기 싫다.

'너한테 차이고, 나는 한동안 힘들었어. 그런데 넌 이제 사랑에 빠졌네?'

현영의 입가에 차가운 미소가 떠올랐다.

'그 꼴을 보면서 잠자코 축하해 줄 수는 없지.'

현영이 가게 안에 들어가자, 태민은,

'방해받았다.'

는 감정을 노골적으로 드러냈다. 현영은 그런 반응을 무시하고 태민의 옆으로 의자를 끌어다가 앉았다. 가까이, 하지만 거북하지 않을 정도의 거리를 두고.

"안녕하세요, 음……. 인테리어 전문가님이라고 불러야 하나요?"

서연이 상큼한 미소를 지으며 물었다. 옷차림은 촌스럽지만 얼굴만큼은 깜짝 놀랄 정도로 귀여웠다.

"그냥 현영 씨라고 불러요. 언니라고 불러도 되고."

"아, 언니……요?"

"응, 어차피 한동안은 가까이서 같이 일할 거잖아요. 이왕이면 편하게 일하는 게 좋죠."

"네, 그럼…… 음…… 언니도 말씀 편하게 하세요."

언니라고 부르는 게 생소한 일인지, 서연이 볼을 발그레 물들이고 말했다. 안절부절못하는 토끼 같아서, 귀엽긴 귀여웠다.

"응, 그럴게. 앞으로 한 달가량, 잘 지내보자."

"네, 언니."

"여자 좋아해요?"

묵묵히 지켜보던 태민이 갑자기 끼어들었다. 서연이 눈을 동그랗게 떴다.

"네?"

"뭘 그렇게 얼굴이 빨개져요?"

"아뇨, 그냥…… 이렇게 언니라고 부르는 일이 익숙하지가 않아서요."

"흐응. 그럼 나도 언니라고 불러도 됩니다."

태민이 말했다. 서연이 황당하다는 표정을 짓고 태민을 빤히 응시하다가 고개를 저었다.

"정태민 씨는 내 고용인이잖아요. 그렇게는 안 부를 거예요."

"그렇게 따지면 얘도 지금은 고용인이지."

태민이 현영을 가리키며 투덜거렸다.

"아무튼요. 아, 언니. 커피나 홍차 드시겠어요?"

"응, 난 커피 부탁할게."

서연이 커피를 타기 위해 일어났다. 싱크대에서 커피를 꺼내는 서연의 뒷모습을 보며, 현영이 중얼거렸다.

"나도 언니라고 불러도 됩니다? 아주 놀고 계시네."
"내가 좀 잘 놀지."
태민이 대수롭지 않다는 듯 대꾸했다. 그러는 동안에도 태민의 눈은 서연에게 고정되어 있었다.
"저 애가 귀여워 죽겠니?"
"뭐?"
당혹감이 깃든 목소리에, 현영은 고개를 돌려 태민을 쳐다봤다. 그 순간 심장이 쿵 내려앉았다. 그가 이런 표정을 짓는 건 처음 봤다. 태민은 당혹감이 역력한 표정이었는데, 얼굴이 붉게 물들어 있었다. 짝사랑을 들킨 어린 소년처럼.
"뭔 소리야, 그게."
그가 한 손으로 입가를 가리고 고개를 옆으로 돌렸다.
"존경하는 사장님을 귀엽다고 생각할 리가 없지."
그가 웅얼거렸다. 생각지도 못한 광경에 현영은 말문이 막혔다.
'이 남자, 내가 아는 그 정태민 맞아?'
그 어떤 상황에서도 결코 속마음을 드러내지 않는, 미소조차 냉정한 남자였다. 그런 남자가 처음 사랑을 해 보는 사춘기 소년 같은 반응을 보이고 있었다.
'말도 안 돼.'
이 상황이 도통 현실로 받아들여지지가 않았다. 내가 지금 꿈을 꾸고 있나?
"언니, 여기요."
그때 서연이 커피를 가지고 자리로 돌아왔다.

"응, 고마워."

머그컵을 받아 들며 흘끗 태민을 봤더니, 그는 이제 원래의 표정으로 돌아가 있었다.

노트북으로 디자인을 보여 주며 회의를 하는 동안, 태민의 시선은 몇 번이나 서연에게로 향했다. 회의에 집중을 안 하는 건 아닌데, 무의식적으로 서연의 존재를 확인하는 것처럼 보였다.

신경에 거슬린다. 정작 서연은 태민의 행동을 눈치채지 못한 것 같았다.

'설마…… 진짜 짝사랑인 거야?'

서연도 태민의 마음을 알고 있을 거라고 생각했다. 태민은 누구보다도 손이 빠른 남자였다. 마음에 드는 여자가 나타나면 단숨에 고백을 하고 해치울 줄 알았는데.

이래서야 정말로 수줍어하는 소년 같지 않은가.

"그럼 내일부터 작업 들어가도록 할게. 선금은 이따 문자로 계좌 알려 줄 테니까 거기로 보내 주면 되고. 영수증은 끊어 줄게."

"네, 언니. 감사합니다."

"감사 인사는 일 끝난 다음에 해. 가 볼게."

현영은 자료를 챙겨 들고 일어났다. 태민이 현영을 따라 나왔다.

"지인 할인은 없어?"

가게 문을 닫으며 태민이 물었다. 현영은 고개를 들어 그를 응시했다. 현영만 앞에 둔 그는 원래의 분위기로 돌아가 있었다. 미소를 짓고는 있지만, 누구의 접근도 허용하지 않는 냉정한 분위기.

"키스해 주면."

현영이 도발적으로 말하자 태민의 눈이 가늘어졌다.
“내 키스로는 얼마나 할인받을 수 있는데?”
“음. 글쎄. 30프로쯤?”
“좋아, 그럼.”
태민이 가볍게 대답하고는 허리를 굽혔다. 그때, 그의 눈동자가 가게 쪽으로 향했다. 무슨 생각을 하는지 엉거주춤한 자세로 잠시 멈췄던 태민이 다시 허리를 똑바로 세웠다.
“아니, 키스 할인은 패스.”
“왜? 너한테 키스쯤은 아무것도 아니잖아.”
“아무것도 아니긴 하지만, 그럴 기분이 아니라서.”
“30프로나 할인을 해 주는데 기분이 문제야?”
“돈보다는 내 기분이 더 중요하거든. 넌 안 그래?”
부드럽게 거절하는 태민의 모습에 왈칵 짜증이 났지만 간신히 표정을 갈무리했다. 현영은 여유 있는 표정을 유지하며, 태민의 팔뚝 위에 가볍게 손을 얹었다.
“그럼 데이트 할인 해 줄게. 저녁 때 뭐해?”
“딱히 할 일은 없어. 얼마나 할인해 줄 건데?”
“데이트는 20프로.”
“만약 거기서 키스까지 하게 된다면 50프로 할인인가?”
“그건 그때 봐서.”
대답은 그렇게 했지만, 현영은 그가 자신에게 키스하지 않으리란 강한 확신이 들었다. 예전에는 그토록 쉽게 나눠 주던 입술을 주지 않으려는 이유도 알 수 있었다.

홍서연. 그녀 때문이리라.

"이따 봐."

인사를 하고 골목을 걸었다. 일부러 평소보다 느리게 걸어가며, 그가 가게 안에 들어가는 소리가 들리기를 기다렸다.

하지만 충분한 시간이 지났는데도 문 열리는 소리가 들려오지 않아서, 현영은 흘끗 뒤를 돌아봤다. 태민은 가게 앞에 삐딱하게 서서, 문에 달린 창문 안을 응시하고 있었다.

현영은 알 것 같았다. 저 작은 창문으로 보이는 것이 어떤 광경인지.

아마도 서연이겠지. 가게 안의 홍서연.

* * *

친근하게 대화를 나누는 태민과 현영이 창문 밖으로 보였다. 현영이 태민의 팔뚝에 살짝 손을 얹는 모습을 보자, 가슴이 욱신 아파왔다.

'보지 말자.'

역시 현영은 그의 여자들 중 한 명이었던 모양이다.

서연은 두 사람에게서 시선을 떼고 노트를 꺼냈다. 가게와 관련된 회의 노트였다. 가게를 오픈하기 전에 정해야 하는 것들 중 '인테리어' 부분에 체크를 했다. 앞으로도 해야 할 일이 많았다.

얼마나 그러고 있었을까.

딸랑—

문이 열리고 태민이 들어왔다.

"배 안 고파요?"

그가 물었다.

"벌써 점심시간인가 보네요."

"사장님은 내 얼굴을 보는 게 끔찍스러울 정도로 싫을 테니, 오늘도 따로 밥 먹을까요?"

태민의 말에 서연은 얼굴을 붉혔다.

"아뇨, 저기. 그 정도는 아니에요. 끔찍스럽진 않아요."

"그래요? 그럼 어느 정도예요?"

"그런 걸 어떻게 말해요?"

"말해 봐요. 사장님이 날 얼마나 미워하는지 감을 잡아야, 뭘 같이 하든가 하죠."

서연은 입술을 비쭉 내밀고 그를 노려봤다.

"놀리지 마요. 난 진지하니까."

"나도 진지해요."

그가 웃음기를 지우고 말했다. 하지만 그의 눈동자는 즐겁다는 듯 빛나고 있었다. 참으로 장난치는 걸 좋아하는 남자다.

"음…… 얼마나 미우냐면요."

그의 얼굴을 가만히 응시했다. 밉기는커녕 어디를 봐도 가슴이 두근거린다. 그가 다른 여자와 친밀하게 대화를 해서 가슴이 아픈 순간에도, 그가 좋다. 미워해야 하는데. 좋다는 감정을 없애야 하는데.

"점심 정도는…… 괜찮아요."

그가 환하게 웃었다.

"그럼 뭐 먹을까요, 우리?"

어린애처럼 기뻐하는 그의 반응이 과연 진심일지 거짓일지 궁금했다.

리조또를 먹기로 했다. 그는 버섯 리조또를 맛있게 하는 가게를 안다고 했다. 가게는 걸어서 15분쯤 걸리는 거리에 있었다.

그곳을 향해 걸어가는 동안, 사람들의 시선을 느꼈다. 아마도 근사한 남자와 촌스러운 여자가 동행이라는 것이 신기해서 쳐다보는 시선이리라.

하지만 서연은 알지도 못하는 사람들의 시선보다 다른 것이 더 신경 쓰였다. 가까이에서 걷고 있는 그의 온기. 자칫 잘못하면 손등이 닿을 만큼 가까운 거리에서, 그는 걷고 있었다. 혹여나 팔이 스치지 않을까, 손등이 스치지 않을까. 그러한 달콤한 긴장감.

태민은 어떨까?

서연은 문득 그를 돌아봤다. 그는 늘 그렇듯 입가에 옅은 미소를 띠고 정면을 응시한 채 걷고 있었다. 그의 검은 눈동자에 담긴 감정은 전혀 읽을 수가 없었다.

'바보 같아.'라고, 서연은 생각했다.

'그렇게 멋진 여자들을 잔뜩 알고 있는데, 나랑 손등이 부딪치는 것 정도로 긴장을 할 리가 없잖아.'

그런 생각을 하다가 툭, 손등이 스쳤다.

"아!"

낮은 탄성을 내뱉은 쪽은, 서연이 아닌 태민이었다.

"미안해요."

그가 얼른 손을 자기 몸 쪽으로 치우며 말했다. 그의 반응에, 서연은 당황했다.

'뭘 이렇게 놀라는 거지?'

그는 이렇다 저렇다 설명하지 않고 계속 걸었다. 그런 그에게, '왜 그렇게 놀란 거예요? 나랑 손등 좀 부딪친 거 가지고.'라는 질문을 할 수가 없었다.

서연은 눈치채지 못했지만, 태민은 자신의 얼굴이 붉어졌다는 걸 느끼고 있었다. 그게 태민을 당혹스럽게 했다. 손등이 살짝 닿은 정도로 얼굴이 붉어지다니.

'나, 드디어 미친 건가?'

안 그래도 계속 신경이 쓰였다. 걷는 내내 그녀와의 거리가 신경 쓰여서, 혹시나 팔이 부딪칠까 닿을까 긴장한 상태로 걷고 있었다. 그렇게 긴장을 하는 것도 어이가 없는데, 손등이 부딪친 것 정도로 소리를 낼 만큼 당황하다니.

역시 뇌 쪽에 이상이 생긴 게 틀림없다. 그렇지 않다면 이런 접촉으로 놀랄 리 없으니까. 게다가 흘끗흘끗 보는 그녀의 시선 때문에 심장이 두근거릴 리도 없고.

"뭘 그렇게 봐요?"

태민이 물었다.

"네? 아, 아뇨. 그냥…… 그냥요."

"얼굴 뚫어지겠어요. 그만 좀 봐요."

"네, 미안해요."

"아니, 미안할 것까지는 없고. 음…… 그럼 뚫어지지 않을 정도로는 봐도 좋아요."

"네, 고마워요."

"아뇨, 이쯤이야 얼마든지."

남들이 들으면 부끄러워질 정도로 순수한 대화를 하며, 두 사람은 리조또 가게에 도착했다.

"여기 2층이에요."

그의 말에 서연은 고개를 들었다. 가게 이름이 적힌 흰색 간판이 눈에 들어왔다.

"그러고 보니, 우리 가게 이름도 정해야 돼요."

서연이 계단을 올라가며 말했다.

"뭐 생각해 둔 거 있어요?"

바로 뒤에서 들려오는 그의 목소리. 그가 뒤에서 따라 올라오는 중이라는 걸 깨닫자, 지금까지는 한 번도 생각해 본 적 없던 것이 신경 쓰이기 시작했다.

내 엉덩이의 모양, 그리고 종아리.

'어떡하지?'

평소에는 종아리를 가리는 치마를 입는데, 오늘따라 무릎까지 오는 길이를 입었다. 종아리가 고스란히 드러날 텐데, 혹시 계단을 올라갈 때 '알'이 생기지 않을지 걱정이 됐다.

학교 다닐 때 친구들이,

"아, 다리에 알 생겼어!"

"알 빼야 하는데."

라고 투덜거리는 걸 들은 기억이 있다. 그때는 왜들 저렇게 종아리 근육에 신경을 쓰는지 몰랐는데, 이제는 알겠다.

예쁘게 보이고 싶으니까.

다리 근육을 신경 쓰다가 발을 헛디디고 말았다.

"앗!"

낮게 비명을 지르며 몸을 똑바로 세우려고 했지만 역부족이었다. 휘청, 흔들린 상체가 뒤로 쓰러졌다.

툭—

완전히 떨어지기 전, 등에 단단한 것이 닿았다. 그의 가슴이었다. 그는 한 팔로 가볍게 서연의 허리를 감아 고정시켰다. 그의 향기가 물씬 풍겨 왔다.

"조심해야죠."

그의 낮은 음성이 귓가에 울렸다. 순간 공기의 흐름이 변했다. 마치 다른 세계에 떨어진 듯, 공기도, 시간도 흐름을 달리했다. 느린 건지 빠른 건지 파악하기 힘든 속도.

서연은 이대로 시간이 멈췄으면 좋겠다고 생각했다. 그의 품에 그대로 안겨 있고 싶었다. 그것은 무척이나 아찔하면서도 달콤한 느낌이었다.

—그렇게 쉬운 여자였습니까? 좀 더 어려울 줄 알았는데.

문득 전에 들었던 그의 냉랭한 목소리가 떠올랐다. 그의 짜증스러운 눈빛도. 순식간에 원래의 공기와 시간으로 돌아왔다. 가슴이 싸늘하게 식었다.

"고마워요. 이제 괜찮아요."

서연은 몸을 바로 하고 다시 계단을 올라갔다. 이제는 더 이상 종아리의 근육이 신경 쓰이지 않았다. 못생겼다고 생각하려면 생각하라지. 어차피 난 쉬운 여자니까.

*　　*　　*

"가게 이름 말인데요."

리조또를 시키고 서연이 입을 열었다.

"점심시간이잖아요. 점심시간에는 일 얘기하지 말아요."

태민이 말했다. 일 얘기를 하지 말라니. 그럼 무슨 얘기를 해야 하는 걸까?

그와 단둘이 있을 때 나눌 만한 주제가 없었다. 태민도 마찬가지인지, 리조또가 나올 때까지 침묵을 지켰다. 이렇게 아무 말도 안 할 거면 일 얘기라도 하게 해 주든가.

서연은 숟가락을 들고 리조또를 한 스푼 떠서 입에 넣었다. 짭조름하고 고소한 버섯과 치즈의 풍미가 입 안에 가득 퍼졌다.

"와, 맛있다!"

저도 모르게 말했다. 서연의 반응을 기다린 듯 그가 미소를 지었다.

"응, 맛있죠?"

"네, 진짜요. 이거, 피클도 맛있고요. 여기 자주 오세요?"

"홍대 나올 때 가끔요. 그러고 보면 사장님도 의외로 잘 먹는 것 같아요."

"제가 잘 안 먹을 것 같은 인상인가요?"

"아무래도? 입맛도 까다로울 것 같고, 깨작거릴 것 같은 인상이에요."

"흐응. 그런가?"

서연이 고개를 옆으로 갸우뚱했다. 일 이야기를 하지 않아도 대화는 부드럽게 진행이 되었다. 이런저런 대화를 나누다가 문득 그가 말했다.

"하나 궁금한 게 있어요."

"네, 뭔데요?"

"패션디자인을 전공했는데 갑자기 가게를 하기로 한 이유가 뭔지 궁금해요."

가장 대답하기 곤란한 질문이었다. 서연은 숟가락을 내려놓고 그를 응시했다. 그는 호기심 가득한 눈으로 서연을 보고 있었다.

'어떡하지?'

재양 그룹과 관련된 사람이라는 걸 말할 수는 없었다. 그게 이 게임의 규칙이다.

하지만 서연은, 말하고 싶었다. 어떻게 살아왔는지, 가족들 사이에서 내 위치가 어떠한지, 어째서 관심도 없었던 패션디자인을 전공했는지, 그리고 이 게임이 내게 얼마나 커다란 기회인지.

그런 이야기들을 태민에게 털어놓고 싶었다. 그러면 그는 진지하게 서연의 이야기를 듣고 말해 줄 것이다. 그것이 어떤 말일지는 모르겠지만 분명 따뜻하리라고, 서연은 확신했다.

"이유가 있어요."

서연은 입을 열었다.

"하지만…… 지금은 말할 수가 없어요."

시선이 자꾸 아래로 떨어지는 이유는, 그의 실망한 표정을 보고 싶지 않아서였다.

"언젠가 말해 줄 수 있게 되면 좋겠어요."

"알겠어요, 그럼. 어쩔 수 없죠."

태민이 흔쾌히 말했다. 서연은 다시 고개를 들었다. 그는 미소를 짓고 있었는데, '지금 당장 말해 주지 않아도 괜찮아. 언젠가 말해 주길 기다릴게.'라고 말하는 듯해서 마음이 편해졌다.

"나한테는 뭐 궁금한 거 없어요?"

그가 물었다. 당연히 있다. 궁금한 게 넘치고 흘러 하루 종일이라도 그의 이야기를 듣고 싶었다. 그렇게 24시간, 48시간…… 그의 낮고 부드러운 음성을, 평생 들을 수 있다면 아마도 세상을 다 얻은 기분이리라.

"왜 이런 일을 하시는 거예요?"

수많은 질문을 밀어 두고 하나를 꺼냈다.

"이런 일이라면?"

"수상쩍은 구인 광고였잖아요. 가게명도, 뭣도 나오지 않은 이상한 구인 광고. 그런데도 지원한 이유를 알고 싶어요."

"흐음. 글쎄요. 뭐라고 해야 하나."

그가 왼손에 턱을 괴고, 오른손 검지로 테이블을 톡톡 두드렸다.

대답이 늦어지기는 했지만 난처한 기색은 없었다. 적당한 단어를 고르는 것 같았다.

"난요."

그가 테이블을 두드리던 것처럼 검지로 자기 가슴을 톡톡 두드렸다.

"여기에 구멍 하나가 뻥 뚫려 있어요."

태민은 평소와 같은 표정을 짓고 있었다. 하지만 그 담담함이 오히려 묵직하게 다가왔다.

"그걸 어떻게든 채우고 메꿔야겠다는 생각을 하는 건 아니에요. 다만…… 가끔 이루 말할 수 없이 허전할 때가 있어요. 그럴 땐 여기에 뭐든 넣고 싶어져서 새로운 일에 도전을 하죠. 자격증을 따거나 구인 사이트를 돌아다니다가 재미있어 보이는 일에 지원을 하거나……. 그러다 보면 잠깐은 이 구멍에 드나드는 바람을 멈추게……."

거기까지 말한 태민이 갑자기 말을 멈췄다. 지금까지 담담했던 태민의 얼굴이 일그러졌다. 그는 무척이나 당혹스러운 듯 시선을 옆으로 돌렸다.

'왜 저러지?'

서연은 무엇이 그를 당혹케 했는지 알 수 없었다.

"아무튼 뭐, 그런 겁니다."

이윽고 원래의 표정으로 돌아온 태민이 말했다. 왜 갑자기 그렇게 당황한 거냐고 묻고 싶었다. 하지만 서연은 다른 질문을 했다.

"이 일, 재미있어요? 바람을 멈출 수 있을 만큼?"

태민이 고개를 옆으로 살짝 기울였다가 미소를 지었다.

"상당히. 그리고 앞으로 더 재미있어질 것 같아서 기대를 하고 있습니다."

그의 미소가 가슴에 내려앉았다. 그저 따뜻하기만 한 미소는 아니었다. 고됨과 외로움, 허전함, 그리고 약간의 즐거움과 다정함. 그런 많은 감정이 범벅된 미소. 처음으로 그의 진짜 미소를 엿본 것 같은 기분이 들었다.

사랑하는 사람과의 대화는 시간이 가는 것조차 잊게 만들 정도로 즐겁다. 그 즐거움이 창의력조차도 키워 주는 모양이다. 머릿속에 문득, 한 가지 생각이 떠올랐다.

"생각났어요, 가게 이름."

태민이 일 얘기는 하지 말자고 했지만, 지금이 아니면 이 벅찬 기분을 표현할 수가 없을 것 같았다.

"작전명 스위트. 그게 우리 가게 이름이에요."

누구나 하나쯤 가지고 있을, 가슴의 큰 구멍. 그걸 채워 주고 싶다.

달콤함으로.

* * *

어째서 그런 이야기를 한 걸까?

태민은 점심 때 벌어졌던 일을 여전히 이해할 수가 없었다. 가슴에 뻥 뚫린 구멍이라니. 그 말을 할 때의 자신을 떠올리면, 쥐구멍

에라도 들어가고 싶어졌다.

지금껏 타인에게 자신의 속마음을 드러낸 적이 단 한 번도 없었다. 가장 친한 친구인 하준에게조차도 그런 이야기를 하지 않았다.

하지만 아까는 자백제라도 먹은 사람처럼 술술 고백을 했다.

'이 구멍에 드나드는 바람이라니……. 난 미쳤어.'

이건 다 서연 때문이다. 그 토끼 같은 눈. 악의도, 욕망도 없는 그 투명한 눈동자로 흔들림 없이 이쪽을 보는 바람에, 모조리 이야기하고 싶다는 충동을 느끼고 말았다.

그 어떤 이야기를 해도 진지하게 들어 줄 것이라는 걸 알아서, 쓸데없는 동정을 하지 않으리라고 생각해서. 그래서 다 털어놓고 말았다. 그러니까 이건 다 홍서연 탓이다.

'제길.'

실제로 서연은 괜한 위로 따위는 하지 않았다. 그러는 대신 눈을 반짝반짝 빛내며 달콤한 목소리로 말했다.

—작전명 스위트. 그게 우리 가게 이름이에요.

그 말을 할 때의 분위기를 무어라 표현해야 할까. 형용할 수 없는 달콤함과 따스함이 그 공간을 가득 채웠다.

그 순간 주위의 모든 소음이 사라지고, 배경이 환한 하늘빛으로 바뀌었다. 폭신한 구름 속에 서연과 단둘이 남은 것 같다는, 그런 착각을 했다.

'구름이 폭신할 리 없지. 수증기 덩어리인걸. 그러니까 난 미친

거야. 그래, 미친 게 분명해. 좋아, 미쳤다. 나는 미쳤다.'

톡톡—

누군가 어깨를 두드리는 바람에.

"으앗!"

소스라치게 놀랐다. 현영이 인상을 찌푸리고 서 있었다.

"뭘 그렇게 놀라?"

"어, 아니. 아무것도 아냐."

한 손으로 얼굴을 쓸었다. 그러고 보니 현영을 기다리는 중이었다.

홍대 입구 9번 출구 앞. 사람이 득실득실한 곳이었는데, 그조차 깨닫지 못할 정도로 생각에 푹 빠져 있었다.

"너, 좀 변했다?"

현영의 말에 태민은 미소를 짓기 위해 애썼다.

"그렇겠지. 변하지 않는 사람은 없으니까."

"흐음. 뭐, 좋아. 어디 갈래?"

"네가 가고 싶은 곳이 있는 거 아니었어?"

"난 그냥……."

현영이 살짝 고개를 숙였다.

"너랑 둘이서 만나고 싶었어. 장소가 어디든 상관없어. 너만 있으면."

수줍어하는 듯한 현영의 모습에 태민이 피식 웃었다.

"변한 건 네 쪽인 것 같은데."

"그런가?"

현영은 속으로 웃었다.

'변했다고? 난 하나도 변하지 않았어. 너에 대한 마음은 변했을지도 모르겠지만.'

수줍은 척, 솔직한 척을 한 이유는 태민의 마음을 떠보기 위해서였다. 현영은 '사랑'이라는 것이 사람을 변화시킨다는 것을, 아직도 믿고 있었다.

전과 다른 행동을 하면 태민이 어떻게 반응할지 알고 싶었다. 그 반응에 따라 서연에 대한 태민의 마음을 짐작할 수 있으리라.

그리고.

'만약 네가 그 여자를 정말로 사랑하는 거라면, 절대로 그 사랑이 이루어지지 않게 방해할 거야. 너도 한 번 느껴 봐. 사랑하는 사람과 이루어지지 못하는 게 어떤 기분인지.'

* * *

재희는 인상을 찡그렸다.

'하여간 저 남자는.'

길을 걷다가 어디서 본 남자를 발견했다 싶었는데, 태민이었다. 태민은 혼자가 아니었다. 늘씬하고 세련된 분위기의 여자와 함께였다. 그녀는 태민과 함께 있는 게 좋아 죽겠다는 듯 행복한 표정을 짓고 있었다.

그러다가 태민과 눈이 마주쳤다. 태민은 재희가 노려봐도 상관없다는 듯 싱긋 웃었다.

'봐, 난 이런 남자야.'라고 말하는 듯한 미소였다.

참으로 얄미운 놈이다. 잠깐이라도 괜찮은 녀석이 아닐까, 라고 생각했던 게 한심스러웠다.

둘의 모습이 보이지 않게 되자마자 서연에게 전화를 걸었다.

"어디야?"

[나, 가게. 재원이랑 같이 있어. 너도 올래?]

"아니, 난 가게 들어가 봐야 돼."

가게는 이미 문을 닫았지만 그렇게 말한 이유는, 하나뿐인 사랑하는 동생에게 기회를 주기 위해서였다.

"아무튼 방금 그 남자 봤어."

[그 남자?]

"응, 정태민. 그 오빠, 여자랑 같이 있더라. 즐거워 보이던데."

[아아, 그래.]

"아무리 생각해도, 난 그 오빠가 네 주위에 있는 거 별로야. 네가 제대로 알았으면 좋겠어. 정태민이란 사람이 어떤 남자인지. 너는 사람을 너무 좋게만 보는 경향이 있어."

[아냐, 나도 나쁘게 볼 땐 나쁘게 봐.]

"나쁘게 보긴. 사람을 많이 만나보고 부딪쳐 봐야 상대에 대해 조금은 알 수 있게 되는 거야. 그런데 넌 그 집안의 사람들과 나랑 재원이. 이렇게만 만나 봤잖아. 완전한 타인을 만나는 건 이번이 처음이고, 그러니까 정태민한테 자꾸 휘둘리는 거야. 내 친구가 재수 없는 놈팡이한테 휘둘리는 거, 불쾌해."

[하지만 난 나쁜 사람한테 나쁜 면만 있는 게 아니라고 생각해.

좋은 사람한테 좋은 면만 있는 게 아닌 것처럼. 정태민 씨는 그냥…… 여자를 좋아하는, 그런 사람일 뿐이야. 그게 나한테 피해를 주지 않는다면 그 사람은 나쁜 사람이 아니잖아.]

"하지만 피해를 주고 있잖아. 너, 지금도 굉장히 기분 나쁘지 않아?"

[음……. 당연히 좋진 않지. 하지만 이 마음은 언젠가 서서히 변해 가리라고 생각해. 나는 이제 그 사람이 내가 아닌 다른 많은 여자들에게 관심이 있다는 걸 알게 됐어. 그 사람을 나만의 사람으로 만들고 싶다는 욕심은 전보다 덜해. 내일은 더 덜할 거고, 이렇게 시간이 흐르다 보면 완전히 사라지겠지. 난 그때를 기대하고 있어.]

서연이 부드럽지만 단호하게 말했다.

하지만 재희는 불안한 마음을 거두기가 힘들었다. 여자에게는 '모성 본능'이라는 것이 있다. 태민은 몹쓸 놈이지만, 어딘지 모르게 모성 본능을 자극하는 구석이 있었다. 태민을 따라다니는 수많은 여자들도 일부는 그런 면에 끌렸을지도 모른다.

그렇다면 서연은 어떨까? 태민이 때때로 보이는 안타까운 미소를 눈치채지 못하고 지나갈 수 있을까?

그렇지 않을 거라고, 재희는 확신했다. 서연은 맹한 듯 보이지만 의외로 예리한 구석이 있었다. 어쩌면 벌써 태민의 약한 부분을 발견했을지도 모르겠다.

[신재희, 안 올 거면 끊어.]

상념에 빠져 있는데 휴대폰에서 재원의 목소리가 들려왔다.

"뭐야, 너? 서연이 폰 뺏었니? 진짜 매력 없다. 끊을 거야."

띠롱—

전화가 끊겼다. 재원은 인상을 찌푸렸다. 하나밖에 없는 누이는 참으로 제멋대로다. 그런데도 사내놈들이 따라다니는 걸 보면 무언가 매력이 있다는 게 분명한데, 아무리 관찰해도 그런 매력을 찾을 수가 없었다.

"재희가 전화 끊었어."

서연에게 휴대폰을 돌려주며 말했다. 평소에는 서연의 휴대폰을 뺏는 행동을 하지 않는다.

하지만 방금은 어쩔 수 없었다. 재희와 통화를 하는 서연이 울 것 같은 표정을 지었기 때문이다. 서연은 미소를 짓고 있었지만, 그녀를 아주 오랫동안 봐 온 재원은 그 미소 뒤에 감춰진 슬픔을 알 수 있었다. 서연이 '정태민'이란 남자 때문에 이런 표정을 짓는 게 싫었다.

"우리 놀러 나갈까?"

어떻게든 서연의 기분을 풀어 주고 싶었다.

"응, 좋아. 어디 가지?"

"가고 싶은 데 있어?"

"음. 아, 한 군데 있어!"

"어딘데?"

"일단 나가자."

서연이 어디로 데려갈지는 상상도 할 수 없었다. 서연은 늘 재희와 재원을 따라다니는 편이었다. 그나마도 최근 가게를 열게 되면서 시작된 일이다.

전에는 집에서 경호원이 늘 서연을 데려다주고 데리러 오곤 했다. 서연을 보호한다기보다는 그녀가 아무것도 경험하지 못하고 알지 못하게 하기 위한 수작이라는 것을, 재희도 재원도, 그리고 서연까지도 알고 있었다.

"여기가…… 어디야?"

서연이 데려간 곳은, 약간 허름한 건물 앞이었다.

"마사지숍. 마사지 받자."

서연이 환하게 웃으며 말했다.

마사지라니. 너무도 엉뚱한 놀이 방법에 재원은 당황하고 말았다. 영화관이나 맛집이나, 뭐 그런 데를 갈 줄 알았지, 느닷없이 마사지숍에 데리고 올 줄은 몰랐다.

서연이 먼저 계단을 올라갔다. 타박타박 올라가는 그녀의 뒤를 따라가다가 시선을 옆으로 돌렸다. 자꾸만 그녀의 새하얀 종아리에서 눈이 멈췄기 때문이다.

'다리 참 예쁘네.'라고 생각했다.

'그래, 서연이가 옷을 촌스럽게 입어서 정말 다행이야. 재희처럼 입고 다녔으면 이 다리를 동네방네 다 보여 주게 됐을 거 아냐.'라는 생각도 했다. 그러다가,

'에이 씨. 난 서연이 남자 친구도 아니잖아. 그런데 이게 웬 소유욕이야.'라고 생각하며 고개를 설레설레 저었다.

재원은 마사지숍이 처음이었다. 그도 그럴 것이, 사내놈들끼리는 마사지숍처럼 보들보들한 느낌의 가게에서 놀지 않는다. 보통은 게임방, 혹은 게임방, 그리고 게임방……. 게임을 한 기억밖에

없었다.

숍 안에서는 향긋하고 포근한 냄새가 났다. 친절한 인상의 여자가 다가와 서연과 이런저런 대화를 나눴다. 그러는 동안 재원은 조금 긴장한 상태로 대기하고 있었다.

"탈의실에서 옷 갈아입고 나와 주세요."

마사지사의 말에 재원이 눈을 크게 떴다.

"오, 옷을 갈아입으라고요?"

"네, 갈아입고 나와 주시면 됩니다. 안의 보관함에 소지품 등을 넣어 두시면 돼요."

"아, 네에."

"재원이 넌 마사지숍 처음이야?"

여자 탈의실로 들어가려던 서연이 뒤를 돌아보며 물었다.

"어, 처음이지."

"그래? 난 와 본 적 있는데."

서연이 우쭐한 미소를 지었다. 깨물어 주고 싶을 정도로 사랑스러웠다.

"그거 참 좋겠네. 아무튼 옷 갈아입고 나올게."

탈의실에 들어온 재원은 문을 잠그고 크게 심호흡을 했다. 오일향 때문인지, 조용한 분위기 때문인지 기분이 이상했다.

'서연이 너, 언제부터 이런 데를 다니기 시작한 거야? 다 컸구나, 홍서연.'

친오빠나 할 법한 생각을 하며, 재원은 주섬주섬 옷을 갈아입었다. 탈의실에서 나왔을 때 서연은 이미 갈아입고 나와 재원을 기다리고 있었다.

"자, 이쪽으로 오세요."

마사지사의 안내에 따라 안으로 들어갔다. 넓지 않은 방에 이불 두 채가 나란히 깔려 있었다. 예상치 못한 광경에 재원은 저도 모르게 뒷걸음질을 쳤다.

약간 어둑한 조명 아래에 깔린 두 채의 이불. 첫날밤을 상징하는 것 같은 정경에 숨이 턱 막혔다.

"여기 누우셔서 잠시만 기다려 주세요."

재원의 마음을 아는지 모르는지, 마사지사가 경쾌하게 말하고 방을 나갔다.

탁—

뒤에서 문 닫히는 소리가 총소리처럼 들려왔다.

"여기에 이렇게 엎드리면 돼."

서연은 여전히 우쭐한 목소리였다. 자기가 마사지숍에 대해 아는 게 더 많다는 점이 무척이나 자랑스러운 모양이다.

'이러지 마.'

재원은 비명을 지르고 싶었다.

'난 간신히 참고 있다고!'

물론 곧 마사지사가 들어올 테니 무슨 짓을 하려야 할 수 없기는 하다. 하지만 사랑스러워서, 이런 걸로 우쭐해하는 서연이 귀엽고 예뻐서, 간신히 누르고 있던 사랑이 폭발할 것만 같았다.

널 좋아해. 네가 좋아. 넌 정말 사랑스러워.

그런 말들을 퍼붓게 될 것 같았다. 이불 한쪽에 엎드린 그녀의 모습에 심장이 쿵쾅쿵쾅 뛰었다.

서연이 고개만 돌려 재원을 올려다봤다.

“안 누울 거야?”

꿀꺽—

재원은 마른침을 삼키며 이불 쪽으로 걸어갔다.

“누, 누워야지.”

“너 정말로 이런 데 와 본 적 없나 보다.”

“어, 아무래도 남자들은 이런 데 잘 안 오니까.”

“아, 그래?”

“너는?”

차마 이불에 눕지 못하고 책상다리를 하고 앉았다.

“나, 뭐?”

“넌 누구랑 왔었어?”

“아아. 정태민 씨.”

“뭐?”

“왜 그렇게 놀라?”

“이런 데를 태민이 형이랑 왔다고? 언제?”

“음. 정태민 씨가 면접 보고 다음 날?”

“말도 안 돼. 태민이 형이 무슨 짓 안 했어?”

그날의 일을 떠올리는 듯 잠시 대답을 멈췄던 서연이 얼굴을 붉혔다.

“했구나?”

“아, 아니. 아무것도 안 했어. 그냥 나 혼자 되게 긴장했었거든.

이런 덴 처음이었으니까."

서연의 말에 가슴이 따끔, 아팠다. 그건 아마도 지금 자신이 느끼는 이 감정을, 서연은 태민을 앞에 두었을 때에 느낀다는 걸 다시 한 번 깨달았기 때문이리라.

자신이 서연과 단둘이 있을 때에 긴장하고 설레듯, 그녀는 태민과 함께일 때에 긴장하고 설렌다. 막연하게만 생각했던 태민을 향한 서연의 감정을, 이제야 비로소 확실하게 알 수 있었다.

'너는 내가 널 사랑하듯, 태민이 형을 사랑하는구나.'

울고 싶었다. 하지만 우는 대신 눈을 감았다. 시각이 차단되자 후각이 강해졌다. 은은하게 감도는 오일 향, 거기에 섞인 서연의 향기가 재원을 에워쌌다.

"있잖아, 서연아."

처음으로 느끼는 좌절 어린 아픔과 단둘이 밀폐된 공간에 있는 상황이, 재원의 충동을 이끌어 냈다.

"나는."

눈을 감은 재원이 무슨 말인가 하려고 할 때.

"들어가겠습니다."

라는 말과 함께 방문이 열리고 마사지사 두 명이 들어왔다.

'다행이나.'

서연은 안도했다. 기묘한 공기가 방 안을 채우고 있었기 때문이다.

"어머, 남자분. 여자 친구분이랑 둘이 있으려니까 쑥스러우셨나 보다. 이제 괜찮으니까 엎드려 주세요."

마사지사의 나긋나긋한 음성에, 재원은 잠자코 엎드렸다.

서연은 그쪽을 돌아볼 수가 없었다. 방금 전까지 뭔가 이상했다. 재원과 둘이 있으면서 이런 느낌을 받은 건 처음이었다. 공기가 평소보다 무거웠고, 재원의 표정이 낯설었다.

'재원이가 무슨 말을 하려고 한 거였지?'

마사지가 시작되었다. 마사지사의 능숙한 손길을 받으면서도 아까의 야릇한 분위기에서 벗어날 수가 없었다. 그때였다.

"으악!"

재원이 비명을 지른 건.

깜짝 놀라 그쪽으로 고개를 돌렸더니, 잔뜩 일그러진 재원의 얼굴이 보였다.

"아, 아파."

재원의 눈에 눈물이 그렁그렁했다.

"이렇게 아픈 걸 왜 굳이 돈을 주고 받는…… 아아악! 제발 조금만 살살해 주세요."

재원이 마사지사에게 애원하는 모습에, 서연은 그만 웃음을 터뜨리고 말았다. 아까의 기묘한 공기는 역시 착각이었다. 재원은 평소와 똑같았다.

"남자분은 마사지가 처음이신가 봐요. 그럼 중국식 마사지가 아니라 오일 마사지부터 시작했으면 좋았을 텐데."

"뭐가 됐든 조금만…… 헉! 으헉! 아악! 끄으으으으."

재원이 죽어 가는 소리를 냈고, 서연은 웃음을 멈출 수가 없었다.

"웃지 마, 홍서연. 나는…… 으앗! 방금 거기, 거기 진짜로 아픕니다. 농담이 아니라…… 억! 크윽!"

마사지를 받는 1시간 30분 내내, 재원의 비명 소리가 마사지숍에 울려 퍼졌다.

*　　*　　*

"지옥 같은 경험이었어."

서연을 집에 데려다주며, 재원이 중얼거렸다.

"그건 지옥이었어. 왜지? 왜 돈을 내고 그런 걸 받는 거지?"

"내일 되면 되게 시원할걸."

"과연."

"정말이야. 아무튼 덕분에 즐거웠어. 다음에 또 가자."

"아니, 절대 싫어."

집이 보였다. 재원에게는 마사지숍이 지옥이었다면 서연에게는 저 거대한 저택이 지옥이었다. 하지만 내색하지 않고 걸음을 멈췄다.

"여기까지만 데려다줘. 데려다줘서 고마워."

"응, 그래."

"아, 재원아. 혹시…… 아까 무슨 말 하려던 거 아니었어? 마사지숍에서."

재원의 표정이 살짝 굳은 것처럼 보인 건 착각일까?

"아니, 별말 아니었어. 난 마사지가 처음이라는 말을 하려던 것뿐이야."

"아아, 그렇구나. 그럼 잘 가."

"잘 자."

저택을 향해 걸어갔다. 뒤를 돌아보지 않아도 재원이 아직 가지 않고 이쪽을 보고 있다는 걸 알 수 있었다. 늘 그랬으니까.

문 앞에 서서 재원이 있는 쪽을 돌아보고 손을 들었다. 재원도 손을 들어 주었다.

'역시…….'

서연은 문을 열고 안으로 들어갔다.

'재원이가 뭔가 이상해.'

* * *

현영과의 데이트는 나쁘지 않았다. 현영은 필요 이상으로 접근하지 않았고 너무 말이 많지도 않았다. 다양한 방면으로 아는 것이 많아 대화도 잘 통했다.

그건 2년 전에도 마찬가지였다. 현영이 특별한 관계를 요구하지만 않았으면 계속 좋은 사이로 지낼 수 있었을 것이다.

하지만 지금 그때와 다른 점이 하나 있었다. 이 머릿속을 가득 채운 홍서연. 그때는 여자와 데이트를 할 때, 다른 여자가 머리를 가득 채우는 일 따위 없었다.

현영에게 집중하려고 노력했지만 쉽지 않았다. 무슨 짓을 해도 생각은 자꾸만 서연을 담았다. 현영이 재미있는 이야기를 하면,

'오, 이 얘기 사장님한테 해 줘야겠는데.'

현영이 여행 갔던 이야기를 하면,

'사장님도 여행을 해 봤을까?'

현영이 어느 액세서리에 대해 말하면,

'그러고 보니 사장님은 귀를 안 뚫었지.'

현영과 헤어져 집에 들어오는 순간까지도,

'사장님은 집에 들어갔나?'

그렇게 흘러가는 생각을 막을 수가 없었다.

집에 들어갔더니 거실은 조용했다. 하준은 방에서 일을 하고 있는 것 같았다. 조용히 자신의 방으로 들어갈까 하다가 생각을 바꿨다. 냉장고에서 맥주 두 캔을 꺼내 하준의 방으로 들어갔다.

예상대로 하준은 컴퓨터 앞에 앉아 무언가를 하고 있었다. 일에 집중해서 태민이 들어왔다는 것도 모르는 것 같았다. 차가운 맥주 캔을 하준의 목덜미에 댔다. 다른 사람이라면 비명을 지를 법한 일이지만 하준에게는 소용없었다.

"왔냐?"

하준은 목에 닿아 있는 맥주 캔으로 손을 뻗으며 무심히 중얼거렸다.

"어. 일하냐?"

"그래, 이 자식아! 네가 안 해서 나 혼자 다 하고 있잖아! 집중 중이니까 나가!"

"그런 놈이 맥주 캔은 왜 따?"

"알코올은 힘을 주니까! 친구 놈에게 버림받은 아픔을 잊게 해 주니까!"

정말로 바쁜가 보다. 하준은 맥주를 마시면서도 모니터에서 눈을 떼지 않았다. 태민은 벽에 등을 대고 다리를 쭉 펴고 앉아 맥주를 마셨다. 일하는 하준의 등을 물끄러미 응시하다가 입을 열었다.

"만약 내가 토끼를 키운다면 말이야. 밖에 나가 있어도 계속 생각나겠지?"

"뭐, 그렇겠지. 토끼는 귀여우니까."

"그래, 귀여우니까. 약속이 있어서 다른 사람을 만나고 있어도 계속 생각날 거야. 그렇지?"

"그건 글쎄다. 토끼가 너무 귀여우면 그렇겠지."

"그래, 내가 세상에서 제일 귀여운 토끼를 키우고 있다고 가정했을 때를 얘기하는 거야."

"그럼 뭐, 수시로 생각날 수도 있겠지."

"그래, 역시 그렇겠지?"

"그런데 너 요새 자꾸 토끼 타령하더라. 그거 혹시 여자 얘기냐?"

하준이 무심히 던진 질문에 태민은 뜨끔했다.

"그럴 리가 있냐? 토끼는 토끼고, 여자는 여자지."

"뭐, 그렇기야 하지만……."

잠시 침묵이 흘렀다. 하준은 일을 했고 태민은 맥주를 마셨다. 한 캔을 다 비우고 슬슬 일어나서 씻으러 가려는데 하준이 갑자기 말을 시작했다.

"사랑에 빠지면 말이지. 그립고 생각나고 누굴 만나도 그 사람만 떠오르고, 그 사람이 어디서 뭘 하는지 궁금해지고…… 온 신경이 그 사람에게 집중돼. 그 사람이 무얼 하든 귀엽고 사랑스럽고, 이

세상에서 그 사람보다 사랑스러운 건 없을 것 같지."

하준은 마치 이 머릿속을 읽고 있는 것처럼, 태민의 마음을 정확하게 짚어 내고 있었다. 하준이 의자를 빙글 돌려 태민과 눈을 맞췄다. 그리고 검지로 태민을 가리키며 말했다.

"넌 토끼와 사랑에 빠진 거야."

멍하니 하준의 이야기를 듣던 태민의 눈동자가 순식간에 싸늘하게 식었다.

사랑이라니. 하준의 입에서 그런 단어가 튀어나올 줄은 몰랐다.

"그럴 리 없어."

태민의 단호한 말에 하준이 어깨를 으쓱했다.

"아니면 말고."

"나는 사랑이라는 게 얼마나 덧없는 감정인지 알고 있어. 사랑처럼 가치 없는 감정도 없지."

"덧없고 가치 없는 걸로 치자면 네 여자들과의 관계가 더 그렇지 않겠냐? 사랑이 언젠가는 끝날 수도 있지만, 그래도 함께한 추억이라는 게 남거든. 서로 마음을 나누고 감정을 공유했던 기억이 남지. 그리고 다시 한 번 말하지만, 아니면 말고."

이제 일에 집중하고 싶으니 나가라는 바람에, 쫓겨나듯 하준의 방에서 나왔다. 자신의 방에 돌아온 태민은 인상을 찌푸린 채로 침대 끝에 걸터앉았다.

'말도 안 돼.'

사랑일 리가 없다. 세상에 사랑 따위 존재하지 않는다고 생각하는 건 아니다.

다만 사랑의 끝이 얼마나 처절하고 더러운지 알기에, 자신의 인생에는 사랑을 끌어들이지 않으리라고 다짐했다. 사랑에 빠진 여자가, 그리고 사랑이 식은 여자가 얼마나 비열해질 수 있는지, 태민은 알고 있었다.

이건 사랑이 아니다. 물론 서연이 자꾸 생각나기는 한다. 이 머릿속을 가득 채우고 있어서 다른 생각을 하기 힘들어지고, 그녀만 생각하면 여유가 없어지기도 한다.

하지만 그건 서연이 특이한 여자이기 때문일 것이다. 지금껏 봐온 여자들과 달리 순수하고 때 묻지 않는 눈빛을 가져서 자꾸 신경이 쓰이는 것뿐. 이 감정에 이름 따위는 없다.

—지긋지긋하고 구질구질해. 저 남자도, 너도.

문득 잊고 있던 목소리가 떠올랐다. 그 말을 하던 여자의 차가운 눈빛도. 가슴에 냉기가 들어찼다.

태민은 휴대폰을 들어 서연에게 전화를 걸었다. 몇 번의 신호음 후에 서연의 목소리가 들려왔다.

[정태민 씨?]

달콤하고 청명한 목소리. 목소리만 들었을 뿐인데 그녀가 바로 앞에 있는 것처럼, 그녀의 모습이 생생하게 떠올랐다. 태민은 눈을 질끈 감고 고개를 저었다.

아니다. 이건 사랑이 아니다.

"사장님. 내일부터 인테리어 공사가 들어가니 당분간은 가게에 안 나오셔도 될 것 같습니다."

[아, 그래요?]

"네, 어느 정도 마무리가 되면 연락드리도록 하겠습니다. 아마 보름쯤 걸리지 않을까 싶어요."

[알겠어요. 잘 부탁드릴게요.]

"네, 쉬세요."

띠롱—

대답을 듣지 않고 전화를 끊었다. 사실은 끊고 싶지 않았다. 그 목소리를 더 듣고 싶었다. 하지만 그런 생각을 하는 것조차 짜증이 나서 서둘러 전화를 끊어 버렸다.

이걸로 됐다. 앞으로 보름. 서연과 거리를 두면 그녀 때문에 뒤숭숭하던 마음도 깨끗이 사라질 것이다.

이건 절대 사랑이 아니니까.

*　　*　　*

태민은 오지 않아도 된다고 했지만, 서연은 집에서 할 일이 없었다. 가게를 갖게 된 후, 그 가게에 나가서 앉아 있는 것이 서연의 유일한 즐거움이었다. 비록 가게 오픈 전이기는 해도, '나만의 공간'에 있다는 것이 서연을 안심하게 만들었다.

'가게에 가 봐도 될까?'

어차피 서연의 가게이니, 갑자기 간다고 해서 뭐라고 할 사람은 아무도 없었다. 하지만 어젯밤 태민의 전화가 마음에 걸렸다. 휴대폰 너머에서 들려오는 음성은 평소와 조금 달랐다. 낮게 가라앉은, 냉기 띤 목소리.

'절대로 나오지 마!'라고 말하지는 않았지만, 어쩐지 서연의 귀에는 그렇게 들렸다.

'내가 과민 반응 하는 거겠지. 정태민 씨가 날 가게에 못 나오게 할 이유가 없잖아.'

소파에 앉아 고민을 하던 서연은 결국 집에서 나왔다.

택시를 타고 가는 동안, 차창 밖에 흐르는 경치를 감상했다. 어느덧 완연한 봄이 되어 벚꽃이 흐드러지게 피어 있었다.

'예쁘다.'

연분홍 아름다운 꽃잎의 향연. 그 뒤로 펼쳐진 푸른 하늘에 눈이 시렸다.

'그러고 보니 한창 꽃놀이를 할 때구나.'

벚꽃놀이라는 걸 해 본 건 대학교 4학년 때가 처음이자 마지막이었다. 그나마도 멀리 간 게 아니라 대학 교정에 있는 벚나무 아래에서 재희, 재원과 김밥을 먹은 게 전부였다.

'정태민 씨랑 꽃놀이 가고 싶다.'

문득 떠오른 생각에 얼굴이 붉어졌다.

'아니, 이제 정태민 씨한테는 미련을 두지 않기로 했잖아.'

하지만 한 번 시작된 생각을 멈출 수가 없었다. 그의 손을 잡고 분홍빛 가득한 길을 걷고 싶었다. 그저 걷기만 해도 행복이 가득해, 세상을 다 얻은 기분이 들 것 같았다.

'사랑이라는 건 정말 신기해.'

지금껏 놀러 가고 싶다는 생각을 해 본 적이 별로 없다. 놀아 본 기억이 없으니, 노는 게 얼마나 재미있는 일인지 모르고 살았다. 모르니까 하고 싶다는 생각조차 들지 않았다.

하지만 정태민이라는 남자를 사랑하게 되자, 그와 하고 싶은 것들이 생겼다. 꽃놀이도, 놀이공원도, 심지어 식당을 가는 것조차도 그와 함께하고 싶었다. 하루의 아주 사소한 시간까지도 그와 공유할 수 있으면 좋겠다. 그것은 굉장히 찬란한 기분이리라.

이윽고 가게 앞에 택시가 멈췄다. 택시에서 내린 서연은 가게로 걸어가다가 문득 걸음을 멈췄다.

커다란 창문 안으로 태민이 보였다. 그 옆에 바짝 붙어 서 있는 현영도. 태민은 현영의 어깨에 손을 올리고 무언가를 이야기하고 있었다. 그러자 현영이 태민을 올려다보며 환하게 웃었다. 무척이나 친밀한 두 사람의 모습을 보자 발이 움직이지 않았다.

태민과 현영 사이에 무언가 있다는 건 알고 있었다. 하지만 그걸 실제로 목격하는 건 뭐라 형용할 수 없는 아픔을 안겨 주었다. 둘 사이에 끼어들 틈이 보이지 않았다.

'아, 이것 때문인가?'

가게에 오지 말라는 이유. 어쩌면 현영과의 시간을 방해받고 싶지 않아서인지도 모르겠다. 그 자리에 서연이 있으면 마음껏 애정을 표현할 수 없을 테니까.

지끈—

가슴에 이는 통증에 숨을 쉬기가 힘들었다.

궁금해졌다. 이 아픔은 어디서 비롯되는 걸까? 왜 사랑이 거부당하면 가슴이 아파지는 걸까? 무엇이 아프게 만드는 걸까? 감정이 육체에 영향을 미치기도 하는 걸까? 아니면 호르몬의 변화라든가, 뭐 그런 걸까?

그런 생각들을 하다가 쓴웃음을 지었다. 평소에는 궁금하지 않았던 것들을 생각하는 이유는, 아마도 회피하고 싶어서겠지. 내가 사랑하는 남자가 나를 귀찮아하고, 다른 여자와 함께 있는 걸 즐거워한다는 걸. 그 다른 여자는 무척이나 근사해서, 나보다 훨씬 더 그 남자와 잘 어울린다는 걸. 그런 진실로부터 도망치고 싶어서겠지.

서연은 돌아섰다. 태민을 사랑하지 않기로 했다. 그러니까 이런 장면을 보게 된 것은, 차라리 잘된 일인지도 모른다.

하지만 도무지 잘된 일이라는 생각이 들지 않았다.

* * *

하염없이 걸었다. 걷다가 멈춰서 멍하니 서 있었다. 무엇을 하려고 밖에 나왔는지, 뭘 하고 싶은지 도통 떠오르지 않았다. 머릿속을 가득 채운 것은 태민과 현영의 모습뿐.

얼마나 그렇게 서 있었을까.

톡톡—

어깨를 두드리는 느낌에 정신을 차렸다.

"여기서 뭐해?"

재희였다. 그제야 이곳이 재희의 가게 앞이라는 걸 깨달았다.

재희에게는 처참한 표정을 보이고 싶지 않았다. 황급히 표정을 갈무리했지만 재희는 서연이 어떤 기분인지 눈치챈 것 같았다. 하지만 고맙게도 아무것도 묻지 않았다.

"들어갈래?"

"손님 없어?"

"이런 시간부터 옷가게에 오는 사람은 없지. 옷 만드는 중이었어."

서연은 재희를 따라 가게 안으로 들어갔다. 가게 안쪽에 있는 작은 문을 들어가면, 재희가 옷을 만드는 공간이 나왔다. 깔끔한 가게와 달리 옷 공방은 지저분했다.

"거기 대충 앉아."

여기저기 걸린 미완성의 옷들과 천 조각들 사이에 앉았다.

"오늘은 가게 안 나가?"

"응, 오늘부터 공사 들어가거든. 보름 정도는 안 나갈 것 같아."

"그런데 홍대는 왜 나왔어?"

"집에 있기 싫어서."

"흐음."

재희가 서연의 속마음을 읽으려는 듯 빤히 응시했다. 서연은 시선을 옆으로 피했다.

"그럼 보름간 홍대를 배회할 생각이야?"

"아니, 그런 건 아니고……. 뭐 할 만한 거 없을까? 내가 가게 일 도울 거 없어?"

"너처럼 패션 센스 없는 애가 도왔다가는 가게 망해."

"이미 망한 것 같은데."

"넌 가끔 맹한 얼굴로 날카로운 소리를 하더라."

재희가 웃으며 서연의 머리를 부비부비 문질러 헝클어뜨렸다.

"영 할 거 없으면 내가 예쁘게 꾸며 줄까? 정태민, 그놈이 홀딱 반할 정도로 예쁘게."

생각해 볼 것도 없이 고개를 저었다.

"아니, 괜찮아. 정태민 씨가 날 좋아하지 않는 건, 예쁘고 말고의 문제가 아니니까."

"아니긴. 일단 예뻐지면, 남자는 다시 한 번 돌아보게 되어 있어. 넌 그놈의 옷만 예쁘게 입으면 확 달라질 거야. 도대체 남색 치마에 파란색 티셔츠를 입는 애가 어디 있니? 게다가 이런 남색은 어디서 구한 거야? 예쁜 남색도 많은데, 이런 촌스러운 남색이라니. 일부러 촌스러워지려고 노력하는 거니?"

"난 이게 예쁘다고 생각했는데."

"하여간 네 심미안은 크게 잘못됐어. 이리 와 봐, 머리라도 어떻게 해 줄게."

재희가 뒤로 질끈 묶은 서연의 머리를 풀어 다시 빗겨 주었다.

"뭔가 할 게 없을까?"

재희에게 머리카락을 맡긴 채 물었다.

"글쎄. 정 할 거 없으면 혼자서 좀 돌아다녀 보는 건 어때? 그러다 보면 가게에 필요한 것들을 발견하게 될지도 모르잖아. 누군가랑 같이 다닐 때보다 더 집중하게 되고, 생각도 많이 하게 되고."

좋은 생각이었다.

*　　*　　*

시간은 빠르게 흘러갔다. 아니, 태민의 시간은 무척이나 더뎠다. 서연에게 말해 둔 보름 중, 고작 열흘이 지났을 뿐이다. 그 시간이 영원처럼 느껴졌다.

만나지 않으면 제 것 같지 않은 감정도 원래대로 돌아오리라고 생각했다. 수시로 떠오르는 서연의 얼굴, 그녀의 목소리. 시간이 지나면 언제 그랬냐는 듯 잊히리라고 생각했다.

하지만 아니었다. 감정은 더욱 소용돌이쳤다. 서연의 목소리를 듣고 싶고, 그녀의 얼굴을 보고 싶고, 그 체온을 느끼고 싶었다. 그녀의 입술이라든가 그 밖의 농밀한 행위 따위는 바라지도 않았다. 그저 홍서연, 그녀가 눈앞에 있어만 주면 된다는, 바보 같은 소망을 했다.

그러다가 퍼뜩 정신을 차리기를 여러 번. 이제는 현영까지도 눈치를 챈 듯, "너, 무슨 생각을 그렇게 해? 보고 싶은 사람이라도 있어?" 라고 물었었다.

'미치겠군.'

이런 경우는 처음인지라, 태민은 어떻게 반응해야 좋을지 알 수 없었다. 이 술렁이는 감정을 가라앉히려면, 어떤 방법을 써야 할까?

그런 고민을 하는 동안에도, 태민의 눈동자는 몇 번이나 휴대폰으로 향했다. 최근 휴대폰을 확인하는 일이 잦아졌는데, 서연의 연락을 기다리고 있기 때문이라고는 생각하고 싶지 않았다. 수많은 여자들이 연락을 해 오는데, 굳이 서연의 연락을 기다릴 필요는 없었다.

하지만 휴대폰이 울릴 때 액정에 뜬 이름을 보고는 매번 실망하게 되는 건 어쩔 수 없는 노릇이었다.

'나는 왜 실망을 하는 거지? 뭘 기대하는 거야?'

태민은 자꾸만 휴대폰으로 향하는 시선을, 간신히 눈앞에 있는 치킨으로 집중시켰다. 맞은편에 앉아 있던 하준이 물었다.

"누구 연락 올 사람 있냐?"

"없어."

"그럼 휴대폰이랑 사랑에 빠졌냐? 요새 하루 종일 휴대폰만 쳐다보더라."

"하루 종일 같이 있는 것도 아닌데, 내가 종일 휴대폰을 보는지 마는지 어떻게 알아?"

"뻔하지, 뭐."

"안 뻔해. 평소엔 휴대폰을 꺼내지도 않아."

물론 이건 거짓말이다. 태민이 치킨 한 조각을 집으려고 할 때, 휴대폰이 울렸다. 서연은 아니겠지, 라고 생각하며 휴대폰을 확인한 태민의 눈이 커졌다.

[홍서연]

혹시라도 끊길까 싶어 황급히 전화를 받았다.

"여, 여보세요?"

자신이 듣기에도 형편없을 정도로 긴장한 목소리가 튀어나왔다.

[정태민 씨, 바쁘세요?]

"아뇨, 말씀하세요."

[공사는 잘 진행되고 있나요?]

"네, 그럼요. 내가 확실하게 관리하고 있습니다."

물론 관리는 현영이 다 하지만, 일단은 그렇게 허풍을 떨었다. 그러다가 자신이 여자 앞에서 허풍 떤 건 처음이라는 데 생각이 미쳤다.

'뭐, 상관없겠지.'라고 생각하다가, 의미심장한 미소를 짓고 있는 하준과 눈이 마주쳤다.

'아, 이 녀석이 있었지.'

순간 하준의 존재마저 잊고 서연과의 통화에 집중하고 있었다.

[가게 일로 의논할 게 몇 가지 있어요. 이제 슬슬 아르바이트도 모집해야 하고요. 내일 가게로 갈게요.]

"네, 사장님. 내일 봐요."

[네, 쉬세요.]

전화가 끊겼다. 생각보다 사무적이고 짧았던 통화가 조금 아쉽기는 했지만, 내일 만난다는 생각에 기분이 좋아졌다. 지금껏 물을 머금은 솜처럼 가슴이 무거웠는데, 이제야 뽀송뽀송해진 기분이었다.

"너, 진짜 행복해 보인다?"

치킨을 우물거리며, 하준이 말했다.

"그럴 리가. 난 지금 기분이 아주 별로야."

"그런 것 치고는 얼굴에 미소가 가득한데?"

"뭐?"

당황해서 고개를 돌렸다. 꺼진 TV 화면에 옅은 미소를 짓고 있는 자신의 얼굴이 비쳤다.

말도 안 돼. 저렇게 바보처럼 웃다니. 태민은 미소를 지우려고 애쓰며 말했다.

"이건 비웃음이야."

하준이 어이없다는 표정을 지었다.

"대체 뭐에 대한?"

"하늘 높은 줄 모르고 치솟는 치킨 값에 대한 비웃음. 하. 하. 하."

"옘병하네. 누가 또라이 아니랄까 봐."

억지 웃음소리를 내는 태민을 보며 하준은 고개를 절레절레 저었다. 태민이 멍청한 짓을 하면서까지 사랑을 부정하려는 이유를, 하준은 알고 있었다. 사랑을 부정하든 말든 하준과는 상관없는 일이었다.

하지만 이쯤 되니 슬슬 걱정이 되기 시작했다. 태민의 상태를 보면 '사장님'이라는 여자에게 푹 빠진 것 같은데, 이렇게 부정만 하다가는 놓치고 후회하게 될 것이다. 그런 사람들을 수도 없이 봐 왔다.

'부정한 만큼 후회도 클 거야. 뭐, 내가 상관할 일은 아니지만.'

*　*　*

밖에서 혼자 시간을 보내는 건, 서연에게 무척이나 새로운 경험이었다. 열흘의 시간이 빠르게 흘러갔고, 그 시간 동안 많은 걸 느끼고 생각했다. 친구들과 함께 다닐 때와는 또 다른 느낌이었다. 혼자 여행을 다니는 사람들의 기분을 알 수 있었다.

'언젠가 나도 혼자 여행을 가 보고 싶어. 아주 멀리. 아주 오랫동안.'

혼자서 이국땅을 밟으면 어떤 느낌일까.

해방감을 느끼게 될까?

아마도 낯선 두려움이 먼저 찾아오겠지만, 그건 아주 잠깐일 뿐이리라. 요 며칠간 그랬던 것처럼 곧 혼자 새로운 걸 발견하는 기분을 느끼게 되겠지.

택시에서 내린 서연은 가게로 들어갔다. 가게는 한창 공사가 진행 중이었다. 현영이 인부들에게 이러저러한 지시를 내리며 뭔가를 체크하고 있었다. 당당하게 지시를 내리는 현영의 모습이 무척이나 멋졌다.

"언니."

서연의 부름에 현영이 돌아봤다.

"어, 서연아. 왔어?"

현영이 미소를 지으며 다가왔다.

"네, 오늘 회의할 것이 있어서요."

"그래. 공사는 이번 달 중순쯤에 끝날 거야. 그 후에는 마무리 작업만 하면 돼."

"네. 혹시 제가 도울 일은 없어요?"

"응, 없어. 이건 내 일이니까. 완벽하게 완성시켜서 보여 줄게."

“감사해요. 아, 그런데 정태민 씨는 아직 안 왔나요?”

“오긴 왔는데 내가 커피 좀 사다 달라고 했어.”

“아, 그렇구나.”

“좀 멀리 가서 오려면 시간이 걸릴 거야. 내가 좋아하는 브랜드 커피가 근처에서는 안 팔거든.”

“네, 저 그럼 여기 앉아서 기다릴게요.”

서연은 먼지가 쌓인 의자를 툭툭 털고 앉았다. 현영도 의자를 서연의 옆으로 가지고 왔다.

“태민이랑은 커피숍에서 처음 만났어. 지금 커피 사러 간 그 커피숍.”

“아아, 그러세요.”

별로 듣고 싶지 않은 이야기였다. 하지만 서연은 담담히 대꾸했다.

“응, 그때부터 거의 매일 만났어. 같이 일 얘기도 하고 옷도 사러 다니고. 저번에 옷을 사러 갔을 때는 말이야.”

한참 동안 현영의 이야기가 계속되었다. 태민이 얼마나 다정한지, 부드러운지, 태민과의 첫 키스가 얼마나 달콤했는지.

현영의 이야기는 서연이 다시금 깨닫도록 만들었다. 나는 그의 특별한 여자가 될 수 없다고, 그가 내게 해 준 것들은 특별하기 때문이 아닌 모든 여자에게 해 주는 행동일 뿐이었다고.

귀를 틀어막고 싶었다. 현영이 하는 모든 말들이 가시가 되어 심장에 박혔다. 태민에게 많은 여자들이 있다는 걸 알지만, 그 생생한 추억을 듣고 싶지는 않았다.

하지만 서연은 그 표정을 겉으로 드러내지 않았다. 요 열흘간, 태민에 대해 많은 생각을 했다. 그리고 이 마음을 어떻게 감춰야 할지도 고민했다. 이 아픔, 절망을, 이제는 겉으로 드러내지 않을 자신이 있었다.

"언니."

서연은 고개를 돌려 현영을 마주 봤다.

"저한테 일부러 그런 이야기 하지 않으셔도 돼요. 저는 언니의 연적이 아니에요."

서연의 단호한 말에 현영은 당황했다. 서연이 이런 식으로 대응을 해 올 줄은 몰랐다.

'이 애, 뭔가 변했어. 아니, 원래 이런 애였나?'

서연이 가게에 나오지 않는 열흘간, 현영이 알게 된 것이 하나 있었다.

정태민이 홍서연에게 푹 빠졌다는 것.

태민은 아마 모를 것이다. 자신이 얼마나 서연의 이야기를 많이 하는지, 서연의 이름이 나오면 얼마나 부드러운 표정을 짓는지. 하지만 현영은 그런 태민을 마주 보고 있기에 알 수 있었다.

오래전 현영과 만날 때에, 태민은 현영이 앞에 있어도 아무렇지도 않게 다른 여자와 통화를 하고 약속을 잡고, 혹은 중간에 만나러 가기도 했다. 하지만 지금의 태민은 여자들에게 오는 모든 만남 요청을 거절했다.

—아, 일이 있어서.

—미안하지만 바빠.

—우리, 앞으로는 연락 안 하는 게 좋을 것 같다.

그런 통화를 하는 걸 몇 번이나 목격했다. 태민은 자신이 서연에게 빠졌다는 것도 알지 못한 채로, 다른 여자들을 정리하는 중이었다.

그러니 당연히 서연도 이제는 태민의 마음을 알고 있으리라고 생각했다. 그리고 서연 또한 그를 사랑하리라고 짐작했다.

하지만 지금 서연의 표정은 무척이나 담담해서, 태민에게 아무 관심도 없는 것처럼 보였다.

'뭐야, 정태민. 짝사랑이야, 진짜로? 말도 안 돼.'

모든 여자가 원하는 마성의 남자. 그런 남자가 짝사랑을 하고 있다니. 그것도 이런 촌스러운 여자를 상대로. 태민을 아는 사람들은 절대로 믿지 못할 것이다.

"야, 커피 사 왔어. 어, 사장님. 오셨어요?"

마침 태민이 커피를 사 들고 들어왔다. 서연을 발견한 태민의 입가에 달콤한 미소가 번졌다. 현영의 앞에서는, 그리고 다른 여자들의 앞에서는 절대로 짓지 않는 미소.

현영은 서연을 돌아봤다. 서연 또한 태민과 같은 미소를 짓고 있을지 궁금했다. 하지만 서연은 언뜻 봐도 사무적인 미소를 짓고 있었다. 그 미소에 애정 따위는 조금도 깃들어 있지 않았다.

"네, 늘 수고하십니다. 오늘 조금만 더 수고해 주세요."

그 음성에도 달콤함은 없었다.

*　　*　　*

회의를 하기 위해 조용한 스터디룸을 빌렸다. 회의용 책상 하나와 의자 네 개가 들어가면 꽉 차는 좁은 공간이었다.

서연과 태민은 음료를 한 잔씩 가지고 와서 마주 보고 앉았다. 앉자마자 가방에서 노트와 펜을 꺼낸 서연은 노트를 펼치며 말했다.

"카페는 6월 1일에 오픈을 하려고 해요."

"그동안 잘 지냈어요?"

태민이 부드럽게 물었다. 서연은 노트에서 시선을 떼지 않고 말했다.

"네, 잘 지냈어요. 정태민 씨도 잘 지냈을 거라고 생각해요. 아무튼 카페 오픈은 6월 1일에 할 예정이에요. 앞으로 한 달 하고도 일주일이 남았죠. 인테리어는 내달 중순쯤에 끝나니까, 그쯤에 직원 면접을 보면 어떨까요?"

그렇게 말하고 있는데, 노트를 잡고 있는 손 위로 태민의 손이 겹쳐졌다.

손등을 감싸는 따뜻한 전율.

서연은 노트에 두고 있던 시선을 옆으로 살짝 돌렸다. 서연의 작은 손을 덮은 그의 손은 크고 예뻤다. 가늘고 긴 손가락, 깨끗하게 깎은 손톱. 어쩌면 이 남자는 손도 이렇게 예쁠까, 라고 생각하며 시선을 그의 얼굴로 돌렸다.

태민은 은은한 미소를 짓고 있었고, 서연은 그 미소를 보는 것이 버거웠다. 하지만 아무렇지도 않은 척, 무표정을 가장했다.

"왜요?"

"사장님, 지난 열흘 동안 잘 지냈어요?"

태민이 다시 한 번 부드러운 목소리로 물었다.

지난 열흘.

서연은 혼자 다니며 여러 가지를 생각했다. 가게에 대한 생각도 했지만 태민에 대한 생각이 대부분이었다.

그리고 알게 되었다. 태민의 다정한 미소, 음성, 눈빛. 그 어느 것에도 속아 넘어가면 안 된다는 것을. 그는 누구에게나 친절하고 상냥한 사람이니까, 그런 것을 볼 때마다 일일이 흔들리면 안 된다는 것을.

그 사실을 알고 있다고 말하면서도, 사실은 제대로 받아들이지 못하고 있었다. 하지만 요 며칠간 그 슬픈 진실을 오롯이 받아들일 수 있게 되었다.

아마도 흔들리기는 할 것이다. 이렇게 손이 닿으면 심장이 두근거리고, 눈이 마주치면 얼굴이 붉어질지도 모르겠다.

그러나 이제 전처럼 오해를 하지는 않으리라. 그의 다정함이 날 특별히 생각해서라는 바보 같은 착각은, 이제 하지 않을 자신이 있었다.

"네, 잘 지냈어요. 가게에 대해서도 많이 생각했고요."

그럴 자신이 있기에, 그의 손을 뿌리치지 않고 담담히 대답할 수 있었다.

"그래요, 다행이네요. 난 사장님 생각하느라고 잘 못 지냈는데."

태민이 서운하다는 듯 말했다.

"아, 그러세요? 제 생각은 좀 적당히 하지 그랬어요?"

서연의 반응에 태민은 놀란 듯 눈을 크게 떴다. 서연이 이런 식으로 대꾸를 해 오리라고는 상상도 못 했다는 눈빛이었다.

그걸 보니 괜히 우쭐해졌다.

이것 봐, 나도 한다면 한다고! 당신이 날 아무리 주물럭거려도 아무렇지도 않은 척할 수 있어!

이윽고 태민의 눈이 재미있다는 듯 반달 모양으로 휘어졌다.

"그러게요, 적당히 했어야 했는데."

"그럼 다시 회의로 돌아가도 되겠어요?"

"네, 그러세요."

그 말을 하는 동안에도 서연의 손을 감싸 쥔 태민의 손은 떨어지지 않았다. 손등에 닿는 체온이 점점 신경 쓰였다.

손을 왜 안 떼는 거지? 떼어 달라고 말해야 하나? 그렇게 말하면 너무 의식하는 것처럼 보일까?

잠깐 고민을 하다가 최대한 우아한 미소를 띠며 말했다.

"죄송하지만 손 좀 치워 주시겠어요?"

"네, 그래요."

태민은 비웃는 기색 없이 손을 떼었다.

"재원이는 방학을 하는 대로 와서 도와주기로 했어요. 아무래도 학교랑 병행하기가 힘든 것 같아요. 그리고 회원 모집은 5월 중순쯤부터 하고 싶은데, 홈페이지가 그때까지 완성될까요?"

"사장님이 원하신다면 그때까지 완성해야죠."
태민이 별일 아니라는 듯 말했다. 듬직했다.
"네, 그럼 홈페이지 완성하는 대로 회원 모집을 하고, 인터넷 홍보를 시작할게요. 그리고 직원을 모집하고 나서 오프라인 홍보도 하고요."
"네. 가게 유니폼은 어떻게 할 거예요?"
"아, 유니폼."
이 부분은 생각도 못 했다.
"아무래도 유니폼이 있는 편이 나을 겁니다. 너무 튀지 않고 고급스러운 느낌으로. 하지만 손님이 주눅 들지 않을 정도로만."
"으응, 유니폼은 그럼…… 재희한테 얘기를 해 봐야겠네요. 그리고……."
거기까지 말하고, 서연은 입을 다물었다. 의자에서 일어난 태민이 갑자기 서연의 얼굴로 손을 뻗었기 때문이다.
태민의 행동에 일일이 반응하지 않겠다고 다짐했다. 열흘 내내 시뮬레이션도 했다. 그가 만질 땐 이렇게, 갑자기 키스를 하려고 하면 저렇게.
하지만 현실은 상상과 달랐다. 현실에는 상상 속엔 없던 그의 향기와 온도와 분위기가 존재했다. 그것이 양념처럼, 혹은 화음처럼 어우러져 상상보다 훨씬 달콤한 공기를 만들어 냈다.
그래서 태민의 손이 얼굴로 다가올 때, 뻣뻣하게 굳고 말았다. 긴 손가락의 끝이 볼에 닿았다가 떨어졌다.
"얼굴에 뭐가 묻어서요."

태민이 다시 자리에 앉으며 말했다. 태민은 아무렇지도 않은 표정이었지만, 서연은 심장이 쿵쾅거렸다. 좁고 조용한 스터디룸에, 심장 소리가 울릴까 걱정이 될 정도로 크게 뛰었다.

노트를 잡은 손에 힘을 줬다. 그의 손가락이 닿았던 건 아주 잠깐인데, 그 느낌은 오래도록 볼에 머물렀다. 그 작은 부위에서 시작된 감미로운 전율이, 전신으로 퍼져 나갔다.

"떼어 줘서 고마워요."

간신히 대꾸했다.

"별말씀을."

태민이 어깨를 으쓱하며 말했다.

"그리고 가게는 계절마다 페어를 하면 좋을 것 같아요."

"페어를요? 계절마다 하기에는 좀 힘들지 않을까요?"

"인테리어를 너무 많이 손대지는 않는 방향으로, 하지만 그 계절의 분위기를 느낄 수 있게. 페어를 하면 볼거리도 있어서 손님들이 좋아할 것 같더라고요. 꼭 계절 느낌이 아니더라도, 그때그때 괜찮은 아이디어가 있으면 도입해서 하고 싶어요."

"사장님이 하고 싶다면 해야죠. 체크해 두겠습니다."

그 후로는 회의가 끝날 때까지 갑작스러운 접촉은 없었다. 다행이었다.

끝났을 때는 정오가 훌쩍 지난 시간이었다. 회의를 하느라 허기도 잊고 있었다.

"벌써 시간이 이렇게 됐네요. 점심 먹으러 갈래요?"

태민이 손목시계를 보며 물었다.

"아뇨, 전 선약이 있어서요."

사실 선약 따위는 없었다.

"아아, 그래요. 그럼 일어날까요?"

서연은 의자에서 일어나 밖으로 나가려다가 태민과 부딪칠 뻔했다. 태민이 살짝 옆으로 비켜서며,

"먼저 나가세요."

라고 말했다. 스터디카페를 나와 엘리베이터를 탔다. 서연은 태민과 단둘이 타게 되면 긴장되겠다 싶어서 걱정했는데, 다행히 엘리베이터 안에 사람이 있었다. 서연은 태민과 나란히 서서 고개를 올려 엘리베이터의 층수가 바뀌는 것을 확인했다.

엘리베이터 안의 고요가 숨 막혔다. 다른 사람이 함께 타고 있는데도 그와 단둘이 엘리베이터에 탄 기분이 들었다. 어깨 옆으로 느껴지는 그의 체온이 신경 쓰였다.

고작 6층에서 내려오는 건데도 영원처럼 길게 느껴지는 시간.

딩—

이윽고 1층에 멈췄을 때, 서연은 안도의 한숨을 내쉴 뻔했다. 엘리베이터에서 내려 건물 밖으로 나왔다.

"오늘 고생했어요. 가게 인테리어 확인하러 갈 거예요?"

서연의 질문에 태민이 고개를 가볍게 끄덕였다.

"그럼 현영 언니랑 같이 점심 드시겠네요. 식사 비용은 가게 앞으로 청구해 주세요. 이만 가 보겠습니다."

"사장님."

돌아서려는데 그가 불렀다. 서연은 고개만 돌려 태민을 쳐다봤

다. 태민은 하고 싶은 말이 있는 듯 서연을 빤히 응시하다가 곧 피식 웃었다.

기분 탓일까? 그 미소가 무척 자조적으로 보였다.

"아닙니다. 그럼 내일 봐요."

내일은 나올 생각이 없었다. 하지만 그 순간 어째서인지, 나오지 않을 거라고 말하면 안 될 것 같아서 서연은 고개를 끄덕이고 말았다.

"네, 내일 봐요."

그리고 돌아서서 걸었다. 등 뒤로 태민의 시선이 따라붙었다. 태민 역시 가게로 돌아가기 위해 걸어갈 것이 분명한데, 이상하게도 그가 그 자리에 멈춰서 이쪽을 보고 있을 거란 생각이 들었다.

뒤를 돌아보고 싶었다. 태민이 이쪽을 보고 있는지 확인하고 싶었다. 하지만 그러면 눈이 마주칠 것 같아서 서연은 계속 앞만 보고 걸었다.

'지금 내가 걷는 모습, 이상하진 않겠지? 잘 걷고 있는 거겠지? 아니, 애초에 내가 착각하는 것일지도 몰라. 정태민 씨가 내 뒷모습을 보고 있을 리 없잖아. 하지만…… 만약 보고 있다면? 그럼 내가 걷는 거, 괜찮나? 너무 이상하게 걷고 있진 않나?'

그런 생각을 하는 바람에 스텝이 꼬였다.

탁―

오른발이 왼발에 걸렸고.

철푸덕―

아주 멋지게 앞으로 엎어졌다.

"아악!"

성인이 되고 나서 이렇게 대차게 넘어진 것은 처음이었다. 무릎이 너무 아파서 저도 모르게 비명을 질렀다. 눈물이 찔끔 나올 정도로 아팠다.

그때, 팔을 잡는 손이 있었다. 조용히 서연의 팔을 잡아 부축하는 크고 따뜻한 손. 고개를 돌리지 않고도, 그 손의 주인이 누군지 알 수 있었다. 조금 전 회의하는 내내 신경 썼던 손이니까.

"괜찮아요?"

서연을 일으킨 태민이 작은 목소리로 물었다. 워낙 세게 넘어져서 지나가던 사람들이 흘끗흘끗 돌아봤다. 조롱이 담긴 눈빛도 섞여 있었지만, 그런 건 아무래도 상관없었다.

'역시 날 보고 있었어.'

휘둘리지 않겠다고 다짐했는데, 태민이 어떤 행동을 하든 모든 여자에게 하는 행동이라고 생각하려 했는데.

그것을 특별하게 받아들이려는 자신이 한심스러웠다. 태민은 걱정스러운 눈빛으로 서연을 보고 있었다. 서연은 그의 눈을 가리고 싶었다.

그런 눈으로 날 보지 말아요. 그렇게 진지하게 걱정을 하지 말아요. 자꾸만 그렇게 보니까, 착각하게 되잖아요. 흔들리게 되잖아요.

"네, 괜찮아요. 워낙 자주 넘어져서요. 하하하하."

서연은 마음을 감추며 어색하게 웃었다. 하지만 태민은 마주 웃어 주지 않았다. 그의 눈은 서연의 무릎을 향하고 있었다.

"난 웃을 기분 아닌데."

그가 한쪽 무릎을 굽히고 앉았다.

"무릎, 까졌어요."

그의 손가락이 서연의 까진 무릎 근처를 살짝 스쳤다. 무릎의 통증과 더불어 미묘한 감촉에, 서연은 움찔 몸을 떨었다.

"병원 가요."

그가 무릎의 상처를 노려보며 말했다.

"병원……이요?"

"네, 병원 가요. 치료 받아야죠."

이 남자, 진심일까?

서연은 당황했다. 고작 넘어진 정도로 병원을 가자고 하다니. 온실 속 잡초로 자라 온 서연도, 이 정도로 병원을 간 적은 없었다.

"이런 건 침 바르면 나아요."

묘하게 터프한 말을 하는 서연을, 태민이 고개를 들어 응시했다.

'우와. 무릎 꿇은 남자가 날 올려다보는 거, 이런 기분이구나. 되게 이상하네.'

서연은 괜히 가슴이 간질거려서 도망치고 싶어졌다. 남자가 무릎 꿇고 올려보는 거, 정말로 부끄러운 느낌이다.

"정말 침 바르면 나아요?"

"그럼요. 내 몸은 튼튼하거든요. 하하하…… 으악! 뭐, 뭐 하는 거예요?"

또 어색하게 웃던 서연은 이곳이 길거리라는 것도 잊고 비명을 지르고 말았다. 태민이 갑자기 서연의 다친 무릎에 입술을 댔기 때문이다.

그가 상처 위를 살며시 핥았다. 쓰리면서도 저릿한 느낌에 너무 놀라, 다리에서 힘이 빠졌다. 넘어질 뻔했지만, 태민의 손이 서연의 허벅지 뒤쪽을 단단히 잡아 고정시켰다.

남자가 상처를 핥아 주는 건 처음 경험하는 일이었다. 아니, 뭐가 됐든 누군가가 핥아 주는 건 처음이다. 물론 개가 핥아 준 적은 있다. 하지만 사람이 핥아 주는 건, 그것도 짝사랑하는 사람이 핥아 주는 건, 무어라 표현할 수 없는 감각이었다.

"저기, 저기, 저기요."

태민의 앞에서 당당한 신여성처럼 행동하겠다고 각오했지만, 이런 상황에서까지 그런 연기를 할 여유는 없었다. 서연은 두 손으로 태민의 이마를 눌러 밀어냈다. 그의 입술이 상처에서 떨어져 나갔다.

태민이 왜 그러냐는 듯 서연을 올려다봤다.

'당신이 그런 표정을 지을 때가 아니잖아! 내가 지어야 할 표정이라고, 그건!'이라고 생각하며, 서연은 말했다.

"왜, 왜, 왜 핥고 그래요?"

"침 바른 건데요."

"그러니까 왜……?"

"침 바르면 낫는다면서요?"

"내, 내, 내 침 바르려고 했거든요?"

"내 입이 더 가까운 데 있으니까요."

반박할 수 없는, 논리적인 대꾸였다. 말싸움으로는 도저히 이길 수가 없을 것 같아서 입술만 달싹거리는데, 태민이 말했다.

"안 낫는데요."

"뭐, 뭐가요!"

"상처. 침을 좀 더 발라야 하나?"

태민이 다시 입술을 대려고 하기에, 서연은 황급히 뒤로 물러섰다. 상처의 통증은, 이제 느껴지지도 않았다.

심장이 쿵쾅쿵쾅쿵쾅—!

이러다가 심장 발작으로 죽을 것만 같다.

"다, 다 나았어요. 안 아파요. 멀쩡해요."

"안 멀쩡한데요. 아, 종아리 쪽도 다쳤네요."

"내가, 내가 알아서 할 수 있어요!"

후다다닥 뒷걸음질을 쳐서 더 뒤로 물러났다. 태민이 일어나서 서연을 따라왔다. 서연은 더 뒷걸음질을 쳤다. 가까이에 있으면 진짜로 심장이 터질 것만 같았고, 이런 상태를 그에게 들키고 싶지 않았다. 이미 들켰는지도 모르지만.

그러다가 툭. 등이 벽에 닿았다. 태민이 씩 웃으며 성큼 다가와 서연의 앞에 섰다. 태민의 그림자가 서연에게 드리웠다. 그에게 삼켜진 기분이었다.

"왜 도망쳐요? 치료해 주려는 건데."

"다 나았으니까요. 난 이제 치료가 필요 없어요."

"전혀 안 나았어요."

"다 나았다니까요. 좀 떨어져요."

서연이 고개를 숙이고 두 손으로 태민의 가슴팍을 밀었다. 태민은 순순히 뒤로 물러났다. 손바닥에 느껴지는 단단한 가슴 근육. 뒤늦게 남자 가슴을 만졌다는 걸 깨닫고 황급히 손을 떼었다.

"갈래요. 난 바빠요."

고개를 숙인 채로 말했다. 얼른 태민과 떨어지지 않으면 지난 열흘간의 각오가 몽땅 부서질 것만 같았다.

"약속 장소가 어디예요? 데려다줄게요."

"혼자 갈 거예요."

"다쳤잖아요."

"남들이 들으면 다리 하나 부러진 줄 알겠어요."

"심하게 넘어졌어요. 다리 하나 부러진 것만큼 다쳤고요."

"엄살은 내가 부려야 하는 건데, 왜 정태민 씨가 부리고 그래요?"

"그건……."

거기까지 말한 태민이 입을 다물었다. 말싸움에서 이겼다, 고 생각한 것도 잠시.

"난 원래 측은지심이 강해서, 남이 다친 걸 보면 내가 다친 것처럼 아프거든요."

이 남자가 뭔 소리람. 어이가 없었다. 태민이 계속해서 말했다.

"지금 난 내 무릎과 종아리가 까진 것처럼 아파요. 죽을 것 같아요. 그러니까 데려다줘야겠어요."

이럴 줄 알았으면 그냥 병원을 갈걸. 후회를 하고 있는데 태민이 상체를 살짝 굽히는가 싶더니, 서연을 번쩍 안아 들었다.

"으악!"

생각지도 못한 공주님 안기에, 서연은 비명을 질렀다. 오늘 비명 지를 일이 참 많이 벌어진다. 지금껏 소리 한 번 높이지 않고 평탄

한 인생을 살아왔는데. 10년 동안 지를 비명을 다 지르는 것 같다.

"내려 줘요! 여기 사람들 많잖아요."

"그렇게 소리 내고 버둥거리면 더 주목 받을걸요."

"정말 왜 이러세요?"

"다쳤으니까요. 내가 이러는 게 싫었으면 내 눈앞에서 넘어지지 말았어야죠."

"그건 억지죠. 누가 날 보고 있으래요? 보통 헤어지는 인사를 했으면 돌아서서 각자 자기 갈 길을 가는 게 정상이라고요."

정곡을 찌른 걸까?

태민의 얼굴이 붉어지는 듯 보였다. 태민은 말문이 막힌 듯 서연을 가만히 내려다봤다. 그에게 안긴 채로 보는 그의 얼굴은 무척이나 아름다웠다.

그제야 서연은 태민에게 안겨 있다는 것을 실감할 수 있었다. 등과 다리를 받친 그의 굵고 단단한 팔, 옆에 닿는 그의 가슴. 이런 식으로 남자에게 안기는 날이 올 줄은 몰랐다.

"난 원래 가는 길 잘 가고 있는지 지켜보는 취미가 있어요."

이윽고 태민이 말했다.

"그거 참 진취적이고 유용한 취미를 가지고 계시네요."

"그러니까 약속 장소나 말해요. 안전하게 모셔다 드려야 내 마음도 편할 것 같으니까."

"내려서 걸어갈래요."

"고집부리면 계속 이러고 있을 거예요. 그럼 점점 더 많은 사람들이 구경하겠죠. 우린 동물원 원숭이처럼 주목을 받을 거고, 앞에 모자 하나 놔두고 구경한 값을 받게 될지도 몰라요."
"정태민 씨가 날 내려 주기만 하면 그런 일은 없을걸요."
태민이 싱긋 웃었다.
"난 안 내려 줄 거예요."
"팔 아플 텐데요."
"이 정도야 얼마든지. 내일까지도 이러고 있을 수 있어요."
그럴 수 있을 리 없지만, 서연은 왠지 태민이 한다면 할 것만 같았다. 주위를 둘러봤다. 홍대 거리에서 안겨 있는 서연을, 흘끗흘끗 보고 지나가는 사람들이 많았다. 계속 이 상태로 대치한다면 보는 사람들이 더 많아질 것이다.
"재희 가게요."
갈 만한 곳 중 가장 가까운 곳을 말했다. 이런 꼴을 보여도 창피하지 않을 사람 역시 재희뿐이었다. 재희의 가게가 어디에 있는지 설명했다. 그는 정말로 서연을 안은 채로 걸었다.
벌건 대낮에 한 남자가 여자를 안아 들고 걸어가는 모습은 진귀한 광경이었다. 서연은 돌아보는 사람들, 숙덕거리는 사람들의 기분을 이해했다.
'나라도 이런 모습을 보면 엄청 신기해했을 거야.'
그런 신기한 행위를 자신이 하고 있다는 게 믿어지지 않았다. 지금껏 서연은 지루할 정도로 평범하게 살아왔기 때문이다.
가게까지 가깝기는 해도 걸어서 10분쯤 걸리는 거리였다. 태민의 팔이 아프지는 않을까 걱정됐지만 물어볼 수가 없었다. 그가 무슨 말을 하든 술렁이는 마음을 들킬 것 같았기 때문이다.

이윽고 재희의 가게 앞에 도착했다. 재희는 가게 바닥에 책상다리를 하고 앉아 만화를 보는 중이었다. 가게 앞 인기척을 느끼고 고개를 든 재희와 눈이 마주쳤다.

재희는 처음엔 멍한 표정이었다. 자신이 뭘 본 건지 확신하지 못하는 듯한 눈빛. 그러다가 서서히 눈이 커지기 시작했다.

'설마…….'라고 말하는 듯한 눈으로 두 사람을 보던 재희가 벌떡 일어났을 때, 태민도 마침 가게 문을 열었다.

"뭐야, 지금?"

재희가 버럭 외쳤다.

"아아, 사장님이 다쳐서."

태민이 무뚝뚝하게 대꾸하며 안으로 들어가 서연을 의자에 앉혔다. 재희에게는 무슨 모습이든 보일 수 있을 줄 알았는데, 아니었다.

서연은 이 상황이 부끄러워서 고개를 들 수가 없었다. 화끈거리는 얼굴이 얼마나 붉어졌을지, 서연 자신도 알 수 있었다. 고개를 푹 숙이고 있노라니, 태민이 서연의 머리 위에 손을 올렸다.

"사장님, 치료 제대로 하세요. 소독 잘하고 약 꼼꼼히 바르고."

서연은 고개를 들지 못한 채로 웅얼거리듯 "네." 하고 대답했다.

"그럼 가 볼게요."

태민이 나가고 재희가 그 뒤를 따라 나갈 때까지도, 서연은 고개를 들 수 없었다. 창문에 비친 자신의 모습이 몹시도 바보처럼 보일까 봐서.

*　*　*

재희가 태민의 손목을 붙잡았다.

"오빠, 지금 이거 무슨 짓이야?"

"내가 뭘?"

태민이 뻔뻔하게 되물었다. 재희는 태민의 뺨을 한 대 날려 주고 싶지만 꾹 참았다.

"서연이한테 왜 그래? 서연이, 흔들지 않기로 한 거 아니었어?"

"말했다시피 사장님이 다쳤어."

"다리라도 부러졌어?"

"무릎이랑 종아리가 까졌어. 아까 넘어졌거든."

"보통 좀 까진 것 가지고 그렇게 안아 들고 데려다주진 않아. 자기 자식이 다쳐도 스스로 걷게 할걸?"

"사장님은 내 자식이 아닌 데다가, 난 보통 좀 까진 것 가지고 그렇게 안아 들고 데려다주곤 해."

"거짓말하지 마."

재희는 정말로 태민을 때리고 싶었다. 태민은 나쁜 사람이 아닐지도 모르지만, 여자 문제에 있어서만큼은 최악의 남자였다.

서연을 뒤흔들어 놓고, 고백을 받은 후에는 재미없네 어쩌네 하면서 거절했다. 그런 후 다른 여자를 만났으면서, 또다시 서연에게 이런 행동을 했다. 조금 다쳤다고 과하게 걱정을 하면서 그렇게 안아 들고 여기까지 걸어오다니.

"그런 식으로 행동하면, 여자는 설레게 되어 있어."

"순진하기도 하네. 이런 것 정도로 설레다니."

"순진해서가 아니야. 놀 만큼 놀아 본 여자들도 그럴걸. 대체 왜 그러는 거야? 서연이한테는 안 그래도 되잖아. 그렇게 힘이 남아돌면, 오빠가 아는 다른 여자들한테나 해."

"다른 여자들……."

태민이 인상을 찌푸렸다.

"수많은 여자들을 놔두고 왜 서연이한테 그래? 아니면 다른 여자들한테도 다 했는데 힘이 남아돌아서 서연이한테까지 그러는 거야?"

"글쎄."

그가 시선을 옆으로 피했다가 피식 웃었다.

"그럴지도."

그 순간 재희는, 그게 거짓말이라고 확신했다.

'설마…… 서연이라서 해 준 행동인가? 다른 여자들한테는 해 주지 않고?'

"오빠, 혹시…… 서연이한테 관심 있어?"

"관심이야 아주 많지."

"서연이, 좋아해?"

"좋아하지."

"사장님 어쩌고, 그런 게 아니라. 여자로, 사랑 비슷한 그런 감정이야?"

'사랑'이란 단어가 나오는 순간, 태민의 표정이 싸늘하게 식었다.

"아니, 그런 거 아니야."

태민이 단호하게 말했다.

"사장님은 내가 만지면 긴장하고 잘해 주면 토끼처럼 날 쳐다보거든. 그게 다른 여자들이랑은 달라서 재미있고, 재미있어서 그러는 것뿐이야."

역시 이 남자는 최악이다. 재희는 콧등을 찡그리고 태민을 노려봤다.

"오빤 정말 쓰레기야."

"오오. 그게 내 또 다른 별명인데, 어떻게 알았지?"

그는 기분 나쁜 기색을 비치지 않았다. 그게 더 짜증났다.

"서연이한테 잘해 주지 마. 사무적으로 대해."

"충고는 고맙지만 난 기본적으로 사람들에게 친절한 성격이거든. 친절을 베푸는 것까지 뭐라고 하지 마."

"좀 전의 그건 과했어."

"나한테는 보통 수준의 친절이야. 그럼 간다. 다음에 봐."

"두 번 다시 볼일 없었으면 감사하겠습니다!"

버럭 외치는 재희를 향해 태민이 근사한 미소를 지어 주고는 돌아섰다. 한 걸음 옮겼던 그가 뭔가 생각난 듯 멈춰서 재희를 돌아봤다.

"가게에 약 있어?"

"없어."

"그럼 따라와. 약국 가서 약 사서 들어가."

"내가 알아서 할게."

"어차피 약 사러 가야 하잖아. 가는 길이니까 같이 가."

그건 맞는 말이었기에 재희는 그와 함께 약국으로 향했다.

"흉터 안 남는 연고랑 소독약, 습윤 밴드 주세요."

태민이 약사에게 말했다. 재희가 계산하려 했지만 태민이 더 빨랐다. 약이 든 봉지를 재희에게 건넨 태민이 말했다.

"꼭 소독부터 해. 연고 꼼꼼히 바르고 습포 밴드를 그 위에 붙이면 될 거야."

재희는 봉지를 받아 들고 태민을 가만히 올려다봤다. 태민은 딸의 무릎에 흉터가 생길까 봐 걱정하는 팔불출 아빠처럼 행동하고 있었다. 그리고 이 행동은 아마도 그가 말하는 '보통 수준의 친절'은 아닐 것이다.

태민 자신도 깨닫지 못하는 것 같지만, 한 발 떨어져 있는 재희는 알 수 있었다. 그가 '보통 수준'이 아닌 걱정을 하고 있다는 걸. 아까의 질문을 다시 한 번 하고 싶었다.

'오빠, 서연이 사랑하는 거 맞지?'

하지만 그런 질문을 해 봐야 아까와 같은 반응이 돌아올 것 같기에, 재희는 다른 질문을 했다.

"흉터 좀 남으면 어때서 그래?"

"안 돼. 여자잖아."

"그래도 아까 상처 보니까 흉터가 심하게 남을 것 같던데."

"정말?"

"응, 정말."

사실 서연의 무릎에 생긴 상처는 보지도 못했다. 태민이 서연을 그렇게 안고 들어오는데 상처를 살펴볼 여유가 있었을까.

다만 태민의 마음을 떠보고 싶었을 뿐이다. 그리고 태민은 재희가 예상한, 딱 그런 반응을 보였다.

"그럼 어떡하지? 역시 병원엘 데리고 갔어야 했어. 안 되겠다, 지금이라도 병원에……."

재희는 당장이라도 가게로 달려갈 것 같은 태민의 손목을 붙잡았다.

"됐어, 농담이야."

"뭐?"

"흉터 안 남을 거야. 농담한 거였어."

"야, 그런 농담하지 마. 진짜 놀랐잖아."

"응, 그러게. 아무튼 잘 치료해 줄게. 가 봐."

"그래, 약 꼼꼼히 발라야 돼. 내일도 바르라고 전해 줘, 알겠지?"

"알겠어, 알겠어."

잔소리하는 태민을 놔두고, 재희가 먼저 걸어갔다.

'역시…….'

아까 태민은 사랑이란 말이 나오자마자 곧바로 반응을 보였다. 그때는 그저 나쁜 놈이라 그런 거라고만 생각했는데, 지금 와서 보니 그런 게 아니었다.

'그래, 사랑이 아니면 그냥 평소처럼 싱글싱글 웃으면서 장난처럼 대답하면 되는 거였어. 그게 정태민다운 행동이야.'

하지만 태민은 정태민다운 행동이 아닌 과한 반응을 보였다. 정말로 아무 감정 없으면 그런 식으로 행동하지는 않았을 것이다. 감정이 있기에 과해질 수밖에 없다. 사랑에 빠진 사춘기 소년이, 친구들의 질문을 받았을 때 "절대 아냐!"라고 과하게 반응하듯이.

게다가 넘어져서 생긴 상처에 대한 걱정. 서연을 오랫동안 짝사랑해 온 재원도 그런 식으로 심하게 걱정하지는 않을 것이다.

'뭐야, 저 오빠.'

어이가 없어서 웃음이 나왔다.

'사랑에 빠진 거 맞네.'

*　　*　　*

가게로 돌아온 재희는 손에 약봉지를 들고 있었다.

"많이 다쳤어?"

재희가 다가와 무릎을 들여다봤다. 서연은 괜히 민망해졌다. 재희가 보고 있는 그 부분에, 태민의 입술이 닿았었기 때문이다. 하지만 그런 기색을 내비치지 않고 말했다.

"많이 다친 건 아냐. 그냥 조금 까졌어."

"으이그. 어쩌다 넘어졌어?"

재희가 약봉지에서 약을 꺼내며 물었다.

"딴생각하면서 걷다가 좀."

그가 날 지켜보고 있을 것 같아서 스텝이 꼬였어, 라는 말은 창피해서 할 수가 없었다.

"하여간 그 오빠도 참 유난이다. 별로 다치지도 않았구만."

재희가 서연의 무릎을 소독하며 말했다.

"그러게 말이야. 날 놀리는 게 재미있나 봐."

"흐음, 그런가?"

"이젠 정태민 씨가 무슨 짓을 해도 다 날 놀리려고 하는 행동이라고 생각할 거야."

서연이 다짐을 하듯 말했다. 재희가 고개를 들어 서연을 가만히 응시하다가 어깨를 으쓱했다.

"그래, 뭐. 그러는 게 좋겠지."

재희는 연고를 꼼꼼히 바르고 습윤 밴드를 붙여 줬다.

"보기 좀 안 좋겠지만 한동안은 이거 붙이고 다녀. 그래야 흉터 없이 아물 테니까."

"응. 아, 재희야. 우리 가게 유니폼 말인데, 너한테 부탁을 하고 싶어. 괜찮을까?"

"당연히 괜찮지. 안 그래도 내가 유니폼 만들어 보겠다고 얘기하려고 했는데 잘됐다. 어떤 느낌을 원해?"

"음, 우리 가게 콘셉트가 말이야."

서연은 그동안 카페 '작전명 스위트'에 대해 회의했던 내용을 간추려 설명했다. 눈을 반짝반짝 빛내며 이야기를 들은 재희가 환하게 웃었다.

"작전명 스위트. 가게 콘셉트랑 잘 어울리네. 달콤하고 사랑스럽고 그러면서도 정중한 느낌을 내는 옷이면 되겠지? 너네 가게에서만 볼 수 있고 그렇다고 해서 너무 튀지 않는 옷."

"응, 그런 느낌이면 좋겠어."

"알겠어, 한번 해 볼게. 안 그래도 요새 심심했는데."

재희는 정말로 즐거워 보였다. 이번 주 중에 디자인화를 몇 개 준

비해서 보여 주겠다는 재희의 약속을 받아내고 가게에서 나왔다. 이렇게 필요할 때에 곧바로 도움을 청할 수 있는 사람이 있다는 건 행복한 일이다.

'배고파.'

그러고 보니 점심 먹는 걸 새까맣게 잊고 있었다.

서연은 고개를 들어 하늘을 올려다봤다. 한 달 전과 다름없는 새파란 하늘이 펼쳐져 있었다. 하지만 서연의 생활은 이 한 달 동안 많이도 변했다.

한 달 전에는 혼자 돌아다니고 혼자 밥을 먹는 걸 꿈도 못 꿨는데, 이제는 자연스럽게 혼자 밥을 사 먹고 들어가야겠다는 생각을 하게 되었다. 무엇을 사 먹든 터치하는 사람도 없고.

윤성이나 란희에게는 홍 회장이 시작한 이 게임이 재양 그룹을 손에 넣을 수 있는 기회겠지만, 서연에게 이 게임은 자유와 변화의 기회였다.

* * *

톡— 톡— 톡—

가게에 돌아온 후부터 태민은 비스듬하게 앉아, 검지로 테이블을 두드리고 있었다. 저건 태민이 깊은 생각에 빠졌을 때의 습관이다.

"뭘 생각을 그렇게 해?"

현영은 태민의 맞은편에 앉으며 물었다. 태민은 현영이 있다는 걸 새까맣게 잊고 있었다는 듯, 멍한 눈으로 현영을 응시했다. 그래서 현영은 태민이 '여자 생각' 그것도, '사랑에 빠진 여자 생각'을 하고 있다는 것을 깨달았다.

비웃음이 나오려는 걸 간신히 멈췄다. 이 남자를 아는 수많은 여자들 중, 이 남자가 사랑에 빠졌다는 걸 아는 여자는 몇 명이나 될까?

'아마 나밖에 없을 거야.'

우월감과 짜증이 동시에 찾아왔다.

그들은 알까? 사랑에 빠진 정태민은 정말로 바보 같아진다는 걸. 자신이 얼마나 흐트러진 모습을 보이는지 깨닫지도 못할 만큼 멍청이가 된다는 걸. 게다가 이 마성의 남자가 짝사랑 중인 여자는 기가 막힐 정도로 촌스럽다는 걸.

'이 새로운 모습을 보는 걸 기뻐해야 할지, 화를 내야 할지 모르겠네.'라고 생각하며, 현영이 다시 물었다.

"무슨 생각을 그렇게 하느냐고."

"넘어진 적 있어?"

"뭐?"

"길을 걷다가 말이야. 넘어진 적 있냐고."

이건 또 무슨 소리지? 느닷없는 질문에 당황했지만, 현영은 담담히 대답했다.

"글쎄. 어릴 적엔 있지. 요새는 없는 것 같은데. 술을 많이 마시는 편도 아니니까, 길 가다가 넘어질 일은 없지."

"어릴 때, 심하게 넘어졌냐?"

태민이 현영의 앞에서 '냐'로 끝나는 말투를 쓰는 건 처음이었다. 그는 여자 앞에선 거의 습관적으로 친절하고 다정한 말투를 사용했다.

그런 태민이 현영에게 이런 말투를 사용한다는 건, 현영을 완전히 친구로만 생각하거나 혹은 '그녀' 생각에 정신을 못 차리거나. 둘 중 하나였다.

'어쩌면 둘 다일지도. 이거 진짜 좋아해야 할지, 싫어해야 할지 모르겠네.'

현영은 속으로 한숨을 삼켰다.

"종종 넘어지긴 했는데, 기억에 남는 건 하나밖에 없어. 학교 끝나고 집에 가다가 넘어졌는데, 진짜 아팠지. 엄청 울었어."

"흉터도 남았냐?"

"어릴 땐 잘 아물잖아. 살짝 남긴 했는데 거의 안 보여."

"흐음, 그래."

그러더니 태민은 또다시 톡, 톡, 톡, 테이블을 두드리기 시작했다. 이거 진짜 중증이다.

"서연이가 넘어져서 다치기라도 했어?"

슬쩍 떠보는 말에 당혹스러운 반응이 돌아왔다. '서연'이란 이름이 나오자마자 태민의 얼굴이 눈에 띄게 붉어진 것이다. 생각지도 못한 반응에 도리어 현영이 당황했다.

"여기서 갑자기 사장님이 왜 나와?"

태민이 시선을 옆으로 피하며 중얼거렸다.

'이거 뭐야?'

현영은 비명을 지르고 싶어졌다.

'이름만 말했을 뿐인데 왜 얼굴을 붉히고 야단이야? 사춘기야? 응? 사랑에 빠진 사춘기 소년이냐고!'

태민의 이런 모습을 보는 게 두 번째다. 하지만 태민이 어떤 남자인지 아는 현영이기에, 볼 때마다 놀라움이 더할 수밖에 없었다. 눈앞에 있는 이 남자가, 2년 전 만났던 그 남자가 맞는지 의심스러울 지경이었다.

'그래, 이 남자는 정태민이 아니야. 정태민이 이렇게 수줍은 모습을 보일 리가 없어.'

현영이 아는 정태민은 다정다감하지만 어딘지 모르게 거리감 느껴지는 미소를 짓는 자신만만하고 어른스러운 남자였다. 미소를 짓고 있어도 냉정함이 느껴지는 그런 남자.

하지만 지금 눈앞의 정태민은 그야말로 처음 사랑을 경험하는 사춘기 소년. 그 이상도, 이하도 아니었다.

갑자기 어깨에서 힘이 쭉 빠졌다. 서연의 이름을 들었다고 얼굴을 붉히는 남자에게는 복수심조차 생기지 않았다. 아니, 애초에 이 남자를 2년 전의 그 남자와 동일 인물이라고 생각할 수조차 없었다.

"토끼가 말이야."

손에 턱을 비스듬히 괴고 시선을 옆으로 돌린 상태로, 태민이 말을 시작했다.

"네가 토끼를 키우는데, 그 토끼가 심하게 다치면 역시 걱정이 되겠지?"

"너, 토끼 키워?"

"아니, 만약에 말이야. 만약에."

현영은 태민을 빤히 응시했다. 현영의 시선이 느껴질 게 분명한데도, 그는 현영 쪽으로 눈을 돌리지 않았다. 현영은 '토끼'가 서연을 의미한다는 걸 모를 만큼 바보가 아니었다. 태민은 바보인 것 같지만.

'조금 놀려 줄까?'

심술궂은 생각이 들었다.

"걱정 안 돼."

현영의 단호한 대답에 태민이 현영을 돌아봤다.

"전혀 걱정 안 돼. 그저 애완동물일 뿐이잖아. 다쳐서 치료해 줬으면 그걸로 된 거지, 뭐. 그걸 가지고 일하면서 계속 생각할 만큼 걱정이 되진 않아."

"하지만 네가 그 토끼를 굉장히 아낀다면? 그 토끼가 세상에서 제일 귀여운 토끼라면?"

'네 눈엔 서연이가 세상에서 제일 귀엽니?'라고 묻고 싶은 걸 꾹 참고 대답했다.

"세상에서 제일 귀엽고 사랑스러운 토끼라도 마찬가지야. 직장에서까지 생각하진 않아. 아무리 그래도 토끼는 그저 토끼일 뿐이니까."

"어마어마하게 사랑스러운데도? 숨이 막힐 정도로 사랑스러운 토끼라서, 두 번 다시 그런 토끼를 만날 수 없는데도?"

'너 진짜 가관이다.'라고 말하고 싶은 걸 참으며, 현영은 미소를 지었다.

“응, 그래도. 나뿐만이 아냐. 모두가 그럴걸. 애완동물은 애완동물일 뿐. 다쳤다고 해서 하루 종일 생각하진 않지.”

태민은 큰 충격을 받은 것 같았다.

그제야 현영은 태민이 ‘사랑’이란 감정을 인정하지 않으려고 한다는 걸 깨달았다. 서연을 향한 그 감정을 사랑이라고 생각하기 싫어서, 토끼 운운하며 다른 감정으로 치부하려 하는 건가 보다.

‘하지만 왜? 사랑이 못 할 짓도 아니고, 그렇다고 얘가 유부남인 것도 아니고. 아니지, 설마…….’

현영은 혼란스러워 보이는 태민을 향해 조심스럽게 물었다.

“태민아, 너 혹시…… 유부남이니?”

태민이 웃음을 터뜨렸다. 이번에도 얼굴을 붉히거나 더듬거리는 반응을 보일 줄 알았기에, 현영은 당황했다. 태민은 웃고 있었지만, 눈빛은 무척이나 서늘했다. 2년 전의 그 정태민으로 돌아간 것만 같았다.

“유부남이라니. 내가 유부남이 될 일은 평생 없을 거야.”

태민의 말투가 다시 다정해졌다. 거리감이 느껴지는 다정함. 첫사랑, 혹은 짝사랑이라는 애틋하고도 달콤한 세계에 머물다가 다시 현실로 돌아온 사람처럼, 태민의 눈동자는 식어 있었다.

“나는 결혼이라는 것처럼 한심한 제도가 없다고 생각하거든.”

“그럼 넌 평생 사랑만 하면서 살게?”

“사랑? 아니, 내가 하는 건 사랑이 아니야. 놀이지. 너도 알다시피 난 재미있는 걸 좋아하거든.”

태민이 일어났다.

"그만 가 봐야겠다. 내가 없어도 되는 거지? 인테리어 잘 부탁해."

태민은 현영의 대답도 듣지 않고 가게를 나갔다. 현영은 다리를 꼬고 앉아 닫힌 문을 물끄러미 응시했다.

'틀렸어, 정태민.'

태민은 늘 그랬듯 벽을 치려고 했다. 필요 이상으로 가까워지지 않도록 거리를 두고, 냉정함을 유지하려고 노력했다.

좋은 시도였다. 하지만 마무리가 허술했다.

'방금 넌 도망쳤고, 그걸 나한테 들켰어. 옛날의 너였다면 이렇게 허술하게 대화를 마무리 짓고 꽁무니를 빼진 않았을 거야.'

*　　*　　*

재희와 함께 있을 때는 괜찮았는데, 혼자가 되자마자 태민이 떠올랐다. 무릎을 꿇고 앉아 올려다보던 그의 눈빛, 무릎에 닿았던 그의 입술. 생생하게 떠올라 서연은 얼굴이 화끈거렸다.

택시를 타고 집에 가는 내내 그 장면을 회상했다.

'모든 여자들에게 해 주는 행동이겠지만 그래도…… 그 순간의 달콤함은 내 거니까.'

참으로 달콤한 남자다. 정태민이라는 남자 자체가 내 것이라면 세상을 다 얻은 듯한 기분이 들 텐데. 재양 그룹이라든가, 거대한 저택이라든가. 그런 걸 손에 쥐는 것보다 훨씬 더 기쁜 일일 것이다.

사랑은 소유욕을 동반한다는 걸, 그를 사랑하게 되면서 알게 되었다.

'언제쯤 되어야 이 마음이 사라질까? 이런 다정함을 그저 그의 습성일 뿐이라고 생각하게 되는 날이 오기는 할까?'

택시에서 내려 집으로 향했다. 대문을 열고 안으로 들어간 서연은 한숨을 삼켰다. 마당의 벤치에 다리를 꼬고 앉아 있는 윤성을 보자마자 가슴이 싸늘하게 식었다.

저택을 둘러싼 거대한 벽은, 바깥세상과의 차단을 의미했다. 이 저택에 들어올 때마다, 밖에서 누렸던 자유로움이 꿈결처럼 희미하게 사라지곤 한다. 그리고 이 저택의 사람들을 마주하면, 자유 같은 건 누린 적도 없었다는 듯 가슴이 답답해진다.

"막내야. 요새 얼굴 보기 힘들다?"

"오빠, 오셨어요?"

서연은 살짝 고개를 숙여 인사했다. 윤성이 피식 웃으며 일어나 서연에게 다가왔다.

"저번에 그놈이랑 놀아나느라 바쁜가 봐?"

"아니에요, 그런 거. 그분은 우리 가게에서 일하는 직원이에요."

"가게는 아직 오픈도 안 했잖아. 둘이서 뭘 하는데?"

"둘이 아니라……."

거기까지 말하고 서연은 입을 다물었다. 윤성에게 미주알고주알 털어놔야 할 이유가 없었다. 윤성은 그저 시비를 걸고 싶은 것뿐이다.

"왜 말을 하다 말아?"

"아니에요, 아무것도. 그런데 어쩐 일이세요?"

"아아, 너 저번에 내가 인사시켜 줬던 내 친구 기억나지? 최민기 검사."

"아, 네에."

"이번 주 토요일에 약속 잡아 놨어. 만나 봐."

"네?"

"그때 그놈보다 훨씬 나을 거야. 아니, 비교를 하는 것부터가 미안할 지경이지. 그놈은 그 나이에 알바나 하고 있지만, 내 친구는 검사잖아, 검사."

"아……."

"그 친구 집안이 대단해. 다들 검사에 변호사, 의사……. 만나 보면 너한테도 확실히 도움이 될 거야."

"말씀은 감사하지만……."

"거절은 안 돼."

윤성의 음성이 낮아졌다. 순간 윤성의 눈동자가 서늘하고 잔혹하게 빛나는 걸, 서연은 똑똑히 목격했다.

등줄기에 식은땀이 맺혔다. 이런 눈빛을 지을 때의 윤성은 아버지 홍진탁과 소름이 끼치도록 빼닮았다. 자신의 목적을 이루기 위해서는 무슨 짓이든 할 수 있다는 눈빛. 그것이 설령 인간의 길을 벗어난 행위일지라도, 서슴없이 저지르리란 눈빛.

"아버지도 허락하신 일이거든."

숨을 쉴 수가 없었다.

"나는 네 오빠니까 네가 걱정이 돼, 서연아."

윤성이 옅은 미소를 지으며 서연의 어깨를 향해 손을 뻗었다. 피하고 싶지만 그러지 않았다. 괜히 윤성을 자극할 수는 없었다. 윤성의 손가락이 어깨에 닿았다. 벌레가 기어가는 느낌이 들었지만 꾹 참았다.

"물론 너도 젊으니까 가볍게 남자를 만나보고 싶기도 할 거야. 하지만 그런 얘기가 이쪽 세계에 퍼지면, 네 미래에 득 될 게 없어. 알지?"

"……네, 알아요."

"얼굴만 반반한 것들 만나서 집안 망신시키지 말고, 넌 너한테 어울리는 남자를 만나는 게 좋아. 민기 정도면 집안도 좋고 인성도 발라서, 너한테 잘 어울릴 거야. 일찌감치 결혼해서 아이도 낳고, 부모님께 손주를 보여 드리면 얼마나 좋아하시겠어? 안 그래?"

어릴 때는 홍진탁이 서연의 목줄을 잡고 자신이 원하는 길로 이끌었다. 조금만 더 크면, 성인이 되면 그 목줄에서 벗어날 수 있을 거라고 생각했다.

나도 내 인생이 있다, 나도 살아서 숨 쉬고 있다, 당신들의 베란다를 장식하는 화분도, 애완동물도 아니다. 그렇게 말할 수 있을 줄로만 알았다.

하지만 아니었다. 홍진탁의 목줄을 홍윤성이 넘겨받았다. 아니, 넘겨받은 게 아니라 두 사람이 같이 공유하기 시작했다.

과연 이 목줄을 풀 수 있는 날이 오기는 할까? 풀려고 노력하면 노력할수록 심하게 죄여 오는 건 아닐까? 그러다가 숨이 턱 막혀 죽게 되진 않을까?

서연은 눈을 질끈 감았다가 떴다.

'도망칠 거야. 이젠 내 가게가 있잖아.'

"대답 안 해?"

윤성이 채근했다.

"네, 오빠. 오빠 말이 맞아요."

도망칠 곳이 없어 끌려가야만 했던 때가 아니다. 홍 회장이 도망칠 장소를 만들어 줬으니 있는 힘을 다해 도망쳐야 한다. 그걸 위해서라면 거짓말이든, 연기든 해낼 수 있다.

"그날은 예쁘게 좀 하고 나가. 이런 옷 입지 말고, 백화점 가서 마네킹에 코디해 놓은 대로 옷을 사서 입어. 알겠지?"

"네, 오빠. 오빠가 부끄럽지 않게 잘하고 나갈게요."

서연의 순종적인 대답에 윤성이 비릿한 미소를 지었다.

"그래, 역시 우리 막내밖에 없다. 란희 고 계집애는 성질머리가 드세서 어디 내놓기도 민망하다니까. 저녁은 먹었고?"

"네, 먹었어요."

"그래, 그럼 피곤할 텐데 들어가 봐. 아니면 오빠랑 데이트 할래? 나가서 옷도 사고."

"아, 오늘은 들어가서 해야 할 일이 남아서요. 이만 들어가 볼게요, 오빠."

윤성의 기분이 바뀌기 전에 얼른 별채 쪽으로 걸음을 옮겼다.

"비싸게 굴긴."

윤성이 중얼거리는 소리가 들려왔지만 무시했다. 도망치는 것처럼 보이지 않기 위해 걷는 속도를 유지하고, 차분하게 별채 문을 열었다. 안으로 들어가 조용히 문을 닫자마자, 문고리를 잡은 채로 주저앉았다.

숨을 몰아쉬었다. 부족한 공기가 폐로 들어왔지만 답답함이 가시지 않았다.

'숨 막혀.'

눈물이 차올랐다. 하지만 깜빡깜빡 눈꺼풀을 움직여 눈물을 도로 집어넣었다. 이런 일로 일일이 우는, 나약한 여자가 되고 싶진 않았다.

'정태민 씨가 보고 싶어.'

어째서일까. 태민은 서연의 가슴에 상처를 주는 사람인데, 서연에게 조금도 애정을 주지 않는 사람인데. 왜 이런 순간에 그가 보고 싶어지는 걸까.

그를 간절히 원했다. 그에게 전화를 걸어 그의 목소리를 듣고, 그를 만나 마음껏 이 답답함을 털어놓고 싶었다. 그러면 숨을 쉴 수 있을 텐데. 산소가 부족한 것 같은 이 답답함에서 벗어날 수 있을 텐데.

서연은 휴대폰을 꺼내, 전화번호부에서 태민의 이름을 찾아내 가만히 응시했다. 전화를 걸면, 그는 받으리라. 만나자 하면, 약속이 없는 한 만나 주겠지. 속사정을 털어놓으면, 진지하게 경청할 것이다.

서연이 원하는 걸 모두 다 해 주겠지만, 그 마음만큼은 주지 않으리라는 것을 알고 있었다. 서연이 가장 원하는 애정만큼은 가질 수 없다는 걸 알고 있었다. 그리고 그 사실이 이 가슴을 얼마나 더 아프게 할지 알기에, 서연은 휴대폰을 도로 집어넣었다.

그의 위로는 황홀하겠지만, 아마도 꿈결처럼 짧고 덧없을 것이다. 그 후 현실로 돌아왔을 때의 끔찍한 고통만큼은, 더 이상 느끼고 싶지 않았다.

*　　*　　*

초록은 동색이다.

끼리끼리 논다.

가재는 게 편이다.

부정적인 말들이 머릿속을 가득 채웠다.

'좋은 사람일 거야.'

그렇게 생각해 보려고 했지만 쉽지 않았다. 윤성과 친하게 지내는 사람이라면 비슷한 생각, 비슷한 취미, 그리고 비슷한 성품을 가지고 있을 거라는 불길한 예감만 들었다.

'그날 어땠더라?'

처음 만났을 때의 인상을 떠올려 보았지만 판단하기가 쉽지 않았다. 그때 느낀 불쾌함이 그 사람 때문인지, 아니면 윤성 때문인지 알 수 없었다.

"사장님. 무슨 생각을 그렇게 해요?"

나직한 음성에 정신을 차렸다. 태민이 옅은 미소를 띤 얼굴로 서연을 보고 있었다. 태민과 함께라는 것을 잊을 만큼, 토요일의 소개팅이 부담스러웠다.

'나, 소개팅해요.'라고 말하면, 태민은 어떤 표정을 지을까?

순간적으로 든 생각이 우스워서 쓴웃음을 삼켰다.

'어떤 표정을 짓긴. 아무렇지도 않겠지. 내가 정태민 씨한테 뭐나 된다고.'

주말에 결혼을 한다고 말해도 태민은 희미한 미소를 유지할 것이다. 나는 그에게 뭣도 아니니까.

"아무 생각도 안 했어요. 그냥 좀 피곤해서요."

서연은 그렇게 대답하며 주위를 둘러봤다. 가게의 인테리어는 한창 진행 중이었다. 가끔 드릴 사용하는 소리에 시끄러운 걸 빼면, 생각보다는 소란스럽지 않았다.

진한 스키니진에 흰색 셔츠를 입고 이런저런 지시를 내리며 감독하는 현영의 모습은, 같은 여자도 반할 만큼 멋있었다. 뒤로 질끈 묶은 머리가 현영과 무척 잘 어울렸다.

태민의 주위에는 현영 같은 여자가 넘쳐나리라. 그러니 여자를 보는 눈도 높을 게 분명하다.

'나처럼 패션 센스 없는 여자는 눈에 들어오지도 않을 거야.'

토요일 소개팅 생각에 기분이 안 좋아서 그런지, 자꾸만 부정적인 생각이 들었다.

"많이 피곤하면."

불쑥 태민의 손이 가까이 다가오는 바람에, 서연은 황급히 몸을 뒤로 뺐다. 태민이 서연의 볼로 향하던 손을 멈추더니 싱긋 웃고는 손을 도로 내렸다.

“많이 피곤하면 오늘은 그만 들어가서 쉬세요.”

“아니에요. 인테리어 하는 것도 구경하고 싶고, 가게 일에 대해서도 생각하고 싶어요.”

그런 이유도 있지만, 사람들이 많은 공간에서 ‘정태민’이라는 사람을 마주하고 싶었다. 이렇게 여럿이 있을 때 태민과 계속 마주하다 보면, 그의 존재에 익숙해져서 언젠가는 단둘이 있게 되어도 괜찮지 않을까, 라는 생각 때문이었다.

“현영 언니는 참 예쁜 것 같아요.”

현영은 흘러내린 머리카락이 신경 쓰였는지, 머리를 풀었다가 다시 묶고 있었다. 다리를 꼬고 비스듬히 앉아 있던 태민이 현영을 흘긋 돌아보고는 말했다.

“그래요? 난 어린 사장님이 더 예쁜 것 같은데.”

무심히 던진 칭찬이 서연의 심장에 작은 파문을 일으켰다. 이 남자는 정말로 어떻게 말해야 여자를 기분 좋게 할 수 있는지 잘 알고 있구나. 아무 감정 담기지 않은, 습관 같은 칭찬이라는 것을 알면서도 심장이 콩콩 뛰었다.

‘익숙해져야 돼. 이런 칭찬에는.’

그리 다짐하며 말했다.

“정태민 씨는 여자한테 예쁘다는 말을 참 아무렇지도 않게 하시네요.”

이번에도 무심한 반응이 돌아올 줄 알았다. ‘그래요?’라든가, ‘원래 칭찬은 하면 할수록 좋은 거라잖아요.’라든가, 혹은 ‘사장님한테만 하는 말이에요.’라든가.

뭐가 되었든 담담한 반응을 보일 줄로만 알았다. 그래서 다음 순간 태민의 반응에, 서연은 놀랐다.

"아……."

태민은 입을 살짝 벌린 채 신음인지 뭔지 모를 소리를 내고는, 고개를 옆으로 돌리고, 한 손으로 입가를 가렸다. 언뜻 귓불이 붉어진 것처럼 보였지만, 서연은 자신이 잘못 본 것이라고 확신했다.

그가 얼굴을 붉힐 이유가 없잖은가! 얼굴을 붉히려면 예쁘다는 칭찬을 받은 내가 붉혀야지.

서연이 태민의 반응에 혼란스러워하는 동안, 작업을 하면서도 두 사람의 대화에 귀를 기울이고 있던 현영은 속으로 웃었다.

'정태민이 여자한테 예쁘다는 말을 아무렇지도 않게 한다고? 틀렸어, 홍서연.'

여자를 기분 좋게 해 주는 말만 골라하는 태민이 결코 하지 않는 말이 딱 두 개 있었다.

예쁘다.

사랑해.

근사하다, 멋지다, 좋은데, 따위의 말은 자주 하지만 '예쁘다.'라는 직접적인 칭찬을 하는 건 한 번도 못 들어 봤다. 서연에게 할 때를 제외하고는.

태민의 반응을 보면 아마 본인도 모르고 있다가 이번에야 자각한 것 같다. 유독 서연에게만 예쁘다고 말해 준다는 걸.

'얼마나 중증인 거야?'

얼굴을 붉히고 말을 잇지 못하는 태민의 모습에 한숨이 절로 나왔다. 한때 갖고 싶어서 견딜 수가 없었던 마성의 남자가, 이제 와서 순진하고 바보 같은 모습을 보일 때마다 황당함을 금할 수가 없다. 저 남자가 내가 그토록 손에 넣고 싶었던 그 남자가 맞는지 의심스러울 지경이었다.

그때였다. 테이블 위에 올려 둔 서연의 휴대폰이 울린 것은.

드르르르—

진동 소리에 서연은 정신을 차리고 얼른 휴대폰을 집어 들었다. 태민도 얼굴을 가리고 있던 손을 떼고 서연을 돌아봤다.

[신재희]

재희에게 온 전화였다.

"어, 재희야."

[뭐해?]

"지금 가게야."

[아, 그래? 이따 저녁이나 같이 먹을래?]

"응, 좋아. 안 그래도 저녁 때 만나자고 하려고 했는데."

[왜? 무슨 일 있어?]

"응, 옷을 좀 사러 가야 할 것 같아서. 네가 옷 좀 골라 줬으면 좋겠어."

[웬일이래? 늘 자기 취향 고집하더니?]

"토요일에 소개팅을 하게 됐거든. 그 자리에 맞는……."

거기까지 말하다가 멈춘 이유는, 갑자기 가게 안이 소란스러워졌기 때문이었다. 태민은 벌떡 일어났고, 현영은 들고 있던 텀블러를 떨어뜨렸다. 서연이 입을 다물고 돌아보자 태민도, 현영도 어색한 미소를 지으며 원래의 자세로 돌아갔다.

"그 자리에 맞는 옷을 입어야 할 것 같아서. 이렇게 입고 나갈 수는 없잖아."

서연은 하던 말을 끝냈다. 한동안 재희의 대답이 들려오지 않았다. 끊어졌나 싶어서 휴대폰을 확인했지만 여전히 통화 중 상태였다.

"저기, 재희야?"

[그래, 이따 얘기하자. 너네 가게로 갈게.]

"응, 이따 봐."

전화를 끊고 봤더니 태민이 묘한 표정을 짓고 있었다. 어쩐지 분위기가 좋지 않았기에, 차라리 지금 퇴근을 할까 고민이 됐다. 입안의 살을 잘근잘근 깨물며 무슨 말을 꺼낼까 고민하는데, 태민이 물었다.

"사장님, 소개팅해요?"

4장
친구가 낯설게 느껴질 때

"네, 소개팅을 하게 됐어요."

"안 돼요."

"네?"

"소개팅, 안 돼요."

태민이 단호하게 말했다. 서연의 소개팅에 대한 결정권을 자신이 가지고 있다는 듯 당당한 태도였기에, 서연은 저도 모르게 '네, 역시 안 되겠죠?'라고 대답할 뻔했다.

가까스로 정신을 차리고 애써 미소를 지었다.

"왜 안 되는데요?"

"소개팅은 사장님이랑 안 어울려요."

"네?"

"소개팅을 해 본 적 있기는 해요?"

"없긴 하지만……."

"그거 굉장히 지루하고 재미없어요. 말을 잘하지 않으면 한 시간 앉아 있는 것도 곤욕이죠. 사장님이 그걸 해낼 수 있을 것 같아요?"

어쩐지 무시를 당하는 기분이 들어서, 서연은 발끈했다.

"해낼 수 있어요."

"아뇨, 못 해요. 사장님은 분명 실수를 할 거예요. 소개팅 같은 건 안 하는 게 나아요."

"내가 무슨 실수를 한다는 거예요?"

"어제도 내 앞에서 넘어졌잖아요. 그 남자 앞에선 안 그럴 것 같아요?"

서연이 얼굴을 붉혔다.

"어제 그건…… 나도 오랜만에 넘어진 거였어요. 그렇게 허구한 날 넘어지지는 않거든요?"

"한 번 넘어지면 두 번도 넘어지게 되어 있어요."

"대체 그런 규칙은 어디서 나온 규칙이래요?"

"담배도 한 번 펴 본 사람이 또 피운다잖아요. 실수도 마찬가지예요. 한 번 해 본 사람이 또 하게 되어 있죠."

"담배는 중독성이 있지만 실수는 중독성이 없잖아요."

"있어요, 중독성. 그런 것도 몰랐어요?"

서연은 어이가 없었다. 이 남자가 왜 이런 말도 안 되는 소리를 하는 걸까?

"난 소개팅 잘해낼 거예요. 두고 봐요."

서연은 방금 전까지만 해도 소개팅을 하고 싶지 않아 우울했다는 걸 잊었다. 어제 한 번 넘어진 걸 가지고 소개팅이랑 어울리지 않느니, 실수를 할 거라느니, 놀려 대는 태민이 얄미웠다.

두고 보라지. 완벽한 소개팅을 해서 깜짝 놀라게 해 줄 테니까.

"그렇게 두고 보라는 식으로 소개팅을 나가면 백 프로 실패합니다. 사장님은 소개팅을 받을 자격이 없어요."

"소개팅에도 자격이 필요해요? 그럼 그 자격증은 어디서 따는데요?"

"안 가르쳐 줄 거예요. 어차피 사장님은 그 자격증, 못 딸 테니까."

"알려줘 봐요. 그 자격증, 반드시 따서 정태민 씨 눈앞에 들이밀어 줄 테니까."

"그렇게 해야 할 정도로 남자가 급합니까? 사장님, 그렇게 남자 밝히는 여자였어요?"

"여자가 남자 밝히는 게 뭐 어때서요? 그게 나쁜 거예요?"

"그렇게 남자가 좋으면 차라리 날……."

거기까지 말한 태민이 입을 다물었다. 자신이 내뱉으려는 말의 의미를 깨달은 것이리라.

벌찌감치 서서 지켜보던 현영은 속으로 손뼉을 쳤다.

'잘했어, 정태민. 지금까지 아주 바보 같았어.'

사랑에 빠진 태민은 여러 가지로 새로운 모습만 보여 주고 있었다. 놀라운 건, 그 새로운 모습들이 전부 바보 같고 유치하다는 것이다. 현영은 마성의 남자가 멍청해지는 과정을 생생하게 목격하는 기분이었다.

그때였다.

벌컥—

가게 문이 열리고 재원이 뛰어 들어온 것은.

모두의 시선이 재원에게로 향했다. 재원은 당황한 듯 현영에게 살짝 고개를 숙여 인사를 하고는, 서연에게로 성큼성큼 다가갔다.

"소개팅한다며?"

"응, 소문 되게 빠르다."

"안 돼, 하지 마. 소개팅은 너랑 안 어울려."

"……."

"넌 소개팅하면 실수할 거야. 분명히."

"……."

또 다른 바보의 등장이다.

재원을 보는 건 처음이지만, 현영은 재원이 서연에게 푹 빠져 있고 그 마음을 고백하지 못했다는 걸 알 수 있었다. 태민과 똑같은 행동을 하고 있기 때문이었다.

현영은 슬슬 서연이 안쓰러워지기 시작했다. 멋진 두 남자가 있고, 그 두 남자가 서연을 짝사랑하고 있는데, 둘 다 바보다.

"그래, 신재원. 말 잘했다."

태민이 끼어들었다.

"형도 같은 생각이에요?"

"응, 그래서 사장님을 말리고 있었지. 하지만 사장님, 고집이 세. 소개팅 자격증이라도 받겠대."

"말도 안 돼. 서연이 네가 그 자격증을 딸 수 있을 리 없어."

"내 말이 바로 그거야."

상대해야 할 바보가 둘로 늘자, 서연은 아까의 오기를 부리지 못했다. 커다란 눈을 더 크게 뜨고 두 남자 사이에 앉아 있는 서연이 불쌍해서, 현영은 그들에게로 다가갔다.

"우리 오늘 처음 보죠? 최현영이에요."

현영이 재원에게 가볍게 인사를 건넸다.

"아, 갑작스러워서 인사도 못 드리고 실례했습니다. 신재원입니다. 서연이 친구고요. 잘 부탁드립니다."

재원은 반듯한 이미지의 청년이었다. 눈매가 선량한 것이, 동물로 치자면 골든 레트리버와 닮았다. 그러고 보니 머리카락도 연갈색이다.

"네, 나도 잘 부탁해요. 그런데 서연아, 너 소개팅한다고?"

"네, 언니. 저랑 안 어울리는 것 같긴 하지만 소개팅을 하게 됐어요."

"잘됐다. 너도 한창 때인데 여기만 드나들지 말고 남자도 좀 만나고 그래야지."

현영의 말에 재원과 태민이 도끼눈을 떴다. 두 남자가 무시무시한 시선을 보냈지만 현영은 무시했다.

자기 마음도 고백하지 못하는 바보들 따위, 하나도 안 무서워.

"어떤 남자래? 기본 정보는 알지?"

"음, 검사래요. 집안이 꽤 좋다고 그러더라고요."

"괜찮네. 남자가 능력 있고 집안 빵빵하면 그걸로 된 거지. 외모는? 사진 없어?"

"사진은 없는데, 본 적은 있어요. 한 번."

"아, 원래 아는 사람인 거야? 그쪽에서 널 마음에 들어 해서 만나게 해 달라고 한 건가?"

"그럴지도 모르지만…… 글쎄요."

"누가 해 주는 건데? 친구?"

"아뇨, 오빠가."

순간 재원과 태민의 눈동자가 서늘하게 식었다.

"윤성이 형이 해 주는 거라고?"

미처 그 분위기를 깨닫지 못했던 현영은, 방금 전까지와 달리 낮게 가라앉은 재원의 목소리에 놀랐다. 금방이라도 꼬리를 흔들 것만 같았던 재원의 인상이 순식간에 맹수처럼 변해 있었다.

"응, 윤성이 오빠 친구래."

"너…… 아니다. 잠깐 나랑 얘기 좀 해."

재원이 서연의 손목을 잡아 일으키더니 그대로 가게를 나갔다. 둘의 분위기가 심상치 않아서, 현영은 말릴 생각도 하지 못하고 지켜보기만 했다. 태민은 묵묵히 앉아 두 사람이 나간 문을 노려보고 있었다.

"왜들 저러는 거야?"

태민도 모를 거라고 생각하며 서연이 앉아 있던 의자에 앉았다. 의외로 태민의 대답은 곧바로 돌아왔다.

"사장님 오빠가 살짝 맛이 간 놈인 것 같거든."

"살짝 맛이 가? 본 적 있어?"

"응, 가게 앞에서."

"어떤데?"

"잠깐 본 거라서 뭐라고 평가는 못 하겠지만…… 사장님을 자기 친동생으로 생각하지는 않는 것처럼 보였어. 그런 놈 친구라면 안 봐도 뻔해. 쓰레기겠지."

"걱정돼?"

"당연하지. 사장님은 순진하고 마음이 여리고 사람을 잘 믿어. 이상한 놈 만나면 상처 받을 거야."

"그래서 소개팅 반대한 거야?"

"그래."

"하지만 넌 상대가 누군지 모를 때부터 반대했잖아."

문을 노려보고 있던 태민의 눈동자가 현영에게로 향했다. 이제야 현영이 함께 있다는 걸 자각한 것 같았다.

"넌 그냥 서연이가 소개팅하는 것 자체를 반대했잖아. 상대가 누군지는 상관없이. 안 그래?"

다시 한 번 똑똑히 말해 줬더니, 태민의 표정이 굳었다.

"안 그래. 그건 그냥…… 장난이었어."

"흐응, 그래?"

"그래. 장난이었지. 난 장난을 좋아하는 남자니까. 하하하하."

누가 봐도 어색하게 웃는 태민의 모습을 보니, 뭔가 가슴이 뭉클해졌다. 이건 뭘까? 이게 바로 여자들이 말하는 모성 본능이라는 걸까?

태민은 모성 본능을 자극하는 남자가 아니었다. 자기 할 일을 스스로 하고 약한 모습을 내보인 적도 없다. 자기 인생에 대해서 쓴소리를 한 적도, 일에 대해서 투덜거린 적도 없었다.

무인도에 떨어뜨려 놓으면, 그 무인도를 관광지로 개발할 사람.

태민은 그런 남자였다. 하지만 사랑에 빠졌는데도 그걸 모르고 부정하는 태민은, 그러면서도 그 감정을 자신도 모르게 드러내는 태민은, 현영의 마음속에서 무언가를 이끌어 냈다.

참으로 얄미운 남자인데, 이 남자가 하는 사랑 따위 확 부서져 버렸으면 좋겠는데. 그래서 내가 얼마나 아팠는지, 이 남자를 사랑했던 여자들이 얼마나 괴로웠는지 알게 되었으면 좋겠는데.

그런데 그냥 놔둘 수가 없었다.

"소개팅은 걱정 마. 서연이는 신재원이랑 사귀게 될 거야."

현영의 말에 태민의 눈이 커졌다.

"뭐?"

"서연이는 마음이 여리고 순진하지만 자기 생각이 분명한 애잖아. 그런 애는 사람을 보는 눈이 있어서, 자기가 아니다 싶으면 확실하게 떼어 내게 되어 있어. 설령 그 마음이 잠깐 흔들릴지는 모르겠지만, 결국 자신에게 가장 좋은 사람을 선택하지."

뭔가 떠오르는 게 있는 걸까? 태민의 눈동자가 흔들렸다.

"신재원이라는 애는, 오늘 처음 봤는데도 인상이 좋아. 아마 서연이처럼 순진하고 여리고 다정한 남자겠지. 게다가 누구누구처럼 여자관계가 복잡하지도 않고. 그런 남자가 내 일을 자기 일처럼 신경써 주고 옆에 있어 주는데, 흔들리지 않을 여자가 어디 있니? 서연이는 분명 신재원을 선택하게 될 거야."

현영은 다리를 꼬고 손에 턱을 괴었다.

"저 두 사람, 정말 잘 어울리지 않아?"

"별로. 사장님은 좀 더 똘똘한 남자가 어울려."

태민이 시선을 옆으로 피하며 중얼거렸다.

"그래? 신재원, 똘똘해 보이던데? 아니면 설마…… 서연이랑 신재원이 사귀게 되는 게 싫은 거야?"

"하하하. 재미있는 소리를 하는군. 내가 왜 사장님의 연애 사정에 신경을 쓸 거라고 생각하는 거지?"

"그거야 지금 실컷 신경을 쓰고 있으니까."

"그런 적 없어."

"뭐, 네가 그렇다면 그런 거겠지. 하지만 그거 알아 둬. 서연이 같은 타입은, 한 사람을 사랑하고 받아들이기로 결정하고 나면 절대로 마음을 바꾸지 않아. 너, 계속 이러고 있으면 도전할 기회조차 놓치고 말 거야."

* * *

"재희네 가게로 가자. 어차피 재희도 듣고 싶어 할 테니까 같이 얘기하는 게 좋을 것 같아."

서연의 말에 재원은 고개를 끄덕이고는 재희의 가게가 있는 쪽으로 걸음을 옮겼다. 걸어가는 동안에도 서연의 손목을 잡은 손에서 힘을 빼지 않았다. 재원이 이렇게 서연의 손목을 붙잡은 게 처음 있는 일은 아니었다. 그런데 오늘따라 닿는 감촉이 낯설었다.

싫지는 않지만 모르는 남자에게 잡혀 있는 느낌이다. 어쩌면 한 발 앞서 걸어가는 재원의 뒷모습 때문일지도 모르겠다. 재원이 이렇게 아무 말 안 하고 묵묵히 걷는 건 처음 있는 일이었다.

"있잖아, 재원아."

"응."

"나, 정말로 소개팅이랑 안 어울려?"

그제야 재원이 뒤를 돌아봤다.

"소개팅 나가기에는 너무 촌스러운가?"

덧붙인 말에 재원이 인상을 찌푸리더니 다시 정면으로 고개를 돌렸다.

"아냐, 그런 거."

"하지만 너도 그렇고, 정태민 씨도 그렇고. 내가 소개팅한다고 하자마자 안 어울린다고 했잖아. 내가 소개팅하는 게 상대분한테 너무 민폐인 거야?"

"아냐, 그런 거."

재원의 목소리가 무뚝뚝해졌다.

"뭐야, 민폐라고 생각하는 거 맞지?"

"아니라니까."

"맞잖아. 그러니까 날 똑바로 보고 대답하지도……."

우뚝 멈춘 재원이 서연 쪽으로 돌아섰다. 서연과 눈을 똑바로 맞춘 재원이 말했다.

"절대로 그런 거 아냐. 상대가 누구든, 그쪽에게 넌 과분해."

왜일까.

최근의 재원은 전과 다른 느낌이 든다. 그리고 지금 이 순간, 그 낯선 느낌이 가장 강하게 들었다. 선량한 눈도, 오뚝한 코도, 붉은 입술도. 전부 서연이 아는 신재원의 것인데, 이상하게도 달라 보였다. 심장이 묘한 긴장감을 가지고 두근거렸다.

재원이 다시 돌아서서 걷기 시작했다. 서연은 가슴에 퍼지는 묘한 느낌에 정신이 팔려, 재희의 가게에 도착할 때까지 아무 말도 하지 못했다.

* * *

두 사람이 도착했을 때 재희는 가게에 진열된 옷을 정리하는 중이었다.

재희의 시선이 둘의 얼굴에서 잡힌 손 쪽으로 향했다. 재희가 다시 재원의 얼굴을 올려다보며 의미심장하게 웃자, 정신을 차린 재원이 얼른 서연의 손을 놔주었다.

"소개팅 얘기 듣자마자 뛰어나가더니, 결국 서연이를 납치했냐? 아까 너랑 통화할 때, 얘도 같이 있었거든."

재원에게 비아냥거린 재희가 서연에게 설명했다.

"저녁때나 되어야 얘기를 들을 줄 알았는데. 그래서 어떻게 된 거야? 소개팅이라니."

"그 자식 친구래."

서연 대신 재원이 말했다.

"그 자식이라니?"

"홍윤성, 그 인간 친구."

윤성의 이름을 듣자, 재희의 얼굴에서 재미있다는 빛이 깨끗이 사라졌다. 인상을 찌푸린 재희는 재원과 참으로 닮았다.

"정말이야, 서연아?"

"정말이지. 내가 거짓말하겠냐?"

"넌 좀 닥치고 있어, 신재원. 남들이 보면 네 마누라가 소개팅 나가는 줄 알겠다."

재희의 핀잔에 재원이 얼굴을 붉히며 입을 다물었다.

"응, 윤성 오빠 친구야."

서연은 며칠 전 마당에서 만났던 최민기에 대해 이야기했다.

"홍윤성, 그 자식이 널 팔아 버리려고 작정을 했구나."

재희가 중얼거렸다. 알고는 있었지만 다른 사람에게 들으니 새삼스레 충격으로 다가왔다.

"그 자식 생각은 빤해. 위험 요소가 될 만한 걸 싹 제거해 두려는 거겠지."

"내가 위험 요소가 될 만한 힘이나 있을까?"

"혹시 모를 일이잖아. 사업이라는 건 능력도 필요하지만 운도 필요한 거거든. 네 운이 홍윤성의 운보다 강할지도 모르지. 그래서 넌 수락한 거야? 속이 빤한 소개팅을?"

"그러게. 거절하고 싶었는데 어쩔 수가 없더라."

자조적으로 말하는 서연을, 재희가 안타깝다는 듯 응시했다. 서연은 문득 재희가 자신의 사정을 얼마나 알고 있는지 궁금해졌다.

재희에게는 많은 이야기를 하고 때때로 진심을 털어놓기도 한다. 하지만 아버지 홍진탁에 대한 깊은 의심을 말한 적은 한 번도 없었다.

그런데도 때때로 재희는 알고 있는 듯 반응했고, 그래서 고마운 한편 걱정이 되기도 했다. 재희가 알지 말아야 할 것을 알게 되어 곤경에 처하는 것을 원치 않았다.

"그래, 네가 그렇다면 어쩔 수 없는 거겠지."

"어쩔 수 없다니. 그 자식이 주선하는 소개팅이 제대로 된 것일 리가 없잖아."

묵묵히 듣고만 있던 재원이 끼어들었다. 재희는 재원의 발을 콱 밟아 조용히 시키고는 말을 이었다.

"유유상종이라는 말이 있어. 홍윤성이랑 친하게 지내는 친구라면, 사상도 성격도 비슷할 가능성이 높아. 그러니까 잘 맞는 거겠지."

"응."

"제대로 된 놈은 아닐 거야. 조심해."

"응, 그럴게."

서연의 대답을 들었지만 재희는 도통 안심이 되지 않았다. 재희가 본 홍윤성은 정상인의 범주에 들지 않았다. 재희의 앞에서 친절하고 매너가 좋은 척 행동을 하긴 하지만, 그 눈에는 감정이 담기지 않았다. 가끔 홍윤성과 눈이 마주칠 때 섬뜩함을 느끼곤 했다.

'이 남자는 수틀리면 사람을 죽일 수도 있을 거야.'라는 생각이 들 때도 있었다. 재희는 그런 놈을 오빠로 둔 서연이 몹시도 안쓰러웠다.

어떤 사람들은 서연을 부러워할지도 모르겠다. 모든 것을 가지고 태어난 공주님. 원하는 건 뭐든 가질 수 있고, 돈 걱정 없이 편하게 먹고 살 수 있는 재벌가의 여자.

실제로 대학에 다닐 때도, 서연을 질투하는 무리가 많았다. 서연이 친구들과 어울리지 않는 것에 대해서도,

"노는 물이 다르다는 건가?"

"우리랑은 같은 공기도 마시기 싫다는 거겠지"

따위의 말로 서연을 매도하는 소리가 들려오곤 했다. 그건 그들이 서연의 상황을 모르기 때문에 하는 말이었다.

과연 서연이 처한 상황을 알아도 부러워하고 질투할 수 있을까?

저도 모르게 손을 뻗어 서연의 손을 붙잡았다. 서연이 눈을 동그랗게 떴다.

"왜?"

"너 참 귀여워, 서연아."

느닷없는 재희의 칭찬에 서연이 생긋 웃었다.

"뭐야, 갑자기. 쑥스럽게."

"정말이야. 넌 참 귀엽고 착한 애야. 난 네가 정말 좋아."

"나도 네가 정말 좋아."

재희가 두 팔을 벌려 서연을 끌어안았다. 그 모습을 재원이 부럽다는 듯 지켜보고 있었다.

"지금껏 잘해 왔으니까 이번 일도 잘할 수 있을 거야. 소개팅 문제도 걱정 안 해. 너는 늘 스스로 잘해내니까."

재희가 서연을 안은 채로 말했다.

"하지만 혼자서 감당하기 힘들 때는 꼭 말해 줘야 돼. 알겠지?"

"응, 알겠어."

"넌 혼자가 아니야. 내가 있어."

"나도, 나도 있어."

재원이 끼어들었다. 서연이 촉촉한 눈으로 재원을 돌아봤다.

"응, 고마워. 두 사람이 있어서 든든해."

재원은 재희처럼 서연을 안아 주고 싶은 듯 안절부절못했다. 그걸 눈치챈 재희가 재원을 보고 짓궂게 웃었다. 재원이 콧등을 찡그렸고, 재희는 서연에게서 떨어졌다.

"자, 그럼 기분 전환도 할 겸 백화점이나 가자. 내가 널 최고로 근사하게 만들어 줄게."

* * *

재희는 여자의 세계에 낄 생각하지 말라며 재원을 쫓아냈다. 재원은 서연의 변신 장면을 목격하고 싶었지만 재희를 이길 자신이 없었다. 아쉬운 마음에 입맛만 다시다가 결국 하준의 집으로 향했다.

지난번 하준이 함께 하자고 요청한 프로젝트를 결국은 같이 하는 중이었다.

하준과 태민의 자취방은 자그마한 빌라 3층에 있었다. 계단으로 올라가는 중에 맛있는 냄새를 맡았다. 어느 집에서 이른 저녁을 준비하는 모양이다.

'그러고 보니 점심도 안 먹었구나.'

서연의 소개팅 이야기를 듣고 난 후 밥 먹을 정신도 없었다.

3층에 도착하자 맛있는 냄새가 더 강해졌다.

딩동—

초인종을 누르고 문이 열리기를 기다렸다.

달칵—

문이 열렸고, 앞치마를 입은 하준이 눈에 들어왔다. 재원은 딱딱하게 굳어 하준을 응시했다.

"뭐해, 들어와."

하준이 말했다.

"그 꼴이 뭡니까?"

"아아, 이거."

하준이 씩 웃으며 앞치마를 펄럭거렸다. 프릴이 달린 분홍색 앞치마였다. 코스프레용으로나 입을 것 같은 앞치마.

"태민이가 생일 선물로 준 거야. 난 그 녀석 생일 선물로 교복을 준비했지. 여자 교복. 이제 한 달 남았으니 기대해."

"아뇨, 절대 보고 싶지 않네요."

"사진 찍어서 보내 줄게. 아니면 보러 오든가."

"절대 보고 싶지 않다고요. 절대."

재원이 투덜거리며 안으로 들어갔다. 2인용 테이블 위에는 요리가 예쁘게 담긴 접시가 여러 개 놓여 있었다.

"아, 혹시 손님이라도 와요?"

"왔잖아, 너."

"전 올 예정 없었는데요."

"왔으니까 네가 먹으면 되겠네."

하준에게 기분 좋으면 요리를 하는 습관이 있다는 소문은 들었지만 이 정도인 줄은 몰랐다. 접시에 담긴 음식들은 수준급이었다.

라따뚜이와 라자냐, 라비올리. 레스토랑에 가야 먹을 수 있는 음식들이 잔뜩 차려져 있었다.

하준도 앞치마를 벗고 맞은편에 앉았다. 포크와 나이프를 들고 라자냐를 먹기 좋은 크기로 잘라 입에 넣었다.

"맛있어요. 진짜로."

재원의 말에 하준이 기분 좋은 듯 웃었다.

"그래, 맛있겠지."

"와, 어떻게 이렇게 만들죠? 진짜 대단한데요? 형, 요리 배웠어요?"

"아니, 독학이야. 크으, 역시 이런 반응이 돌아와야 요리할 맛이 나."

"왜요? 태민이 형은 별로래요?"

"그 녀석은 맛을 못 느끼잖아."

처음 듣는 이야기다. 재원은 고개를 들어 하준을 응시했다.

"맛을 못 느낀다고요?"

"뭐, 아예 못 느낀다는 건 아니고. 맛있다거나 맛없다거나 하는 감정이 없어. 지난번엔 일부러 소금을 왕창 넣어서 조금 태우기까지 했는데도 잘 먹더라니까."

"그럼 미각에 문제가 있는 거 아니에요?"

"미각에 문제가 있는 건 아냐. 짜다, 달다, 새콤하다, 이런 건 다 알거든. 다만 걔는 맛있다, 맛없다, 즐겁다, 즐겁지 않다, 무섭다, 무섭지 않다, 이런 걸 못 느낄 뿐이야. 본인은 인정하지 않지만."

"그럴 리가요. 태민이 형은 항상 재미있게 살잖아요."

"못 느끼니까 재미있게 살려고 노력하는 거겠지. 그러니까 태민이 너무 미워하지 마라. 걘 또라이이긴 해도 나쁜 놈은 아냐."

"전 태민이 형 안 미워해요. 그냥 좀 불편한 거예요."

"그게 미워하는 거지."

"달라요."

"뭐, 그럼 됐고."

하준이 어깨를 으쓱했다.

"요새 태민이 형이 서연이에 대한 얘기 안 해요?"

"……응, 안 해. 토끼 얘기만 해."

"토끼?"

"응, 망상 속에서 토끼라도 한 마리 키우는 모양이야. 세상에서 제일 귀여운 토끼."

"그게 뭐예요?"

"글쎄."

"태민이 형은 진짜 속을 알 수가 없어요. 전 그래서 태민이 형이 불편한 거고요."

"그래, 그럴 수 있지."

재원은 한숨을 내쉬었다.

"서연이가 태민이 형을 좋아한대요."

"아, 그래. 태민이한테 들었어."

"게임 끝이라고 하던가요?"

"응, 그렇다더라."

재원의 입가에 쓴웃음이 묻어 나왔다.

"태민이 형은 끝난 일인데, 서연이는 그렇지가 않은 것 같아요. 그리고…… 나도 그렇고."

"그래, 그럴 수 있지."

재원은 하준의 '그래, 그럴 수 있지.'라는 대꾸가 좋았다. 하준은 무심한 듯하지만 진지하게 이야기를 듣고, '그래, 그럴 수 있지.'라는 반응을 보였다.

그래서 하준에게는 재희에게도 말하지 못하는 속마음을 털어놓을 수가 있었다. 하준이 태민과 가장 친한 친구라는 건 문제가 되지 않았다. 하준의 입이 그렇게 가볍지는 않을 테니까.

"쭉 옆에 있을 수 있다는 것만으로도 좋았어요. 그런데 태민이 형이 나타나고 나서는 달라졌어요. 서연이도, 나도 변했어요. 서연이는 태민이 형을 사랑하게 됐고, 나는 그런 서연이를 더 강하게 원하게 됐죠. 이 마음을, 이제 어떻게 해야 될지 모르겠어요."

만지고 싶고, 안고 싶고. 그런 마음은 항상 가지고 있었다. 다만 자제할 수 있는 크기의 욕망이었다.

그랬던 것이 태민의 등장으로 변해 버렸다. 욕망은 걷잡을 수 없이 커져서 재원의 이성을 밀어내기 시작했다.

"그동안은 저 역시도 서연이를 인형처럼 생각했나 봐요. 그런데 서연이 역시 남자에게 관심을 갖고, 사랑을 할 수도 있다는 걸 알게 되고 나니까…… 어떡하죠, 형?"

재원이 애절한 눈으로 하준을 응시했다.

"전 서연이가 너무 좋아요. 이 마음을 제어할 수가 없어요."

"굳이 제어할 필요 없잖아. 고백을 해 버려."

"하지만…… 그랬다가 사이가 어색해지면 어떻게 해요?"

"그럼 딱 그 정도의 사이였다는 거겠지. 네가 굳이 고통스럽게 네 마음을 제어하면서까지 유지시킬 관계가 아니었다는 거야."

"서연이를 잃고 싶지 않아요."

"그렇겠지."

"내가 고백을 해서 우리 사이가 어색해지고, 그러다가 서연이랑 재희의 사이까지 어색해질까 봐 걱정돼요."

"그래, 그럴 수 있지. 하지만 네가 사랑하는 홍서연이라는 여자가, 네 고백 하나에 모든 관계를 깨뜨릴 만큼. 딱 그 정도의 여자라고 생각하는 거야?"

하준이 정곡을 찔렀다.

"그런 여자가 아니라는 걸, 너도 알고 있겠지. 넌 그냥 고백을 하지 않을 핑계를 찾고 있는 것뿐이야. 고백했다가 차였을 때의 고통이 무서워서. 지금 너의 인내는 결국 홍서연을 위한 게 아니라 너 자신을 위한 거지. 안 그래?"

대꾸할 말을 찾을 수가 없었다. 침묵이 내려앉았다.

재원은 다시 포크를 움직였다. 하준도 조용히 식사를 하기 시작했다. 4인분은 될 것 같은 요리를 반쯤 먹었을 때, 재원이 말했다.

"그런데 이거, 진짜 맛있네요. 형은 정말 대단해요."

"그래, 난 일등 신붓감이지."

*　　*　　*

소개팅.

그 생각이 머릿속에서 떠나질 않았다.

'소개팅이라.'

서연이 소개팅을 하든 결혼을 하든, 태민이 신경 쓸 일은 아니었다. 서연의 오빠라는 사람이 쓰레기 같은 놈이고, 그놈이 소개시켜 주는 친구가 개차반이든 정상적이든, 그 역시 태민이 걱정할 일은 아니었다.

서연은 그저 가게 사장님일 뿐이니까.

그런데 왜 이렇게 거슬리는 걸까?

태민은 인상을 찌푸리고 차창 밖을 응시했다. 택시는 양화대교 중간에서 멈춰 움직이지 않고 있었다. 퇴근 시간이라 길이 많이 막혔다.

차창 밖으로 보이는 풍경이 이제는 익숙해졌다. 얼마 전까지만 해도 홍대에 이렇게 자주 나오지는 않았는데.

'이 익숙함이 언제까지 가려나?'

재미있을 것 같아서 서연을 돕기로 했다. 그 결정을 후회하지는 않는다. 실제로 재미있으니까. 아무것도 없었던 가게가 조금씩 완성되어 가는 모습을 보는 건 즐거웠다. 가게 인테리어를 하고, 새로운 가게의 규칙을 정하는 것 역시 재미있었다.

무엇보다 재미있는 건.

태민은 눈을 질끈 감았다.

'왜 홍서연 얼굴이 떠오르는 거지?'

까맣고 말간 눈동자가 어른거렸다. 마치 눈앞에 있는 것처럼 선명하게.

—너, 계속 이러고 있으면 도전할 기회조차 놓치고 말 거야.

현영이 했던 말이 떠올랐다. 현영은 왜 그런 소리를 한 걸까?

도전이라니. 뭘 도전하란 말인가.

서연은 이미 태민에게 넘어왔다. 키스 한 번, 접촉 한 번에 쉬이 마음을 내주었다.

—좋아해요.

그 까맣고 예쁜 눈동자로 태민을 똑바로 응시하며, 서연은 말했다.

—그 순간이 아니라 지금도. 나는 진심이에요.

그렇게 쉽게 진심을 이야기할 만큼, 서연의 마음은 가벼웠다. 자그마한 친절 하나로 얻을 수 있었던 홍서연의 마음. 이제 와서 새삼스럽게 도전을 할 필요도, 이유도 없다. 이미 얻었으니까.

그런데 왜 이렇게 현영의 말이 떠올라 초조해지는 걸까? 그리고 왜 서연의 손목을 잡고 있던 재원의 손이 신경 쓰이는 걸까?

생각에 잠겨 택시가 달리는 것도, 멈추는 것도 깨닫지 못했다.

"손님, 도착했습니다."

택시 기사의 말에 정신을 차리고 눈을 떴다. 어느새 집 앞이었다. 택시비를 지불하고 내려 빌라 안으로 들어갔다.

계단을 걸어 올라가며 또다시 서연을 생각했다. 오빠란 놈이 소개시켜 준다는 상대는 어떤 인간일까? 직업은 검사에 집안도 좋다면, 의외로 반듯하게 자라지 않았을까? 다정하고 섬세하게 여성을 챙겨 주는 인물일지도.

그렇다면 서연이 그 사람에게 마음을 줄지도 모르겠다. 다정하게 대해 주면 좋아하는 여자니까.

그럼 태민을 볼 때 그러듯이 반짝반짝 빛나는 눈으로 그 남자를 올려다볼까? 가끔은 배시시 귀여운 미소를 짓기도 하겠지?

명치 쪽이 부글부글 끓었다. 무언가 참을 수 없는 기분이 되어, 벌컥, 문을 열어젖혔다.

달그락, 달그락.

설거지를 하던 하준이 뒤를 돌아봤다.

"그렇게 해서 문 떨어지겠냐? 좀 더 세게 열어 봐."

하준의 비아냥에 정신을 차렸다.

"누구 왔었냐?"

"어. 내 음식을 기가 막히게 칭찬해 주는 사람이 왔었지. 그 사람이랑 결혼할까 봐."

"그래, 축하한다."

"커피 마실래?"

"아니, 맥주."

"아, 그럼 내 것도 꺼내 줘."

태민은 냉장고를 열었다. 냉장고 안에는 이런저런 식재료가 가득 채워져 있었다. 하준의 일이 잘되고 있는 모양이다. 하준은 일이 수월하게 풀리면 장을 보고 와서 요리를 하는 습관이 있었다.

식재료에 밀려 구석에 들어가 있는 캔맥주 두 개를 꺼내, 식탁에 앉았다. 설거지를 끝낸 하준이 와서 맞은편에 앉아 캔을 땄다.

"너, 뭐 고민 있냐?"

하준이 물었다.

"아니, 전혀."

고민이라니. 그런 거 없다.

소개팅, 그 빌어먹을 소개팅이 신경 쓰이기는 하지만 고민이라고 할 만한 게 아니다. 그냥 신경에 거슬리는 것뿐. 신발 안에 들어온 모래 알갱이처럼 깔짝깔짝.

잠시 침묵 속에서 맥주만 마셨다. 그러다가 문득 태민이 입을 열었다.

"토끼가 말이야."

친구의 계속되는 토끼 타령이 이제는 지긋지긋하다는 듯, 하준이 작게 한숨을 쉬었다. 하지만 태민은 무시하고 말했다.

"애인이 생긴 거야. 그것도 세상에서 제일 멋있는 토끼 애인. 그러면 주인 입장에서 역시 짜증이 나겠지? 나만 좋아하고 나만 보던 토끼한테 애인이 생긴 거니까."

"글쎄. 보통은 짜증이 나진 않지. 내 토끼한테 친구가 생긴 건데 잘됐다고 생각이 들지 않을까?"

"아니, 잘 생각해 봐. 평소엔 너만 봐 주는 토끼라고. 그 까만 눈이 너만 봐 주고 있다가 어느 순간 다른 토끼만 보기 시작을 하는 거야. 그러면 짜증나고 서운하지 않겠냐?"

"않아."

하준이 단호하게 대답하고 태민을 똑바로 응시했다. 태민은 충격을 받은 표정이었다. 하준은 처음으로 그런 태민이 안쓰러웠다.

태민의 과거를 알고 있다. 태민이 유일하게 속사정을 털어놓은 사람이 하준이었다. 술에 만취해 과거를 이야기할 때, 태민은 담담했다. 슬픔도 아쉬움도 회한도 없는, 그저 사실을 이야기하는 사무적인 어조. 그래서 더욱 큰 상처로 느껴졌다. 너무도 크고 아파서, 담백하게 포장하지 않으면 흐르는 피가 멎지 않을 것 같아, 태민은 그토록 담담히 고백한 것이리라.

그런 이야기를 들었다고 해서 태민이 불쌍하다고 생각하진 않았다. 태민은 자신의 상처를 잘 받아들였고, 열심히 살아왔다. 자신에게 가장 재미있는 일을 찾으며 노력해 왔다. 그런 태민을 불쌍히 여긴다는 건, 태민에 대한 예의가 아니라고 생각했다.

하지만 지금 이 순간, 하준은 태민이 더없이 불쌍했다. 사랑을 하게 되었으면서도 그 사랑을 오롯이 받아들이지 못하고 부정하고 있었다. 인정하면 또다시 상처를 받을까 두렵고 겁이 나, 도망치려 하고 있었다. 이렇게 외면하고 도망치다 보면, 태민은 더 큰 상처를 입게 될 것이다.

그리고 평생 이렇게 아무 맛도 느끼지 못하고, 그 어떤 즐거움도 받아들이지 못하는 채로 살아가게 되겠지. 끝없는 사막을 걷는 듯 무미건조하게.

"보통 애완동물을 키우면 사랑스럽고 자주 생각이 나기도 하겠지. 하지만 말이야. 하루 종일 생각나고 모든 생각이 애완동물에게 집중되고 그러진 않아."

"아니, 그러니까 세상에서 제일 예쁜……."

"태민아."

하준은 태민의 말을 끊고 태민과 시선을 맞췄다. 그리고 딱 잘라 말했다.

"넌 그 토끼랑 사랑에 빠진 거야."

사랑에 빠졌다니.

태민은 친구의 입에서 나온 말을 믿을 수가 없었다. 태민에 대해 잘 모르는 현영이 사랑 타령을 해대는 건 이해할 수 있었다. 여자들은 원래 감정적이니까.

하지만 하준까지 그런 소리를 하니 뒤통수를 맞은 기분이었다.

"사랑이라니. 난 그런 거 안 해. 알잖아."

"몰라. 내가 어떻게 알아, 그런 걸."

"사랑은 그저 호르몬의 변화에 의해 생기는 뇌의 작용일 뿐이야. 조금 설레고 생각나고 그러다가 시간이 흐르면 사라지는, 덧없는 감정이지."

"뭐, 아니면 말고."

하준이 어깨를 으쓱했다.

"몇 번을 말하지만 사랑은 아냐."

"어차피 가상의 토끼에 대한 얘기를 하는 거 아니었냐? 왜 그렇게 예민하게 반응해?"

하준이 이상하다는 듯 물었다. 태민은 아차 싶었다.

그때 마침 태민의 휴대폰이 울렸다. 다행이라고 생각하며, 주머니에서 휴대폰을 꺼냈다.

[홍란희—재앙]

란희에게 걸려 온 전화였다.

"어, 란희야."

하준에게 눈짓을 하고 전화를 받았다. 하준은 맥주를 홀짝이며 태민이 통화하는 모습을 지켜봤다.

[오빠, 어디야?]

"집이지."

[바빠?]

"별로."

[그럼 가게 놀러 올래?]

누군가를 만나고 싶은 기분이 아니었다. 하지만 누군가를 만나야만 했다. 그러지 않으면, 이런 와중에도 머릿속을 꽉 채운 서연에게 휘말려 버릴 것 같았다.

"안 그래도 보고 싶었는데 잘됐다. 갈게. 이따 봐."

[응, 얼른 와.]

전화를 끊었다. 하준은 여전히 태민을 빤히 응시하고 있었다. 어째서인지 하준의 눈동자에 비난이 섞여 있는 것처럼 느껴졌다.

"나간다. 사랑하러."

태민의 말에 하준이 피식 웃었다.

"힘껏 발버둥 쳐 봐라. 그래도 네 머릿속에는 토끼 생각뿐일 테니까."

"그건 세상에서 제일 예쁘니까……."

"다시 한 번 말하지만, 보통은 세상에서 제일 예쁘다고 해서 종일 생각나진 않거든. 게다가 세상에서 제일 예쁘다니. 콩깍지가 씌어도 단단히……."

"시끄러."

하준의 말을 무시하고 집에서 나왔다. 마음이 술렁거렸다. 이런 기분은 처음이었다.

감정이란 것은 언제든 이성으로 컨트롤할 수 있다고 생각했는데, 최근에는 그게 쉽지 않다. 나이가 들어서 그런 걸까?

택시를 타고 란희의 가게가 있는 강남으로 향했다. 자꾸만 서연에게로 향하는 생각을 있는 힘껏 란희에게로 틀었다.

'부모 잘 만나서 호의호식하는군.'

고작 26살의 나이에, 특별한 기술이 있는 것도 아닌데 강남에 바를 열었다. 재양 그룹의 핏줄이라는 게 기술이라면 기술이겠지.

란희를 알게 된 건 우연이었다. 어쩌다 알게 된 여자가 술을 마시자고 불러서 나갔는데, 거기에 란희가 있었다. 지금은 이름도 기억나지 않는 그 여자는 란희를 '재양 그룹 홍진탁 사장의 딸'이라고 소개했다.

홍진탁. 그 이름을 듣는 순간 운명이라고 생각했다.

'그래, 운명이지.'

란희를 알게 되기 전까지는 복수를 꿈꾸지 않았다. 자신이 아무리 노력해도 홍진탁을 건드릴 수는 없다는 걸 잘 알고 있었다. 홍진탁과 자신은 완전히 다른 세계에 살고 있으니까.

하지만 눈앞에 홍진탁의 딸이 나타났을 때는 얘기가 달라졌다.

운명이다. 복수를 하라는 운명.

피 튀기는 복수는 바라지도 않았다. 홍진탁이 내 가족에게 했던 짓을 고스란히 되돌려 줄 수 있을 거라는, 바보 같은 생각은 하지도 않았다. 그저 조금 건드려 줄 수 있다면, 그걸로 만족할 수 있었다.

자신의 딸이 별 볼 일 없는 남자에게 푹 빠졌다가 버림받고 괴로워하는 꼴을 보면, 홍진탁은 어떤 표정을 지을까? 그 모습을 볼 수 있다면 그걸로 족하다.

'홍란희랑 결혼이나 할까? 사위로서 홍진탁의 신뢰를 얻었다가 배신을 하는 것도 그림이 괜찮겠지.'

여러 가지 즐거운 계획들이 머릿속에 떠올랐다가 사라졌다.

택시에서 내려 엘리베이터를 타고, 바가 있는 8층으로 올라갔다. 비의 가격은 비싼 편이지만, 입지가 좋은 곳에 있어서 그런지 손님이 꽤 많았다.

와인색 이브닝드레스를 입은 란희가 태민을 발견하고는 천천히 다가왔다. 종아리까지 내려오는 이브닝드레스가 잘 어울리는 몸매는 언제 봐도 근사했다.

"빨리 왔네?"

태민의 앞에 멈춘 란희가 우아한 미소를 지으며 말했다. 담담한 척 애쓰지만 사실은 몸이 달아 있다는 것을, 태민은 알고 있었다. 뭐든 손에 넣을 수 있는 이 여자는, 태민 역시 손에 넣고 싶을 것이다. 하지만 생각처럼 잘 끌려오지 않아서 안달이 나 있겠지.

"응, 보고 싶었거든."

"어머, 정말?"

"응, 정말이지."

태민은 란희의 잘록한 허리에 팔을 둘렀다.

"정말 보고 싶었어. 일이 너무 바빠서 올 수가 없었던 거야."

"거짓말. 나 말고 다른 여자들 챙기느라 바빴던 거 아냐?"

"지금은 너뿐이야. 네가 가장 근사하거든."

'물론 내 토끼가 훨씬 예쁘긴 하지만.'이라고 생각하다가, 속으로 경악했다.

'여기서 내 토끼가 왜 나오는데!'

—하루 종일 생각나고 모든 생각이 애완동물에게 집중되고 그러진 않아.

이 상황을 놀리듯, 머릿속에 하준의 목소리가 메아리쳤다. 태민은 머리를 떼어 버리고 싶었다.

"정말로?"

란희의 음성에 정신을 차렸다.

"응?"

"정말 내가 제일 근사해?"

"응, 당연하지. 손님 많네. 바빠서 날 상대할 틈도 없겠다."

"그 정도는 아냐. 내가 일일이 모두를 상대하는 것도 아니고. 아, 오빠. 이번 달 말에 시간 돼? 괌에 갈 건데 같이 가자."

"괌?"

"응, 가게 오픈하고 쉬질 못해서 휴가 좀 가려고. 오빠 비용은 내가 대 줄게."

"그거 좋지. 좋긴 한데……."

이번 달 말이면 '작전명 스위트'의 오픈으로 정신없이 바쁠 것이다. 며칠씩 자리를 비울 여유가 없다.

"거절할 생각은 아니겠지?"

란희가 검지로 태민의 턱을 톡톡 두드리며 말했다. 이건 거절해서는 안 되는 좋은 기회였다. 이국에서 며칠간 단둘이 휴가를 보내면, 란희의 마음을 오롯이 제 것으로 만들 수 있었다. 그럴 자신이 있었다.

하지만.

—작전명 스위트. 그게 우리 가게 이름이에요.

그렇게 말하던 서연이 떠올랐다. 서연은 '우리' 가게라고 말했다. 그녀는 아무렇지도 않게 내뱉은 '우리'일지도 모른다. 하지만 지금 태민은 그 '우리'를 가볍게 여길 수가 없었다. 다른 것도 아닌 '우리 가게'의 오픈이다.

"정말 거절하고 싶지 않은데 어쩔 수 없어. 그때 중요한 일이 있거든."

태민의 말에 란희가 토라진 표정을 지으며 품에서 벗어났다.

"나랑 시간을 보내는 것보다 중요한 일이 있다고? 여자야?"

"여자일 리가 없지. 친구랑 프로젝트 하나를 같이하고 있거든. 그게 좀 복잡한 일이라서 시간이 걸릴 것 같아."

"흐응, 그래?"

"응."

태민은 다시 란희의 허리를 감아 자신에게로 바짝 끌어당겼다. 몸을 밀착시키고 그녀를 지그시 내려다보며 은밀한 목소리로 속삭였다.

"그게 아니면 너처럼 근사한 여자와 함께 보내는 휴가를 거절할 리가 없잖아."

황홀하다는 듯 태민을 올려다보던 란희가 퍼뜩 정신을 차리고 말했다.

"오빠는 예쁘다는 말을 안 해 주는구나."

"응?"

"남자들이 날 볼 때마다 하는 소리가 정말 예쁘다는 말인데, 오빠한테는 한 번도 못 들어 본 것 같아서."

"내가 그랬나?"

"응. 얼마나 더 예뻐져야 오빠한테 예쁘다는 말을 들을 수가 있는 거야? 아침마다 거울로 보는 얼굴이 너무 예뻐서 다른 여자들한테는 예쁘다는 말이 안 나오는 거야?"

"그런 거 아냐. 근사하다는 말에는 예쁘다는 말도 포함이야."

사실 이건 거짓말이다. 예쁘다, 라는 말은 언제든 쉽게 할 수 있는 칭찬이었다. 하지만 태민은 누구를 봐도 '예쁘다.'는 생각이 들지 않았다.

멋지다라든가, 근사하다든가, 그런 생각은 들어도 누군가를 예쁘다고 생각해 본 적은 한 번도 없었다. 얼마 전까지는.

—정태민 씨는 여자한테 예쁘다는 말을 참 아무렇지도 않게 하시네요.

서연의 말을 들었을 때에야 그 사실을 자각했다. 자신이 여자에게 수많은 칭찬을 퍼부을 때도, 예쁘다는 칭찬만큼은 한 적이 없다는 걸. 그런데 서연에게만큼은 예쁘다는 말을 하게 된다는 걸. 다른 여자들에게 하듯 의식해서 하는 칭찬이 아니라, 자연스럽게 흘러나온 진심이라는 걸. 서연의 말을 듣고서야 깨달았다.

"아무튼 한잔 마시자. 오랜만에 만났는데 느긋하게 얘기 좀 하고 싶어."

태민은 또다시 떠오르는 서연의 얼굴을 머릿속에서 밀어내려고 애쓰며 구석의 자리로 향했다. 란희는 토라진 듯 입술을 비쭉 내밀었지만 순순히 태민을 따라왔다.

마주 보고 앉아 이런저런 대화를 했다. 여자들을 만날 때마다 하는, 의미 없는 대화였다. 상대에 대해 궁금해하고, 잘 듣고, 감탄해 주면, 여자들은 좋아했다. 그렇게 대화하다 보면 마음을 열고 속 깊은 이야기까지 하곤 했다.

재벌가의 여자도 마찬가지다. 란희는 자신의 짓궂은 오빠와 유쾌한 엄마와 무뚝뚝한 아빠에 대해서 열심히 이야기했다. 란희의 이야기에 집중하기 위해 애썼다. 그녀가 원하는 반응을 보여 주려고 노력했다. 그러면 재양 그룹의 속사정을 더 많이 알려 줄 테니까.

하지만 생각은 자꾸만 홍서연 쪽으로 방향을 틀었다. 이 앞에 앉아서 재잘재잘 떠드는 사람이 서연이라면 좋을 텐데.

거기에 생각이 미쳤을 때, 태민은 벌떡 일어났다. 한참 저택 마당의 정원에 대해 설명하던 란희가 눈을 휘둥그레 뜨고 태민을 올려다봤다.

"오빠?"

"아, 미안. 란희야, 가 봐야 할 것 같아."

"응?"

"프로젝트 한다고 했잖아. 갑자기 심각한 오류가 있다는 걸 깨달아서. 진짜 미안하다."

"아, 아니야. 일 때문인데, 뭐. 가 봐."

"그래, 다음에 보상할게. 진짜 미안해."

태민은 황급히 바에서 나왔다. 서연이 앞에 앉아 있었으면 좋겠다고 생각하다니.

대체 이 머릿속에서 무슨 일이 벌어지고 있는 거지?

*　　*　　*

토요일 아침.

아침에 일어나자마자 서연은 재희의 집으로 향했다. 재희에게 백화점에서 산 옷과 가방, 구두를 맡겨 두었기 때문이다. 재희가 소개팅에 나갈 복장을 점검해 주고 화장을 해 주기로 했다. 재희가 사는 곳은 서연의 집에서 멀지 않은 곳에 있는 아파트였다.

딩동—

초인종을 누르고 잠시 기다렸다. 누구냐고 묻지도 않고 문이 열렸다. 재원이었다. 자다 깬 듯 부스스한 몰골의 재원이 서연을 보고 놀란 듯 눈을 크게 떴다.

"어……? 홍서연?"

"응, 나 때문에 깬 거야?"

"아……."

재원이 얼굴을 붉히며 휙 돌아섰다.

"아냐, 일어나 있었어."

일어나 있었다고 하기에는 헤어스타일이 엉망인 데다가 잠옷 차림이었지만, 서연은 구태여 지적하지 않았다.

"들어와. 그런데 어쩐 일이야?"

재원이 안으로 들어가며 물었다.

"내가 불렀어. 소개팅용 화장해 주기로 했거든."

마침 거실로 나오던 재희가 대신 대답했다.

"야, 그런 거였으면 진작 좀 말해 주지."

"진작 말해 주면 뭐? 새벽부터 일어나서 정장이라도 차려입고 기다리려고 했어?"

"그런 거 아니거든."

재원이 투덜거리고는 화장실로 들어갔다.

"내가 너무 일찍 왔나?"

서연은 안으로 들어가 작은 목소리로 물었다.

"아냐, 딱 맞춰서 왔어. 일단 옷부터 갈아입자. 그다음에 화장해 주고 머리도 해 줄게. 내 방에서 하자."

"응."

서연이 재희를 따라 안으로 들어갔다. 재희의 방은 조금 어질러져 있기는 하지만 재희의 취향으로 예쁘게 꾸며져 있었다. 연보라색으로 맞춘 인테리어였는데, 아마도 오래 가지는 않을 것이다. 재희는 수시로 인테리어를 바꾸니까.

재희가 옷장에 걸어 뒀던 옷을 꺼냈다. 연분홍색 원피스는 랩 타입으로, 허리 쪽에서 끈을 묶어 입는 A라인이었다. 길이는 무릎에서 좀 더 아래까지 내려왔지만, 목 부분이 브이 라인으로 많이 파인 게 신경 쓰였다.

스타킹을 신고 원피스를 입은 후 거울 앞에 섰다. 이렇게 몸매가 드러나는 옷은 처음이라서 무척이나 어색했다.

"재희야, 아무리 생각해도 이 옷은 목이 너무 파인 것 같아."

"하나도 안 파였다니까. 내가 입는 옷들을 생각해 봐. 그에 비하면 이 옷은 거의 히잡이야, 히잡."

"그래도. 너무 짧은 것 같기도 하고. 게다가 옷이 자꾸 들러붙어서 허벅지랑 엉덩이가 너무 드러나는 것 같아."

"하아, 이게 드러나는 옷이면 내가 입고 다니는 옷들은 비키니 수준이겠다."

"나랑 안 어울려."

"잘 어울려. 입 쩍 벌어지게 잘 어울려. 숨 막혀. 내가 남자라면 너랑 사귀었을 거야."

재희의 과장된 칭찬에 서연은 그만 웃고 말았다. 소개팅 생각 때문에 체한 것처럼 뱃속이 답답했는데, 기분이 조금 나아졌다.

'아니, 소개팅 때문이 아냐.'

최근 답답한 이유는 태민 때문이었다. 소개팅을 하게 되었다고 말한 다음 날부터 태민이 서연을 대하는 태도가 달라졌다. 서연을 피하기 시작한 것이다. 눈이 마주치는 일도 없고, 필요 이상으로 가까이 다가오는 일도 없었다. 서연이 말을 걸면 한두 번은 무시하기까지 했고, 간신히 듣게 되는 대답은 당혹스러울 정도로 차가운 목소리였다.

태민이 변한 이유를 도저히 알 수가 없었다.

'설마 내가 소개팅을 해서 그런 건 아니겠지?'

문득 든 생각에 쓴웃음이 나왔다. 서연이 소개팅을 하든, 결혼을 하든, 태민이 신경 쓸 리 없다. 그걸 잘 알면서도 자꾸만 이런 생각을 하게 되는 게 바보 같았다.

똑똑—

"들어가도 돼?"

문 밖에서 재원이 물었다.

“어, 들어와.”

재희가 대답하자 재원이 조심스럽게 문을 열었다. 샤워를 한 듯 머리가 젖어 있는 재원은, 평소보다 더 산뜻해 보였다. 수건을 목에 두르고 들어온 재원이 서연을 보고는 숨을 삼켰다.

“와, 예쁘다.”

진심 어린 칭찬에 서연은 얼굴을 붉혔다.

“정말?”

“어, 정말. 깜짝 놀랐네.”

칭찬을 하는 재원의 얼굴도 붉어졌다. 수줍어하는 두 사람의 모습에 재희가 피식 웃었다.

“그렇게 예쁘면 네가 가로채지 그래, 신재원.”

“그래, 그럴까?”

“응?”

재원의 대답을, 재희도 예상치 못했나 보다. 되묻는 재희 대신 서연을 똑바로 응시하며, 재원이 말했다.

“내가 가로채 버릴까?”

무슨 말이지?

서연은 당황했다. 재원의 말보다 그 눈빛이 더 당혹스러웠다. 재원의 맑은 갈색 눈동자는 전에 없던 깊이를 지니고 있었다. 그 투명한 눈동자 안에 상대의 마음을 일렁이게 만드는 무언가가 가득 담겨 있었다.

서연은 숨도 쉬지 못하고 가만히 재원을 바라봤다. 재희도 입을 열지 않아서, 세 명이나 있는 방 안이 깊은 물속처럼 조용했다. 그

깊고도 이상한 침묵이 얼마나 지속되었는지, 서연은 알 수 없었다.

"농담이야."

침묵을 깨뜨린 건 재원이었다.

"하지만 네가 그 소개팅에 진짜로 나가기 싫다면, 내가 널 가로채 줄게. 그러면 홍윤성도 뭐라고 못 하겠지."

아, 그 뜻이었구나. 그제야 서연은 숨을 쉴 수 있었다.

"아니, 괜찮아. 그렇게 싫은 건 아냐. 이것도 다 경험이잖아."

"진심이야?"

"응, 진심이야. 처음엔 정말 싫었는데 이젠 괜찮아. 그 사람이 나한테 뭘 억지로 어떻게 하지도 않을 거고."

"혹시라도 무슨 일 생기면 바로 연락해. 알겠지?"

"응. 고마워."

"그럼 준비 잘해라."

재원이 방에서 나갔다. 재희가 아무 말 없이 화장 도구가 담긴 케이스를 들고 다가왔다. 서연은 눈을 감았고 재희는 서연의 얼굴에 화장을 해 주기 시작했다.

화장을 받는 동안 서연은 재원을 생각했다. 태민으로 가득 채워져 있던 머릿속을, 이제는 재원이 차지했다.

—내가 가로채 버릴까?

매일 듣던 목소리였다. 새로울 것도 없는 그 음성이 새삼스럽게 느껴졌다. 재원이 농담이라고 했으니까 농담일 게 분명하다. 서연을 많이 아끼기에, 싫은 소개팅에 나가는 걸 막아 주기 위해 그런 말을 한 것이리라.

'하지만 왜 이런 기분이 드는 거지?'

친구로서 하는 말이 아니라는 생각이 들었다.

어쩌면. 혹시나.

자꾸 그런 생각이 들어서 서연은 고개를 휘휘 저었다.

"서연아, 그렇게 움직이면 화장 못 해."

재희가 말했다. 평소와 다름없는 목소리였다. 재원에 대해 누구보다도 잘 아는 재희가 평소와 똑같은 걸 보니, 역시 지금 드는 생각들은 전부 착각인 게 분명하다.

"재희야."

"응?"

"나 아무래도 공주병인 봐."

"……."

* * *

화장까지 끝낸 서연이 집에서 나간 후, 재희는 재원의 방으로 들어갔다. 재원은 침대에 누워 눈을 감고 있었다.

"노크 좀 하고 들어와라."

재원이 눈을 감은 채로 말했다.

"서연이는 네 마음 눈치챘어."

"그럴까?"

"인정하지 않으려고 하는 것뿐이지."

"하아."

"왜 거기서 농담이라고 한 거야? 그냥 밀어붙였어야지. 모처럼 용기를 낸 줄 알았는데."

"서연이가."

재원이 눈을 뜨고 고개를 돌려 재희를 바라봤다.

"숨을 안 쉬더라."

"그게 뭐 어때서?"

"서연이를 숨 막히게 하고 싶지 않았어."

"지랄을 한다."

"야, 넌 무슨 말투가……."

"그런 식으로 서연이 눈치 보고 몸 사리면, 넌 서연이 못 가져."

"난 서연이를 가지려는 게 아냐. 서연이를 행복하게 해 주고 싶은 거지. 행복하게 해 주고 싶으니까 숨 막히게 하고 싶지 않은 거야. 내가 아니어도 걔는 고민하고 신경 쓸 게 많잖아."

"아주 마더 테레사 납셨네."

"빈정거리지 좀 마."

"가끔은 밀어붙이는 것도 필요해. 그래, 네가 고백하면 서연이가 잠깐은 당황하겠지. 숨을 못 쉴 수도 있고. 하지만 그것만 지나면 되는 거잖아. 그다음에 네가 서연이 행복하게 해 주면 되잖아."

"아직 모르겠어. 내가 어떻게 행동해야 서연이한테 좋은 건지."

"네 짝사랑만 10년이야. 10년 동안 고민을 했는데 아직도 모르겠다고?"

"고민을 본격적으로 시작한 게 얼마 전이거든. 그러니까 좀 더 고민하게 놔둬."

"그러다가 어디서 굴러 왔는지도 모르는 놈팡이한테 서연이를 빼앗겨 봐야 정신을 차리지."

"어디서 굴러 왔는지 모르는 놈팡이한테는 안 뺏겨. 하지만 어디서 굴러 왔는지 아는 놈팡이에게라면……."

재원은 태민을 떠올렸다. 재원과 똑같이 서연의 소개팅을 반대하던 태민. 그리고 윤성의 이름이 나왔을 때 어둡게 가라앉던 태민의 눈빛.

"재희야."

"응?"

"아무래도 태민이 형이 서연이를 좋아하는 것 같아."

*　　*　　*

택시에서 내리자마자 윤성을 발견했다. 윤성은 호텔 입구에 서서 서연을 기다리고 있었다. 윤성에게 다가갔지만 그는 서연을 알아보지 못하는 것 같았다. 서연이 앞에 멈췄을 때에야 윤성의 시선이 서연에게로 향했다. 윤성의 눈이 놀란 듯 커졌다.

"히야."

그의 입술 사이로 이상한 감탄사가 흘러나왔다.

"잘 꾸몄네?"

"네, 오빠를 부끄럽게 하면 안 되니까요."

서연은 조신하고 순종적인 척 대답했다. 윤성은 만족스러운 듯 웃으며 서연의 어깨를 감쌌다. 어깨에 닿는 감촉이 끔찍이 싫었지만, 서연은 피하지 않기 위해 애썼다.

"봐 봐, 하니까 되잖아. 앞으로도 이렇게 입고 다녀. 몰라보겠네."

"네, 그럴까 봐요."

"이거, 이거. 내 친구 주기 아까운데?"

그런 이야기를 하며 호텔 안으로 들어갔다. 화려한 조명이 있는 로비를 지나서 고급스러운 커피숍으로 향했다. 피아노가 있기는 하지만 연주를 하는 사람은 없었다. 몇몇 손님들이 테이블에 앉아 작은 목소리로 대화를 나누고 있었다. 그리고 창가 자리에 익숙한 얼굴이 앉아 있었다.

최민기였다.

소개팅 자리라서 입고 온 듯한 정장 단추가 안에 감춰진 살을 이기지 못하고 떨어질 듯 위태로워 보였다. 넥타이도 버거워 보였고, 목깃은 살에 파묻혀 있었다.

"민기야."

윤성이 부르며 다가가자 민기가 이쪽으로 시선을 돌렸다. 처음 봤을 때 그랬던 것처럼, 민기의 눈동자가 서연을 위아래로 훑었다. 사람에게 값을 매기듯 훑어보는 시선이, 서연은 싫었다. 두 사람이 다가갔는데도 민기는 예의상 일어나지도 않았다.

"어, 왔냐."

"안 늦었지?"

"2분 늦었어."

"깐깐하게 굴긴. 대신 우리 예쁜 막내 소개시켜 주잖아. 오늘 엄청 예쁘지?"

윤성이 서연을 자리에 앉히며 말했다. 민기는 그 말에 대답하지 않고 다시 서연을 훑어봤다.

왜 이 사람은 사람을 이렇게 보는 걸까? 정말 싫은 습관이다.

서연은 허벅지 위에 가지런히 올려놓은 손을 꽉 움켜쥐었다. 이 남자와 앞으로 몇 시간을 함께 보내야 한다고 생각하니 숨이 턱 막혔다.

"첫 인사는 전에 했으니까 따로 소개는 안 할게. 내가 여기 있어봐야 방해만 되겠지. 좋은 시간들 보내."

윤성은 가볍게 말하고는 자리를 떠났다. 서연은 말없이 탁자를 응시했다. 원목 탁자의 나뭇결이 이 세상에서 가장 재미있는 것이라도 된다는 듯 열심히 살펴보았다.

숨 막히는 침묵의 시간이 얼마나 지났을까.

"뭐 마실래요?"

민기가 입을 열었다.

"아, 네. 전 그냥 커피요."

메뉴판을 볼 것도 없었다. 고개를 숙인 채로 대답했다.

"그냥 커피라."

민기가 중얼거리며 메뉴판을 펼쳤다.

"여기 그냥 커피는 없군요."

"아, 그럼……."

"아메리카노로 하죠. 괜찮습니까?"

"네, 좋아요."

민기가 종업원을 불러 커피를 주문했다. 주문을 받은 종업원이 자리를 떠나자마자 민기가 말했다.

"원래 그렇게 사람을 못 쳐다봅니까? 그거 나쁜 습관인데."

나쁜 습관으로 따지자면 당신의 훑어보는 습관이 더 나쁘다고 말하고 싶지만 그럴 수는 없었다.

서연은 간신히 고개를 들었다. 민기는 후덕한 외모와 달리 눈빛이 날카로웠다. 살을 저밀 것 같은 예리한 눈빛은 무슨 말을 해도 무뎌질 것 같지 않았다.

검사라서 그런 걸까? 아니면 원래 이런 눈빛을 가진 사람인 걸까?

"괴롭힘 많이 당하지 않습니까?"

"네?"

"홍서연 씨 같은 사람은 그렇더군요. 고개 푹 숙이고 자기 할 말 제대로 못 하고 자기주장도 없고. 그런 사람들이 괴롭힘을 많이 당하죠."

뭐지, 이 남자?

민기의 신랄한 말에, 서연은 어이가 없었다. 소개팅을 해 본 적은 한 번도 없지만, 지금 민기가 하는 짓이 소개팅에 적당한 행동은 아니라는 건 알고 있었다.

"집에선 어떻습니까? 가족들과 잘 어울립니까? 가족들이 막내라고 보듬어 주고 잘해 주는 것처럼 보이지는 않는데. 윤성이 앞에서도 잔뜩 주눅 들어 있는 모습이더군요. 마치 어릴 때부터 괴롭힘이 라도 당한 것처럼."

서연은 대꾸할 말을 찾을 수가 없었다. 그저 눈을 동그랗게 뜨고 민기의 입술만 응시했다.

"아니면 내숭입니까? 만약 그런 거라면 관두는 게 좋습니다. 남자들이 조신한 여자를 좋아한다는 것도 다 옛말이거든요. 요새는 진취적이고 자기주장을 제대로 할 줄 아는 여자를 좋아하죠. 아, 너무 자기주장이 강하면 그것도 문제일 것 같긴 하군요. 적당히 내 뜻에 맞춰서 굽혀 줄 수 있는, 지혜로운 여자가 좋아요."

민기는 서연이 반응할 틈을 주지 않았다.

"나는 과소비가 심한 여자를 좋아하지 않습니다. 나랑 만나려면 소비를 좀 줄이는 편이 좋을 겁니다. 물론 자기 능력껏 벌어서 소비를 한다면야 뭐라 할 생각은 없습니다만."

민기가 서연을 아래위로 훑었다.

"홍서연 씨는 그다지 능력이 있는 것 같진 않군요. 보나마나 온실 속 화초처럼 자라서, 자기 힘으로 돈 벌어 본 적 한 번 없겠지요. 가지고 다니는 카드는 홍 사장님께서 돈을 대 주고 계시겠죠? 난 홍서연 씨가 아버지의 힘을 자기의 힘이라고 믿는 여자가 아니기를 바랍니다."

쉴 새 없이 내뱉은 민기의 말에, 서연은 숨이 턱 막혔다. 민기는 칼로 찌르는 것 같은 말들만 했다. 어떤 말을 해야 서연이 상처를 받고 고통스러워하는지 알고 있다는 듯이. 그리고 그것이 무척이나 즐겁다는 듯이.

계속해서 쏟아져 나오는 말들이 서연을 짓눌렀다.

"홍 회장님께서 최근에 무언가 재미있는 걸 시작하셨다고 들었습니다. 아, 걱정하지 마세요. 이 얘기는 딴 데로 새어 나갈 일 없으니까요. 윤성이가 날 신뢰해서 내게만 해 준 말이거든요. 홍서연 씨도 거기에 끼어들었다고 들었습니다. 윤성이가 걱정이 크더군요. 홍서연 씨, 아는 것도 별로 없는데 괜히 상처만 받을까 봐 걱정이라고."

홍 회장이 시작한 게임을, 윤성이 아무에게도 말하지 않았을 거라고 생각하진 않았다. 하지만 이 남자가 그 일을 알고 있을 줄은 몰랐다. 서연은 주먹을 꽉 쥐고 정신을 차리기 위해 애썼다.

하지만 다음 순간 그의 입에서 흘러나온 말이, 지금껏 들은 말 중 가장 깊게 서연의 심장에 상처를 남겼다.

"괜한 짓 하지 마세요, 홍서연 씨. 홍서연 씨가 그들을 상대로 이길 수 있을 리 없잖아요. 홍서연 씨는 그냥 예쁘게 잘 자라서 좋은 집안의 남자에게 시집가면 되는 겁니다. 그게 아니면 홍 사장님이 홍서연 씨를 키운 의미가 없잖아요."

고작 두 번 본 남자에게까지 이런 소리를 듣게 될 줄은 몰랐다. 가족들은 그럴 수 있었다. 그들에게 서연은 버릴 수 없지만, 그렇다고 갖고 싶지도 않은 장식품이니까.

하지만 서연에 대한 낯선 타인의 평가가 가족들과 같다는 사실이 서연의 폐부를 찔렀다. 알지도 못하는 사람의 평가 따위 무시하면 그만이지만, 그럴 수가 없었다. 서연에게 그것은 콤플렉스였기 때문이다.

눈물이 나올 것만 같았다. 서연은 눈에 힘을 줬다. 민기에게 눈물을 보이고 싶지 않았다.

"난 홍서연 씨가 꽤 마음에 듭니다."

남의 가슴을 갈가리 찢어 놓은 주제에, 민기는 담백하게 말했다.

"하지만 아직 잘 모르니 교제를 신청하기에는 조금 이른 것 같군요. 몇 번 더 만날 의향이 있습니다. 연락처 좀 주시죠."

"거부하겠습니다."

서연이 처음으로 입을 열었다. 낮게 가라앉은 목소리가 제 것 같지 않았다. 내가 이런 목소리도 낼 수 있구나.

"전 최민기 씨가 마음에 들지 않아요."

서연의 말에 민기가 놀란 듯 눈을 크게 떴다가 피식 웃었다.

"그런 말도 할 줄 아는군요. 의외입니다. 다 좋다고 하는 줄 알았더니."

"저도 좋고 싫은 건 있어요."

"하지만 이 건에 대해서는 아닙니다. 홍서연 씨 생각은 중요치 않아요. 난 홍서연 씨가 마음에 들었고 이게 가장 중요한 부분이 되는 거죠. 나한테도, 홍서연 씨한테도, 그리고 윤성이한테도."

윤성의 이름이 나오자 심장이 덜컥 내려앉았다.

그랬다. 지금 이 만남에 서연의 의지는 중요하지 않았다. 현재 서연의 인생은 서연의 것이 아니었다. 서연이 그 사실을 깨달았다는 것을 눈치챈 듯, 민기가 의기양양한 미소를 지었다.

서연은 아랫입술을 잘근 깨물고 다시 고개를 숙였다. 이 남자를 똑바로 본다고 해서 달라지는 것은 아무것도 없으니까.

“번호, 드릴게요.”

“잘 생각했어요. 조만간 또 봅시다.”

* * *

소개팅 자리에서는 예의를 차린 적 없는 사람이, 마지막에는 예의를 차리려고 들었다. 서연을 집까지 데려다주겠다고 한 것이다. 서연은 좋은 말로 거절했지만 민기는 고집이 셌다.

“여성분을 혼자 보낼 수는 없죠. 난 그렇게 매너 없는 사람 아닙니다.”

매너는 충분히 없었다고 말해 주고 싶지만 꾹 참았다. 주차장에 세워져 있는 차 중에 가장 눈에 띄는 차가 민기의 것이었다.

빨간색 스포츠카. 민기와는 어울리지 않는 차였다.

집으로 가는 내내 두 사람 사이에는 말이 없었다. 민기는 무언가를 생각하는 듯 정면을 응시하며 운전에 집중했다. 이 무거운 침묵이 차라리 고마웠다. 어차피 입을 열면 쓴소리만 해 댈 테니까.

“데려다주셔서 감사해요. 조심히 들어가세요.”

“네, 쉬세요.”

차에서 내려 문을 닫자마자 차가 떠났다. 서연은 자동차가 멀어지는 것을 지켜보다가 집으로 들어왔다. 민기와 함께 있었을 때 목덜미를 움켜쥐고 있던 보이지 않는 손이 아직도 건재했다.

숨을 쉴 수가 없었다. 누구도 만나고 싶지 않았다. 다행히 마당에는 아무도 없었다. 도망치듯 별채 안으로 들어와 문단속을 하고

2층으로 올라갔다. 방에 들어가자마자 옷도 갈아입지 않고 침대에 털썩 누웠다.

핸드백에 넣어 둔 휴대폰이 진동하는 소리가 들렸다. 아마도 재희나 재원일 것이다. 지금은 두 사람과도 대화를 하고 싶지 않았다. 잠시 혼자서 이 차갑고 황량한 사막 같은 삶을 받아들일 시간이 필요했다.

하지만 휴대폰은 계속해서 울렸고, 서연은 힘없이 핸드백에 손을 뻗었다. 간신히 꺼낸 휴대폰 액정에 뜬 이름은 신재희도, 신재원도 아니었다.

[정태민]

태민이었다.

왜일까.

그 이름을 보는 순간 눈물이 흘렀다. 최민기가 내뱉는 말들이 심장을 갈기갈기 찢을 때에도 참을 수 있었던 눈물이, 태민의 이름을 보는 순간 터져 나왔다. 서연은 손등으로 눈물을 훔치고 전화를 받았다.

"네."

목소리가 쉬어 있었다.

[소개팅 끝났어요?]

태민의 목소리를 듣자 목을 콱 움켜쥐고 있던 손이 느슨해졌다. 숨을 쉴 수 있었다.

"네, 방금 집에 왔어요."

[아아, 그래요. 일찍 끝났네요.]

"보고 싶어요."

서연은 자신이 내뱉은 말에 깜짝 놀랐다.

왜 이런 말이 튀어나온 걸까? 태민은 날 아프게 하는 사람 중 한 명인데. 난 태민의 무수히 많은 여자들 틈에도 끼지 못하는 한 명일 뿐인데.

하지만 취소할 생각은 들지 않았다. 보고 싶으니까. 태민의 마음이 어떻든, 지금은 정말로 그를 만나고 싶으니까.

잠시 침묵이 흘렀다. 이윽고 태민의 대답이 들려왔다.

[지금 갈까요?]

서연은 그제야 정신을 차렸다. 태민은 누구에게나 다정한 사람이었다. 그의 다정함을 이용해서는 안 된다.

"아뇨, 전……."

[지금 갈게요.]

태민이 서연의 말을 끊었다.

[집이 어디예요?]

"아니, 괜찮아요. 제가 잠깐 정신이 나가서……."

[집이 어디예요?]

"정태민 씨, 정말 괜찮아요."

[집이 어디예요?]

"우리 집, 멀어요."

[갈게요, 어디든.]

다시 눈물이 흘렀다.

왜 이 사람은 이렇게 따뜻한 걸까? 내가 오롯이 갖지도 못할 이

다정함의 끝은 어디일까? 나는 왜 이 친절함이 내 것이 아니라는 걸 알면서도 그에게 기대고 싶어 하는 걸까?

"우리 집은."

이 집 주소를 말할 수는 없었다.

서연은 재희와 재원이 사는 아파트의 이름을 말했다.

[조금만 기다려요. 금방 갈게요.]

* * *

서연은 아파트 입구에 서 있었다. 평소에 입는 옷으로 갈아입고 나온 이유는, 최민기와 만날 때 입었던 차림 그대로 태민을 만나고 싶지 않았기 때문이었다.

예쁜 모습을 보이고 싶다는 생각이 없는 건 아니었다. 하지만 소개팅에 나갈 때에 한껏 꾸몄던 모습만큼은, 태민에게 보이고 싶지 않았다.

얼마나 기다렸을까. 앞에서 택시가 멈췄다. 그리고 태민이 내렸다. 태민이 오리라는 걸 알고 있었다. 그가 이 택시에 타고 있을 거라고도 예상하고 있었다. 그런데도 이 상황이 도무지 현실처럼 느껴지지 않았다. 거의 매일 만나는데도, 지금 보는 태민은 환상 속의 인물 같았다.

서연을 발견한 태민의 입가에 옅은 미소가 떠올랐다. 그걸 보는 순간 목덜미를 쥐고 있던 보이지 않는 손이 완전히 사라졌다. 이제 평소처럼 호흡할 수 있다.

태민이 서연을 향해 성큼성큼 다가왔다. 샤워를 한 지 얼마 안 됐나 보다. 그에게서 비누 향기가 났다.

"울었어요?"

서연의 앞에서 멈춘 태민이 서연의 얼굴을 내려다보며 물었다. 이 눈동자가, 서연은 좋았다. 서연을 평가하지 않고, 있는 그대로의 모습을 봐 주는 이 눈빛이 좋았다.

"아뇨, 왜 울겠어요?"

"운 것 같은데."

태민이 엄지로 서연의 눈가를 살며시 문질렀다.

"나, 울보 아니에요."

"알아요, 울보 아닌 거. 하지만 울보가 아닌 사람도 가끔은 울고 싶어질 때가 있잖아요."

"소개팅 잘하고 왔는데 왜 울겠어요?"

"소개팅, 정말로 잘한 거 맞아요?"

"네. 소개팅 자격증은 없지만 멋지게 해냈죠."

일부러 어깨를 으쓱하며 과장되게 말했다. 이런 말을 하면 으레 미소를 지어 주던 태민이었다. 하지만 지금 태민의 입가에 미소는 없었다. 태민이 굳은 표정으로 서연을 물끄러미 보고 있었다.

"왜 그렇게 봐요? 내가 거짓말하는 것 같아서 그래요?"

"네, 거짓말하는 것 같아요."

"내가 왜 이런 걸로 정태민 씨한테 거짓말을 하겠어요?"

"지금 억지로 웃고 있죠?"

태민이 엄지와 검지로 서연의 턱을 잡아 살짝 들어 올렸다.

"사장님은 연기를 참 못해요. 가짜 웃음이라는 게 티가 나거든요."

"아니에요. 내가 왜 연기를……."

말을 끝낼 수 없었다. 태민의 입술이 서연의 입술 위로 포개졌기 때문이었다. 서연의 뒷말은 태민의 입안으로 삼켜졌다. 느릿하고 부드러운 입맞춤이었다.

입술에 느껴지는 뜨거움이 제 것인지, 그의 것인지 알 수 없었다. 태민의 입술이 서연의 입술을 살며시 빨아들이다가 안으로 들어왔다. 입안을 훑는 간지럽고도 달콤한 느낌에 서연은 몸을 움츠렸다.

태민을 밀어내야만 했다. 이제 이런 의미 없는 키스를 받아들여서는 안 된다. 하지만 그럴 수가 없었다. 달콤하고도 농밀한 키스를 거부할 힘이, 서연에게는 없었다. 입안으로 들어오는 그 감미로운 액체를 뱉어 낼 수가 없었다.

그것은 중독성 강한 미약처럼 순식간에 서연의 전신으로 퍼졌다. 농도 짙은 달콤함이 서연을 에워싸 새로운 세계로 데리고 갔다. 찬란한 분홍 빛깔로 가득한 세계.

그것이 환상이라는 것을 알면서도, 서연은 그 세계에서 빠져나오고 싶지 않았다. 가능하다면, 영원토록 그 세계에 머무르고 싶었다. 그것이 비록 아주 잠깐 생겼다가 사라지는 신기루와도 같은 세계일지라도. 그 신기루에 파묻혀 있다가, 사라질 때에 함께 사라지고 싶었다.

이윽고 입술이 떨어졌다. 태민은 여전히 서연의 턱을 잡은 채 내려다보고 있었다. 태민의 검은 눈동자가 흔들렸다. 이 상황을 무척이나 당혹스러워하는 것처럼. 그러다가 다시 서연에게 고정되었다.

“어린 사장님. 나, 아무래도.”

거기까지 말한 그가 눈을 질끈 감았다가 떴다. 그리고 결심한 듯 말했다.

“사랑해요.”

*　　*　　*

서연이 소개팅을 한다는 말을 들은 후부터 그 생각에서 벗어날 수가 없었다. 머릿속이 이상해진 게 분명하기에, 서연을 피하기까지 했지만 나아지지 않았다. 소개팅에 대한 생각은 더 깊어져 망상을 하기에 이르렀다.

얼굴도 모르는 남자와 다정하게 팔짱을 끼고 걷는 서연. 그 남자를 향해 생긋 미소를 지어 주는 서연. 있지도 않은 그런 일들이 머릿속을 차지해, 혼자서 울컥하고 혼자서 짜증을 냈다.

그리고 서연이 소개팅을 하는 오늘. 태민은 자신이 소개팅을 하는 것처럼 잠을 설쳤다.

‘이건 전부 사장님 오빠가 썩을 놈이기 때문이야. 그런 놈이 소개시켜 줄 상대는 뻔하니까 짜증이 나는 거라고.’

그렇게 생각을 했다. 그러지 않으면 자꾸 딴생각이 드니까.

‘그래, 그놈이 나쁜 놈이라서 이러는 거야. 그게 아니면 이렇게 신경 쓰일 리가 없지. 어쨌든 사장님은 한동안 나랑 같이 일할 사람이니까.’

소개팅 시간이 다가올수록 오만 가지 계획이 떠올랐다. 서연을 납치할까. 아니면 소개팅 장소에 습격해 훼방을 놓을까.

시간은 더디게 흘러갔다. 소개팅이 끝나기에는 너무 이른 시간이라는 걸 알면서도 서연에게 전화를 걸고 말았다. 그러지 않으려고 했다. 하지만 이제 태민에게 이성 따위는 남아 있지 않았다. 몸은 생각을 벗어나 제멋대로 움직이고 있었다.

—보고 싶어요.

서연이 그 말을 하는 순간.

그래, 인정하자.

세상을 다 얻은 기분이었다. 생각지도 못한 감정이 전신을 뒤흔드는 바람에, 곧바로 대답할 수가 없었다.

—지금 갈까요?

입술은 멋대로 움직였다.

—지금 갈게요.

육체도 의지를 벗어났다. 모든 것이 태민의 생각과는 다르게 멋대로 움직이고 있었다.

아니, 생각 또한 마찬가지였다. 서연이 보고 싶었다. 당장 서연을 보지 않으면 죽을지도 모른다는, 이상한 확신이 들었다. 그래서 서연이 거부해도 그녀를 봐야만 했다. 보지 않으면 죽을 테고, 아직은 죽고 싶지 않으니까.

아파트 입구에 오도카니 서 있는 서연을 보는 순간, 심장에 뭉근한 아픔이 퍼졌다. 그리고 억지로 웃는 서연의 얼굴을 보는 순간, 이상하게도 태민이 울고 싶어졌다. 울지 않으려고 노력하는 서연을 대신하여 울고 싶었다. 그녀를 울게 만드는 아픔을 전부 가지고 오고 싶었다.

서연이 아픔 없이 환하게 웃을 수만 있다면, 그 고통을 전부 대신해도 괜찮다는 생각이 들었다. 그녀의 아픔, 슬픔, 외로움. 그녀가 안고 있는 부정적인 감정은 모두 내가 가지고 오고, 그녀는 그저 행복했으면 좋겠다고 소망했다.

그래서 인정할 수밖에 없었다.

사랑이라고.

그래서 말할 수밖에 없었다.

사랑한다고.

그러지 않으면 이 가슴이 터질 테니까. 이 황홀한 감정이 폭발해버릴 테니까.

침묵이 흘렀다. 태민의 고백을 들은 서연은 눈을 동그랗게 뜨고 가만히 태민을 응시했다. 태민은 여자 앞에서 이토록 초조하고 불안한 기분을 느끼는 게 처음이었다.

그녀의 입술이 벌어지면서 나올 말이 무엇일지, 기대가 되는 한편 무섭기도 했다. 서연이 자신을 사랑한다는 건 알고 있었다. 아는데도 왜 이렇게 불안한 걸까? 왜 이렇게 가만히 있을 수가 없는 걸까?

침묵은 아마도 길지 않았을 것이다. 하지만 태민에게는 영원처럼 느껴지는 시간이 지난 후, 서연이 입을 열었다.

"깜짝 놀랐어요."

서연의 입가에 미소가 퍼졌다. 예상 밖의 반응이었다.

"네?"

"정태민 씨, 이번엔 또 어떤 게임이에요?"

"네?"

"진짜로 고백하는 줄 알고 깜짝 놀랐잖아요."

"아니, 진심인데."

"거짓말하지 말아요. 이제 안 속아요."

"거짓말 아니에요."

"그래요, 거짓말 아니라고 쳐요."

서연은 태민의 고백을 조금도 믿지 않고 있었다.

"사장님, 난 장난으로라도 사랑한다는 말은 안 해요."

"영화관에서 정태민 씨가 했던 말, 난 잊지 않았거든요. 그런 식으로 속이려고 하지 마세요. 진심은 무슨."

서연은 정말로 재미있어 하는 눈치였다. 영화관이라니. 태민은 기억을 더듬었다.

—이럴 줄 알았으면 진심이라고 할걸.

서연의 고백을 매몰차게 거절한 후, 사장과 종업원 사이로 돌아가자는 서연의 말에 그렇게 말한 적이 있었다.

이럴 수가. 그때의 언행이 발목을 잡다니. 태민은 불과 한 달 전의 자신을 쥐어 패 주고 싶은 기분이었다.

"그때 그건 잊어 줘요. 지금은 진심이니까."

"안 믿어요, 이젠. 정태민 씨는 재미있는 일만 하는 사람이잖아요. 이미 내 마음을 얻어서 날 재미없는 여자라고 생각할 줄 알았는데, 아직 재밋거리가 남아 있나 봐요."

"재미있어서 이런 말 하는 거 아니에요. 난 지금 재미없어요. 나는…… 진짜로 사장님을 사랑해요."

"사랑한다는 말을 듣는 건 기분 좋은 일이지만, 이제 속진 않을 거예요. 백 번을 말해 봐요. 내가 넘어가나."

"사장님은 이제 날 사랑하지 않는 거예요? 내가 좋다면서요? 벌써 변했어요?"

"안 변했어요. 사랑해요. 좋아해요. 매일 보고 싶어요."

서연은 그때 그랬던 것처럼 태민을 똑바로 응시하며 말했다. 그녀의 맑은 눈동자는, 처음 고백을 했을 때와 달라진 것이 없었다. 하지만 그 말에 안도하는 것도 잠시였다.

"하지만 그뿐이에요. 정태민 씨가 날 좋아한다는 말은 안 믿어요."

내가 누군가를 사랑하지 않아도, 누군가가 나를 사랑해 주는 삶이 재미있다고 생각해 왔다. 짝사랑을 하는 사람은 바보. 사랑을 받는 쪽이 되는 게 낫지. 감정 소비 없이 받기만 하는 편이 훨씬 좋지.

그렇게 생각했다.

하지만 아니었다. 내 사랑을 상대가 믿지 않는다는 것처럼 답답한 일은 없다.

'아니, 답답한 게 아니라.'

심장이 자근자근 저며지는 통증이 일었다. 내가 사랑하는 여자가 날 사랑하고 있지만, 내 사랑은 믿어 주지 않는다. 그것도 내 과거의 언행 때문에.

그건 슬프고도 아픈 일이었다. 신뢰가 없는 사랑은 쉽게 사라진다. 서연 또한 혼자서만 태민을 사랑하고 있다고 여기다가 결국은 지쳐 그 마음을 접게 되겠지.

"사장님, 나는 사랑을 믿지 않았어요. 사랑은 뇌의 작용 때문이고, 언젠가는 사라질 것이라고 생각해 왔어요. 그래서 사랑을 할 수가 없었고, 사장님에 대한 마음도 인정할 수가 없었어요."

태민은 솔직하게 말하기로 했다.

"하지만 사장님. 이젠 아니에요. 내가 사랑을 하게 되니까, 이 사랑이 영원할 거라고 믿고 싶어져요. 이게 바보 같은 행동이라는 거 알면서도, 내 사랑만큼은 영원할 거라고 믿게 돼요. 그만큼 사장님을 사랑해요."

서연이 빙그레 웃었다.

받아 주는 걸까? 순간 솟아난 희망은.

"그 말은 좀 흔들리게 하네요. 다른 여자들한테는 잘 통할지도 모르겠어요."

순식간에 부서졌다.

"하지만 나한텐 안 통해요. 이젠 정태민 씨한테 안 속을 거라니까요."

서연은 철벽 방어였다. 이게 소문으로만 듣던 철벽녀인가.

하지만 서연을 탓할 수는 없었다. 지금껏 서연이 보아 온 자신의 모습은 참으로 형편없는 남자였을 터였다. 재미 삼아 여자를 가지고 놀고, 서연에게까지 상처를 입혔다. 그렇게 쌓아 올린 마음의 벽이 사랑한다는 말 한 마디에 녹아내리지는 않겠지.

그렇다고 해서 태민은 여기서 마음을 접을 생각이 없었다.

서연을 사랑한다. 사랑 따위 없다고, 그런 거 싫다고 생각해 왔지만 기어코 생긴 사랑이었다. 간신히 알게 된 이 감정을, 여기서 놓아 버리긴 싫었다.

게다가 서연은 세상에서 제일 예쁜 여자였다. 거부 좀 당한다고 해서 놓칠 수는 없었다. 서연의 슬픔도, 고통도 오롯이 가져갈 것이다. 그리고 서연에게는 미소와 행복만 안겨 줄 것이다. 다른 남자가 아닌 바로 내가.

"알겠어요, 사장님. 쉽게 받아 주지 않는 게 당연해요. 내가 한 짓이 있으니까. 하지만 난 여기서 포기 안 해요. 언젠가 내 마음을 받아 주게 될 거예요."

태민의 선전포고에 서연이 웃었다.

"어디 한 번 있는 힘껏 속여 보세요. 절대로 안 속아 넘어갈 테니까."

*　　*　　*

태민과 헤어져 집에 돌아온 서연은 곧바로 욕실로 들어갔다. 꼼꼼히 샤워를 하고 나서 거울을 봤더니, 입가에 희미한 미소가 묻어 있었다.

'아직도 웃고 있구나. 그런 거짓말 고백에.'

사랑한다는 말을 들었을 때는 깜짝 놀랐다. 하지만 곧바로 그게 또 다른 게임이라는 걸 눈치챘다. 다행이었다. 태민의 고백을 진심으로 받아들이지 않을 이성이 남아 있어서.

그러지 않았더라면 또다시 태민의 말에 휘둘릴 뻔했다. 태민은 서연을 상대로 새로운 장난을 시작했다. 싫어야 할 일인데 이상하게도 싫다는 생각이 들지 않았다. 오히려 태민에게 고마웠다.

오늘 태민이 나와 주지 않았더라면, 그리고 그런 장난을 치지 않았더라면, 최민기 때문에 가라앉은 기분이 오랫동안 지속되었을 것이다. 태민 덕분에 최민기와의 일을 깨끗하게 잊을 수 있었다.

욕실에서 나와 잠옷으로 갈아입고, 화장대 앞에 앉아서 스킨과 로션을 발랐다. 그러고 나서 서재로 향했다. 서재 안에는 각종 분야의 책들이 잔뜩 꽂혀 있었다. 그중에 추리 소설을 꺼내 들었다.

서연은 추리물을 좋아했다. 대부분 권선징악으로 끝나는 그 내용이 마음에 들었다. 현실도 소설처럼 권선징악이라면 좋을 텐데.

침대로 돌아와 엎드려서 책을 펴 들었을 때, 베개 위에 올려놨던 휴대폰이 진동했다.

[정태민]

액정에 반짝거리는 태민의 이름에 심장이 덜컥 움직였다. 그저 이름 세 글자에 이렇게 반응을 하게 되다니. 태민이 게임 때문에 이런다는 건 알고 있다. 하지만 그걸 안다고 해서 사랑하고 설레는 마음이 가시는 건 아니었다.

"여보세요."

심호흡을 한 후 전화를 받았다.

[잘 들어갔어요?]

휴대폰 너머에서 들려오는 나직한 목소리가 듣기 좋았다.

"네, 씻고 누웠어요. 정태민 씨는요?"

[난 이제 막 들어왔어요. 자기 전에 목소리 듣고 싶어서 전화했어요.]

"네, 네. 그러시겠죠."

[비아냥거리지 마요. 진심이니까.]

"비아냥거릴 거예요. 장난이라는 걸 아니까."

[아무튼 잘 자요. 월요일에 봐요.]

전화를 끊었다. 잠을 자기 전, 그의 음성을 들을 수 있어서 좋았다. 태민도 아주 조금은 같은 마음이었으면 좋겠다.

* * *

인테리어 공사가 마무리 단계에 들어갔다. 낮에는 햇빛이 따갑지만 밤에는 쌀쌀한, 일교차 큰 날씨였다.

서연은 가게에 가는 길에 아이스크림 전문점에 들러 아이스크림을 샀다. 가게에는 현영만 있었다. 집에서 나오기 전, 태민에게 늦을 것 같다는 문자를 받았다.

"간판 나왔어. 오후에 배달될 거야."

현영이 아이스크림 봉지를 받아 들었다. 탁자에 마주 앉아 아이스크림을 먹으며 현영이 말했다.

"간판 사진 보여 줄게."

스푼을 입에 물고, 현영이 휴대폰을 조작해 사진을 띄운 후 서연에게 내밀었다. 원목 배경에 흰색 글씨와 초록색 나뭇잎이 섞인, 숲속 느낌을 물씬 풍기는 간판이었다. 디자인을 완전히 현영에게 맡겨 둬서 어떤 느낌으로 나올지 궁금했는데 상상 이상이었다.

"우와, 진짜 예뻐요."

"그래? 마음에 들어?"

"네, 완전요."

"고칠 부분은?"

"없어요, 정말 예뻐요. 언니, 진짜 감사해요."

현영이 만족스럽다는 듯 미소를 지었다.

"공사는 이번 주 금요일이면 완전히 끝날 거야. 그러면 우리 볼 일도 없겠네."

"가게에 가끔 오세요."

"응, 오픈하고 나면 한 번은 와야지. 그나저나 태민이랑은 어때?"

"네?"

"태민이랑 재미있는 일 없어?"

"네, 없는데……."

현영은 태민의 과거 여자 중 한 명이었다. 그런 현영에게 태민과의 관계에 대한 질문을 받으니 당혹스러웠다.

"있을 것 같은데."

현영이 눈을 가늘게 뜨고 말했다.

"왜 그렇게 생각하세요?"

"너, 요새 좀 변했거든."

"제가 변했나요?"

"응, 변했어. 전보다 더 밝아진 것 같아."

"그건 아마도 가게가 완성되어 가서 그런 게 아닐까요?"

"글쎄. 뭐, 말하고 싶지 않으면 됐어. 아무튼 인테리어가 생각보다 잘 나와서 다행이야. 가게, 잘됐으면 좋겠다."

"네, 정말 그랬으면 좋겠어요."

가게를 둘러봤다. 아늑한 분위기가 마음에 들었다. 원목 가구와 속이 비치는 연두색 커튼, 눈을 피곤하게 하지 않는 조명.

처음 이 건물을 받았을 때는 상상하지 못했던 풍경으로 변했다. 이 가게에 들어오면 누구라도 편안한 기분을 느낄 것이란 자신이 생겼다.

정오가 되기 조금 전에 간판이 도착했다. 현영이 간판을 달 위치를 지휘했고, 전부 끝내고 나서 조금 늦은 점심을 함께 먹었다.

"언니랑 헤어지기 서운해요."

파스타를 먹으며 말했다.

"그래? 넌 참 착하구나. 그러다가 호구된다."

"전 별로 착하지 않아요."

"착해. 내가 처음에 너한테 못되게 굴었잖아. 태민이랑 무슨 일 있었는지 떠벌리고. 내가 너였다면 쌍욕을 퍼부으면서 계약 파기까지 했을걸."

"하지만 그 후에는 안 그러셨잖아요."

"그걸 가지고 호구라고 하는 거야. 혹시 알아? 내가 또 그런 짓을 할지. 넌 정신을 좀 차릴 필요가 있어. 세상엔 말이야. 이유도 없이 날 싫어하는 사람도 많고, 질투하는 사람도 많고, 엿 먹이려는 사람도 많고, 등쳐먹으려는 사람도 많아. 정신 바짝 차리지 않으면 내장까지 털리는 세상이야."

내장 운운하는 현영의 말투를 들으니 재희가 떠올라서 웃음이 나왔다.

"왜 웃어?"

"아, 친구 중에도 언니랑 비슷한 말투를 쓰는 친구가 있어서요."

"널 보면 답답하니까 이런 말투를 쓰는 거겠지."

"제가 그렇게 답답한가요?"

"응. 너는 눈치를 너무 봐."

"아……."

"주눅이 들어 있는 건 아냐. 자기 할 말도 제대로 해. 그런데 이상하게 눈치를 보는 것 같다는 생각이 들 때가 있어. 너, 대체 누구 눈치를 보는 거니?"

정곡을 찔렸다. 그게 그렇게 티가 날 줄은 몰랐다.

아버지요.

그런 말을 할 수는 없었다.

'있잖아요. 나는 세상에서 아버지가 제일 무서워요. 아마도 아버

지는…….'

거기까지 생각하다가 멈췄다. 누구에게도 말할 수 없는 이야기였다. 재희에게도, 재원에게도, 그리고 할아버지에게도.

서연의 대답을 들으려고 한 말은 아닌 듯, 현영이 계속해서 말했다.

"가게는 잘될 거야. 옷차림을 조금만 바꾸면 멋진 애인도 생길 거고. 눈치는 그만 봐. 아직 젊잖아. 네 인생은 앞으로 시작이고, 잘될 거야."

"네, 고마워요, 언니."

"별말씀을."

현영이 어깨를 으쓱하고는 다시 파스타로 포크를 가져갔다. 그런 현영을 가만히 응시하다가 서연이 입을 열었다.

"사실 정태민 씨가 저한테 사랑한다고 했어요."

포크가 멈췄다.

"정말?"

"아, 걱정 마세요. 진심이 아닐 테니까."

"걱정 안 해. 나, 정태민 안 좋아하거든."

"정말요?"

"응, 정말. 난 걔한테 아무 감정 없어. 감정 남아 있었으면 너랑 이러고 있겠니? 그런데 정말이야? 걔가 너한테 사랑한다고 했어? 언제?"

"지난주에, 저 소개팅한 날이요. 그날 밤에 그러더라고요."

"하?"

현영이 기가 막힌다는 듯 헛웃음을 흘렸다.

"또 게임을 시작했나 봐요. 정태민 씨는 원래 이렇게 한 여자한테 두 번씩 장난을 걸어요?"

"게임……이라니?"

"저번에 제가 고백했을 때 그랬거든요. 좀 더 어려운 여자일 줄 알았는데 생각보다 쉬워서 실망이라고. 아마 절 두고 게임을 했겠죠. 며칠 만에 꼬실 수 있는지."

"아, 그래. 그런 놈이긴 하지. 아니, 근데. 잠깐만."

현영이 혼란스러운 듯 포크를 내렸다.

"네가 태민이한테 고백을 했었다고?"

"네, 그랬었는데요."

"왜?"

"그거야…… 좋아하니까요."

"네가? 정태민을?"

"네, 제가요. 정태민 씨를."

"말도 안 돼."

현영이 고개를 절레절레 저었다.

"전혀 그렇게 보이지 않았어. 난 네가 정태민한테 전혀 관심도 없는 줄 알았는데."

"아니에요. 엄청 관심 많아요."

서연의 대답에 눈을 휘둥그레 떴던 현영이 갑자기 웃음을 터뜨렸다. 이보다 더 재미있는 일이 없다는 듯 깔깔 웃는 현영을, 서연은 멍하니 응시했다.

뭐가 저렇게 재미있는 걸까?

눈물이 맺힐 정도로 신나게 웃던 현영이 검지로 눈가를 닦으며 말했다.

"아, 미안, 미안. 정말 생각지도 못한 일이 벌어진 것 같아서. 그러니까 정리 좀 해 볼게. 넌 태민이한테 고백을 했었고, 태민이는 그걸 거절했고, 그러다가 얼마 전에 너한테 사랑한다고 했다는 거지? 넌 그걸 태민이가 시작한 게임일 거라고 생각하고 있고."

"네, 맞아요."

"그래. 하하하하. 그래, 맞아. 게임일 거야. 정태민한테 진심은 없지."

"역시 그렇죠? 그런데 전 한 번 하고 나면 두 번은 안 할 줄 알았거든요. 그렇게 듣기도 했고. 그런데 저한테 두 번이나 장난을 치는 이유는, 역시 제가 호구라서 그런 걸까요?"

현영은 진지하게 묻는 서연을 가만히 응시하다가 말했다.

"태민이는 가벼운 놈이야. 걘 여자한테 진심이라는 걸 준 적이 없어. 아마 게임이겠지. 내가 아는 정태민이라면 게임일 거야. 하지만…… 네가 아는 정태민은 내가 아는 정태민이랑 다른 사람일지도 모르니까, 잘 살펴봐."

"다르지 않아요. 전 그 고백 믿지 않거든요. 받아 주지도 않을 거고요."

"이제 태민이를 사랑하지 않아?"

"사랑해요. 하지만…… 그렇다고 해서 정태민 씨 말을 믿는 건 아니에요. 전 그때 그 기분, 두 번 다시는 느끼고 싶지 않거든요."

"하아. 그래, 맞아. 그거 진짜 기분 엿 같지. 정태민은 썩을 놈이야. 진짜 싫어. 그놈이 여자 때문에 잔뜩 상처 받고 우는 꼴을 보고 싶어."

"아, 저는 그 정도는 아닌데."

"또 착한 척!"

"알겠어요. 그럼 저도 그 정도로 할게요."

현영이 웃었다.

"받아 주지 말고 잘 지켜봐. 걔는 재미있는 걸 좋아하고 가벼운 놈이니까, 네가 계속 받아 주지 않으면 질려서 관둘 거야. 하지만 이것도 알아 둬. 만약 그 게임이 한 달, 두 달, 일 년. 그렇게 지속된다면……. 그러면 진심일지도 몰라."

서연은 현영의 말에 꽃을 피우려던 희망을 단숨에 뽑아 버렸다. 진심일 리가 없다.

—진심? 고작 이 정도로?

그의 눈빛과 그의 목소리가 여전히 생생하다.

—그렇게 쉬운 여자였습니까? 좀 더 어려울 줄 알았는데.

그날의 광경이 트라우마로 남았다.

태민을 나쁜 사람이라고 생각하지 않는다. 여전히 그를 사랑한다. 하지만 그의 마음을 믿는 건 별개의 문제였다. 이 마음을 또다시 드러내고 그의 마음을 원하게 되면, 그는 그때처럼 말하리라.

진심? 고작 이 정도로?

그 냉랭하고도 귀찮아하는 음성을, 두 번 다시는 듣고 싶지 않았다.

점심을 다 먹은 후 다시 가게로 돌아왔다. 태민이 가게 앞에 서서 간판을 올려다보고 있었다. 인기척을 느낀 듯 태민이 이쪽으로 고개를 돌렸다. 가게가 있는 골목 중간에 서서 느릿하게 고개를 돌리는 모습이, 영화의 한 장면처럼 느껴졌다. 태민의 입가에 옅은 미소가 떠올랐다.

"간판, 근사하네. 이제야 좀 가게 같다."

편안한 반말에 심장이 콩닥콩닥 뛰었다.

"굉장하지? 내 솜씨가 이 정도야."

옆에서 들려오는 현영의 목소리에, 현영을 향한 반말이었다는 걸 깨닫고 얼굴을 붉혔다.

"왜 이렇게 늦었어?"

현영이 그에게 다가가며 물었다.

"아, 작업 좀 하느라 밤을 샜거든."

"고생하네. 여러 가지로."

"응?"

"힘내, 정태민. 넌 정말 싫은 놈이지만 그렇다고 땅굴 파는 꼴을 보고 싶은 건 아니거든."

현영이 태민의 어깨를 툭툭 두드리고는 가게 안으로 들어갔다. 그녀의 뒤를 따라 들어갈 줄 알았는데, 태민은 계속 그 자리에 서 있었다.

"사장님, 왜 거기서 그러고 있어요?"

"그냥요."

"얼른 와요. 계속 그러고 있으면 납치하고 싶어지니까."

"납치를 왜 하고 싶어져요?"

"납치해서 가둬 두고 나만 보고 싶거든요."

서연은 미간을 좁혔다.

"게임, 아직도 계속하는 중이었어요?"

"진심을 계속 보이고 있는 중이에요. 아, 맞다. 홈페이지 거의 다 완성했어요. 이따 보러 갈래요?"

"보러…… 어디로요?"

태민이 씩 웃었다.

"우리 집."

* * *

홈페이지를 보기 위해 굳이 집까지 방문해야 할 필요는 없지만, 서연은 그 사실을 알지 못했다.

평소 퇴근하는 시간보다 조금 이른 시간에 가게를 나섰다. 현영이 태민에게 의미심장한 시선을 보내며,

"아주 갈 데까지 갔구만."

이라고 말하는 소리를, 먼저 나간 서연은 듣지 못했다.

태민의 집은 빌라촌에 있는 신축 빌라였다. 계단을 올라갔다. 뒤

에서 따라 올라오던 태민이 말했다.

"사장님은 경계심이 너무 없습니다. 남자가 자기 집에 가자고 하는데 신나서 따라오는 사람이 어디에 있습니까?"

"별로 안 신났는데요."

"그런 말이 아니고요."

"저한테 나쁜 짓 안 할 거잖아요."

"왜 그렇게 확신해요? 내가 어떤 사람인지도 잘 모르면서."

"잘 모르긴 하지만 억지로 나쁜 짓을 하는 사람은 아닐 거라고 생각해요."

"하지만 난 이미."

태민이 갑자기 성큼성큼 두 계단씩 올라와 서연을 앞질렀다. 서연을 막아선 그가 갑자기 서연의 팔뚝을 붙잡아 벽으로 밀어붙였다. 조용하고 조금 어두운 계단에, 태민과 서연의 숨소리만 가득했다. 태민은 서연을 팔 안에 가두고 검은 눈동자로 내려다봤다.

"사장님한테 키스했어요. 또 할 수도 있고."

서연은 침을 꼴깍 삼켰다. 태민과 밀착했을 때 느껴지는 묘한 기분은 도무지 익숙해지지 않았다. 느긋한 모습을 보이고 싶은데, 순식간에 긴장하는 육체를 제어하기 힘들었다. 태민의 얼굴이 가까워졌다. 그의 향기에 아찔해졌다.

"경계심을 가져요"

숨결이 느껴질 정도로 가까운 거리에서, 태민이 속삭이듯 말했다. 너무도 가까운 거리에 있는 태민의 눈을 똑바로 보기 힘들었다. 자꾸만 눈을 감고 싶어졌다.

하지만 서연은 애써 눈에 힘을 줬다. 태민의 키스를 바라는 듯한 행동을 할 수는 없었다.

"알겠어요. 그럼 그냥 집에 갈게요. 비켜요."

태민이 씩 웃으며, 언제 그랬냐는 듯 서연에게서 떨어졌다.

"여기까지 왔잖아요. 이미 늦었어요. 못 가. 안 놔줄 거예요."

태민이 서연의 손목을 잡았다.

"놔줘요. 갈래요."

"삐치긴."

"삐친 게 아니라 경계심을 갖게 된 거거든요."

"나중에 가져도 돼요. 오늘은 집에 단둘이 있는 거 아니니까."

"아, 그래요?"

"친구랑 같이 살거든요."

몰랐던 사실이다.

서연은 태민의 친구가 어떤 사람인지 궁금해졌다.

친구란 사람도 태민처럼 여자를 가볍게 여기고 장난을 좋아하는 사람일까?

"나 왔어. 손님도 왔다."

태민의 말에 방문이 열리고 모습을 드러낸 사람은, 태민과 완전히 다른 느낌을 풍기는 남자였다. 키는 비슷하지만 좀 더 남자답고 강한 인상에, 무심한 눈빛을 가지고 있었다.

"얘가 내 친구예요. 선하준. 이분이 우리 가게 사장님이야. 홍서연."

태민이 중간에서 두 사람을 소개시켰다.

"안녕하세요."

서연은 살짝 고개를 숙여 인사했다. 마주 인사해 주지 않고 서연을 빤히 보던 하준이 말했다.

"토끼군요."

"네?"

"당신이 토끼였군요."

무슨 소리를 하는 걸까? 어리둥절한 표정으로 하준을 올려다봤다. 태민이 얼굴을 붉히며 하준의 어깨를 밀었다.

"야, 들어가라."

"왜? 나 토끼 좋아해. 안녕하세요, 토끼 씨. 선하준입니다. 태민이 친구이기도 하고, 토끼 씨 친구인 재원이의 선배이기도 하죠."

"아, 재원이랑도 아는 사이세요?"

"그냥 아는 사이가 아니라 아주 절친한 사이죠. 친형 같은 존재입니다."

"혹시 요새 같이 일한다는 분이……."

"네, 그게 바로 접니다. 토끼 씨."

하준이 왜 자꾸 토끼 씨라고 부르는지 알 수 없었다. 하지만 그리 기분이 나쁘지 않은 이유는, 놀리는 것처럼 들리지는 않기 때문이었다. 오히려 태민이 놀림을 당하는 것처럼 얼굴을 붉히고 안절부절못했는데, 서연은 그 이유를 알 수가 없었다.

'왜 나를 토끼 씨라고 부르는데, 정태민 씨가 당황하는 거지?'

"그런데 토끼 씨는 우리 집에 어쩐 일이십니까?"

"정태민 씨가 홈페이지 작업한 거 보여 준다고 해서요."

서연의 대답에 하준이 의미심장한 미소를 지으며 태민을 돌아봤다. 태민은 작게 한숨을 내쉬었다.

"어제 밤새서 작업했거든. 내 노트북에서만 볼 수 있으니까."

"흐음. 그래?"

"그만 들어가지 그래? 우린 아직 일하는 중이니까."

태민이 달래듯 말했다.

"아니, 난 요리를 하고 싶어졌어."

"뭐?"

"토끼 씨. 저녁 먹었어요?"

하준이 냉장고를 열었다.

"아뇨, 아직."

"못 먹는 음식은?"

"딱히 없어요."

"기다려 봐요. 맛있는 거 해 줄게요. 저녁 먹으면서 토끼 씨 얘기 좀 들려줘요. 굉장히 만나 보고 싶었거든요."

"저를요?"

"네, 토끼 씨를요."

'날 왜 만나고 싶어 했던 거지?'

서연은 의아하게 생각하며 태민을 올려다봤다. 태민은 어색한 미소를 짓고 있었다.

"저기, 정태민 씨."

"네."

"혹시 친구분께 제 욕 많이 했어요?"

* * *

하준이 흥얼거리며 요리를 시작했다. 하준은 정말로 즐거워 보였다.

"제가 도울 건 없어요?"

서연은 그냥 앉아 있기 민망해서 하준의 옆으로 가서 물었다.

"네, 괜찮아요. 앉아서 태민이나 상대해 주세요."

그래서 다시 태민에게로 돌아갔다. 태민은 식탁에 앉아 조금 긴장한 표정으로 하준의 뒷모습을 응시하고 있었다.

왜 이렇게 긴장하고 있는 걸까?

"제 욕 많이 한 거죠?"

서연이 조심스럽게 묻는 말에 태민이 시선을 돌렸다.

"네?"

"그래서 이렇게 긴장하고 있는 거죠? 제 욕한 거 들통날까 봐."

태민이 빙그레 웃었다.

"그런 거 아니에요. 내가 사장님 욕을 왜 하겠어요? 나한테 욕먹을 짓 했어요?"

"그런 건 아니지만……. 꼭 욕먹을 짓을 해야만 욕먹는 건 아니잖아요."

"난 욕먹을 짓 한 사람만 욕해요. 걱정 마요. 정말로 그런 거 아니니까."

"그럼 왜 그렇게 긴장하고 있어요?"

"긴장이라뇨? 긴장한 적 없는데요."

태민이 시치미를 뗐다. 태민은 이제 여유를 되찾은 것처럼 보였다.

탁탁탁탁—

하준이 도마에서 당근 써는 소리가 리드미컬하게 울렸다.

"친구분은 요리 잘하시나 봐요."

서연의 말에 하준이 고개를 돌렸다.

"오빠."

"네?"

"오빠라고 불러요. 재원이는 나한테 형이라고 부르니까."

"야, 무슨 오빠야."

당황한 서연을 대신해서 태민이 말했다.

"왜? 난 어차피 토끼 씨랑 같이 일하는 사이도 아니잖아. 오빠라고 부르는 편이 편하지 않겠어?"

"그래도 그건 좀……."

"오빠라고 부르는 거 불편해요, 토끼 씨?"

하준이 서연에게 물었다.

"아뇨, 안 불편해요. 그럼 오빠도 말씀 편하게 하세요."

"응, 그럴게."

하준이 유쾌한 어조로 말한 후 태민을 향해 승리의 미소를 짓고는 다시 고개를 돌렸다. 태민이 인상을 찌푸렸다.

"아무나 그렇게 오빠라고 부릅니까?"

태민이 투덜거리듯 물었다.

"그렇다고 남자분을 언니라고 부를 순 없잖아요."

"그럼, 나도."

하준의 등을 노려보며 띄엄띄엄 말하던 태민이 결심한 듯 서연과 눈을 맞췄다.

"나도 오빠라고 부르세요."

"싫어요."

"왜요?"

"정태민 씨는 같이 일하는 사람이잖아요. 우리, 적당한 거리를 유지하기로 한 거 아니었어요?"

"오빠라고 부른다고 해서 거리가 가까워지는 건 아니잖아요. 하준이를 오빠라고 부르게 됐다고 해서, 쟤가 나보다 더 가깝게 느껴집니까?"

"네. 가깝게 느껴지는데."

서연의 대답에 하준이 고개를 돌려 태민을 향해 씩 웃었다. 태민은 그런 하준을 한 대 때려 주고 싶다고 생각하며, 애써 여유롭게 미소를 지었다.

"사장님, 잘 생각해 봐요. 아무리 우리가 사장과 직원의 관계라고는 하지만, 같이 일한 지 한 달이 넘었어요. 쟤는 오늘 처음 만나는 사이고요. 그런데 단지 같이 일하는 사람이 아니라는 이유만으로 나보다 편하게 느껴진다고요?"

"네."

당연히 하준이 더 편하게 느껴질 수밖에 없었다. 하준은 좋은 사람인 것 같았고, 서연을 마음에 들어 하는 것 같았다. 게다가 하준은, 서연이 사랑하는 사람이 아니었다.

짝사랑하는 남자의 앞에서 마음이 편할 리가 없다. 행동 하나, 말투 하나, 심지어 숨 쉬는 것까지도 신경을 쓰게 되니까.

하지만 태민은 뭘 오해한 건지, 콧등을 찡그리고 투덜거렸다.

"안 그렇게 봤는데, 사장님은 정말 가벼운 여자에요."

"정태민 씨 닮아서 그런가 보죠, 뭐."

"처음엔 내 눈도 똑바로 못 보더니, 이젠 말대꾸도 하고."

요리를 하며 두 사람의 대화를 듣던 하준은 속으로 웃었다.

저 두 사람은 알까? 지금 둘의 대화가 무척이나 달콤하다는 걸. 각자 은밀한 감정을 품고 탐색을 하는 듯, 묘한 긴장감과 감미로움이 담겨 있다는 걸. 서로의 말투에, 눈빛에 담긴 애정을 저 두 사람은 알고 있을까?

"간단하게 차려 봤어."

1시간쯤 지나, 식탁 위에는 갖가지 요리가 놓여 있었다. 볶음밥과 무쌈말이, 감자조림, 김치겉절이. 생각지도 못한 진수성찬에 서연의 눈이 휘둥그레졌다.

"와, 맛있겠어요. 잘 먹을게요."

하준의 음식은 깜짝 놀랄 만큼 맛있었다.

"맛있어요! 오빠, 진짜 요리 잘하시네요."

순수한 칭찬에 하준이 빙그레 웃었다.

"나보다는 태민이가 더 잘하죠. 얘는 요리사 자격증 있거든요. 한식부터 양식까지, 전부."

서연은 눈을 더 동그랗게 뜨고 태민을 돌아봤다. 태민은 여전히 불퉁한 표정으로 밥을 먹고 있었다.

"정말이에요?"

"그럼 거짓말이겠어요?"

"왜 투덜거려요? 칭찬해 주려고 했더니."

"그렇게 칭찬해 주고 싶으면 오빠라고 부르든가요."

"칭찬이랑 호칭이랑 무슨 상관인지 모르겠네요, 정말."

서연은 태민이 왜 이렇게까지 '오빠'라고 불리고 싶어 하는지 알 수 없었다. 남자들이 '오빠'라는 호칭에 대한 로망이 있다는 건 알고 있다.

하지만 태민은 수많은 여자들에게 '오빠'라고 불리고 있을 텐데, 굳이 서연에게까지 그렇게 불릴 필요는 없잖은가.

그나저나 태민이 각종 요리사 자격증을 갖고 있는 게 놀라웠다. 바리스타 자격증도 있다고 들었는데, 언제 그렇게 다 따 둔 거지? 참 열심히 사는 남자다.

"오빠랑 정태민 씨는 언제부터 친구였어요?"

"중학교 때부터."

하준이 대답했다.

"중학교 때의 정태민 씨는 어땠어요? 그때도 이런 성격이었어요?"

"그때는……."

"뭘 그렇게 알려고 해요? 나에 대해서 많이 알면 위험해요."

태민이 하준의 말을 끊었다.

"그때는 좀 더 차가웠지. 아주 어두운 놈이었어."

태민이 막는다고 해서 멈출 하준이 아니었다. 태민이 노려봤지만 하준은 계속해서 말했다.

"어두웠어요? 정태민 씨가?"

어두운 정태민이라니. 상상이 되지 않았다.

"엄청. 동굴 속 박쥐 같은 놈이었어. 토끼 씨도 조심해. 언제 박쥐로 변할지 모르니까."

"그런데 오빠. 왜 절 토끼 씨라고 부르는 거예요?"

아까부터 궁금했던 것을 물었다. 하준이 씩 웃었다. 만면에 번지는 미소에 장난기가 가득했다.

"그건 말이지. 내 룸메이트가 토끼를……."

툭—

그때, 태민이 앞에 놓인 컵을 쳐서 쓰러뜨렸다. 담겨 있던 물이 맞은편의 하준에게로 좌악, 쏟아졌다.

"어이쿠, 물을 쏟았네. 미안."

누가 봐도 고의로 한 짓이었다. 하지만 하준은 불쾌한 기색 없이 키득키득 웃으며 행주를 가지고 와서 흐른 물을 닦았다.

"토끼 닮았다는 소리 많이 듣지 않아?"

다시 자리에 앉은 하준이 물었다.

"네, 가끔 들어요."

"응, 그래서야. 네가 토끼를 닮아서 토끼 씨라고 부르는 거야."

단지 그 이유는 아닌 것 같았지만, 서연은 더 이상 묻지 않았다. 태민의 심기가 불편해 보였기 때문이다.

그다음부터 대화의 주제는 서연의 가게로 바뀌었다. 가게에 대해 이런저런 얘기를 하며 저녁 식사를 끝냈다. 설거지라도 하려고 했지만 하준이 만류했다.

"토끼 씨는 할 일 있어서 온 거잖아. 가서 일 봐. 설거지도 내 취미니까."

하준이 등을 떠미는 바람에, 서연은 태민과 함께 방으로 들어갈 수밖에 없었다.

이런 상황에 놓이고 싶지 않았던 건데. 서연은 속으로 한숨을 삼켰다. 단둘이다. 그것도 밀폐된 공간에. 태민과 함께 마사지를 받으러 갔을 때의 일이 떠올랐다. 농밀한 공기와 그의 체취, 그리고 체온. 그 모든 것이 여전히 뇌리에 생생하게 남아 있었다.

"뭘 그렇게 긴장해요? 아무 짓도 안 할 거예요. 걱정 말아요."

태민의 말에 서연이 얼굴을 붉혔다. 생각을 읽힌 기분이었다. 서연은 애써 아무렇지도 않은 척 태민의 방을 둘러봤다.

좁지만 깨끗한 방이었다. 침대 하나, 옷장 하나, 컴퓨터가 놓인 책상 하나와 책장 하나. 책장에는 여러 가지 주제의 전공 서적들이 꽂혀 있었다. IT계열부터 심리학, 철학, 생물학과 물리학까지. 소설책도 몇 권 있었고, 세계의 불가사의나 근대 마술처럼 의아한 주제의 책들도 몇 권 있었다. 침대의 이불보는 깔끔하게 정리되어 있었고, 바닥에는 먼지 한 톨 없었다.

남자의 방은 지저분할 거라고만 생각했는데 선입견이었나 보다. 태민의 방은 서연의 방보다도 훨씬 깨끗했다.

'아니, 이건 깨끗하다기보다는…….'

인간미가 없었다. 언제라도 떠날 수 있도록 정을 붙이지 않은 방.

'내 방이랑 비슷해.'

서연의 방에는 이보다 많은 것들이 있지만, 비슷한 느낌이었다.

언제든 떠나도 상관없는 방. 잠시 머물다가 떠날 거주지. 태민의 방에서 자신의 방과 같은 느낌이 풍기는 건 어째서일까.

'내 착각일까?'

서연이 그런 생각을 하는 동안, 태민은 컴퓨터를 켜고 거실에 나가서 식탁 의자를 하나 가지고 들어왔다.

"여기 앉아요."

편한 책상 의자를 밀어 주며, 태민이 식탁 의자에 앉았다. 모니터는 두 개였다. 듀얼 모니터를 사용하는 걸 실제로 보는 건 처음이었다. 어쩐지 전문적인 느낌이 들어서, 태민이 새삼 다르게 보였다. 태민은 마우스를 움직여 모니터에 있는 여러 개의 폴더 중, [작전]을 클릭했다.

달칵. 달칵.

태민이 마우스를 조작해 홈페이지 화면을 모니터에 띄웠다. 흰색 배경에 옅은 연두색으로 카테고리를 꾸민 홈페이지. 상단에 나뭇결 같은 색으로 '작전명 스위트'라고 쓰여 있었다.

예쁘고 사랑스러운 홈페이지였다. 아기자기하게 넣은 일러스트 덕분에 동화를 보는 것 같은 기분이 들었다.

"굉장해요."

"마음에 들어요?"

"네, 정말로요. 예상했던 것보다 훨씬 예쁘게 나왔어요. 제가 좀 봐도 돼요?"

"네, 보세요."

태민이 마우스를 서연 쪽으로 밀었다. 서연은 홈페이지의 여기저기를 들어가 보았다.

"상단의 제목 폰트는 바꿀 거예요. 색감을 보려고 대충 넣어 둔 거고요. 바꿀 때는 폰트를 조금 더 크게 해서, 스위트의 '트' 자 가장자리에 작은 요정 그림자 일러스트를 넣을 예정이에요."

"귀여울 것 같아요."

"아, 거기 '가게 소개'의 직원 페이지에는 앞으로 면접 봐서 뽑은 직원의 사진과 간단한 소개글을 넣을 거예요. 사진은 정면 사진보다는 얼굴이 보일락 말락 하는, 비밀스러운 콘셉트가 좋을 것 같고요. 유니폼을 입고 찍은 사진이 좋을 것 같아요."

태민은 서연이 카테고리를 클릭할 때마다 이것저것 설명을 해 주었다. 자신의 가게라도 되는 것처럼 신나서 설명하는 태민의 음성이 듣기 좋았다. 감동이 뭉근하게 가슴 안에 퍼졌다.

마지막 고객의 소리함까지 다 확인했다. 홈페이지는 더 손댈 것 없이 완벽했다. 서연은 태민이 앉아 있는 쪽으로 고개를 돌렸다. 태민의 얼굴이 생각보다 가까운 곳에 있었다. 서연의 시선을 느낀 듯, 태민도 고개를 돌렸다.

시선이 마주치고 숨결이 섞였다. 태민의 깊고 맑은 눈동자가 흔들리는 것처럼 보였다. 그 눈동자 안에 담긴 자신의 모습에, 서연은 문득 부끄러워졌다.

하지만 시선을 피하고 싶지 않았다. 조금 더 이렇게, 그와의 세계를 공유하고 싶었다. 지금 이 순간, 이 달콤하고 야릇한 세계에는 그와 단둘일 뿐이니까.

시간이 멈춘 것 같았다.

문득 태민의 손가락이 서연의 이마에 닿았다. 서연은 머리를 완전히 뒤로 넘겨 하나로 묶고 있었다. 이마에 살짝 흘러내린 머리카락을 뒤로 넘겨주며, 태민이 속삭이듯 말했다.

"그거 알아요? 이렇게 바짝 뒤로 묶은 헤어스타일이 어울리는 사람은 많지 않다는 거. 이건 정말 예쁜 사람들한테나 어울리는 스타일이거든요."

"저랑 안 어울린다는 말을……."

"사장님이랑 잘 어울려요, 이 스타일."

과장 없이 담담한 태민의 칭찬에 심장이 달칵 움직였다.

"정말 예뻐요."

태민이 예쁘다는 말을 누구에게나 하는 사람이라는 건 알고 있지만, 그래도 역시 칭찬은 듣기 좋았다.

"사장님은 왜 이렇게 예쁜 거죠? 대체 이 얼굴에 무슨 짓을 한 거예요?"

코끝이 닿을 것 같아서, 서연은 머리를 조금 뒤로 뺐다. 하지만 의자의 등받이에 머리가 닿아 더는 도망칠 수 없는 지경이 되었다.

"놀리지…… 말아요……."

벌어진 입술 사이로 흘러나오는 목소리가 제 것처럼 들리지 않았다. 조금 쉬고, 조금 가라앉은 목소리였다. 서연은 자신의 동요가 목소리에 고스란히 드러나는 것 같아서 민망했다. 침을 꼴깍 삼키고, 이번에는 조금 더 차분하게 말했다.

"이젠 그렇게 칭찬해도 안 속아요."

"속이려고 하는 말 아니에요."

"진심, 아니잖아요."

"진심이에요."

머릿속에 그날의 영상이 떠올랐다.

—이런, 이런. 그런 시스템이에요? 그럴 줄 알았으면 그냥 진심이라고 할걸.

그 말을 하기 직전의 냉정한 눈빛, 그리고 그 말을 할 때의 장난기 가득한 눈. 그때 나는 뭐라고 했더라.

—이젠 안 속아요.

안 속을 거야.

이젠 안 속아.

그날 이후로 태민을 상대할 때마다 매일 다짐하지만, 그것이 생각보다 쉽지 않음을 이제야 깨달았다. 사랑하는 사람이 내게 예쁘다 하는데, 그것을 싫어할 사람이 어디에 있겠는가. 사랑하는 사람의 의미 없는 행동에도 의미를 부여하는 것이, 사랑에 빠진 사람이 하는 짓인데.

"이제 그만 가야겠어요."

"네, 그래요."

"비켜 주세요."

"싫어요."

"제발요."

애원하는 듯한 목소리가 나오고 말았다. 태민의 눈썹이 아래로 휘어졌다. 그의 눈빛이 슬프게 변한 것을, 눈의 착각이라고 믿고 싶었다.

'그는 날 사랑하지 않아.'

저 눈빛을, 표정을 믿었다가 전처럼 비참한 기분을 느끼게 되는 건 싫었다.

"미안해요. 사장님을 곤란하게 할 생각은 아니었어요."

태민이 뒤로 물러나며 말했다. 서연은 그 말에 대꾸하지 않고 일어났다. 태민에게는 조금 더 단호하게 보일 필요가 있었다. 사랑하는 이 마음을 알면서 장난이나 치는 태민이 미웠다.

도망치듯 태민의 방에서 나왔다. 하준이 식탁에 혼자 앉아 캔맥주를 마시며 휴대폰을 보고 있었다.

"어, 토끼 씨. 가게?"

"네, 가려고요. 오늘 저녁 잘 먹었습니다."

서연은 예의 바르게 인사를 했다. 뒤늦게 태민이 따라 나왔다.

"늦었어요. 데려다줄게요."

"아뇨, 괜찮아요. 혼자 갈 수 있어요."

서연은 부드럽지만 단호하게 거절했다. 태민은 입술을 달싹거리다가 도로 다물었다.

"알겠어요. 조심해서 가요. 도착하면 연락해 줘요. 걱정되니까."

"네."

태민은 서연이 나간 후에도 한동안 문 앞에 서 있었다. 주인을 떠나보낸 강아지처럼 망연자실한 모습이었다.

하준은 냉장고에서 맥주를 한 캔 꺼내 들고 태민의 옆으로 다가갔다. 태민의 볼에 차가운 캔이 닿았다. 그제야 태민이 하준을 돌아봤다.

"너, 토끼 씨한테 나쁜 짓 했냐?"

하준의 질문에 태민이 쓴웃음을 지었다.

"응. 고백했어. 사랑한다고."

* * *

인테리어 공사가 끝나기 전날. 서연은 구인 사이트에 구인 정보를 올렸다.

그다음 날. 완성된 가게에 다함께 모여, 조금 이른 오픈 축하 파티를 열었다. 그 자리에는 재원과 재희도 함께였다.

재희는 다음 주쯤에 유니폼이 완성될 것 같다면서, 완성된 시안을 보여 주었다. 디자인은 남녀 모두 검은 바지에 흰색 차이나 셔츠, 검은색 스카프와 까만 모자, 그리고 허리에 두르는 앞치마.

"작게 Sweet라고 로고를 넣었어. 앞치마는 서빙하거나 음식 준비할 때만 두르고 있으면 될 것 같고. 너무 튀는 느낌이면 손님이랑 같이 얘기를 할 때 손님이 위화감을 느낄 수도 있을 거 같아서 최대한 평범한 느낌이 들도록 했어."

재희가 설명했다. 평범하긴 하지만 옷깃이나 소매 부분을 독특하게 마무리해서, 아무 데서나 찾아보기 힘든 디자인이기는 했다.

"모자는 베레모랑 팔각모 중간 느낌으로 살려서, 여기에 잘 안 보이는 부분에 로고 넣었고. 쓰면 귀여울 것 같아서 일단 만들어 보긴 했는데, 영 촌스럽다 싶으면 벗겨. 옆으로 살짝 기울여서 쓰면 예쁘긴 할 거야."

가게에 대한 이야기를 하고 잡담을 하고. 그러는 동안 다행히 태민은 필요 이상으로 서연에게 접근하지 않았다.

며칠 전 태민의 집에서 냉정하게 그를 밀어낸 것이 못내 마음에 걸렸는데, 막상 그는 그 일을 대수롭지 않게 생각하는 듯했다.

다음 주부터는 인테리어 소품과 주방 기구들을 구입하기로 했다. 발품을 팔아서 구입하기로 했는데, 재원은 일 때문에 함께하지 못하는 것을 무척이나 아쉬워했다.

잠시 잊고 있었던 최민기에게 전화가 걸려 온 것은, 토요일 오전이었다. 액정에 뜬 이름을 보자 심장이 덜컥 내려앉았다.

[최민기]

민기와 소개팅을 했던 날 밤에 태민의 고백을 받았던 데다가, 그 이후로 연락이 없어서 이 남자의 존재를 새까맣게 잊고 있었다.

"여보세요?"

[최민깁니다.]

딱딱하고 기계적인 목소리가 들려오자, 소개팅을 하던 그 순간으로 돌아간 느낌이 들었다.

"네, 어쩐 일이세요?"

[오늘 오후에 점심이나 같이 먹죠. 백숙 맛있게 하는 곳을 압니다.]

민기는 서연에게 시간이 있느냐고 묻지도 않고 제멋대로 말했다.

"아, 저기."

[11시 30분쯤 데리러 가겠습니다.]

전화가 끊겼다. 서연은 기가 막혀서 한동안 끊긴 전화를 귀에 대고 있었다.

'뭐, 이런 남자가 다 있어?'

황당한 기분으로 시간을 확인했다.

오전 9시 20분. 민기가 데리러 오기까지 2시간 10분이 남았다.

'그냥 도망칠까?'

민기를 만나고 싶지 않았다. 하지만 도망쳤다가는 뒷감당이 힘들어질 게 뻔했다. 서연은 어쩔 수 없이 일어나 나갈 준비를 하기 시작했다.

* * *

11시 30분. 서연은 집 앞으로 나갔다.

민기의 차가 집 앞에 서 있었고, 민기는 차체에 기대서 휴대폰으로 무언가를 확인하고 있었다. 인기척을 느낀 듯 민기가 고개를 돌렸다. 민기의 시선이 서연을 쭉 훑었다.

정말 싫다, 저 습관. 서연은 속으로 진저리를 치며, 애써 미소를 지었다.

"안녕하세요. 오랜만에 봬요."

"옷이 그런 것밖에 없었습니까?"

"네?"

"일부러 그렇게 입고 나온 겁니까? 날 거절하고 싶어서?"

"그럴 리가요."

제일 예뻐 보이는 옷을 꺼내 입고 나온 건데.

지난번 소개팅 때 입었던 옷을 또 입는 건 예의가 아닐 것 같아서, 가진 옷 중에 가장 괜찮은 옷을 입은 터였다. 그런데 이런 소리를 듣다니. 충격이다.

"그게 신경 써서 차려 입고 나온 거라면, 홍서연 씨는 패션 감각을 키울 필요가 있겠습니다. 아무리 개인 취향이라고는 하지만, 홍서연 씨 위치쯤 되면 남에게 보이는 모습도 신경 써야 하지 않겠습니까? 그리고 같이 다니는 사람의 입장도 생각을 해야지요."

민기의 말투는 정중해서 더 사람 속을 긁었다.

'참자. 이 사람은 윤성 오빠 친구니까.'

서연은 크게 심호흡을 했다.

"일단 타세요. 주말이라 좀 막힐 것 같네요."

민기가 먼저 차에 타고 서연은 자연스럽게 뒷문을 열고 들어가 앉았다. 시동을 걸던 민기가 인상을 찌푸렸다.

"둘이 가는데 뒷자리에 타는 건, 나한테 실례 아닙니까?"

"제 위치쯤 되면 남에게 보일 모습도 신경 써야 하니까요."

이번에도 서연의 대답이 없을 줄 알았나 보다. 서연의 부드러운 대꾸에, 백미러로 보이는 민기의 눈이 커졌다.

"재양 회장님의 손녀가 조수석에 타는 모습을, 남들에게 보일 수는 없지 않겠어요?"

서연은 민기가 화를 낼 거라고 예상했다. 하지만 민기는,

"그것도 그렇군요."

하고 중얼거리고는 차를 출발시켰다. 주말이라 나들이 가는 차량이 많아 조금 밀렸다. 한 시간이 넘는 시간 동안, 차 안에는 엔진 소리만 흘렀다.

민기가 데리고 간 곳은 양평에 있는 한방오리백숙 가게였다. 유명한 가게라서 손님이 많았지만, 예약을 해 두었는지 바로 들어갈 수가 있었다. 앉자마자 종업원이 오리고기가 담긴 커다란 냄비를 가지고 와 불판에 올렸다.

에어컨을 틀어 뒀는데도 가게 안은 열기가 가득했다. 아직 먹지도 않았는데 민기의 이마에 땀이 송골송골 맺혔다.

"덥군요."

민기가 주머니에서 손수건을 꺼내 땀을 닦았다. 서연은 별로 덥지 않았기 때문에 그 말에 대답하지 않았다. 민기와는 최대한 말을 섞고 싶지 않았다.

오리고기는 거의 익은 상태로 나왔기 때문에, 국물이 끓으면 바로 먹을 수 있게 되어 있었다.

"드세요."

민기가 자신의 접시로 오리 다리 하나를 가져가며 말했다. 서연도 다리 하나를 가지고 와서 먹기 시작했다. 일부러 멀리 나올 만큼 맛있었다.

한동안 두 사람은 대화 없이 먹기만 했다. 둘이 먹기에는 조금 많은 양이었지만, 고기를 깨끗이 먹어 치우고 영양밥을 넣어 죽까지 끓였다.

"가게 준비는 잘되어 갑니까?"

자신의 그릇에 죽을 퍼 담으며, 민기가 물었다.

"네, 뭐. 그럭저럭이요."

"저번에 만났을 때와는 분위기가 좀 다르군요."

"그런가요?"

"전엔 내 말에 대답도 제대로 못 했죠."

"소개팅이 처음이라서 긴장했었거든요. 게다가 윤성 오빠 친구라서 예의를 차려야 한다는 생각도 있었고요."

"이젠 예의 차리지 않기로 했습니까?"

"저는 충분히 차리고 있다고 생각하는데요. 제 태도가 무례한가요?"

서연은 고개를 들어 민기를 빤히 보며 물었다. 민기는 살에 파묻힌 작은 눈으로 서연을 응시하다가 피식 웃었다.

"아뇨, 적당합니다. 아무 말 않고 답답하게 구는 것보다는 낫군요. 물론 난 조신한 여자를 선호합니다만."

"제가 꼭 최민기 씨의 선호도를 맞출 필요는 없다는 생각이 들었어요. 이런 제가 마음에 안 드시면 거절을 하시면 되는 거고요."

"나한테 이런 식으로 대하는 걸 윤성이가 알게 되면, 서연 씨에게 좋을 게 없을 텐데요."

"이런 식으로 협박을 해야만 제 마음을 얻을 수 있을 거라고 생각하시는 건가요? 제가 마음에 드신다면 좀 더 다정하게 행동하시는 게 좋을 텐데요."

민기는 가만히 서연을 노려봤다. 뭐라고 대꾸할지 고민을 하는 것처럼 보였다.

양평으로 오는 내내, 서연은 민기를 어떻게 대할 것인지에 대해 고민했다. 민기가 무슨 말을 하든 미소를 지으며 고개를 끄덕끄덕하는 것도 좋겠지만, 그랬다가는 화병이 생길 게 분명했다. 이 정도의 대꾸로 윤성과 문제가 생기지는 않으리라.

"아직 서연 씨가 마음에 드는 건 아닙니다. 그렇게 쉽게 마음을 주진 않죠."

이윽고 민기가 말했다.

"서연 씨가 좀 더 내 취향이었더라면 좋았겠지만, 모든 게 들어맞는 여자를 만나기가 쉬운 일이 아니라는 것쯤은 알고 있습니다."

"네, 그러세요."

"안 맞는 부분은 차차 맞춰 가는 게 좋겠지요. 아무튼 저번에도 얘기했지만, 난 서연 씨가 가게 일을 하는 게 썩 유쾌하진 않네요. 그런 데 시간을 쓰느니 차라리 신부 수업을 받는 게 어떻습니까?"

"글쎄요."

대꾸할 가치가 없는 말이기에, 서연은 건성으로 대답하며 죽을 먹었다. 이런 상황에서도 죽은 참 맛있기도 하다.

"서연 씨 정도면 꼭 내가 아니더라도 데리고 가고 싶어 하는 남자들이 많겠죠. 집안 좋고 능력 좋은 남자와 결혼하면 현재의 생활을 충분히 유지할 수 있을 겁니다."

"네, 그렇겠죠."

깍두기를 하나 입에 넣고 우물우물 씹었다. 이 깍두기는 어쩌면 이렇게 잘 익었을까.

"가게를 운영하는 건 쉬운 일이 아니고, 궂은 상황도 많이 겪게 될 겁니다. 게다가 란희나 윤성이는 홍 사장님께서 알게 모르게 뒤를 봐주고 있기 때문에, 서연 씨가 두 사람을 이길 가능성은 없을 거예요. 아, 혹시 홍 사장님이 두 사람 뒤를 봐주는 걸 모르고 있는 건 아니겠죠?"

"네, 대충은 짐작하고 있었어요."

"그래요?"

민기가 미심쩍다는 듯 눈을 가늘게 떴다.

"네, 그래요."

"부당하다는 생각 안 듭니까?"

"네, 익숙해서요."

"왜 그런 상황이 익숙할까요? 사실 서연 씨야말로 그 집안의 정식 핏줄이지 않습니까. 윤성이와 란희는 후처의 자식일 뿐이고요. 그것도 홍 사장님의 정실부인이 있을 때에 밖에서 낳아 온 자식들이고."

이런 곳에서 남의 집 속사정을 아무렇지도 않게 말하는 민기의 태도가 황당했다. 공공연하게 알려진 사실이기는 하지만, 이런 식으로 드러내 놓고 말하는 사람은 처음이다.

"아버지가 사랑하는 사람은 새어머니예요."

이런 이야기를 하는 게 유쾌하진 않았다. 아니, 이건 서연의 상처이자 아픔이었다. 하지만 서연은 고통을 드러내지 않고 담담하게 말했다.

"우리 어머니와는 회장님 때문에 어쩔 수 없이 정략결혼을 한 거고요. 아버지가 사랑하는 여자와의 사이에서 낳은 자식들을 더 사랑하고 아끼게 되는 건 어쩔 수 없는 일이라고 생각해요. 그 당시 아버지에게 조금 더 힘이 있었더라면, 아버지는 우리 어머니와 결혼하지 않았겠죠. 그러면 저도 태어나지 않았을 거고요."

"그건 그렇죠."

"전 태어나지 말았어야 하는 사람이에요. 하지만 태어나 버렸고, 그러니 제대로 살고 싶어요. 홍 회장님은 제게 살아 있다는 걸 증명할 기회를 주셨어요. 그 기회를 놓치고 싶지 않을 뿐이에요."

"홍 사장님이나 새 사모님이 원망스럽진 않은가요?"

"제가 그분들을 원망하지 않는 것처럼 보이나요?"

"글쎄요. 난 서연 씨를 아직은 잘 모르니까 거기까지는 모르겠군요."

"다행이네요. 적어도 잘 모르는 분께는 제 속마음을 들키지 않았다는 거니까."

민기는 서연의 반응을 재미있어 하는 것처럼 보였는데, 그게 참 의외였다. 당연히 기분 나빠할 거라고 생각했기 때문이다. 어쩌면 보기보다 너그러운 사람일지도 모른다는 생각이 들었다.

"이왕 야외로 나왔으니 좀 둘러보고 들어가면 좋겠지만, 내가 업무가 많아서 힘들 것 같군요. 곧장 서울로 가도 되겠습니까?"

"네, 좋아요."

바라던 바였다.

서울로 가는 길에 민기가 말했다.

"난 서연 씨가 가게 일을 하는 거, 여전히 마음에 안 듭니다. 하지만 내가 뭐라고 하든 서연 씨는 가게를 오픈하겠죠."

"네, 할 거예요."

"그럼 혹시 가게 일을 하다가 부당한 대우를 받게 되면 말씀하세요. 법 쪽으로 문제가 생기면 도와줄 방법을 찾을 수 있을 테니까요."

"네, 말씀 감사해요."

"그냥 하는 소리가 아닙니다."

민기가 서연을 돌아봤다.

"진심으로 하는 말이에요. 상대가 누구든 서연 씨 편에서 도와주겠습니다. 그러니까 문제가 생기면 어려워하지 말고 연락하세요."

"네, 그럴게요."

'상대가 누구든'이라는 건, 윤성이나 홍 사장일 경우를 염두에 두고 한 말일까?

'에이, 설마. 아니겠지.'

서연은 문득 떠오른 생각을 서둘러 털어 냈다. 윤성은 민기의 친구였고, 홍 사장은 민기가 함부로 건드릴 수 없는 위치에 있었다. 아직 마음에 들지도 않는 여자를 위해 그들을 상대할 각오를 드러낼 리가 없었다. 그냥 여자의 마음을 얻기 위해 던진 허세이리라.

"오늘은 즐거웠습니다. 다음 데이트는 다음 주 토요일에 하도록 하죠. 시간 비워 두세요."

집 앞에서 내리기 전, 민기가 말했다. 이번에도 서연의 의사나 사정을 고려하지 않은 강압적인 처사였다. 역시 싫은 남자라고 생각하며, 서연은 대답했다.

"시간 봐서 연락드릴게요. 들어가세요."

* * *

월요일 아침. 가게로 나간 서연은 안으로 들어가기 전 조금 떨어진 곳에 서서 가게를 살펴봤다.

간판과 새로 바뀐 문을 보니 감개무량했다. 아직 오픈한 것도 아닌데 가슴이 벅찼다. 새로운 길을 걸어가게 되었다는 신선한 두려움과 호기심이 가슴을 가득 채웠다.

얼마나 그렇게 서 있었을까?

"거기서 뭐해요?"

태민의 목소리가 들려왔다. 서연은 천천히 고개를 돌렸다. 태민이 걸어오고 있었다. 훤칠한 키에 떡 벌어진 어깨의 그는, 그저 걸어오는 것뿐인데도 모델처럼 보였다. 진회색 슬랙스 바지에 흰색 차이나칼라 셔츠가 그와 잘 어울렸다.

"가게 간판까지 달리니까 뭔가 하긴 하는구나, 하는 생각이 들어서요."

"응, 멋지긴 하네요."

서연의 옆에 멈춘 태민도 간판을 올려다봤다.

"정태민 씨가 직원이 되고 나서부터 일 진행이 빨라졌어요. 고마워요."

"고맙다는 말은 오픈 후로 아껴 둡시다. 정 고마우면 호칭을 좀 바꾸든가."

"오빠라고 부르는 건 싫거든요."

"누가 오빠라고 부르래요? 정태민 씨가 아니라, 태민 씨 정도로 부르는 건 괜찮잖아요. 언제까지 성 붙여서 딱딱하게 부를 거예요?"

"알겠어요. 그럼 태민 씨도 일하지 않고 있을 때는 제 이름 불러도 좋아요."

"알겠어요, 서연아."

생각지도 못한 호칭에 서연은 인상을 찌푸리고 태민을 돌아봤다.

"그게 뭐예요?"

"이름 부르라면서요."

"그거야 서연 씨라고 부르라는 말이었죠."

"하지만 난 그냥 서연이라고 부르고 싶은데."

태민이 싱긋 웃으며 말했다. 태민의 눈가에 장난기가 묻어 나왔다.

그래, 뭐. 이쯤은 괜찮겠지.

"알겠어요. 어차피 저보다 연세도 많으시니까 마음대로 하세요."

"연세라니. 얼마나 차이 난다고. 앞으로 해야 할 일이 뭐죠?"

태민이 가게 문을 열면서 물었다.

"음. 일단 주방 용품이랑 식기를 사야 돼요. 인테리어 소품도 좀 사고 싶고요. 그리고 판매 메뉴를 구성해 봐야겠어요. 메뉴판을 만들어야 하니까요."

"그럼 오늘은 쇼핑을 하러 나가죠. 인터넷으로 구해도 괜찮겠지만, 발품 파는 게 최고니까."

* * *

우선 가게에 필요한 것들을 정리하고, 주방 기구들을 들여놓을 공간의 넓이를 확인했다. 필요한 식기의 숫자와 빈티지하게 꾸밀 소품을 고민하는 데만 몇 시간이 걸렸다.

근처 식당에서 가볍게 점심을 먹은 후 백화점에 갔을 때는, 오후 2시가 넘은 시간이었다. 백화점을 쭉 둘러본 태민은, 백화점에서 파는 소품들이 너무 비싸다며 딴 곳으로 가 보자고 했다.

"가전제품은 여기서 사더라도 나머지는 남대문에 가서 사죠."

"남대문은 처음 가 봐요."

"서울 살면서 남대문이 처음이라고요? 혹시 외국에서 살다 왔어요?"

"한국 밖으로는 나가 본 적도 없어요. 비행기를 타 본 적도 없고."

"흐응. 못 해 본 거 많네요. 앞으로 하나씩 다 해 봐요. 혼자 하기 무서우면 나한테 말하고."

"태민 씨한테 말한다고 해서 안 무서워질까요?"

"손잡아 줄 거거든요."

"손잡는다고 안 무섭나?"

"나중에 무서울 때 말해 봐요. 손잡는 효과가 얼마나 큰지 보여 줄 테니까."

태민과 아무렇지도 않게 수다를 떨 수 있어서 다행이었다. 택시를 타고 가는 내내 대화가 끊기지 않았다. 가게 이야기도 했지만, 의미 없는 주제의 대화도 나눴다. 서연은 남대문으로 가는 1시간 남짓 걸리는 시간이 무척이나 짧게 느껴졌다.

대낮인데도 남대문은 북적북적했다. 남대문 시장을 몇 번이나 오가며 싸고 예쁜 제품들을 구했다. 배달이 가능한 곳에서는 배달로 주문을 했는데도, 쇼핑을 끝내고 보니 짐이 양손 가득이었다.

그렇게 3일간 소품을 구하러 다녔고, 4일째인 목요일에는 가게에서 직접 만들어야 하는 손수짜기를 하게 되었다. 코르크 마개로 닫는 자그마한 병을 여러 개 늘어놓고, 말린꽃으로 작은 꽃다발을 만들어 병 안에 조심스럽게 집어넣었다.

태민은 손끝이 야무져서 서연보다 더 빠르고 예쁘게 만들었다. 집중해서 만드는 그의 모습을 홀린 듯 지켜봤다.

"사장님은 가게 하기 전엔 뭐 하면서 시간을 보냈어요?"

문득 태민이 물었다.

"공부도 하고 책도 읽고, 옷도 만들고…… 그러면서 보냈어요."

"옷을 만들어요?"

말린꽃에 두고 있던 태민의 눈동자가 서연에게로 향했다.

"네, 저 패션디자인학과였다니까요."

"아아, 맞다. 그랬지. 그럼 집에서만 논 거예요?"

"거의 그랬어요."

"재희나 재원이는 밖에서 노는 걸 좋아하는 타입이던데. 걔들이 데리고 나가 주지 않았어요?"

"네, 뭐. 같이 놀자고는 했지만."

"했지만?"

"사실 집이 좀 엄해서요. 학교가 끝나면 데리러 오시고 그래서 친구들과 어울릴 수가 없었어요."

또 온실 속 화초라고 놀리겠지. 하지만 태민은 놀리지 않았다. 한참 서연을 응시하다가,

"그런 거였구나."

라고 중얼거리고는 시선을 돌렸을 뿐이다.

"태민 씨는 많이 놀았죠?"

"나는 뭐."

건성으로 대꾸하려던 태민이 생각을 바꾼 듯 말을 이었다.

"어릴 때 부모님이 돌아가시고, 지금 어머니께서 입양을 해 주셨어요. 부모님 잃고 방에 틀어박혀서 땅굴만 파고 있었는데, 양어머니께서 그러시더군요. 세상에는 재미있는 게 정말 많으니까 많이 경험해 보라고. 집 밖으로 나가기 싫은데 억지로 내보내셨죠."

"아……."

생각지도 못한 태민의 과거에 서연은 무슨 말을 해야 좋을지 알

수 없었다.

"아무 말도 안 해 줘도 돼요. 어떤 기분인지 아니까."

서연의 마음을 눈치챈 듯 태민이 미소를 지으며 말했다.

"안됐다고 생각할 것도 없어요. 지금 어머니는 좋은 분이시고, 나한테 정말 잘해 주시거든요. 어머니 덕분에 많은 걸 경험할 수 있었죠."

"다행이네요."

"그런가."

태민이 어깨를 으쓱했다.

"이런 얘기를 아는 사람, 하준이밖에 없어요. 다른 사람한테 하는 건 사장님이 처음이에요."

"아, 영광입니다."

"하하하하하."

"왜, 왜 웃어요?"

"귀여워서요."

서연의 얼굴이 붉어졌다. 태민은 왼손에 턱을 괴고 서연을 지그시 응시했다. 그의 오른손이 서연을 향해 뻗어 왔다. 그의 검지가 서연의 손등을 가볍게 눌렀다. 그 작은 부위에서 시작된 온기가 순식간에 전신으로 퍼졌다.

"신기해요."

태민이 중얼거렸다.

"뭐가요?"

손을 빼야 한다는 건 알지만, 그러고 싶지 않았다. 좀 더 그의 체온을 느끼고 싶었다.

"어머니는 내게 많은 걸 경험하고 느끼라고 했죠. 나는 정말 많은 걸 경험했지만 느끼지는 못했어요. 단단한 벽이 나와 세계의 사이를 가로막고 있는 기분이었죠. 맛있는 걸 먹어도 맛있는 줄 모르고, 영화를 봐도 재미있는 줄 모르고…… 그렇게 살았어요."

그렇게 사는 세상은 잿빛이었다. 색채라고는 존재하지 않는 세계.

"사장님도 잿빛이었어요. 내 멱살을 잡기 전까지는."

"제가 언제 멱살을…… 아."

그러고 보니, 그랬던 적도 있었다. 태민의 멱살을 잡고 그를 시간당 1만원에 사겠다고 말했다.

"사장님이 내 능력을 살 테니 이 능력으로 여자들이 좋아하는 가게를 만들어 달라고 말했을 때. 처음으로 내 세상에 색깔이라는 게 생겼어요. 잿빛 세상에서 사장님만 유일하게 색채를 띠고 있었죠."

"……."

"그때는, 그래요. 몰랐어요. 그렇다는걸. 사장님이랑 같이 밥 먹을 때 맛있다는 생각이 든다는 것도, 즐겁다는 생각이 든다는 것도, 그게 특이한 일이라는 것도 깨닫지 못했어요. 그래, 그랬죠. 왜 몰랐을까."

태민은 멍하니 서연의 손등을 응시했다.

서연은 꼼짝도 할 수 없었다. 왠지 지금은 움직여서는 안 될 것 같았다. 태민이 느릿하게 내어놓는 그의 이야기가 단지 여자를 꼬시기 위한 말은 아닌 것 같았다. 서연의 마음을 뒤흔들기 위해 늘어놓는 말들이 아닌, 처음으로 보여 주는 그의 진심인 것처럼 느껴졌다.

이윽고 태민이 정신을 차린 듯 손가락을 떼어 내고, 다시 꽃다발을 만들기 시작했다. 서연도 묵묵히 꽃다발을 만들었다. 침묵이 흘렀지만 무겁지는 않았다.

소품을 다 만든 후에는 메뉴를 정했다. 태민은 각종 커피 종류를 술술 말했고, 서연은 열심히 받아 적었다.

"케이크도 파는 게 좋겠죠?"

서연의 질문에 태민이 고개를 끄덕였다.

"와플이랑 팬케이크, 아이스크림까지는 판매하는 게 좋을 것 같아요. 와플이랑 팬케이크는 주문이 들어오면 바로 굽는 쪽으로 해서요. 그래야 다른 손님들도 냄새에 자극을 받아서 구매할 테니까요."

"케이크는 어떻게 할까요?"

"내가 케이크를 만들 수 있기는 한데……. 그거까지 다 하려면 좀 힘들 것 같으니까, 맛있는 가게에서 사 오는 걸로 하죠."

"태민 씨는 케이크도 만들 줄 알아요?"

"그럼요."

"못 하는 게 뭐예요?"

"사장님한테 내 진심을 믿게 하는 거."

"에이, 또 그런 식으로 말하신다."

서연은 웃으며 가볍게 태민의 말을 밀어냈다. 분위기가 그런 쪽으로 흘러가는 것을 원치 않았다.

"케이크는 내가 한번 알아볼게요."

다행히 태민은 다시 원래의 주제로 돌아갔다.

"케이크는 제과제빵을 배워야 하는 거죠?"

"그렇죠."

"근사한 케이크를 만들려면 얼마나 걸릴까요?"

"사장님이 만들어 보게요?"

"그럴 수 있다면요. 저도 많이 경험해 보고 싶어요."

"개인마다 다르겠지만 그렇게 오래 걸리지는 않을 거예요. 정말로 배울 거면 내가 학원 알아봐 줄게요."

"가게 오픈하고 초반에는 바쁠 테니까 그 이후에 생각해 볼게요."

"그래요. 아, 그러고 보니 알바 지원자는 좀 있어요?"

"아직 확인 안 해 봤는데, 이따 집에 가서 확인해 볼게요."

"시급이 높으니까 지원이 꽤 많이 들어왔을 거예요. 괜찮은 사람 좀 있었으면 좋겠는데."

그런 이야기를 하다 보니 어느새 퇴근 시간이 되었다. 함께 가게를 정리하고 나왔다.

"저녁, 같이 먹을래요?"

태민이 물었다.

"아뇨, 전 약속이 있어서요."

"누구랑?"

"제가 그런 것까지 말해야 하나요?"

"보나마자 재희 아니면 재원이겠지, 뭐."

"알면서 뭘 물어보고 그래요?"

"같이 가자."

"싫어요."

"다 싫대. 좋은 건 없어요?"

"없어요. 오늘 고생 많았어요. 들어가 보세요."

"그래요, 내일 봐요."

태민에게 많이 익숙해졌다. 이제 저녁쯤은 같이 먹어도 전처럼 긴장하지 않을 자신이 있었다. 그런데도 거절하는 이유는, 얼마 전의 대화 때문이었다. 태민은 일하지 않을 땐 이름을 부를 거라고 했다.

'태민 씨가 내 이름을 불러 주면, 아마 심장이 터질 거야.'

사실은 그때 태민이 장난처럼 '서연아.'라고 불렀을 때도 무시무시할 정도로 심장이 두근거렸었다. 설렘에 두근거리는 모습을 태민에게 보이고 싶지 않았다.

재희의 가게로 갔더니, 재희는 옷을 정리하고 있었다. 서연이 들어가자 마침 잘 왔다며 안으로 끌고 갔다.

"유니폼 다 만들었어."

"와, 벌써?"

"응. 아, 그리고 너랑 태민 오빠 유니폼은 다른 거야."

"어, 왜?"

"넌 사장님이고 태민 오빠는 바리스타니까. 그건 이번 주말에 완성될 것 같아."

"시안 있어?"

"아니, 그건 깜짝 선물이라서 미리 안 보여 줄 거야."

"하지만 벌써 깜짝 놀랐는걸."

"그때 되면 더 놀랄걸."

안쪽 방에는 완성된 유니폼이 걸려 있었다. 유니폼은 시안으로 볼 때보다 훨씬 예뻤다. 단정하면서도 세련된 느낌으로, 외출복으로도 충분히 입을 수 있을 것 같았다.

"곧 재원이 올 거야. 재원이한테 입혀 보자."

"응, 그러자. 재원이가 입으면 예쁘겠다."

공부를 하다 말고 재희에게 불려 온 재원은, 서연이 가게에 있어서 놀란 눈치였다.

"어, 서연아. 너도 있었어?"

"응, 이거 입어 봐, 재원아."

서연이 유니폼을 내밀며 말했다.

"어, 그래."

재원이 어색하게 옷을 받아 들었다. 만약 재희만 있었더라면 입고 싶지 않다고 반항하다가 재희에게 몇 대 맞았을 것이다.

서연과 재희가 가게에서 기다리는 동안, 재원은 방에서 옷을 갈아입고 나왔다. 어깨가 넓고 다리가 긴 재원은 유니폼이 아주 잘 어울렸다. 재원은 쑥스러운 듯 연갈색 고수머리를 뒤로 넘겼다.

"진짜 잘 어울린다. 재원아, 정말 예뻐."

"예쁜 게 아니라 멋있는 거겠지."

"아니, 넌 예뻐. 여장을 해도 근사할 것 같아."

"그건 좀 참아 줘."

재원이 진저리를 쳤다. 티셔츠가 흰색이라서 안 그래도 하얀 얼굴이 더 하얗게 보였다. 서연은 재원에게 바짝 붙어서 옷 여기저기를 살펴보고 만져 봤다. 서연의 손길에 재원의 표정이 점점 굳어지기 시작했고, 그런 동생을 재희는 재미있다는 듯 지켜봤다.

"옷도 편할 것 같고 핏도 좋네. 재희야, 정말 고마워. 완벽해."

이윽고 재원에게서 떨어진 서연이 재희를 돌아보며 말했다. 재원은 서연과 재희가 눈치채지 못할 정도로 작게 한숨을 내쉬고 다시 옷을 갈아입기 위해 방으로 들어갔다.

"별말씀을."

"지불해야 할 금액 말해 주면 나중에 통장으로 보내 줄게."

"응, 그래. 오늘은 뭐 했어?"

"오늘은 소품 좀 만들었어. 이제 메뉴판만 만들면 돼."

"다음에 구경하러 가야겠다."

"응, 놀러 와. 아, 나 가게 시작하고 나서 제과제빵을 배워 볼까 해."

"케이크, 직접 만들게?"

"응, 만들어 보면 재미있을 것 같아. 사장이랍시고 앉아만 있는 것보단."

"뭐, 그것도 나쁘지 않겠지."

그때 옷을 갈아입은 재원이 밖으로 나왔다.

"아, 맞다. 신재원, 너 고등학교 때 제과제빵부 아니었어?"

"응, 왜?"

"서연이가 제과제빵 배울 거래. 오늘 집에 가서 좀 알려 주지그래?"

"옛날에 잠깐 배운 거야. 기억도 안 나."

"그래도 대충은 기억날 거 아냐. 가서 한번 가르쳐 줘 봐. 서연이 실력도 가늠해 볼 겸."

거기까지 말한 재희가 까치발로 재원의 귀에 속삭였다.

"도와줄 때 해라, 엉?"

"네 도움 필요 없어."

"필요 없긴. 누구보다도 필요해 보이는구만."

재원은 슬쩍 서연을 돌아봤다. 서연은 두 사람이 속삭이는데도 기분 나쁜 기색 없이,

"아, 맞아. 재원이가 고등학교 때 제과제빵부였었지."

라고 중얼거리고 있었다.

그래도 동생이라고 도와주려는 재희에게 고맙기는 했지만, 쓸데없는 친절이었다. 재원은 서연에게 고백할 생각이 없었다. 안 그래도 복잡한 서연의 마음을 흔들고 싶지 않았다.

"재원아, 부탁해. 한 번 만들어 보자."

하지만 눈을 동그랗게 뜨고 다가오는 서연의 부탁을 거절할 만큼 간이 크진 않았다. 재원은 한숨을 삼키며 고개를 끄덕였다.

"그래, 마트 들렀다가 집으로 가자."

* * *

34평 아파트의 주방은 그리 넓지 않았다. 두 사람이 움직이면 부

덧칠 일이 계속 생겼다.

처음에는 아무 생각 없던 서연이지만, 그게 반복되자 조금씩 긴장되기 시작했다.

'왜 긴장되는 거지?'

어쩌면 재원의 말수가 적어서 그런 걸지도 모르겠다. 재원은 원래 말이 없는 편이기는 하지만, 이렇게까지 아무 말도 안 하지는 않았다. 빵을 만드는 내내 재원이 한 말이라고는,

"이걸 체에 쳐야 돼."

"계란 두 개 넣어야 돼."

같은, 빵 만드는 데 필요한 정보밖에 없었다.

"오늘 공부해야 하는데 내가 방해하는 거 아냐?"

서연이 밀가루를 체에 쳐서 곱게 내리며 조심스럽게 물었다.

"그런 거 아냐."

재원이 무뚝뚝하게 대답했다. 대답을 할 때도 재원은 서연 쪽을 돌아보지 않았다.

"나한테 뭐 화난 거 있어?"

"없어."

"기분이 안 좋아 보여."

"기분 좋아."

"정말?"

"응. 노래라도 불러 줘?"

"응."

"윽. 진짜?"

자기가 말해 놓고 재원이 인상을 찌푸렸다. 이제야 조금 평소대로 돌아온 것 같다.

"응, 진짜로. 불러 줘."

"나 노래 못해."

"잘하잖아. 고등학교 때는 매일 노래방 가서 살았으면서."

"매일은 아니었어."

"일주일에 세 번 이상이었으면 거의 매일이지, 뭐."

"넌 기억력도 좋다."

"응, 다 기억해."

"또 뭘 기억하는데?"

"우리 처음 만났을 때도 기억하는걸. 이동 수업 때문에 복도에서 재희 기다리고 있는데, 네가 재희 찾아서 우리 반 앞으로 왔었잖아. 그때, 내가 너한테 아는 척했고. 재희랑 똑같이 생긴 남자애다, 라고."

"응, 그랬었지."

"그 다음번엔 체육 수업이라서 운동장 나갔다가, 뭐 놔두고 와서 올라오는 길에 너랑 마주쳐서 같이 계단 올라왔잖아. 그러면서 우리도 친구로 지내자고 얘기했었고."

"응."

"학교 축제 때 너 여장했던 것도 기억나. 정말 예뻤었는데. 깜짝 놀랐어. 역시 재희 동생은 재희 동생이구나, 하고."

"너한테 난 그냥 재희 동생이야?"

"응?"

재원이 집에 들어와서 처음으로 서연을 돌아봤다. 재원의 눈동자는 어둡게 가라앉아 있었다. 이런 눈빛의 재원은 처음이었다. 아니, 며칠 전에도 봤던가.

둘러싼 공기가 순식간에 변했다. 태민과 함께 있을 때처럼 야릇하고도 농밀한 공기. 그 공기에 삼켜질까 두려워 숨도 쉬지 못하고, 눈도 깜빡이지 못했다.

그런 서연을 물끄러미 응시하며, 재원이 말했다.

"나한테 넌 재희 친구가 아냐."

5장
게임의 의도

"응, 너도 내 친……."

말을 끝낼 수 없었다. 재원의 입술이 서연의 입술 위로 포개어졌다. 부드럽고 따뜻한 입술이 서연의 입술 위에 잠시 머물다가 떨어졌다. 아주 멀리 떨어지지는 않았다.

코끝이 닿을 만큼 가까운 거리에, 재원의 얼굴이 멈춰 있었다. 허리를 살짝 굽힌 그 자세로, 재원이 말했다.

"사랑해."

낮고 부드럽지만 조금은 긴장한 듯 쉰 목소리였다. 등골이 오싹해질 정도로 듣기 좋았다.

꿀꺽—

서연은 마른침을 삼켰다. 이 상황을 믿을 수가 없었다. 재원에게 사랑한다는 말을 듣는 날이 올 거라고는 상상조차 해 본 적이 없었다.

"사랑해 왔고, 사랑하고, 아마 앞으로도 사랑할 거야."

재원이 속삭이듯 말했다.

"말하지 않으려고 했는데 안 되겠어. 더는 못 참겠어. 미안."

덧붙여진 사과에, 서연은 정신을 차렸다.

"재원아."

"미안해. 네가 날 친구로 생각하고 의지한다는 거, 알고 있어. 하지만 나는……."

"재원아, 그걸 왜 미안해해."

자괴감이 묻어 나오는 목소리를 듣고 싶지 않아서 말을 끊었다. 재원은 괴로워 보였고, 서연은 그게 가슴 아팠다.

몰랐다. 재원이 이런 마음인지는.

이런 마음인 줄 알았더라면 태민에 대한 이야기를 하지 않았을 텐데. 태민의 앞에서 흔들리는 모습, 재원에게만큼은 보이지 않으려고 노력했을 텐데.

그런 모습을 보면서도 꾹 참고 있었을 재원을 생각하니, 너무도 안타깝고 미안했다. 서연도 사랑을 하고 있기에, 재원의 마음을 짐작할 수 있었다.

"네가 왜 울어?"

재원이 눈꼬리를 내리며 엄지로 서연의 눈가를 쓸었다.

"안 울어."

"눈물이 글썽글썽해."

"난 원래 눈이 촉촉해."

서연의 고집스러운 말에 재원이 피식 웃었다.

"그래, 맞아. 넌 눈이 촉촉하지."

재원의 다정한 대꾸에 심장이 콱 죄어 왔다. 거절하고 싶지 않았다. 재원은 다정하고 좋은 사람이니까. 언제든 서연의 편에 서 줄 사람이고, 믿을 만한 사람이니까. 그러니까 차라리 받아들이고 싶었다. 그러면 아마도 재원은 평생 불안해하지 않을 사랑을 주리라.

그러나 서연은, 그래서는 안 된다는 걸 알고 있었다. 이 마음에 정태민이라는 이름이 새겨져 있는데, 그저 내 마음 편하자고 재원의 마음을 받아들일 수는 없었다. 서연은 눈을 질끈 감았다가 각오를 하고 떴다.

"재원아, 고마워. 정말 고마워. 그런데 나는……."

"거기까지만."

재원이 검지로 서연의 입술을 눌렀다. 재원의 눈은 슬퍼 보였다.

"알고 있어. 네 마음이 어디로 향해 있는지. 알면서 말한 거야."

"……."

"나는 널 잘 알아. 너는 아마 그 마음, 쉬이 거두지 않겠지. 그래도 상관없어, 난."

재원이 서연의 양쪽 어깨를 붙잡았다. 그 손이 미세하게 떨리고 있음을, 서연은 느낄 수 있었다.

"네 마음이 어디로 향하고 있든, 난 널 사랑해."

재원의 눈동자는 떨리지 않았다. 그 올곧고 다정한 눈동자가 서연에게 고정되어 있었다.

"나랑 사귀자, 서연아."

"재원아."

"지금 당장 대답해 달라는 거 아니야. 아니, 지금 당장 대답해도 돼. 네가 태민이 형을 사랑하고 있어도 상관없어. 형을 잊기 위해 날 이용해도 좋아. 내가 잊게 해 줄게. 내가."

거기까지 말한 재원이 눈을 질끈 감았다가 떴다.

"내가 잊게 해 줄 수 있어."

단호하게 말하는 재원을, 서연은 가만히 응시했다. 가슴이 죄어 왔다. 이미 벌어진 이 상황이 현실처럼 느껴지지 않았다.

신재원이 날 사랑하다니.

"재원아. 내가 널 이용하는 일은 없을 거야."

소중한 친구의 고백을 밀어내는 건 쉬운 일이 아니었다. 서연에게 연인이라도 있었다면, 혹은 짝사랑하는 남자와 잘될 가능성이라도 있었다면 좀 더 쉬웠을지 모른다. 하지만 서연에겐 아무것도 없었다.

그렇다면 받아 줘도 되지 않을까, 재원이 말한 것처럼 지금은 이 마음이 태민을 향하고 있더라도 언젠가는 재원에게로 향하게 되지 않을까, 재원과의 우정조차도 잃게 되느니 받아 주는 편이 낫지 않을까. 그런 생각이 서연을 유혹했다.

하지만 재원이 소중하기에, 서연은 이런 마음으로 재원의 사랑을 더럽히고 싶지 않았다. 재원이 소중한 만큼, 단호해져야만 했다.

"나는 널 아주 많이 좋아해. 하지만 그게 그런 감정은 아니야. 나는 정태민 씨를 사랑해."

"안다고 했잖아. 괜찮다고 했잖아."

"아니, 내가 괜찮지 않아. 나는 이런 마음으로 너와 사귈 수 없어. 정태민 씨를 잊는 데에 널 이용하라니. 어떻게 그래? 그런 짓, 절대 못 해."

"서연아."

"난 정태민 씨를 사랑해, 재원아."

서연은 다시 한 번 분명하게 말했다. 미지근한 반응은 상대에게 희망을 줄 뿐이다. 희망이 있으면 마음을 접지 못하고 휘둘리게 되고 아파하게 된다. 서연이 느끼는 이 미련과 아픔을, 재원은 느끼는 일이 없기를 바랐다.

"사랑이 영원할 거라고 생각하지는 않아. 닿지 않는 짝사랑은 언젠가 흐릿해지겠지. 하지만 지금은 정태민 씨를 사랑하고 있어. 나는 있는 힘껏 이 사랑을 접어 볼 생각이지만, 그게 언제가 될지는 나도 모르겠어."

"그러면……."

"아니, 기다리지 마."

"서연아."

"기다리지 마, 재원아. 정태민 씨에 대한 마음이 접힌대도, 널 향한 마음이 사랑으로 변하는 일은 없을 거야. 너도 있는 힘껏 나에 대한 마음을 접는 게 좋을 것 같아."

서연은 자그마한 두 손으로 재원의 가슴을 밀어냈다. 재원의 표정을 똑바로 볼 자신이 없었다. 흔들릴 테니까.

내 친구의 아픈 표정을 보고 싶지 않아, 그의 제안을 수락하고 싶어질 테니까.

*　　*　　*

'나는 옳은 선택을 한 걸까?'

며칠간 서연은 이 고민에서 벗어날 수가 없었다. 그렇게 재원을 밀어낸 것이 과연 옳은 선택이었을까?

그날 이후, 재원과는 연락을 하지 않았다. 어쩌면 이런 식으로 재원과의 연결고리가 끊어지는 게 아닌가 싶어 불안했다. 하지만 이건 불안할 일이 아니다. 모든 것을 가질 수 있는 건 아니니까.

'하지만 재원이는…….'

소중한 사람이었다. 내 것이라고는 아무것도 없었던 서연의 인생에서, 오롯이 내 것이라 말할 수 있는 재원과 재희. 이 두 사람을 만났기에, 서연은 숨을 쉴 수 있었다.

만약 재원의 고백을 받아 주었다면, 지금 이런 고민도 하지 않았을 것이다. 재원은 계속 옆에 있어 주었을 것이고, 우정과 사랑을 동시에 서연에게 안겨 주었으리라.

'아니, 그런 생각으로 재원이 마음을 받아 주는 건 안 돼. 그건 오히려 재원이 마음을 무시하는 거야. 재원이를 잃더라도 어쩔 수 없어. 재원이는…… 재원이를 아주 많이 사랑해 주는, 재원이가 첫 번째인 여자를 만나야 돼.'

아르바이트생 면접을 하고 오픈이 코앞에 닥칠 때까지, 서연은 그 생각에서 벗어날 수가 없었다.

그러고 있던 중에 재희에게 연락이 왔다. 휴대폰 액정에 뜨는 재희의 이름을 보았을 때, 서연은 울음을 터뜨릴 뻔했다. 재원을 거절함으로써, 재희까지 잃게 될지도 모른다는 생각을 했기 때문이다.

[가게 일 끝나면 우리 가게로 와. 유니폼, 네 거랑 태민이 오빠 것까지 다 완성됐어.]

가게 일이 끝나려면 아직 몇 시간 남았지만, 서연은 기다릴 수가 없었다.

“태민 씨, 저 먼저 좀 들어갈게요.”

“그래요. 내가 마무리하고 들어갈게요. 아, 내일부터 알바 교육 들어갈 텐데, 사장님도 같이 있을래요?”

아르바이트 교육은 태민이 하기로 했다. 태민이 누군가를 가르치는 모습을 보고 싶긴 했지만, 서연은 고개를 저었다.

“태민 씨한테 맡길게요. 부탁드려요.”

“알겠어요. 그럼 매일 경과 보고할게요.”

서연은 가게에서 나왔다. 재희도 재원의 마음을 알고 있었는지 궁금했다.

‘알고 있었겠지.’

갑자기 제과제빵부 이야기를 하며 재원에게 배우라고 한 건, 재원과 서연이 단둘이 있을 시간을 마련해 주기 위해서였을 것이다.

재희는 언제부터 알았을까. 그리고 재원은 언제부터 날 사랑한 걸까?

재원은 사랑해 왔다고 말했다. 그렇다는 건 오래전부터 그런 마음이었다는 거겠지.

“어? 되게 빨리 왔네. 벌써 일 끝난 거야?”

재희의 가게로 들어가자, 재희가 놀란 눈으로 서연을 맞아 주었다. 늘 그렇듯 오늘도 재희의 가게에는 손님이 없었다.

“응, 이제 거의 마무리 단계라서 할 일이 별로 없어. 내일부터는 알바생 교육하고, 인터넷 홍보를 하게 될 텐데 태민 씨가 맡아 주기로 했어. 난 할 일이 없더라고.”

“그래? 태민 오빠는 은근히 할 줄 아는 게 많더라. 진짜 열심히 살았나 봐.”

“그러게.”

“이리 와, 유니폼 보여 줄게.”

재희가 먼저 디자인을 하는 방으로 들어갔다. 서연도 그 뒤를 따랐다.

네 개의 철제 마네킹 옷걸이에 유니폼이 한 벌씩 걸려 있었다. 두 개는 지난번에 봤던 직원용 유니폼. 그리고 나머지 두 개는 처음 보는 옷이었다. 사장용과 바리스타용일 것이다.

“이건…….”

서연은 놀랄 수밖에 없었다. 재원의 고백을 듣기 전에 봤다면 이렇게까지 놀라지는 않았을 것이다.

“커플룩…… 아냐?”

그렇게 생각할 수밖에 없었다. 서연이 입을 옷은 흰 블라우스와 연하늘색 프릴 원피스였다. 그리고 태민이 입을 옷은 흰 셔츠에 검은 바지, 검은색 조끼, 그리고 목에 매는 연하늘색 스카프. 모양은 다르지만 스카프와 원피스의 색깔이 똑같아서 커플룩으로 보였다.

"응, 커플룩 같지? 요새는 다 똑같이 입는 것보다는 같은 포인트만 주는 게 유행이니까."

"……왜?"

"응?"

"왜 이렇게 커플룩처럼 만든 거야?"

"사장님이랑 바리스타님이잖아. 게다가 태민 오빠가 가게에서 하는 일도 많고. 두 사람 사이에 단단한 유대 관계가 있다, 는 느낌이 들게 만든 거야. 그래야 알바생이나 손님들도 둘을 무시하지 못하지."

"그래도 이건 좀……."

"괜찮아. 태민 오빠는 별로 신경 쓰지 않을걸."

"태민 씨야 그렇겠지. 하지만……."

"재원이가 마음에 걸려?"

느닷없이 정곡을 찔렀다. 서연은 어쩔까 하다가 솔직하게 고개를 끄덕였다.

"응, 마음에 걸려. 재원이가 가게에 나올지, 안 나올지는 이제 모르겠지만."

"흐음."

"그리고 넌 재원이 편 아니었어?"

"아니, 난 중립."

재희가 단호하게 말했다.

"사람 마음을 남이 어떻게 할 수 있는 것도 아니고, 내가 설레발쳐서 너랑 재원이가 이어져 봐야 끝이 좋을 리 없잖아. 난 그냥 내가 재미있는 게 제일 중요해."

재희의 말에 서연은 안도했다. 재희까지 잃게 될까 봐 두려웠던 것이다.

"그러니까 너도 네가 행복할 수 있는 걸 가장 중요하게 여겨. 남의 마음 따위 뭐가 중요해. 네가 나서서 피해만 입히지 않으면 되는 거야."

"응."

"널 좋아하는 마음을 품게 된 거, 재원이가 멋대로 품은 거야. 네가 종용한 거 아니잖아. 그러면 그 마음은 재원이가 알아서 해야 하는 일이지. 네가 재원이 상처 받을까 봐 전전긍긍할 필요 없어. 알겠어?"

"응, 알겠어."

"그래, 그럼 알바생들 얘기나 좀 해 봐. 어때? 괜찮은 사람들 좀 뽑았어?"

"응, 괜찮은 것 같아. 여자 두 명, 남자 두 명을 뽑았거든."

"생각보다 많진 않네. 손님들 상대하려면 좀 더 많이 필요하지 않나?"

"아직 초반이고 손님이 얼마나 올지 모르니까. 일단 상황 좀 보다가 모자라면 더 뽑으려고. 가게 잘되고 알바생들이 일 잘하면 정규직으로 전환할 생각도 하고 있어."

"뭐 하는 애들이야?"

"여자 두 명은 미용학과랑 국문학과 다니고 있대고, 남자 두 명은 마사지학과랑 심리학과 재학 중이래."

"오오, 마사지학과. 좋다."

"그치? 태민 씨도 신났더라. 마사지학과인 남학생은 꼭 잡아 둬야 한다면서."

"외모는 다들 출중해?"

"그런 것 같아. 태민 씨가 골랐으니 괜찮은 거겠지."

"그래, 뭐. 태민 오빠가 고른 거라면 믿을 만하지."

사실 종업원은 다섯 명을 둘 예정이었다. 재원까지 포함해서 다섯 명. 하지만 이런 상황에서 알바를 할 거냐고 물어볼 수는 없었다.

그렇다고 제멋대로 재원이 안 나올 거라고 판단해 또 다른 알바를 구할 수도 없기에, 한 자리는 비어 있는 상태였다.

재원은 지금 뭘 하고 있을까?

재희에게 묻고 싶었다.

재원이는 괜찮아?

서연의 마음을 읽은 것처럼, 재희가 말했다.

"재원이는 곧 정신 차릴 거야. 네 가게, 재원이도 중요하게 생각하고 있어. 그러니까 걱정 마. 가게 오픈하면, 재원이도 함께할 테니까."

* * *

홍진탁은 회장실의 소파에 앉아 테이블을 노려봤다. 곧 회장실 문이 열리고 홍 회장이 들어왔다. 머리가 희끗희끗한 홍 회장은, 여든이 다 되어 가는 나이답지 않게 정정했다.

"오, 왔냐? 일찍 도착했네?"

홍 회장은 나이와 지위에 걸맞은 행동을 하는 법이 없었다. 장난치는 걸 좋아하고, 재미있는 걸 좋아했다. 그런 성격 때문에 저 젊어 보이는 외모를 유지하는 거겠지.

철옹이라 불리는 홍 회장이 사실 서글서글한 성격이라는 것을 아는 건, 최측근들밖에는 없었다.

"정시에 도착했습니다. 회장님이 늦으신 거죠."

"호오, 그래? 그래서 어쩐 일로 보자 했냐?"

"회장님께서 시작하신 게임에 대해 여쭙고 싶은 게 있습니다."

홍 회장이 피식 웃었다.

"그래, 그럴 줄 알았다. 왜 안 찾아오나 했지."

비아냥거리는 듯한 어조였지만 홍진탁은 무시하고 물었다.

"게임의 의도를 알고 싶습니다."

"게임의 의도는 말 그대로다. 가게를 성공시킨 사람에게, 내가 물려줄 수 있는 건 다 물려줄 게야."

"재양은 제가 물려받습니다."

"아니, 네가 물려받는 건 재양건설뿐이야. 재양그룹의 부회장 자리는 아직 공석이지."

"이런 걸 하시려고 제게 부회장 자리를 주지 않으신 겁니까?"

"그래."

"그러시는 이유가 뭡니까?"

"내가 뜻을 확실히 하지 않아서 아들들을 잃었지. 네가 나와 같은 실수를 하게 하고 싶지 않을 뿐이다."

"저는 그런 실수 안 합니다."

"적어도 내 손주들은 권력 다툼 없이 잘 지냈으면 한다. 이 게임으로 승패가 결정 나면, 패자는 할 말이 없겠지. 순간적으로는 분노할지도 모르지만, 차츰 자신의 패배를 인정하고 수용하게 될 거야."

"신뢰가 안 생기는 말씀이군요."

"그래? 그럼 믿지 마라."

홍진탁은 가만히 홍 회장을 노려봤다. 홍 회장의 의도가 그런 것이 아니라는 것쯤은 알고 있었다. 하지만 아무리 캐물어도, 홍 회장은 진심을 알려 주지 않을 것이다.

"평가의 기준은 뭡니까? 순수익입니까?"

"왜? 그러면 네 자식들 도와주게?"

"……."

"관둬라. 아이들끼리 경쟁하게 놔둬."

홍진탁은 벌떡 일어났다. 홍 회장이 그 어떤 정보도 주지 않으리라는 것을 깨달은 것이다. 간다는 말도 없이 나가려는 홍 진탁의 등에 대고, 홍 회장이 말했다.

"진탁아, 너한테는 미안하게 생각하고 있다. 하지만 그때는 나도 어쩔 수 없는 선택이었다."

* * *

홍진탁이 본가에 도착해서 차고에 차를 세우고 나왔을 때, 마당에는 서연이 있었다. 서연도 이제 도착해서 들어가는 길인 모양이었다.

홍진탁을 본 서연이 우뚝 멈추더니 허리를 굽혀 정중하게 인사했다. 아버지라기보다는 상사에게 하는 듯한 인사였다.

"가게 일은 잘되고 있나?"

느릿하게 걸어가 서연의 앞에 서서 물었다. 서연은 홍진탁을 똑바로 보지 못했다. 홍진탁은 서연이 자신의 앞에서 겁을 먹은 듯한 모습을 보이는 게 좋았다.

딸이지만 딸이라는 생각이 들지 않았다. 제 어미를 똑 빼닮은 얼굴로 바들바들 떠는 모습을 보는 건 유쾌한 일이었다.

"네, 잘되고 있어요."

"윤성이 친구를 소개 받았다고 들었는데. 잘 만나고 있다지?"

"네, 잘 만나고 있어요."

"집안이 넉넉해서 널 잘 보살펴 줄 것 같더군. 이참에 빨리 날 잡아서 그 친구와 결혼을 하는 것도 나쁘지 않을 것 같은데."

그제야 서연이 고개를 들었다. 동그란 눈매 안에 담긴 새까만 눈동자를 마주하는 순간, 홍진탁은 등골이 서늘해졌다.

서연은 토끼 같은 외모였다. 하지만 귀염성 있는 동그란 눈 안에 담긴 눈빛은 토끼가 아니었다.

호랑이였다.

"결혼을 한다 해도 저는 가게를 그만둘 생각이 없습니다, 아버지."

서연이 이런 눈빛을 짓는 걸 처음 보는 게 아니었다. 아주 오래

전에도 이런 눈빛을 봤다. 단지 착각일 뿐이라며 무시하고 잊었을 뿐이다.

이제 와서 다시 보니, 새삼 그때의 일이 떠올랐다.

—재혼을 할 거다.

서연의 어머니가 죽었던 날. 장례식장에서 홍진탁은 서연에게 말했다. 영정 앞에 멍하니 앉아 있던 서연이 고개를 돌려 홍진탁을 올려다봤다.

그때의 눈빛이 바로 이러했다. 길들이지 않은 맹수 같은 눈빛.

착각인 줄 알았던 그 눈빛을 또 보게 될 줄은 몰랐다.

"그럼 들어가 보겠습니다, 아버지."

서연은 홍진탁의 대답을 듣지 않고 돌아섰다. 붙잡을 줄 알았던 홍진탁은 아무 말도 하지 않았다. 별채로 들어가 문을 잠근 서연은 크게 한숨을 내쉬었다.

아, 진짜 지긋지긋하다.

* * *

쫓겨났다.

서연은 기가 막혔다. 이렇게 갑작스럽게 쫓겨나다니.

언젠가 쫓겨날 각오는 하고 있었다. 아니, 오히려 늘 쫓겨나기를 바랐다.

하지만 이렇게 갑작스럽게는 아니었다. 게다가 이건 반쪽짜리 자유였다.

마당에서 홍진탁과 마주친 다음 날 아침. 씻으려고 내려갔더니 가정부가 기다리고 있었다.

"아가씨, 사장님께서 일어나시면 바로 본채로 오라고 하셨어요."

본채로 부르는 일은 거의 없기 때문에, 씻으면서 마음의 준비를 했다. 고작해야 결혼 이야기를 꺼내거나 가게 그만두라는 말을 꺼낼 줄 알았다.

본채 거실에는 홍 사장과 김 여사만 있었다. 란희와 윤성이 없는 게 그나마 다행이었다.

"오늘 중으로 별채를 비워라."

서연이 앉자마자 홍 사장이 말했다. 그 말을 들었을 때만 해도 본채로 들어오라는 소리인 줄로만 알았다. 이 사람들이 나를 자유롭게 해 줄 리가 없으니까.

"너도 성인이니, 내 의무는 다했지. 너도 앞으로는 스스로 앞가림을 하도록 해."

홍 사장이 덧붙인 말을 들었을 때에야, 이 집에서 쫓겨나게 되었다는 걸 깨달았다.

그 말을 들었을 때만 해도 속으로 쾌재를 외쳤다. 항상 이 집에서 나가고 싶다는 생각을 해 왔기 때문이었다. 그런 서연의 마음을 읽은 듯, 홍 사장이 말했다.

"이 집을 나간다고 해서, 네가 홍 씨 가문이 아니라는 건 아니다. 지켜보는 눈은 항상 있으니 몸가짐을 바로 하고, 주말에는 한 번씩 들러서 보고를 하도록 해.”

감시를 붙이겠다는 뜻이었다. 결국 별채에서 살 때보다 더 숨이 막히게 생겼다.

‘아니, 그래도 괜찮아. 어차피 모난 행동을 할 생각도 없었으니까.’

재양의 이름을 더럽힐 행동만 하지 않으면, 큰 제재를 가하지는 않을 것이다.

“별채에 있는 것들은 다 두고 가라. 독립을 하는 이상, 내게 받은 것들은 놔두고 가는 것이 도리라는 것쯤은 너도 알고 있겠지.”

그 말이 들려왔을 때, 서연은 뒤통수를 맞은 기분이었다. 다 두고 가라니. 이건 결국 무일푼으로 나가라는 말이나 다름없었다.

그제야 홍 사장의 검은 속셈을 파악할 수 있었다. 서연에게 재산이라고는 홍 회장이 게임을 하라며 준 것이 전부였다. 홍 사장은 서연이 쫓겨나면 그 자금을 사용하리라고 생각하는 게 분명했다.

울컥.

순간 그동안 꾹 누르고 있던 분노가 솟아 나왔다. 하마터면 홍 사장의 면전에서 욕설을 날릴 뻔했다. 할 수 있는 욕이라고는 많지 않았지만. 간신히 욕설을 삼키고 최대한 아무렇지도 않다는 듯 미소를 지었다.

“네, 아버지 말씀대로 할게요. 집은 언제까지 비우면 될까요?”

울며 매달릴 줄 알았는지, 김 여사의 얼굴에 맺혀 있던 조롱 섞인 미소가 사라졌다. 의외로 홍 사장은 서연의 이런 반응을 예상한 듯 담담하게 말했다.

"오늘 정오까지."

"네, 제 물건도 없으니 정오까지도 필요 없겠네요. 지금 당장 가서 집 비우도록 하겠습니다."

서연은 소파에서 일어났다.

"독한 년."

김 여사가 중얼거리는 소리가 들려왔다.

당신들이 날 독하게 만들었잖아.

서연은 조소를 삼키고 본채에서 나왔다. 가정부가 걱정스러운 표정으로 서연을 기다리고 있었다.

"이모, 들으셨죠? 저, 오늘 여기 나가요."

"아가씨……."

"그동안 정말 감사했어요."

서연은 방으로 올라가 침대 끝에 걸터앉았다. 울컥 울컥 올라오는 분노를 다독였다.

'이건 화낼 일이 아냐. 오히려 기뻐할 일이지.'

서연을 무일푼으로 쫓아내기로 한 건, 홍진탁이 서연을 거슬려 한다는 걸 의미했다. 홍진탁은 서연이 홍 회장의 게임에서 이기게 될까 걱정을 하는 것이었다.

'의외야. 이런 식으로 움직이다니.'

서연이 무슨 짓을 해도 신경을 쓰지 않을 줄 알았다. 어차피 자기 아들딸이 이길 거라고 여기고 있을 거라 생각했다. 하지만 아니었다.

'아니, 지금은 날 무서워한다기보다는 회장님이 어떤 식으로 나올지 몰라서 그러는 걸 거야. 혹시 모르니까 싹을 잘라 버리려는 거겠지. 최민기 씨와의 결혼도, 내가 진심으로 거부하면 억지로 시킬 수 없으니까.'

홍 사장은 아직 홍 회장의 영향력 아래에 있었다. 홍 회장이 살아있는 한, 서연은 홍 회장의 '손녀'이기도 하기에, 홍 사장은 무리하게 강수를 둘 수 없었다.

분노가 가라앉았다. 이제 이성적으로 생각할 수 있다.

'어디로 갈까?'

가게 운영비에는 손을 댈 수 없었다. 그렇다고 재희와 재원에게 도움을 요청할 수도 없다.

'일단 가게에서 먹고 자고 해야겠다.'

서연은 옷장을 열었다. 다행히 재희에게 선물 받은 옷이 몇 벌 걸려 있었다. 홍 사장의 돈으로 산 것은 옷 한 벌도 가지고 나가기 싫었다.

서연은 온전히 자신의 것만을 꺼냈다. 재희에게 받은 옷, 재원에게 생일선물로 받은 지갑, 그리고 운동화. 재희에게 받은 옷에 운동화는 전혀 어울리지 않았지만 상관없었다. 어차피 옷차림에 신경 쓴 적은 없으니까.

다 챙기는 데에 한 시간도 걸리지 않았다. 서연은 작은 쇼핑백을 들고 별채에서 나왔다.

* * *

서연이 나가는 걸, 홍진탁은 거실 창문으로 지켜보고 있었다. 서연에게 나가라는 말을 했을 때, 홍진탁은 두 가지 반응을 예상했다.

싹싹 비는 것.

그리고 또 하나는 가볍게 이 집을 나가는 것.

홍진탁은 서연이 싹싹 빌기를 바랐다. 평소처럼 겁에 질린 눈으로 바들바들 떨면서, 한 번만 용서해 달라고 말하기를 바랐다. 하지만 서연은 다른 선택을 했다.

"여보, 어쩐 일로 이렇게 큰 결심을 했대? 그렇게 내보내지 않으려고 하더니."

김미진은 눈엣가시인 서연이 집을 나가게 된 걸 반겼다. 하지만 홍진탁은 즐겁지 않았다.

역시 홍서연은 독초였다. 어젯밤 그 눈빛을 보았을 때, 착각이라고 믿고 싶었는데. 그런 눈빛을 가진 사람을, 홍진탁은 한 명 더 알고 있었다.

홍준호 회장.

어젯밤 서연의 눈빛은 홍 회장의 그것과 꼭 닮아 있었다.

*　*　*

서연은 홍대 앞 놀이터에 있는 벤치에 앉아 생각에 잠겼다. 오늘은 아무도 마주치고 싶지 않으니, 어두워진 후에 가게로 가야겠다. 그때쯤이면 가게에서 진행되는 알바생 교육도 끝난 후이리라.

'가게에서 먹고 자는 건 괜찮은데, 먹는 건 어디서 구하지?'

서연은 말 그대로 무일푼이었다.

홍 사장은 서연에게 아르바이트를 할 기회조차 주지 않았다. 서연이 가진 모든 것이 홍 사장으로부터 나온 것이었다.

'재희랑 재원이한테 선물 받은 걸 팔 수도 없고. 게다가…… 씻는 건 어쩌지? 가게 싱크대에서 씻을 수는 없으니 목욕탕을 가야 할 텐데. 목욕탕이 얼마더라?'

서연은 대중목욕탕을 가 본 적도 없었다.

'노숙자들은 먹을 걸 어디서 구할까? 따라다녀 볼까?'

생필품을 사는 데에만 가게 운영비를 써 볼까, 라는 유혹을 받았다. 하지만 곧 고개를 저어 그 생각을 털어 냈다. 한 번 쓰기 시작하면 계속 쓰게 될 것이다. 혼자 살려면 필요한 게 끝없이 생길 테니까. 가게 운영비는 없는 돈이라고 생각해야만 했다.

'아, 배고프고 목말라. 다리도 아프고.'

사실 서연은 집에서부터 홍대까지 걸어온 터였다. 쉬지 않고 걸어서 3시간이 넘는 거리였는데, 차비가 없으니 대중교통조차 이용할 수가 없었다.

'물 한 모금만 마실 수 있었으면 좋겠다.'

사막에 떨어진 기분이었다. 돈이 한 푼도 없다는 게 이렇게 절망적인 기분을 들게 할 줄이야.

'가게가 궤도에 올라서 돈을 벌려면 적어도 몇 달은 걸릴 텐데. 그때까지 무슨 돈으로 살지?'

암담했다. 아마도 홍 사장은 서연이 암담함과 무력감을 느끼기를 바랐을 것이다.

그렇게 가지를 꺾어 꽃병에 꽂아 둘 생각이었겠지.

하지만 서연은 홍 사장이 원하는 대로 꺾여 줄 생각이 없었다. 이건 유일한 기회였다. 이걸 놓치면, 서연은 평생 홍 사장의 꽃병을 벗어날 수 없을 것이다.

시간은 참으로 느릿하게 흘러갔다. 가게 일을 할 때는 눈 깜짝할 새에 밤이 됐는데, 지금은 도통 어두워지질 않는다. 서연은 지금이 몇 시인지조차 알 수 없었다. 휴대폰도 홍 사장이 사 준 것이라, 정보를 다 지운 후에 놔두고 나왔기 때문이다.

충분히 어두워진 후에야, 서연은 벤치에서 일어났다. 근처 가게의 유리창 안으로 시간을 확인했더니, 오후 7시를 막 지나고 있었다. 안도의 한숨을 내쉬었다. 알바생 교육은 6시까지니까, 지금 가게에 가면 아무도 없을 것이다.

오래 걸어서 다리 근육이 뻐근했다. 이제야 피로가 몰려와서 걷는 게 쉽지 않았다.

터덜터덜.

서연은 어깨를 축 늘어뜨리고 인파 속을 걸어갔다. 홍대를 오가는 사람들은 생기가 넘치고 즐거워 보였다.

'다들 배가 부르겠지. 아니면 곧 배가 불러지거나.'

포만감이 부러워지는 날이 올 줄은 몰랐다. 물이나 한 모금 얻어 마실 수 있었으면 좋겠다. 입 안은 바싹 말라 단내가 났고, 배에서는 쉴 새 없이 꼬르륵 소리가 울렸다. 주위가 시끄러워서 다행이었다.

이윽고 가게에 도착한 서연은, 빛이 환하게 새어 나오는 가게를 보는 순간 절망에 주저앉을 뻔했다. 아직 가게에 남아 있는 사람이 있었다.

'안 돼!'

밥을 먹을 수 없다면 누워 있기라도 하고 싶었다.

'교육이 아직 안 끝났나?'

서연은 살금살금 가게로 다가가, 커다란 창문으로 안을 들여다보려고 했다. 들키지 않을 생각이었는데, 창가에 앉아 있던 태민과 눈이 딱 마주쳤다.

태민은 떡볶이와 순대를 먹으며, 노트북으로 무언가를 하는 중이었다. 태민이 들고 있는 나무젓가락 끝에, 빨간 떡볶이 양념이 묻은 튀김이 있었다. 서연은 거기서 눈을 뗄 수가 없었다. 지금은 태민보다 튀김이 훨씬 더 매혹적이고 아름다웠다.

꿀꺽—

고인 침을 삼켰다. 정신을 차려야 한다는 생각조차 없었다. 서연의 세상에서 '정태민'은 사라지고 오로지 떡볶이와 튀김, 그리고 순대만이 남았다. 배고픈 서연의 세상은 떡볶이와 튀김, 그리고 순대만으로 이루어져 있었다.

한편, 가게 안의 태민은 당혹감을 감출 수가 없었다. 서연이 창밖에 느닷없이 등장한 것도 놀라운데, 서연의 눈이 튀김에서 떨어지질 않았다. 태민이 여기에 있다는 것조차 모르는 것처럼 보였다.

저 간절한 눈빛이라니.

태민은 튀김을 들고 있는 젓가락을 천천히 오른쪽으로 움직여 봤다. 서연의 눈동자도 튀김을 따라 움직였다. 다시 왼쪽으로 움직였더니, 서연의 눈동자도 왼쪽으로 따라왔다. 튀김을 공중에서 빙글빙글 돌리다가, 입안에 쏙 넣었다.

서연의 얼굴에 말도 못 하게 큰 실망감이 서렸다. 태민에게 고백했다가 거절당했을 때보다 훨씬 더 큰 실망감.

역시 이 여자는 재미있다. 태민은 이번엔 순대를 하나 집어 들고 같은 행동을 반복했다.

이제 서연은 아예 창에 두 손을 바짝 붙이고 달라붙어, 순대를 노렸다. 잘하면 초능력으로 순대를 들어 올릴 기세였다.

'사장님을 초능력자로 만들 수는 없지.'

태민은 자리에서 일어났다. 서연의 시선은 순대에 꽂혀, 태민이 일어서는 줄도 모르는 것 같았다.

밖으로 나간 태민은, 창문에 찰싹 달라붙어 있는 서연의 뒤로 가서 그녀의 어깨에 손을 올렸다.

서연이 고개를 돌려 태민을 물끄러미 응시하다가 다시 창문 쪽으로 시선을 옮겼다. 아무래도 지금은 순대에서 눈을 뗄 수 없는 모양이다.

태민은 서연을 뭐라고 부를지 고민했다. 일할 때는 '사장님' , 일 끝나면 '서연아.' 지금은 일하는 중이 아니니까 서연이라고 불러도 되겠지.

"서연아."

부드럽게 그녀의 이름을 입에 담아 보았다. 불린 쪽보다 부른 쪽의 가슴이 더 두근거렸다. 지난번에 한 번 불렀을 때 기분이 이상해져서 부르는 걸 자제하고 있었는데.

정작 이름을 불린 서연은 아무것도 들리지 않는 듯했다. 그녀의 세상에는 그저 저 안의 먹거리들만 존재하는 것 같다. 아쉬움을 느끼며, 태민은 서연에게 말했다.

"서연아, 안에 들어가서 떡볶이랑 순대, 같이 먹을래?"

서연이 휙 돌아서서 태민을 똑바로 올려다봤다. 그제야 태민이 눈에 들어오는 모양이다. 서연의 토끼 같은 얼굴에, 태양처럼 환한 미소가 걸렸다. 서연은 두 팔을 벌려 태민을 꽉 끌어안았다.

"태민 씨, 정말 좋아해요!"

그 순간, 태민의 심장이 쿵 떨어졌다.

이건 뭐랄까. 한 번도 느껴 보지 못한, 거대한 감동과 기쁨이 태민을 에워쌌다. 콧등이 시큰거릴 만큼 행복했다.

그래서 태민은, '나도, 나도 널 참 좋아해.'라고 대답하려고 했다. 서연이 태민을 던지듯 놔두고 가게 안으로 뛰어 들어가지만 않았더라면.

* * *

"물도 좀 마셔 가면서 먹어."

태민이 서연의 앞으로 물컵을 놔주며 말했다. 서연은 물컵을 두 손으로 쥐고 태민을 올려다봤다.

이 남자는 천사다.

서연은 물을 마시고 다시 떡볶이를 먹었다. 매콤한 떡볶이 국물을 촉촉하게 머금은 튀김의 맛은, 그야말로 천상의 맛이었다. 천사

들은 이런 것만 먹고 살겠지. 떡볶이와 튀김, 그리고 순대까지 다 먹어 치웠다.

'배불러.'

젓가락을 내려놓다가 맞은편에 앉아서 지켜보는 태민과 눈이 마주쳤다. 퍼뜩 정신이 들었다.

화끈. 얼굴이 붉어졌다.

'내가 무슨 짓을!'

배고파서 이성을 잃고 있었다. 태민이 가게 안에서 뭔가 먹고 있는 걸 발견한 것까지는 기억이 나는데, 그 이후의 일이 희미했다.

언제 여기 들어와서 언제 이렇게 먹어 치운 걸까? 게다가 태민은 어디서부터 보고 있었던 걸까?

'물론 전부 다 봤겠지! 이건 원래 정태민 씨 몸이니까!'

서연은 도망칠까 하다가 관뒀다. 갑자기 들이닥쳐서 태민이 먹던 걸 다 뺏어 먹고 도망치는 건, 아무리 생각해도 모양이 안 좋다.

'아니, 모양은 이미 안 좋아졌어.'

그때, 태민의 손이 서연의 입가로 다가왔다. 뻣뻣하게 긴장한 서연의 입가를, 태민의 엄지가 살짝 쓸어내렸다.

"국물 묻었어."

국물까지 묻히고 먹다니.

'갈 데까지 갔구나, 홍서연.'

서연은 울고 싶어졌다. 태민은 서연의 입가를 닦은 엄지를 쪽 빨았다.

"왜 그걸 먹고 그래요?"

"네가 내 걸 다 먹어 버렸으니까 이거라도 먹어야지."

서연은 고개를 숙였다. 지금 태민이 무슨 짓을 하든, 서연은 그저 고개를 조아릴 수밖에 없는 상황이었다.

"이게 대체 무슨 일이야? 며칠 굶었어?"

태민이 웃음기 담긴 목소리로 물었다.

"아뇨, 며칠은 아니지만……."

"깜짝 놀랐네. 나까지 먹어 치우는 줄 알았어."

"아무리 그래도 식인은 안 해요."

"아깐 정말 무서웠거든. 날 못 알아보는 것 같던데."

"에이, 아니에요. 제가 어떻게 태민 씨를 못 알아보겠어요? 완전 알아보죠."

"거짓말이 좀 늘었네."

"그런데 퇴근 안 하고 뭐 하고 있었어요?"

서연은 말을 돌렸다. 다행히 태민은 더 이상 캐묻지 않았다.

"카페 홍보물 좀 작성해서 여기저기 올리고 있었어."

"반응 좀 있어요?"

"아니, 그냥 그래. 가게 본격적으로 시작하면 다시 올려야지. 전단지도 좀 돌리고. 당분간은 수익 기대하면 안 될 거야."

심장이 쿵 내려앉았다. 수익을 기대하면 안 된다니. 알고는 있었지만 확인 사살을 당한 기분이었다.

"표정이 왜 그래? 정말 무슨 일 있는 거 아냐?"

태민이 걱정스러운 듯 서연을 응시했다.

"아니에요. 그럼 일은 끝난 거죠?"

"응, 이제 다 끝났어. 슬슬 가 봐야지."

"네, 고생했어요. 얼른 들어가서 쉬세요."

"그러긴 할 건데……. 사장님은 안 가?"

"네, 전 좀 더 가게 일 좀 보다가 가려고요."

"가게 일? 무슨 일?"

"그냥 여기저기 점검도 하고."

"그래? 그럼 같이해."

이럴 수가. 태민의 책임감이 이런 식으로 발목을 잡을 줄은 몰랐다. 알바생이면 알바생답게, 일 끝나면 집에 가라고! 시간 외 근무 따위는 하지 말란 말이야!

서연은 비명을 지르고 싶었지만 간신히 참았다.

"어딜 점검할 건데?"

태민이 일어나며 물었다. 거짓말을 들키지 않으려면 서연도 같이 일어나서 뭐든 점검하는 척을 해야만 했다. 하지만 서연은 몸을 움직일 힘이 없었다.

"그냥 여기저기를 좀……."

"그러니까 그 여기저기가 어딘데? 알려 주면 내가 할게."

"아뇨, 그러니까…… 하아. 정태민 씨, 사실은."

거기까지 말하고 서연은 망설였다.

말해도 될까?

아니, 이제 와서 고민할 것도 없다. 태민에게는 말해야만 한다. 그러지 않으면 매일 서연을 돕겠다고 남아서, 서연이 쉴 틈을 안 줄 테니까.

"사실 저 오늘 여기서 자려고요."

"응? 왜?"

"그냥…… 당분간은 가게에서 잘 것 같아요."

"사장님, 무슨 일 있는 거 맞지?"

태민이 서연의 옆에 무릎을 꿇고 앉아, 서연의 얼굴을 올려다봤다. 걱정이 가득 담긴 그의 눈동자를 보자, 서연은 왈칵 울음이 터져 나올 것 같았다.

서연은 시선을 옆으로 돌리며 울음을 삼켰다. 쫓겨날 때도 울고 싶진 않았는데, 왜 태민 앞에서 이런 기분이 드는 건지 모르겠다. 진심으로 걱정하는 듯한 눈빛에, 괜히 감정이 격해지려고 한다.

"집을 나왔어요."

"응?"

"아니다. 집에서 쫓겨났어요."

"쫓겨나다니. 온실 속 공주님 아니었어?"

"아뇨, 전 그냥 온실 속 잡초였어요. 언제든 뽑아 버릴 수 있는."

"……."

"아버지는 제가 이 가게를 하는 걸 별로 안 좋아하세요. 그래서 그만두라고 하셨는데, 계속 하겠다고 하니까 화가 나서 쫓아냈어요. 아버지 돈으로 산 건 아무것도 가지고 나가지 말래서, 재희랑 재원이한테 선물 받은 것만 들고 나왔더니 짐이 저게 다예요."

서연이 옆에 놔둔 쇼핑백을 가리키며 말했다.

"휴대폰도 없고, 차비도 없어요. 집에서부터 여기까지 걸어왔어요. 밥 못 먹고, 물도 못 마셔서 아까 그렇게 이성을 잃었던 거고요."

이렇게까지 다 얘기할 생각은 아니었는데, 한 번 시작했더니 술술 흘러나왔다. 어쩌면 그동안 태민에게 말하고 싶었는지도 모르겠다고, 서연은 말하는 와중에도 막연히 생각했다.

"잠깐만 사장님. 무일푼으로 쫓겨났다면 이 가게는?"

"아, 이 가게는…… 아버지 돈이 아니에요. 다른 데서 돈이 생겨서 시작한 거거든요. 그래서 아버지가 손댈 수는 없어요. 진짜 다행이죠."

"다행이긴 한데……. 운영비 좀 남은 거 있지 않아?"

"그건 쓰면 안 돼요. 그건 가게 운영에 쓸 돈이지, 제 생활비로 쓸 돈이 아니니까."

"그래도 지금은 상황이 그렇잖아. 여기서 어떻게 먹고 자고 하게? 사장님은 여자야. 이런 데서 생활하는 건 위험하고 불편해."

"그래도 그 돈은 안 돼요. 그러기로 정했어요."

"그럼 재희한테……."

"그것도 안 돼요."

두 사람에게는 이미 받을 만큼 받았다. 더 이상 도움을 받을 수는 없다. 특히 재원에게는 더욱더.

"아무튼 제가 어떻게든 할 수 있어요. 오늘은 너무 피곤해서 한숨 자고 일어나서 생각 좀 해 봐야겠어요. 걱정 마세요, 태민 씨."

"어떻게 걱정을 안 해?"

"에이, 정말 괜찮아요. 다들 성인이 되면 나와서 사는걸요. 어떻게든 답을 찾아볼게요."

"답은 나왔어."

태민이 단호하게 말하며 서연의 손목을 잡았다.

"우리 집으로 가자."

"아니, 오답인 것 같은데요."

"정답이야."

"싫어요."

서연은 태민에게 잡힌 손을 빼내려고 노력했다. 하지만 단단히 잡고 있는 태민의 힘을 이길 수가 없었다. 그래서 손을 빼내는 걸 포기하고 말했다.

"남자들 사는 집에 갈 수는 없어요. 하준 오빠한테도 폐를 끼치게 되는 거고요. 재희랑 재원이 도움을 받고 싶지 않은 만큼, 태민 씨 도움도 받고 싶지 않아요. 이건 제가 혼자 해결해야 할 문제예요."

"오늘은."

태민이 서연의 손목을 끌어당겨 일으켰다.

"오늘은 우리 집에서 자. 하준이 집에 없어. 나도 없을 거고. 어차피 빈집이야."

"아무리 그래도요."

"사장님 혼자 가게에서 어떻게 자?"

"어떻게 자긴요. 저쪽 구석에 옷 깔아 놓고 자려고, 머릿속으로 구상까지 다 해 왔는데요."

"안 돼. 사장님 여기 있으면 나도 여기 있을 거야."

태민이 고집스럽게 말했다.

"태민 씨. 전 진짜로 괜찮다니까요."

"내가 안 괜찮아. 사장님만 여기에 놔두고 못 가."

집을 나오자마자 이런 식으로 난처한 상황에 빠지게 될 줄은 몰랐다. 차비가 없는 것보다 더 난감한 상황이었다. 서연이 가지 않겠다고 우기면, 태민은 정말로 함께 가게에 남을 것이다.

'하지만 아무리 그래도 그렇지, 남의 집에 막 들어가서 자는 건 좀 그렇잖아.'

"서연아."

문득 태민이 서연의 이름을 불렀다. 아까는 굶주림에 이성을 잃은 상태였지만, 이성이 돌아온 지금. 그가 내 이름을 불러 준다는 것이 당혹스러울 정도로 설레었다.

게다가 서연을 빤히 응시하는 태민의 눈동자에 걱정과 안타까움이 가득해서, 이 사람이 나를 정말로 아끼는구나, 라는 착각까지 들었다.

"오늘은 우리 집에 와서 자. 내일은 어디서 잘지 고민을 해 보더라도. 응?"

달래는 듯한 태민의 말투가 듣기 좋았다. 더는 거절할 수가 없었다. 서연이 고개를 끄덕이자 태민이 안도한 듯 미소를 지었다. 참으로 근사한 미소였다.

* * *

아무도 없을 줄 알았는데 하준이 있었다. 하준은 거실에 엎드려

책을 읽는 중이었다. 두 사람이 들어가자 하준이 엎드린 채로 고개를 돌렸다.

"어어, 토끼 씨. 또 보네."

"안녕하세요."

서연은 꾸벅 인사를 했다. 들어가기가 망설여졌다.

그때, 서연의 뒤에 서 있던 태민이 말했다.

"너 오늘 약속 있다고 하지 않았냐?"

"어?"

하준은 전혀 모르는 눈치였다.

"너 오늘 약속 있다고 했잖아. 밖에서 자고 온다며?"

"어…… 어어, 그래. 그랬지. 어, 그래, 맞아. 난 약속이 있었어."

하준이 고개를 주억거리며 몸을 일으켰다. 없던 약속이 갑자기 생긴 것처럼 보였다.

"맞아, 맞아. 밖에서 자고 올 중요한 약속이 있었는데 새까맣게 잊고 있었네. 하.하.하. 너 아니었으면 집에서 편안히 누워 잠들 뻔했다, 야. 하하하하하."

하준이 어색하게 웃었다.

"저, 오빠. 혹시 약속이 없었던 거라면……."

"아니야, 토끼 씨. 난 진짜 중요한 약속이 있었어. 24시간 걸리는 약속이라서, 오늘 밤 집을 비울 예정이었지. 확실해. 잊고 있었던 것뿐이야. 하하하하."

"……아닌 것 같은데요."

"아니, 정말 그래. 나가야겠다. 그럼 안녕."

하준은 집에서 뒹굴던 차림 그대로 슬리퍼를 신더니, 서연이 붙잡을 새도 없이 두 사람을 지나쳐 밖으로 나갔다.

"태민 씨, 저는……."

"됐어. 나도 이제 나가 봐야 돼. 잠은 자고 싶은 방에서 자. 내 방에서 자도 되고, 하준이 방에서 자도 되고. 냉장고에 뭐든 먹을 거 있을 테니 배고프면 꺼내 먹고. 사장님 집처럼 편하게 쉬어. 가 볼게."

"아뇨, 태민 씨. 그러지 않아도……."

태민은 서연이 붙잡기 전에 황급히 집을 나와서 문을 닫았다. 당장이라도 서연이 따라 나올 것 같아서 서둘러 걸음을 옮겼다. 계단으로 갔더니 누군가 계단을 내려가는 소리가 들렸다. 하준일 것이다.

"선하준."

"어."

하준의 목소리가 층계참에 울렸다. 태민은 얼른 내려가 하준을 따라잡았다.

"넌 왜 나오냐? 뭐 사러 가?"

태민이 오기를 기다렸던 하준이 다시 내려가며 물었다.

"원래 나올 생각이었어. 너, 어디로 갈 거야? 같이 가."

"엥? 뭐야? 토끼 씨랑 뜨거운 밤을 보내려던 거 아니었어?"

"무슨 뜨거운 밤이야, 뜨거운 밤은."

태민은 쓰게 웃으며 자신의 손을 내려다봤다. 방금 전까지 서연의 손목을 잡고 있던 손이었다.

"만지는 것도 조심스러운데."

태민의 중얼거림에 하준이 오만상을 찌푸렸다.

"넌 누구냐?"

"관둬."

"넌 누구야? 내 친구 태민이 어디에 감췄어? 넌 뭐야? 뭐 하는 놈이야?"

"됐어, 나도 지금 내 감정에 놀라는 중이니까."

둘이서 나란히 빌라를 빠져나왔다.

"와, 정태민이 차려 놓은 밥상에 숟가락도 안 대다니. 사람이 살다 보면 별걸 다 보게 되는구나."

"그러게. 오래 살고 볼 일이네."

"그런데 토끼 씨는 왜 우리 집에서 자는 건데? 가출했대?"

"그런 셈이지. 돈이 한 푼도 없는 것 같아. 휴대폰도 없고."

"온실 속 아가씨 아니었냐?"

"그런 줄 알았는데……. 뭐, 사람마다 사정이 있는 거니까."

"그럼 앞으로 어쩌게? 내일이 된다고 없던 돈이 생기는 것도 아닌데."

"그러게. 좀 알아봐야지. 아, 휴대폰 공기계 하나 있지 않냐?"

"하나뿐이냐. 몇 개 있을걸."

"그럼 그거 하나 써야겠다. 유심칩만 새로 사서 끼우면 되니까."

"그래라."

"먹을 거야 내가 좀 더 사서 가게에 넣어 둔다고 해도, 잠자리가 문제인데."

"내 방에서 지내라고 해. 난 한두 달 정도는 머물 곳 있으니까."

"그러고 싶긴 한데, 나랑 단둘이 한집에서 살자고 하면 싫다고 할 거야. 오늘도 간신히 데리고 온 거거든."

"흐음. 너무 아가씨인 것도 문제네."

"문제지."

둘은 말없이 걸었다. 어디로 가자는 말은 없었지만 자연스럽게 PC방으로 향하고 있었다. PC방 입구에 다다랐을 때, 하준이 생각난 듯 말했다.

"합숙을 하자고 하는 건 어때?"

"합숙?"

"너네 가게는 특이하잖아. 직원들끼리 긴밀한 사이이기도 해야 할 거고, 사장이 직원들에 대해서 더 잘 알아야 하는 가게이기도 하고. 그러니까 한동안 직원들끼리 합숙을 하자고 해. 가능한 직원들만 모아서."

"호오."

태민의 눈이 반짝거렸다.

"뭐, 다들 사는 집이 따로 있으니 합숙은 안 하겠지만, 재원이 정도는 같이 하지 않겠냐? 그러면 토끼 씨도 부담 없이 같이 살 수 있겠지. 집은 네가 따로 하나 구하고. 넌 돈 많잖아."

"돈이야 많지. 홍대 쪽에 적당한 집이 있을까?"

하준이 피식 웃었다.

"돈 있으면 뭐든 못 구하겠냐?"

* * *

혼자 남겨진 서연은 신발을 벗고 들어가 크게 한숨을 내쉬었다. 아무리 봐도 하준은 약속이 있는 것처럼 보이지 않았다. 태민도 마찬가지였다. 아마도 서연을 위해 집을 비워 준 것이리라. 자기 일도 아닌데 신경을 써 준 두 사람에게 무척 고마웠다.

'나, 진짜 민폐구나.'

자유에는 대가가 필요했다. 그 대가를 치를 힘이 아직은 없었다. 지금이라도 전화를 걸어 돌아오라고 말하고 싶지만, 집에는 유선 전화기가 없었다.

'그래, 이왕 쓰게 된 거니까 잘 쉬고 나중에 은혜를 갚으면 되겠지.'

서연은 조심스럽게 태민의 방문을 열었다. 주인 없는 방에 함부로 들어가는 게 미안하기도 하고 어색하기도 했다.

태민의 방은 여전히 인간미가 없었다. 잘 숨겨 놓은 야한 잡지도, 과거 사진도 없을 것 같은 분위기였다. 있다고 해도 뒤져 볼 생각은 하지 않았겠지만.

침대는 가지런하게 정돈되어 있었다. 서연은 잠시 침대 옆에 서서 망설이다가 침대 끄트머리에 앉았다.

아무도 없는데 괜히 두근거렸다. 당장이라도 태민이 방문을 벌컥 열고 들어올 것만 같았다.

서연은 한동안 숨죽이고 앉아 있다가 조심스레 침대에 누웠다. 포근한 침대에서는 그의 향기가 물씬 풍겨 왔다.

태민의 품에 안겨 있는 기분이었다.

*　*　*

까무룩 잠이 들었나 보다. 눈을 떴더니 창문으로 아침 햇살이 들어오고 있었다. 서연은 멍하니 천장을 올려다보았다.

'우리 집이 아니네.'

순간 이곳이 어디인지 깨닫지 못했다.

'나, 어디서 잔 거지?'

고개를 돌려 눈에 익은 적막한 방을 확인한 후에야, 이곳이 태민의 방이라는 걸, 어제 집에서 쫓겨났다는 걸 깨달았다.

"아, 맞다. 나 쫓겨났지!"

벌떡, 상체를 일으켰다.

"얼마나 잔 거지?"

태민의 방에는 시계가 없었고, 서연은 휴대폰조차 갖고 있지 않았다. 몇 시인지 전혀 알 수가 없었다. 어쩌면 다들 돌아왔을지도 모른다는 생각에 귀를 기울였지만, 거실에서는 아무 소리도 들리지 않았다.

방문을 열고 봤더니 역시나 거실은 비어 있었다. 다행히 거실에는 벽시계가 있어서 시간을 확인할 수 있었다.

오전 7시 30분. 늦은 시간은 아니었다.

'요새 매일 일찍 일어나서 습관처럼 일찍 일어난 모양이네.'

서연은 물을 한 잔 마신 후 샤워를 했다. 샴푸 향기도 비누 향기도 전부 태민에게서 맡았던 향기였다.

머리에 수건을 두르고 나왔을 때, 딩동, 초인종이 울렸다. 주인이 없는 집이기에 어떻게 대답을 해야 할지 몰라 망설이고 있는데,

"들어갈게."

하준의 음성이 들려왔다.

달칵—

문이 열리고 하준과 태민이 함께 들어왔다. 둘 다 밤을 샌 듯 눈이 충혈되어 있었다.

"밤새 같이 있었어요?"

서연의 질문에 하준이 고개를 저었다.

"집 앞에서 만났어."

거짓말을 하는 것 같았지만, 서연을 위한 배려일 테니 굳이 되묻지 않았다.

"씻었어? 따뜻한 물 잘 나오지?"

"네, 잘 나오더라고요. 고마워요, 오빠. 태민 씨. 덕분에 정말 잘 자고 잘 쉬었어요."

"뭘 고마워. 어차피 비는 집이었는데, 지켜 줘서 고맙지. 야, 넌 왜 거기 그러고 서 있냐?"

하준이 현관문 앞에 멀거니 서 있는 태민을 돌아보며 물었다. 멍하니 서연을 보고 있던 태민이 퍼뜩 정신을 차렸다.

"어, 아니. 들어가야지."

태민이 신발을 벗고 들어왔다.

"나 먼저 씻는다."

하준이 욕실에 들어가며 말했다. 태민이 황급히 그 뒤를 따라가 욕실 안에 들어가서 문을 닫았다. 하준이 눈을 휘둥그레 뜨고 태민을 쳐다봤다.

"너, 왜 이래? 나 너랑 같이 씻을 생각 없어. 미쳤냐?"

"단둘이 두지 마."

"뭐?"

"서연이랑 단둘이 두지 말라고."

"뭐래. 토끼 씨가 널 잡아먹냐? 나가, 이 미친놈아."

"그런 문제가 아냐."

"아니, 그런 문제거든? 나가라고."

"야, 넌 서연이를 봤으면서도 나랑 둘이 남겨 둘 생각이 드냐?"

"아니, 대체 왜 이러는데?"

"막 샤워를 하고 나왔잖아. 머리는 수건으로 감아 두고, 얼굴이 발그레했다고."

"근데?"

"사랑스럽잖아!"

"……."

"위험했어. 하마터면 네가 같이 있는지도 모르고 덮칠 뻔했다. 장하다, 내 자제력."

하준은 진심으로 어이가 없었다. 이놈이 정말 미친 건가? 하지만 태민은 장난을 치는 것처럼 보이진 않았다.

"나가."

하준은 분노를 억누르며 나직하게 말했다.

"아니, 못 나가. 지금은 정말 위험해."

"위험한 건 네 사정이고, 나는 너한테 내 사랑스럽고 매력적인 알몸을 보여 줄 생각 없어."

"누가 본대? 나도 볼 생각 없거든?"

"그러니까 나가."

"아니, 안 나가. 돌아서 있을 테니까 가서 씻어."

"아, 그게 말이 되냐고? 싫다고. 나가라고."

"말이 안 될 건 뭐냐고. 안 나갈 거라고."

"아, 이걸 진짜."

하준은 태민을 자근자근 밟아 줄까 하다가 생각을 바꿨다. 그래, 또라이랑 룸메이트를 하기로 한 내 잘못이지.

작게 한숨을 내쉬고 옷을 벗었다. 태민은 약속한 대로 돌아서 있었다.

"그렇게 사랑스럽냐?"

물 온도를 조절하며 물었다.

"응, 그렇게 사랑스러워. 네 눈엔 안 그러냐?"

"글쎄. 작고 귀엽기는 한데, 내 자제력이 장하게 느껴질 만큼 사랑스럽진 않거든."

"거짓말하네. 너도 좀 전에 이성을 잃을 것 같아서 욕실로 도망친 거잖아."

"난 도망 안 쳐. 이성을 잃을 것 같으면 그냥 이성을 잃고 덮치지."

"짐승."

"뭐래, 천하의 정태민이. 너는 이성을 잃지 않아도 덮치잖아."

"까마득히 옛날 일이야. 이젠 기억도 안 나."

"기억상실증이냐? 불과 몇 달 전까지만 해도 그랬거든."

"몰라, 그런 거."

두 남자가 욕실 안에서 노닥거리며 친목을 도모하고 있을 때, 밖에 남겨진 서연은 거실 한복판에 우두커니 서서 생각했다.

'저 두 사람, 정말 친하구나.'

*　　*　　*

[휴대폰 번호가 바뀌었습니다. —홍서연—]

재원은 휴대폰을 물끄러미 응시했다.

'휴대폰 번호를 바꿨다고?'

한동안 서연에게 연락을 하지 않은 이유는, 그녀에게 마음 정리할 시간을 주기 위해서였다. 물론 자신의 마음도 정리할 시간이 필요했다.

사랑을 그만하는 게 아니라 다시 친구로, 우정으로 보이기 위해 노력을 하는 시간.

'왜 바꿨지?'

다른 사람이 바꿨다면 그러려니 하겠지만, 서연의 번호가 바뀐 건 이상한 일이었다. 서연은 휴대폰을 갖게 되었을 때부터 지금까지 한 번도 번호를 바꾼 적이 없었다.

—아버지가 번호 자주 바꾸지 않게, 여기저기 번호 뿌리고 다니지 말라고 하셨어.

서연에게 홍 사장의 명령은 절대적이었다. 서연은 가끔 이상할 정도로 홍 사장을 무서워했다. 원망하고 미워하는 감정이라면 이해하겠지만, 무서워하는 건 이해할 수가 없었다.

뭐가 그리 두려운 걸까? 아무리 나쁜 놈이라도 아버지는 아버지인데.

'아니, 그보다는…… 갑자기 왜 번호를 바꾼 거지? 무슨 일 생겼나?'

걱정이 돼서 가만히 앉아 있을 수가 없었다. 재원은 눈치를 보다가 조용히 일어났다. 교수는 한창 칠판에 무언가를 쓰고 있었다.

"야, 가게?"

옆에 앉아 있던 친구가 물었다.

"어, 간다. 조용히 해."

작게 속삭이고 살금살금 강의실을 빠져나왔다. 재희는 이미 서연에게 번호 바꾼 이유를 들었을 것이다. 재희에게 물어보면 되겠지. 재희의 번호를 누르다가 멈췄다.

'아니, 그냥 서연이한테 물어보자.'

마음의 정리에 적당한 기간 같은 건 존재하지 않는다는 걸 이미 알고 있었다. 피하면 피할수록 마음은 더욱 어수선해질 뿐. 부딪쳐야 정리가 되는 일도 있다. 언제까지고 서연을 피할 수는 없었다.

새롭게 바뀌었다는 번호를 눌렀다. 신호가 몇 번 가지 않아 서연의 목소리가 들려왔다.

[응, 재원아.]

평소와 다름없는 음성이었다.

"번호 바꿨어?"

[응, 그렇게 됐어.]

"왜?"

[궁금해?]

궁금해, 라는 말은 서연의 목소리가 아니었다. 태민의 목소리였다.

[태민 씨, 이리 줘요.]

[사장님은 그거나 마저 정리하고 있어요. 내가 할 테니까.]

휴대폰 너머로 들려오는 두 사람의 음성에 심장이 지끈, 지끈 아파 왔다. 재원이 없어도 둘은 여전히 만나고, 이야기하고 있었다.

'그래, 어차피 난 있으나마나겠지.'

어쩌면 서연도 고민하고 괴로워하고 있을 거라 생각했던 자신이 우스웠다. 서연에게 나는 아무것도 아닌데.

[재원, 가게 안 나와?]

휴대폰을 사수한 듯 태민이 말했다.

"가야죠. 그런데 요새 시험 기간이라서요."

[시험공부는 매일 예습 복습 철저히 해 두면 따로 할 필요 없잖아.]

"전 그렇게 성실하지가 못해요."

[그러지 말고 나와. 가게 일로 의논할 것도 있고.]

"쯧."

[뭐야, 왜 혀를 차? 내가 귀찮아?]

"네, 귀찮아요. 그런데 서연이 폰 번호, 왜 바꾼 건지 알아요?"

[응, 우리 사장님 휴대폰도 뺏기고 집에서 쫓겨났대.]

[아, 태민 씨! 그걸 재원이한테 말하면 어떻게 해요?]

[뭐야, 비밀이었어요? 재원인데?]

[안 돼요. 재원이는 걱정한단 말이에요!]

[걱정시켜야죠. 친군데.]

[그래도요!]

이 두 사람은 나랑 통화 중인 걸 잊은 모양이다. 재원은 어이가 없었지만 잠시 휴대폰을 들고 있다가 잠잠해진 틈을 타서 말했다.

"금방 갈게요."

전화를 끊었다.

—안 돼요. 재원이는 걱정한단 말이에요.

고백을 듣고 거절한 후인데도, 서연은 그렇게 생각해 주고 있었다.

'그거면 돼.'

재원의 입가에 희미한 미소가 걸렸다.

'서연이 일에 내가 많이 걱정한다는 걸, 서연이가 알아주기만 하면 돼.'

*　　*　　*

재원이 가게에 도착했을 때, 가게에는 태민과 낯선 사람들만 있었다. 아르바이트생을 뽑았다는 걸 모르는 재원은, 의아한 표정으로 안으로 들어갔다.

"오오, 재원."

태민이 미소를 지으며 재원을 반겼다.

"서연이는요?"

"지금은 업무 시간이니까 사장님이지."

"네, 네. 사장님은요?"

"재희네 가게에. 지금은 교육 시간이라서."

"아아. 그럼 저도 이만."

"가긴 어딜 가."

망설임 없이 나가려는 재원의 목덜미를, 태민이 붙잡았다.

"여러분, 이 사람이 바로 의문의 다섯 번째 종업원. 신재원입니다."

태민이 재원의 어깨를 잡아 낯선 이들에게로 돌려세우며 말했다.

"와, 잘생겼다."

"안녕하세요."

"반갑습니다."

"장영진이에요."

다들 재잘거리며 재원에게 인사를 하기에, 재원도 어쩔 수 없이 정중하게 고개를 숙였다.

"안녕하세요, 신재원입니다."

잠시 자기소개를 하는 시간을 가졌다. 여자들의 이름은 윤준아와 김희미, 남자들의 이름은 최선명, 장영진. 다들 21살에서 23살 사이로 재원보다 어렸다.

활발한 성격인지 대화가 끊이지 않았고, 때때로 큰 웃음이 터져 나왔다. 그러는 와중에도 재원은 얼른 이 자리를 벗어나고 싶은 생각뿐이었다.

"지금 종업원 교육 중이야. 너도 같이 받아."

"형, 나는……."

"지금은 업무 중이랬지?"

"선배님이시여. 저는 개인적인 사정으로 인해 6월 중순부터 일하기로 한 것, 잊으셨사옵니까?"

태민이 재원의 머리를 쓰다듬었다.

"비아냥거리지 마, 후배님. 자, 앉아. 오늘은 손님과의 거리에 대해서 강의를 할 예정이니까."

"선배, 전 교육 받으러 온 거 아니에요."

"앉아서 받아. 손님과의 거리까지만 하고 나서, 너는 보내 줄 테니까."

"그래요, 오빠. 같이 받아요."

윤준아가 애교 있게 말하며 재원의 팔에 팔짱을 꼈다. 재원은 준아가 어색하지 않도록 조심스럽게 팔을 빼내고, 그녀의 옆에 앉았다.

무슨 짓을 해도 보내 주지 않을 테니, '손님과의 거리'에 대해 들어 보는 것도 나쁘지 않겠지.

재원이 태민에게 붙잡혀 교육을 받는 동안, 서연은 재희에게 호되게 혼나고 있었다.

*　　*　　*

'손님과의 거리' 강의가 끝났을 때는 오후 1시쯤이었다.

"점심 먹고 가."

"가서 먹을게요."

"먹고 가. 사장님은 재희랑 할 얘기가 많을 거야."

"아, 그렇겠구나."

이제야 태민이 왜 이렇게까지 재원을 붙잡아 뒀는지 깨닫고 얼굴을 붉혔다. 서연에게 무슨 일이 벌어진 건지 알고 싶다는 마음 때문에, 그녀의 입장을 생각하지 못했다. 재희만이 들어 줄 수 있는 여자의 고민도 있을 것이다.

자장면을 시켜서 한 테이블에서 먹었다. 이런저런 이야기를 나누며 먹는 동안, 재원은 태민이 종업원들의 개인사를 아주 능숙하게 파내고 있다는 걸 알 수 있었다.

태민의 질문은 노골적이지만 그렇게 느껴지지 않아서, 다들 서슴없이 대답을 하고 있었다. 자신들이 얼마나 술술 개인 정보를 밝히는지 깨닫지 못하는 것 같았다.

"아, 맞다. 그러고 보니 합숙 얘기를 하려고 했는데."

"합숙이요?"

"응, 강요는 아니고. 아무래도 가게 콘셉트가 콘셉트이니만큼, 종업원들이 서로 친하면 좋고, 사장님이랑도 가까워지면 좋잖아. 이 근처에 집을 하나 빌려서 한동안 합숙을 할까 하는데, 가능한 사람 있어?"

대답은 곧바로 나오지 않았다. 다들 서로의 눈치를 보고 있었다. 태민도 이런 반응을 예상한 듯 재원을 돌아봤다.

"전 안 해요."

재원이 말했다.

"넌 해야 돼."

"아뇨, 전 집 있어요. 안 해요."

"아니, 너만은 해야 돼."

재원은 속으로 한숨을 삼켰다. 태민이 왜 합숙 이야기를 꺼내는지 알 것 같았다. 아마도 서연이 살 곳이 없어서, 당분간 살 곳을 만들어 줄 속셈이리라. 그냥 집을 얻어 주겠다고 하면, 서연은 분명히 거절할 테니까.

하지만 그곳에까지 끼고 싶진 않았다. 서연과 태민이 어울리는 모습은 가게에서 보는 것만으로도 충분했다. 그런데 그걸 퇴근 후에도 보라고?

절대 사양이다.

"나랑 사장님은 아무 사이도 아냐."

태민이 재원의 마음을 읽은 듯 귓가에 속삭였다.

"알아요. 서연이 혼자 형을 좋아하는 거죠."

"아니, 나도 좋아해."

"네?"

"차였어."

"네?"

"그렇게 됐어. 내 마음 못 믿겠대. 차라리 네가 나아. 적어도 네 마음은 믿어 주잖아."

대체 무슨 일이 있었던 걸까? 몇 시간 만에 너무 많은 정보가 들이닥쳐, 재원은 정신을 차릴 수가 없었다.

'나도 차였어요! 내가 낫긴 뭐가 나아!'

마음이 싱숭생숭했다. 태민이 벌써 고백을 했다니. 그런데 서연은 그걸 거절했다니.

'아, 그래. 서연이 성격이면 그럴 수도 있겠다.'

서연은 이리저리 끌려다니는 것처럼 보여도, 확실히 해야 할 때는 확실하게 하는 성격이었다. 태민의 마음이 진심이 아니라고 생각한 거겠지. 그러니까 더 이상 휘둘리지 않겠다고 결심한 거겠지.

'나도 지켜보지 않았더라면 그렇게 생각했을 거야. 하지만…….'

태민이 서연을 대하는 건, 다른 여자들을 대하는 것과 달랐다. 서연에게는 좀 더 조심스럽고 상냥했다. 게다가 서연을 보는 그 눈빛은, 같은 남자인 재원도 설렐 만큼 깊고 짙었다. 태민을 알기에, 태민의 마음이 진심이라는 것 또한 알 수밖에 없었다.

라이벌의 진심 따위, 알고 싶지 않았는데.

'아니, 난 라이벌도 안 되지. 서연이는 이미 이 형을 사랑하니까.'

재원은 쓴웃음을 지었다.

“저요.”

그때 저들끼리 속닥거리던 종업원 중 한 명이 손을 들었다. 준아였다.

“전 합숙, 괜찮아요.”

“저도요.”

선명과 영진도 손을 들었다.

“전 안 돼요. 부모님이랑 같이 살아서요. 합숙 못 한다고 불이익 당하는 건 아니죠?”

희미의 질문에 태민이 고개를 저었다.

“아니, 불이익 같은 건 없어. 그럼…… 우리 미스터리한 의문의 다섯 번째 종업원은?”

태민이 재원을 돌아봤다. 재원은 한숨을 내쉬며 말했다.

“그렇게 부르지 마세요. 합숙, 할게요.”

*　　*　　*

잔소리를 3시간이나 들었다!

집에서 쫓겨났는데도 자신에게 찾아오지 않았다는 이유로, 재희는 3시간이나 서연에게 잔소리를 퍼부었다.

“널 걱정시키고 싶지 않았어. 지금껏 도움도 많이 받았고, 그래서…….”

“시끄러, 홍서연. 뭘 주절주절 변명이야? 야, 내가 네 입장이었다면 넌 어땠을 것 같아? 응? 내가 집에서 한 푼 없이 쫓겨났는데 너한테는 연락도 없이 거리를 헤매고 다녔다는 걸, 나중에 알게 되면 어떨 것 같냐고?"

"우와, 내 친구 마음 씀씀이가 참 넓구나, 라는 생각을 할 것 같아."

"요게 진짜!"

재희가 서연의 양 볼을 꼬집어 늘렸다.

"미안해, 내가 생각이 짧았어."

서연은 볼을 꼬집힌 채로 말했다.

"그래, 넌 정말 생각이 짧았어. 난 지금 너무 서운해."

"응, 그럴 것 같아."

재희가 서연의 볼을 놔줬다.

"휴대폰은 어디서 난 거야?"

"태민 씨가 줬어. 남는 게 있다면서."

"아아, 그래."

"내 자신이 너무 한심해. 아무것도 없는 주제에 그 집을 나오고 싶다는 생각만 하다가, 막상 나오니까 사람들 도움이나 받게 되고."

"사람은 원래 서로 도우면서 사는 거야."

"하지만 난 서로 돕질 못하고 도움만 받고 있는걸. 너한테도, 재원이한테도, 태민 씨한테도. 하아."

서연이 깊은 한숨을 내쉬었다.

"나중에 갚으면 되지. 평생 이렇게 살 건 아니잖아."

"그건 그렇지만……. 잘할 수 있을까?"

"왜 약한 소리야? 어쨌든 넌 그 집에서 빠져나왔어. 한 푼도 없이 뭘 하든, 하나는 해낸 거야. 그럼 이제 두 번째 걸 해내면 돼. 가게를 성공시키는 거."

"응."

단호하고 자신에 찬 재희의 말을 듣다 보면, 정말로 그렇게 할 수 있을 거란 생각이 들곤 한다.

"가게에 남는 옷들이 있으니까 당분간은 그걸로 버텨."

"아니, 그렇게까진……."

"서연아. 최선을 다해서 도움을 받고, 최선을 다해서 갚아. 지금 이런 상황에서 네가 자꾸 내 도움을 거절하면, 내가 너무 마음이 안 좋아서 그래."

"응, 알겠어, 그럼. 부탁해. 갚을게."

"그래."

재희는 방에 들어가 쌓인 옷들 중 서연의 사이즈에 맞는 옷들을 쇼핑백에 담아서 나왔다. 대부분 파스텔톤의 공주풍으로, 서연의 흰 피부와 아주 잘 어울리는 옷이었다.

재희가 한 벌, 한 벌 꺼내서 보여 주며 어떻게 매치시켜 입어야 할지 알려 주고 있을 때, 태민과 재원이 가게로 찾아왔다.

"직원 합숙을 하기로 했어, 사장님."

태민의 말에 서연이 눈을 동그랗게 떴다.

"합숙이요?"

"응. 아무래도 당분간 합숙을 하면서, 직원들끼리 알아가는 과정이 필요할 것 같아. 우린 특수한 가게니까."

서연은 가만히 태민의 얼굴을 응시했다. 지금껏 합숙 이야기는 한 번도 한 적이 없었다. 태민이 이런 이야기를 꺼낸 의도가 궁금했다.

'내가 살 곳을 마련해 주려는 거구나.'

재희는 있는 힘껏 도움을 받으라고 했다. 이렇게 합숙 이야기까지 꺼내며 마음을 써 주는 태민에게 미안했지만, 서연은 고개를 끄덕였다.

"네, 좋아요. 그런데 마땅한 장소가 없어요."

"가게 근처에 하나 있어. 방이 여러 개니까 거기서 당분간 지낼 수 있을 거야."

"아, 월세는 얼마나 해요?"

"공짜예요. 빈집이거든요."

이번에는 재원과 재희도 인상을 찌푸리고 태민을 쳐다봤다. 홍대에 방 여러 개의 공짜 빈집이 있을 리 없기 때문이었다. 하지만 태민은 어깨를 으쓱하며 말했다.

"정말이야. 내일 보여 줄게. 아, 사장님은 오늘 어디서 잘 거야?"

"우리 집."

재희가 서연의 팔에 팔짱을 끼고 태민을 노려봤다. 태민이 씩 웃었다.

"내 사랑스러운 후배이자 의문의 다섯 번째 종업원 재원이는?"

재원은 깊은 한숨을 내쉬었다.

"난 시험 때문에 학교 도서관에서 밤새요."

"아, 그래? 잘됐네. 그럼 같이 나가자. 여자들끼리 좋은 시간들

보내.”

태민이 재원의 어깨에 팔을 두르고 억지로 가게 밖으로 이끌었다.

“형, 진짜로 빈집이 있어요?”

“이제부터 찾아봐야지.”

“공짜로 얻을 수는 없을 거예요. 돈이 꽤 들 테니까 저한테도 말해 주세요. 모아 둔 돈이 있어요.”

“내가 후배의 코 묻은 돈까지 뺏을 것 같아?”

“돈에 코를 묻히고 다닐 정도로 어리진 않거든요.”

“하하하. 그래, 그래. 하지만 집은 구할 거고, 네가 생각하는 것처럼 큰돈이 필요하지도 않을 거야. 걱정하지 마, 재원.”

태민과 재원은 전철역 앞까지 함께 걸었다. 역으로 내려가려다가 멈춘 재원이 태민을 돌아봤다. 태민은 한손을 바지 주머니에 찔러 넣고, 여유로운 미소를 지으며 재원을 지켜보고 있었다.

“정말로 서연이한테 고백했어요?”

“응.”

“진짜로 차였어요?”

“응.”

“그런데 왜 이렇게 잘해 줘요?”

“그거야 당연히 사랑하니까.”

“언제까지?”

태민이 싱긋 웃었다.

“지금 마음으로는 아마도 평생.”

*　*　*

다음 주부터 카페 '작전명 스위트'의 종업원으로 일하게 될 준아는 설레는 마음으로 짐을 챙겼다. 원래 자취를 하고 있었으니 부모님 허락을 따로 받을 필요는 없었다.

몇 벌의 옷과 속옷, 화장품. 필요한 것들을 이것저것 집어넣다 보니 커다란 캐리어를 가득 채우고도 모자라서 큰 여행 가방까지 꺼내야 했다.

'더 필요하면 나중에 와서 가지고 가면 되겠지.'

짐을 다 챙긴 후에는 팩을 얼굴에 붙였다. 그러는 내내 '그'의 얼굴이 머릿속에서 떠나지 않았다.

정태민.

카페 작전명 스위트의 바리스타이자 지배인이라고 자신을 소개하던 태민의 모습이 어른거렸다.

첫눈에 반했다.

[카페 작전명 스위트의 특별 종업원을 구합니다.]라는 제목의 공고문을 봤다. 어딘지 모르게 수상쩍은 아르바이트였지만 시급이 높았다. 혹시 팔아먹는 거 아냐, 라고 생각하면서도 높은 시급에 끌려 카페를 찾아갔다. 의외로 밝고 사랑스러운 분위기의 카페가 실제로 존재했다.

면접을 보는 건 두 사람이었다. 카페의 바리스타이자 총지배인인 정태민과 사장이라는 홍서연. 하지만 서연의 모습은 눈에 들어오지도 않았다.

가게를 들어가며,

“면접 보러 왔습니다.”

라고 말했을 때,

“이리로 오세요.”

라고 말하며 빙그레 미소 짓던 태민의 얼굴에서 시선을 뗄 수가 없었다.

사장이라는 여자는 거의 아무 말도 하지 않았고, 대부분 태민이 질문을 했다. 정중하면서도 유쾌한 면접이었다.

‘여자 친구가 있을까?’

준아는 팩을 떼어 내고 얼굴에 남아 있는 에센스를 손가락으로 톡톡 두드리며 생각했다.

‘그렇게 잘생겼으니까 있겠지?’

태민처럼 키도 크고 잘생긴 남자를 보는 건 처음이었다. 대학에서 킹카네 얼짱이네 하는 남자들도, 태민을 옆에 두면 아무것도 아니었다.

앞머리 사이로 언뜻 보이는 반듯한 이마와 짙고 가지런한 눈썹, 섹시하고 갸름한 눈매와 오뚝한 코, 그리고 완벽한 모양의 붉은 입술. 남자다우면서도 요염하고 섹시해, 위험스러운 분위기를 자아내는 외모였다.

갸름한 눈매 안에 자리 잡은 검고 깊은 눈동자는, 자칫 잘못하다가는 빨려 들어갈 만큼 맑았다. 긴 목과 목울대, 옷깃 사이로 살짝 보이는 쇄골. 붉은 입술 사이로 흘러나오는 낮고 느릿한 음성은 감미로웠고, 손가락은 길고 예뻤다. 어디 하나 모자란 구석 없이 완벽한 남자였다.

'그래, 뭐. 여자 친구가 있어도 상관없어. 내가 뺏으면 되지. 골키퍼 있다고 골 안 들어가는 것도 아니고.'

준아는 거울에 비친 자신의 모습을 살펴봤다. 계란형의 얼굴, 쌍꺼풀이 짙은 이국적인 외모, 풍만한 가슴과 요가로 다져진 잘록한 곡선의 몸매. 이 모습이 된 후, 남자들에게 거절을 당한 적은 단 한 번도 없었다. 태민의 마음을 사로잡을 자신이 있었다.

앞으로의 합숙이 기대됐다.

* * *

백란은 담배를 재떨이에 톡톡 털며 태민을 응시했다. 그녀의 고혹적인 눈빛에 장난기가 섞였다.

"합숙할 만한 주택?"

"네, 최대한 넓고 방이 많은 곳으로요. 마당도 있으면 좋겠고. 욕실도 여러 개면 더 좋고."

"무슨 합숙인데?"

"지금 일하는 카페 종업원들 합숙."

"흐응."

백란의 눈빛이 다시 무심해졌다. 백란은 휙 돌아서서 냉장고를 열고 맥주 두 병을 꺼냈다. 한 병을 태민의 앞에 놔 주며 물었다.

"네가 나한테 도움을 청하다니. 별일이 다 있구나."

"살다 보면 이런 일도 있고 저런 일도 있는 거죠, 뭐."

"내가 그런 집을 구해 주면, 넌 나한테 뭘 해 줄 건데?"

"평생 봉사하겠습니다, 마님."

태민이 백란의 손등에 살짝 입을 맞추며 말했다. 백란이 우후후 웃었다.

"놀고 자빠졌네. 네 봉사 따위가 필요할 것 같니?"

"늙고 병들면 필요할 텐데요."

"말하는 것 하고는."

백란은 맥주 뚜껑을 따고 호쾌하게 몇 모금을 마셨다.

"듣자 하니 네가 홍가 놈 딸년을 만나고 다닌다는 얘기가 있더라."

"아아, 우연히 만난 여자들 중 한 명일 뿐이에요."

"쓸데없는 짓 하고 돌아다니지 마. 홍 사장은 미친놈이야. 섣불리 건드리면 나도 못 도와줘."

"도와줄 수 있으면서 겸손은."

백란이 인상을 찌푸리고 손바닥으로 태민의 이마를 찰싹 때렸다.

"장난치는 거 아냐. 홍 사장은 별거 아니지만 아직 홍 회장이 살아 있어. 아무리 늙었어도 홍 회장은 아직 호랑이야."

"호랑이 굴에 물려 가도 정신만 차리면 산다잖아요."

"호랑이가 널 굴로 물고 갈 것 같니? 그 자리에서 갈기갈기 찢어 놓을걸."

"그럼 뭐 어쩔 수 없는 거고요. 아무튼 주택, 부탁합니다."

"애들한테 얘기해 두마."

"고마워요. 감사 인사로 키스라도 해 드릴까요?"

"너처럼 가벼운 고양이 새끼 키스는 필요 없어. 꺼져."

"네, 네. 다음에 또 올게요."

"오지 마!"

태민이 싱글싱글 웃으며 바에서 나왔다. 백란이 아무리 오지 말라고 말은 해도, 막상 오면 좋아한다는 걸, 태민은 알고 있었다.

몇 발자국 가지도 않았는데 휴대폰이 울렸다. 백란의 '애들' 중 한 명에게 걸려 온 전화였다.

[홍대로 오십쇼. 주택을 보여 드리겠습니다.]

* * *

한참 교육을 하던 태민에게 전화가 걸려 왔다. 휴대폰을 꺼낸 태민의 표정이 순식간에 밝아졌다. 입가에 걸리는 달콤한 미소는, 종업원들에게 보여 주는 형식적인 미소와는 완전히 달랐다.

'여자 친구인가?'

준아는 불안한 마음으로 통화를 엿들었다.

"아, 사장님. 일어나셨어요? 네, 지금 교육 중입니다. 지금 점심시간이니까 잠깐 나갈게요. 합숙소 보여 드리죠. 네, 그래요. 내가 거기로 가겠습니다."

'사장님이었구나. 그런데…… 왜 저렇게 기쁜 표정을 짓지? 설마 사장이랑 사귀는 사이인가?'

준아는 '사장님'의 얼굴을 떠올려 보려고 애썼지만 기억나는 게 별로 없었다. 하나 기억나는 거라고는, 그녀의 차림이 무척이나 촌스러웠다는 것이었다. 자주색 치마에 파란 블라우스. 돈을 줘도 안 신을 검정 고무신 같은 단화를 신고 있었다.

'에이, 아니겠지. 설마 그렇게 입고 다니는 사람을 좋아하겠어? 저렇게 세련된 사람이?'

그런 생각을 하고 있는데, 태민이 말했다.

"오늘은 다들 나가서 점심 먹고 들어와. 지금이 12시니까 좀 쉬다가 2시쯤 들어오면 되겠다. 이따 보자."

"저기."

서둘러 나가려는 태민의 옆으로, 준아가 얼른 다가갔다.

"저기, 오빠."

원래는 '선배님'이라고 부르지만, 조심스럽게 오빠라고 불러 봤다. 태민은 별로 싫어하는 기색이 없었다. 준아는 안도하며 말했다.

"합숙소 보러 가세요?"

"응. 사장님께 보여 드리고 오케이 받아야 하니까."

"아, 그럼 저도 같이 가도 돼요?"

"응?"

"앞으로 살 곳이 어떻게 생겼는지 보고 싶어서요. 네?"

아래서 위로 그를 올려다보는 모양새로, 애교 있게 눈을 크게 떴다. 태민이 빙그레 미소를 지었다.

"안 돼."

부드러운 표정과 달리 대답은 단호했다. 하지만 준아는 그쪽에서 포기하지 않았다.

"아잉, 왜요? 저도 보여 줘요, 응?"

"안 돼. 널 데려가려면 다른 애들도 다 데려가야 돼. 너한테만 특혜를 줄 수는 없지. 게다가 아직 사장님이 보시기도 전이고."

"치이. 치사해."

"응, 난 치사해. 치사하기로 따지자면 세계 최고지. 그리고 여긴 직장이야. 오빠라고 부르지 마."

태민은 차갑게 말하고 준아를 놔둔 채 가게에서 나갔다. 그 모습을 지켜보던 선명이 피식 웃었다.

"까였네."

"아, 씨. 아니거든."

"아니긴. 야, 너무 노골적이라서 내가 다 민망하더라. 그치, 형?"

"글쎄. 뭐, 적극적이면 좋지."

영진이 어깨를 으쓱했다.

"야, 희미. 너 왜 혼자 나가?"

지갑을 챙겨 들고 나가려는 희미를, 선명이 붙잡았다. 희미가 귀찮다는 듯 인상을 찌푸렸다.

"쓸데없는 일로 점심시간 낭비하기 싫어. 같이 먹을 거면 얼른 같이 나오든가."

"야, 너 지금 내 일이 쓸데없는 일이라는 거야?"

준아가 바락 외쳤다. 희미는 말없이 준아를 응시하다가 획 돌아섰다. 상대할 가치도 없다는 듯한 태도였다.

"와, 재 진짜 싸가지 없네. 너, 그게 언니한테 할 행동이니? 말 놔도 된다고 했더니 내가 네 친구로 보여?"

희미는 그 말에도 대답하지 않고 혼자서 가게를 나가 버렸다. 선명이 웃었다.

"네가 언니 같지 않은가 보지. 내가 보기에도 희미가 더 어른스러워 보이더라."

"됐거든? 근데 혹시 사장님 어떻게 생겼는지 기억나?"

"사장님? 왜? 너 면접 볼 땐 같이 있지 않았어?"

"아니, 같이 있긴 했는데……."

"선배님 보느라 정신없어서 사장님은 못 봤냐?"

"에이 씨. 사장님 어떻게 생겼어?"

"예뻐."

"뭐?"

"정말 예뻐. 피부도 하얗고 눈도 동글동글하고. 정말 정말 정말 예뻐."

"너, 지금 나 놀리는 거지?"

"아니야. 진짜야. 그치, 형?"

선명이 영진을 돌아봤다. 영진이 고개를 끄덕였다.

"응, 예뻐. 도끼처럼 생겼어."

"말도 안 돼. 분명 옷을 되게……."

"응, 옷은 좀 그렇긴 한데 얼굴은 진짜 예뻐. 옷만 잘 입으면 연예인도 하겠더라."

선명이 진지하게 말했지만 준아는 그 말을 믿지 않았다. 나를 놀리기 위해 하는 말이 분명하다고, 준아는 생각했다.

*　　*　　*

저 멀리서 태민이 걸어오고 있었다. 서연은 재희의 가게로 들어가는 골목 초입에 서서 그를 기다리는 중이었다.

서연을 발견한 태민이 멈칫 걸음을 멈췄다. 그는 무언가에 조금 놀란 듯 눈을 크게 떴다. 그러다가 빙그레 미소를 지었다. 입가에 번지는 미소가 무척이나 따스하고 다정했다. 다시 걷기 시작한 태민이 서연의 앞에 멈췄다.

"근사한데요."

"네?"

"사장님 옷."

"아아."

그러고 보니 오늘은 재희가 코디를 해 줬다. 흰색 블라우스에 검은색 리본 타이, 체크무늬가 있는 연분홍색 테니스 스커트와 흰색 운동화.

"어려 보여요. 중학생인 줄 알았네."

"괜찮아요?"

"응, 예뻐요."

"태민 씨가 예쁘다고 하는 말은 못 믿겠어요."

"왜요?"

"옛날에도 예쁘다고 했잖아요. 제가 촌스럽게 입고 다닐 때도."

"그럼 예쁜 걸 예쁘다고 하지, 굳이 못났다고 해요?"

태민이 먼저 걸음을 옮겼다. 서연도 그의 옆에서 나란히 걸었다.

늦봄 정오의 햇살이 따스하게 내리쬐고 있었다. 간간이 불어오는 바람이 살랑살랑 머리칼을 쓰다듬었다. 느릿하게 걷는 내내 공기를 타고 그의 체온이 전해졌다. 가까이에 있는 둘의 손등이 닿을 듯 말 듯, 설렘이 스미는 거리를 유지했다.

서연은 태민의 손을 잡고 싶다는 생각을 하다가 퍼뜩 정신을 차렸다. 이제 이런 생각을 해서는 안 된다. 하지만 잠깐 넋을 놓을 때마다 불쑥불쑥 고개를 드는 욕심을 억누르는 건 힘든 일이었다.

"가게까지 걸어서 10분이에요."

태민이 어느 단독주택 앞에 멈췄다. 2층짜리 건물이었다.

"원래는 어느 회사 사무실로 쓰였다더라고요. 방도 화장실도 여러 개라서 직원들이 각자 한 방씩 쓸 수도 있을 것 같고요. 부엌도 잘되어 있어요."

태민이 열쇠를 꺼내 문을 열었다.

"문은 조만간 전자식으로 바꿀 거예요. 가구는 오늘 오후에 들어올 예정이고요. 각 방에 침대 하나씩 놓으려고요. 생필품은 다 갖춰져 있으니까 살면서 부족한 걸 채워 넣으면 될 것 같아요."

서연은 말없이 태민의 뒤를 따라가며 집 안을 둘러봤다. 도배도 깨끗하게 되어 있고, 장판도 깔려 있었다. 냄새를 보아하니 도배한 지 얼마 되지 않은 것 같았다. 예를 들자면, 어제.

'설마 어제 집 구하고 도배까지 다 한 건 아니겠지?'

합숙소는 예상보다 훨씬 넓고 좋았다.

"직원들은 1층을 사용할 거예요. 사장님은 2층을 사용하세요."

태민이 계단을 올라갔고 서연이 그 뒤를 따랐다. 2층 안쪽에 있는 방문을 열자, 넓은 방이 나왔다. 그 방에는 이미 침대와 옷장, 책장과 책상이 마련되어 있었다.

"여기가 사장님이 사용할 방이에요. 마음에 들어요?"

태민이 안에 들어가서 물었다. 서연은 차마 그 뒤를 따라 들어갈 수가 없었다. 어쩐지 가슴이 벅찼다. 태민의 배려와 도움이 서연의 심장을 쥐고 흔들었다. 서연은 크게 심호흡을 하고 고개를 숙였다.

"고마워요, 태민 씨. 정말로 마음에 들어요."

"그래요?"

"네. 이렇게 신경 써 줘서 고마워요."

"그럼."

태민이 손을 뻗었다. 그의 커다란 손이 서연의 가느다란 손목을 조심스레 쥐었다. 태민은 서연을 끌어당겨 벽에 등을 기대고 서게 만들었다. 그는 깊고 검은 눈으로 서연을 내려다보며 물었다.

"키스해도 돼요?"

"아니요."

서연의 단호한 거절에 그가 싱긋 웃으며 쉽게 떨어져 나갔다.

"알겠어요, 그럼."

"이런 걸로 놀리지 좀 않으면 안 돼요?"

"응, 안 돼요. 이런 것조차 못 하면 심장이 터질지도 모르겠어."

간혹 태민이 뱉어 내는 말들이 진심인지 장난인지 헷갈릴 때가 있었다. 지금이 그랬다.

낮은 목소리로 중얼거리듯 대답한 태민은 휙 돌아서서 방을 나갔다. 서연은 그의 뒷모습을 지켜보다가 고개를 절레절레 저었다. 진심일 리 없어.

—이런, 이런. 그런 시스템이에요? 그럴 줄 알았으면 그냥 진심이라고 할걸.

그런 말을 할 때 그의 눈빛과 표정을, 그 말을 들었을 때 심장에 느껴졌던 통증을. 서연은 생생하게 기억하고 있었다. 그리고 아마 앞으로도 생생하게 떠오르겠지. 진심인지 아닌지 모를 그의 말을 들을 때마다.

* * *

"너의 용기를 불어넣어 줘, 재희야."

서연이 바짝 긴장한 눈으로 재희의 두 손을 꼭 잡고 말했다. 재희가 인상을 찌푸렸다.

"아니, 이게 용기까지 필요할 일이야?"

"하지만 면접 때 이후로 처음 만나는걸. 사실 면접 때도 태민 씨 혼자서 말했었고."

이제 곧 합숙소에 가서 종업원들을 만나게 된다. 내성적인 서연이 새로운 사람들을 만나기 위해서는 큰 용기가 필요했다.

"그래, 그래. 그럼 내 용기 다 가져가."

재희가 서연에게 잡힌 손을 위아래로 흔들며 말했다.

"나, 어때? 사장님처럼 보여? 위엄 있어?"

서연이 두 손을 앞으로 가지런히 모으고 물었다. 흰 블라우스에 분홍색 테니스 스커트를 입은 서연은, 누가 봐도 보호를 해 주고 싶어질 만큼 청순가련했다.

"위엄의 뜻이 뭔지는 알고 묻는 거지?"

"네가 준 옷을 입었는데도 위엄이 없단 말이야?"

"당연하지. 위엄 있어 보이라고 입혀 준 옷이 아니라고."

"화장을 좀 진하게 하면 위엄이 있어 보일까?"

"아니, 관둬. 절대로 네 스스로 화장을 하는 짓은 하지 마."

"바보 같아. 종업원들 만나는데 이렇게까지 긴장이 되다니."

서연이 어깨를 축 늘어뜨리고 중얼거렸다.

"넌 이상한 부분에서 약해지더라. 그냥 평소처럼 행동해."

"평소처럼……. 그럼 진짜 바보 같아 보일 텐데!"

"평소에 바보 같아 보인다는 자각은 있구나."

가게 문이 열리고 태민과 재원이 들어왔다. 훤칠한 두 남자가 들어오자 가게가 꽉 찬 느낌이 들었다.

"사장님, 종업원들은 다들 합숙소에 들어갔어. 각자 방도 정했고. 사장님도 그만 가자."

태민이 말했다.

"전 아직 마음의 준비가 안 됐어요."

서연이 단호하게 말하자, 태민이 싱긋 웃었다.

"사장님은 딴 건 소심한데 이런 말은 참 단호하게 하더라."

"괜찮을까요? 이런 몰골로 가도?"

"네 몰골, 완벽해."

재원이 칭찬인지 아닌지 모를 말을 했다.

"아니, 그러니까…… 예쁘다고."

자신이 생각하기에도 이상했는지 재원이 얼른 덧붙였다.

"그래, 사장님. 재원이도 예쁘다잖아. 가자."

"예쁘고 말고의 문제가 아니라……. 잠시만요. 저 심호흡 좀 하고요."

서연은 후하후하 크게 심호흡을 했다. 재원과 태민이 그런 서연을 사랑스러워 죽겠다는 듯 지켜봤다. 두 남자의 눈에서 꿀이 뚝뚝 떨어지는 것을 보며, 재희는 속으로 혀를 찼다.

'홍서연도 대단해, 정말. 두 남자를 저렇게 만들어 놓고도, 그걸 전혀 모른다는 건 일종의 재능이야, 재능.'

"좋아요, 이제 됐어요."

한동안 심호흡을 하던 서연이, 숨을 너무 몰아쉬어서 빨개진 얼굴로 말했다. 재원이 걱정스럽게 서연의 얼굴을 들여다봤다.

"괜찮은 거야? 너, 얼굴로 피가 너무 쏠린 것 같은데?"

"아냐, 원래 얼굴에 홍조가 있어. 문제없어!"

"아니, 넌 원래 얼굴에 홍조 없어. 이건 과호흡 증상인 것 같은데. 심호흡을 너무 해댄 거 아냐?"

"좀 그런가?"

그러고 보니 살짝 어지러웠다. 이게 뭐 하는 짓인지 모르겠다.

서연은 작게 한숨을 내쉬고 마음을 다잡았다. 새로운 사람들을 만나는 정도로 이렇게 벌벌 떨면, 손님들은 또 어떻게 맞이하겠는

가. 의연하게 대처해야 했다. 이제는 더 이상 아버지의 꽃병에 꽂혀 있는 꽃이 아니다.

'나는 잡초야.'

아버지가 무슨 말을 하든, 새어머니가 무슨 짓을 하든, 꿋꿋이 살아남은 잡초. 누구를 만나든 그들보다는 나을 것이다. 서연은 눈을 질끈 감았다가 떴다.

"이제 괜찮아요. 갑시다."

서연이 먼저 가게 문을 향해 씩씩하게 걸어갔다. 그 모습을 물끄러미 지켜보던 태민과 재원이 동시에 말했다.

"어린 사장님, 팔다리가 똑같은 방향으로 움직여."

"서연아, 팔이랑 다리, 같은 쪽이 움직이고 있어."

* * *

준아는 화장을 지우지 않고 식당에 앉아 있었다. 식당은 방을 하나 뚫어서 합친 구조라 상당히 넓었다. 1000L짜리 4도어 최신형 냉장고와 가스레인지, 전자레인지, 토스터기에 커피포트까지. 완벽하게 마련되어 있었다.

욕실도 얼마나 넓고 깨끗한지. 찬바람도 들어오지 않고 수압도 셌다. 방 역시 준아가 살던 자취방보다 훨씬 넓고 깨끗했다. 침대도 고급 침대였고, 곰팡이 냄새도 나지 않았다. 그런데도 준아는 순수하게 기뻐할 수가 없었다.

한 시간 전.

짐을 다 풀고 식당에 다 모였을 때의 일이다.

태민이,

"그럼 쉬고들 있어. 나 잠깐 나갔다 올게."

라고 말했다. 그리고 재원이,

"서연이 데리러 가요? 그럼 같이 가요."

라며 따라 일어났다.

준아는 '서연'과 사장을 연결시켜서 생각하지 못했다. 사장의 얼굴이 떠오르지 않는 것처럼, 사장의 이름 또한 전혀 기억하지 못하고 있었기 때문이다.

"재원이 형이랑 사장님이랑 아는 사이인가 보네."

영진이 그렇게 말했을 때에야, 서연이 사장이라는 것을 알 수 있었다.

"엄청 공주님 대접 받나 봐. 두 사람이나 데리러 가고."

선명이 중얼거렸다.

"그럴 것 같긴 하더라. 보호 본능 일으키는 외모잖아."

영진이 대꾸했다.

"아아, 그건 그래. 하얗고 야리야리하고. 안으면 여기 쏙 들어올 것 같지?"

선명이 한 팔로 끌어안는 자세를 취했다.

그때부터였다. 좋은 집에 들어온 후 들떴던 마음이 흙탕물을 머금은 듯 축 가라앉은 것은.

'보호 본능을 일으킨다고?'

준아는 마음만 먹으면 어느 남자라도 꼬실 수 있다는 강한 자신감을 가지고 있었다. 굳이 살랑거리며 애교를 부리지 않아도, 남자들은 준아에게 관심을 보였다. 다들 한 번이라도 눈에 띄기 위해 안달복달을 했는데, 여기 남자들은 준아가 안중에도 없는 듯 행동했다.

'최선명, 장영진은 아무래도 좋아. 그놈들은 내가 팔짱만 껴 줘도 헤실거릴 테니까. 날 놀리는 것도 다 나한테 관심이 있어서 그런 거 아니겠어? 하지만 태민 오빠랑 재원 오빠는…… 내가 이 자리에 있다는 것도 모르는 것처럼 행동했어. 대체 사장이란 여자가 얼마나 대단하기에!'

기억나지도 않는 사장이 미워서 견딜 수 없었다.

"너, 여기서 뭐하냐?"

선명이 물을 마시러 나온 듯 냉장고 문을 열면서 물었다.

"그냥 새로운 집에 왔더니 싱숭생숭해서."

"너도 마실래?"

"아니, 난 됐어."

선명이 컵을 들고 와서 맞은편에 앉았다.

"여기 진짜 좋다. 내가 자취하던 방보다 더 좋은 것 같아."

선명은 기분이 좋아 보였다.

"그래? 난 원래 자취하던 곳보다 조금 좁은 편인데."

"너 되게 넓은 집에 살았나 보다?"

"그렇지, 뭐. 부모님이 위험하다고 좀 괜찮은 곳에서 자취하라고 하셨거든."

"집이 잘사나 봐?"

"응, 좀."

준아는 어깨를 으쓱했다. 습관적으로 거짓말이 튀어나오고 말았다.

늘 이랬다. 언제부터 이랬는지는 모르겠다. 꽤 오래전부터인 것도 같고, 얼마 전부터인 것 같기도 했다.

'어차피 오래 볼 사이도 아닌데, 뭐.'

선명은 1년만 일을 하고 군대에 갈 거라고 했다. 일을 그만두고 나면 또 만날 사이가 아니니까, 이 정도의 허풍은 괜찮을 것이다.

달칵—

현관문 열리는 소리가 들렸다.

"다들 자나?"

태민의 음성에, 준아는 벌떡 일어날 뻔했다. 가까스로 정신을 차리고 여유로운 척 다리를 꼬았다.

"아뇨, 안 자요."

선명이 대답했다.

"저도 안 잡니……. 우와, 사장님. 저번이랑 분위기가 진짜 다르시네요."

인기척을 듣고 방에서 나오던 영진이 탄성 섞인 목소리를 냈다. 준아는 궁금해서 견딜 수가 없었다. 하지만 사장이 이쪽으로 올 때까지는 가만히 앉아서 기다릴 생각이었다. 기선 제압을 해야 하니까.

'이럴 줄 알았으면 입구가 보이는 쪽으로 앉을걸.'

"아, 진짜 분위기 달라지셨네요. 엄청 잘 어울려요."

준아의 맞은편에 앉아 있던 선명이 일어나서 환하게 웃으며 말했다. 준아는 몇 번이나 뒤로 돌아갈 뻔한 고개를 간신히 붙잡고 있었다. 그들이 다가오는 소리가 들렸다.

"안녕하세요."

목소리가 들려왔다.

낯선 음성. 적당한 높이의 듣기 좋은 목소리였다. 목소리만으로도 그녀가 얼마나 자그마하고 사랑스러운지 알 수 있었다.

"그동안 태민 씨에게 다 맡겨 두는 바람에 오늘 처음 뵙네요. 홍서연이라고 합니다."

"야, 사장님 인사하시잖아. 좀 돌아봐."

어느새 준아의 옆으로 온 선명이 준아의 어깨를 쿡 찌르며 말했다. 그제야 준아는 느릿하게 고개를 돌렸다.

벚꽃.

서연을 보는 순간 가장 먼저 그 생각이 들었다. 우윳빛 피부와 가지런한 눈썹, 화장기 없는데도 조금 발그레한 볼과 붉은 입술, 토끼처럼 동그란 눈과 오뚝하고 귀여운 코. 흰 블라우스와 분홍색 체크무늬 테니스 스커트는, 마치 서연을 위해 만들어진 듯 잘 어우러졌다.

꿀꺽—

처음으로 여자를 보면서, '이길 수 없겠어.'라는 생각이 들었다. 하지만 곧 그 생각을 지웠다.

이길 수 없긴.

"아, 윤준아 씨 맞죠?"

준아와 눈이 마주치자 서연이 환하게 웃었다.

"여기서 우리 둘만 여자예요. 앞으로 잘 지내요."

준아는 가만히 서연의 얼굴을 뜯어봤다.

'뭐, 그리 대단할 것도 없네.'

얼굴이 하얗고 피부가 좋아서 더 예뻐 보이는 것뿐. 어디서나 흔하게 볼 수 있는 여자다. 전에 봤을 때와 달리 예쁘게 입기는 했지만, 딱히 개성이 있지도 않다.

태민과 재원이 서연에게 잘해 주는 이유는, 단지 고용주이기 때문일 것이다. 그렇게 생각하자 마음이 편해졌다.

'모델 같은 사람이라면 모를까. 이런 애였다면 별거 아니지.'

준아는 일어났다. 앉아서 볼 때는 굉장히 작아 보였는데, 일어서니 키 165cm의 준아와 서연의 키는 거의 비슷했다.

'의외로 키가 크네.'라고 생각하며, 서연을 향해 미소 지었다.

"나도 잘 부탁해요, 언니."

"네. 아, 준아 씨 방은……."

"맞다, 오빠."

서연의 말을 끊고 준아는 서연을 지나쳐 태민에게로 다가갔다. 태민에게 말하는 준아의 목소리는, 서연에게 말할 때보다 한 톤 높고 애교스러웠다.

"아까 욕실에 보니까 뭐 이상한 게 있더라고요."

"응? 이상한 거?"

"네, 이리 좀 와 보세요."

준아는 태민의 팔에 팔짱을 끼고, 그가 팔을 빼내기 전 황급히 욕실로 잡아끌었다. 서연은 당황한 표정으로 두 사람의 뒷모습을 지켜봤다.

*　　　*　　　*

태민이 먼저 욕실에 들어갔고, 준아가 그 뒤를 따라 들어갔다.

달칵—

준아가 손을 뒤로 돌려 문을 닫았다. 태민은 한 손을 바지 주머니에 찔러 넣은 채 욕실을 둘러보고 있었다.

“어디가 이상한 거야?”

“아, 거기 그……. 응, 그거요. 그 얼룩.”

준아도 열심히 욕실을 둘러보다가 구석에 있는 작은 얼룩을 찾아냈다. 태민이 쭈그리고 앉아 얼룩을 살펴봤다.

“그거 곰팡이 아니에요?”

“그냥 먼지일 거야.”

태민이 손으로 쓱 먼지를 문질러 닦고 일어나 세면대의 물을 틀었다.

쏴아아—

쏟아지는 물에 손을 닦으며 태민이 말했다.

“곰팡이가 무서워?”

“아뇨, 그런 건 아닌데 제가 조금 결벽증이 있어서요.”

“흐음, 그래?”

수도를 잠근 태민이 준아를 돌아봤다. 욕실의 노란 조명 때문인지, 태민의 눈동자가 오묘한 갈색으로 빛나고 있었다. 준아는 꼴깍 침을 삼켰다.

이런 남자는 처음이다. 생긴 것도 생긴 거지만, 태민에게 흐르는 분위기가 참으로 매혹적이었다.

날카롭지만 부드러운 눈빛, 냉소적이지만 다정한 미소.

그렇게 모순되었다고 말할 수밖에 없는 것들이 태민을 이루고 있었다. 그 미묘한 모순 때문에 태민의 분위기가 다른 남자들과는 다르게 느껴지는 것인지도 모르겠다.

이런 남자가 나를 달콤하게 응시하며 사랑을 속삭이면 어떤 기분이 들까?

문득 태민이 빙긋 웃었다.

"안 나갈 거야?"

"네? 아, 나가야죠. 아니, 오빠. 저기."

준아는 문을 여는 대신 턱을 살짝 아래로 내리고 눈만 빠끔 위로 올려 태민을 바라봤다. 준아의 눈이 반짝반짝 빛났다.

"오빠는 여자 친구 있어요?"

"여기를 나가려면 면접을 봐야 하는 거야?"

태민은 대답 대신 다른 걸 물었다.

"아뇨. 그런 건 아니고. 그냥 궁금해서요. 우리 이제 같이 사니까요."

"내가 마음에 들어?"

태민이 정곡을 찔렀다.

"네. 마음에 들어요. 정말로."

준아는 회피하는 대신 도발적으로 말했다. 태민이 피식 웃었다.

"그래? 난 여자 친구는 없지만 여자는 많아. 내 여자가 되기 위한 조건은 하나."

태민이 성큼 다가와 허리를 굽혔다. 태민의 얼굴이 가까워질수록 준아의 심장이 세차게 뛰었다.

"나의 마음을 갈구하지 말 것."

"마음을……."

"내 시간도, 육체도, 마음도 전부 내 거야. 그걸 소유하려고만 하지 않으면 너도 내 여자가 될 수 있어."

입술이 닿을락 말락 했다. 준아는 이대로 확 태민의 목을 끌어안고 입을 맞추고 싶었다. 하지만 그러기 전 태민이 도로 허리를 폈다. 그리고 좀 전보다 차가워진 눈으로 준아를 내려다보며 말했다.

"그럼 이제 비켜 줘."

"키스해 주면 비켜 줄게요."

준아는 문에 바짝 붙어 서서 단호하게 말했다. 태민의 미간에 짜증스런 기색이 언뜻 머물렀다가 사라졌다.

"내 시간도, 육체도, 마음도 전부 내 거라고 한 말 벌써 잊은 거야? 머리가 조금 나쁜가?"

"오빠, 그럼…… 그럼요."

준아가 간절하게 말하며 두 손으로 태민의 손목을 붙잡았다.

"오빠를 가지려고 안 할게요. 대신…… 제가 오빠의 여자라는 말은 해도 돼요? 네?"

"네가 하고 다니는 말까지, 내가 왈가왈부할 수는 없지. 일만 제대로 한다면 네가 무슨 소리를 하고 다니든 상관없어. 그럼 이제 비켜 줄래?"

준아가 아쉬움 가득한 얼굴로 비켜섰다. 태민은 욕실 문을 열고 나왔다. 준아의 행동이 태민의 눈에는 딱히 이상하게 비치지 않았다.

여자들은 태민의 앞에서 이성을 잃은 듯 행동하는 경우가 많았다. 그래서 태민은 준아의 행동이 유독 거슬리거나 하지는 않았다. 준아는 그저 탐나는 남자를 얻기 위해 할 만한 행동을 했을 뿐이었다.

태민이 욕실에서 나갔을 때, 식당에 있던 사람들이 전부 이쪽을 보고 있었다. 서연과 태민의 시선이 마주쳤다. 태민은 서연을 향해 싱긋 미소를 지어 보였다. 서연도 마주 웃어 줄 거라고 생각했다. 하지만 서연은 굳은 표정으로 시선을 피했다.

마침 욕실에서 나온 준아가 자연스럽게 태민에게 붙어 서면서, 서연을 노려봤기 때문이다.

'욕실에서 뭘 한 거지?'

서연은 기분이 별로 좋지 않았다. 태민이 준아와 둘이 욕실에 들어간 것도, 문을 닫아 버린 것도, 그 밀폐된 공간에 한동안 머물러 있었던 것도, 전부 마음에 들지 않았다.

'아니, 이건 내가 신경 쓸 일이 아니야.'라고 생각하지만, 기분의 변화를 어찌할 도리는 없었다.

안에서 무엇을 했을지는 뻔했다. 태민은 밀폐된 공간에 여자와 단둘이 있으면 농밀한 스킨십을 하는 남자였다. 준아의 얼굴이 발그레 물든 것을 보면, 아마도 서연에게 했던 그런 행동을 했을 것이다. 그런 남자라는 걸 알고 있지만, 그런 모습을 눈앞에서 보는 건 또 다른 문제였다.

'기분 나빠.'

〈다음 권에 계속〉